運河の家　人殺し

ジョルジュ・シムノン
森井良＝訳　瀬名秀明＝解説

幻戯書房

目次

運河の家 005
人殺し 147
ジョルジュ・シムノン[1903-89]年譜――296
訳者あとがき――347
解説(瀬名秀明)――363

ロゴ・イラスト――丸山有美
装丁――小沼宏之[Gibbon]

運河の家

第一章

乗客の群れがぎくしゃくと出口へなだれこんでいくなかで、彼女だけが急がずにいた。旅行鞄を手にさげ、喪のヴェールで覆った顔をすっくと起こしたまま、駅員に切符を渡す順番を待ち、やがて数歩先に進んだ。

　彼女がブリュッセルで列車に乗ったとき、時刻は午前六時だった。氷雨のせいで闇が重々しかった。三等の車室も雨に濡れていて、泥だらけの足に踏まれた床も、結露でべとつく仕切りも、窓ガラスの内も外も、ことごとく濡れていた。びしょ濡れの服をまとった人々は、うたた寝していた。

　八時きっかりにハッセルト〔ベルギー北東部、リンブルフ州の都市〕に着くと、車内と駅の明かりがいっせいに消された。待合室には、雨除けに排水溝がついておらず、濡れた衣服の匂いがたちこめていた。ストーブのまわりでは、人々が体を乾かしていたが、彼らの大半は黒ずくめで、エドメと同じ装いだった。偶然そうなったのか？　彼女がそのことに気づいたのは、自身が喪服を着ていたからだろうか？　とはいえ、黒の装いは田舎の人たちにとって制服みたいなものではないか？

「十二月十二日」――大文字の、これまた黒い数字が改札のそばに掲げてあり、彼女は面喰らってしまった。

　戸外では、叩《たた》きつけるように雨が降り、人々が走っていた。人影が戸口という戸口に身を寄せており、雲があまりに空を暗くしていたので、店は明かりをつけっぱなしにしていた。

　駅の真正面、道の真ん中に、緑と黒に塗られた大型の路面電車が停まっていた。空車だった。機関士はおらず、車掌の姿も見えなかった。行き先の表示には「マーサイク」とあり、彼女はまさにその町を経由してネールーテレンに赴かなければならなかった。

他人《ひと》に尋ねるでもなく、彼女は先頭の車両に乗りこんだが、そこはガラスの仕切りで二つの車室に分けられていた。一方には、木製のベンチがあり、吸い殻と唾が床に散乱していた。他方には、赤いビロードの座席が並び、床に絨毯《じゅうたん》が敷かれていた。

エドメはいったん躊躇《ちゅうちょ》してから、一等室の敷居を踏み越え、隅の席に座るなり背筋をぴんと伸ばすと、顔を覆っていた黒いヴェールを引きあげた。彼女は痩せぎすで、青ざめていて、十六歳の若い娘なら誰しもそうであるように、貧血だった。髪はきつく三つ編みにされ、うなじのところで巻かれて、しっかりと束髪《シニヨン》が結われていた。

三十分が経った。二等室に人が乗ってくると、そのなかに籠を背負った農家の女たちがいた。彼女らはフランドル人のつねとして、大声でフラマン語を喋《しゃべ》った。時おりそのうちの一人が、ガラスの向こう側にぽつんと座ったエドメを盗み見て、憐れみを示すように首を振りながら、ひそひそと話をした。いくつかの視線が彼女に向けられた。

エンジンがしゅっしゅっと鋭い音を立てた。列車はまだ覚めやらぬ町の通りを抜けていった。車両の明かりがいっせいに灯ったが、おそらく偶然だろう、明かりは移動のあいだ消されることはなかった。

雨、エドメのヴェール、おばさんたちの黒い大ぶりのショール、床とベンチに滴り落ちる水、すべてが溶けあって陰気な単色画《グリザイユ》をなしていた。耕作された田畑は黒ずみ、レンガ造りの家々は汚い茶色だった。リンブルフの炭田を通過し、周りにボタ山が連なってくると、電車は坑夫たちの住む長屋を横切っていった。

電車は古くて揺れが激しく、乗客はみな無意識に頭を揺らしていた。エドメも他の客たちと同様に。時おり、女たちが言葉を交わしていた。仕切り越しに声は聞こえてこなかったものの、表情から沈痛な面持ちが見てとれた。どの口もため息の形に開かれ、虚ろな目は、会話が一区切りするごとに、窓ガラスの結露をじっと見つめていた。

車掌が一等室に入ってきて、フラマン語でエドメに話しかけた。彼女は見向きもせず、ただ金を差し出してこう告げた――

「マーサイク！」

駅員はもう一言二言口にしたが、彼女は振り向きもしなかった。列車は各村に停車し、家並みのすっかり途絶えた十字路に停まることもあった。人々が駆けこみ、なかでも女たちがスカートを捲りあげてやってくると、息を切らして笑っている彼女らを、昇降口のところまで引きあげてやらねばならなかった。車掌の吹くラッパの音は、子供のおもちゃのように滑稽だった。列車はそのつど汽笛を鳴らした。

十一時ごろ、農家の女たちが籠を開けて、食糧を取り出した。二時にマーサイクに着くと、電車はもう一台の電車の隣に横づけされた。瓜《うり》二つの電車だったが、前者より一両少なく、行き先の表示が「ネールーテレン」になっていた。

エドメは発車時刻を問い合わせることもなく、何も見ず、誰にも話しかけなかった。ハッセルトのときと同じく、車室の隅の席へ座りにいったが、そのあいだ大半の乗客は駅前の小さなカフェに入っていった。そこにはすでにテーブル席で熱いコーヒーを前にした人々の姿があった。

次の電車は三時半にようやく出発した。すでに黄昏時だった。森と運河を真っ直ぐに突っ切っていったが、あまりに直線の道のりがつづくので、景色が脳裏に焼きつくほどだった。夜になって、ある村の中途にさしかかると、車掌が大声で叫んだ――

「ネールーテレン！」

下車したエドメは、道の真ん中、看板の文字がフラマン語の食料品店の前でじっとたたずんだ。電車に駆け寄っていく人もいれば、抱きあったり、その場から離れていく人もいた。しかし彼女を気にかける人は誰もいなかった。そこで彼女は雨宿りしようと食料品店の軒先に身を寄せ、ステップの上に鞄を置いた。

電車がふたたび動きだそうとしていた。通りには人がいなくなっていた。平屋の近くの日陰に、灰色の大きな馬がいて、車高の高い荷車が繋がれていた。すると、連結のあやふやなところから、人影がぬっと顔を出した。ずんぐりと首の縮まったその影は、巨大な頭に水浸しのベレー帽をかぶり、長すぎる腕をぎこちなく動かしていた。

その人は木靴を履き、農夫の服を着ていた。二度ほど知らんふりしてエドメの前を通りすぎたが、不意に、戸口の二歩手前のところで立ちどまり、ぶつぶつとこう言った——

「〈灌漑地〉に来たっていうのはあなたですか?」

「そうです」

「俺はジェフ」

彼はこう言いながら女を見ようともせず、旅行鞄を引きとろうか否か、なおもためらっていた。

「自動車はありますか?」

「二輪馬車ならあるよ」

すると前触れもなく、彼は鞄を引きあげた。そのまま荷車のほうへと駆け出し、逸《はや》る馬を声だけで落ち着かせた。

「ひとりでちゃんと乗れるかい?」

エドメは素直についていったものの、態度は日中と変わらず、冷ややかで堅苦しかった。彼は鞄を荷車に入れると振り返ったが、どう手を差し伸べたらいいか、わからないようだった。

「汚れちまうと思うよ」

彼女は一気によじ登り、身を低くして幌《ほろ》のうちに入りこんだ。次の瞬間、彼女の隣に陣どっていた青年は、手綱を引いてフラマン語で馬に発破をかけた。

灯火は二つか三つ残っていたものの、もはや道の両側には黒い樅《もみ》の木しか見えなかった。風があった。幌が膨らみ、雨が入りこんできたが、じっさい幌には穴がいくつも空いていて、そこから水道の栓をひねったように水が流れ出てきた。

エドメには隣人の姿が見えなかった。場を照らす光といえば、馬車の支柱に引っ掛けられた角灯の薄明かりしかなく、その光輪が泥の地面に揺れながら映っているだけだった。

「寒くないかい?」

「大丈夫です」

道は舗装されておらず、土の道に轍《わだち》の跡が深く刻まれていた。その跡があまりにひどいので、ジェフは二度ほど下へ降り、車輪の軸を押して馬を助けてやらねばならなかった。寒かった。エドメは幾度も身震いし、そのつど震えが骨まで伝わってくるのを感じた。そして何といっても、道のりが長かった。日中路面電車で移動した時間よりも、ずっと長い。

「まだ遠いですか？」

「道に出てから十五分ってとこかな」

樅の林を抜けると、ポプラの木々で長方形に切りとられた低地に出た。それから少し上って運河を横切ることになったが、この運河はエドメも見たことがあった。水面が草原の標高より高いので、土の堤防が築かれていた。最奥に、一隻《せき》の川船が泊まっていた。

「腹は空いてない？　フラマン語は喋れるのかな？」

「いいえ」

「残念だな……」

数分間、彼は押し黙った。

「……母も二人の妹もフランス語しか知りませんので」

一度、馬車が大きく揺れて、彼女は従兄弟《いとこ》の肩に寄りかかった。彼女は怯《おび》えたような動きで、身を起こした。

「あそこだよ！」

平野の、ポプラの木が長方形に連なるなかに、ぽつんと小さな光が見えてきた。上の階の窓だった。近づくと、カーテンの後ろに影が見えた。馬車はきしんだ音を立てながら門の前で停まった。

「俺が案内しよう。いつも中庭のほうから入るんだ」

馬をひとりで厩舎《きゅうしゃ》に連れていきながら、ジェフは道に入った。道は垣根に沿っていて、途中、エドメは服を引っかけてしまった。もう何も見えなかった。彼が扉を開けたので、かろうじて赤みがかった光が見えた。と同時に、痩せて肉のこけた女が、狂ったように興奮して、エドメに飛びついてきた。きつく抱きしめ、フラマン語で何か口々に叫びながら、涙でこちらの顔を濡らしてくる。

エドメは何の抵抗もできず、ただ立ちつくしていた。女の肩越しに従姉妹《いとこ》の一人が見えたが、その姿を照らしているのは暖炉の火だけだった。あちこちに、小さなシルエットの幼い娘たちがいて、彼女らはスツールに座りながら、目の前をじっと見つめるか、泣いているかしていた。

エドメにとっては初めて経験する匂いだった。すえた牛乳と、脂身《ラード》と、焚《た》き木のきつい匂い。

ようやく身を離した女は、今度はジェフにキスをして、さっきと同じく絶望感の漂う台詞をたどたどしく喋った。扉は開けたままだった。夜の雨が台所にまで吹きこんできた。薪の火が消えた。

「パパ！……」頭の大きな青年が目の前を朦朧《もうろう》と見据えたまま、つぶやいた。

そして、従姉妹のほうを振り向きもせず――

「パパが死んだ！　ちょうどあなたが着いたとたんに……」

三日間、乱雑で、汚れきったこの家の空気を吸って過ごした。狂った家のなかでエドメは、ひとり冷静沈着に、すべてを観察していた。

彼女は生前のおじに会ったことがなかったので、死の床についた彼をまじまじと見たが、まずその赤毛の長い顎髭《あごひげ》に驚かされた。年長の従兄弟のフレッドを見知ったのは、死者の寝室でのことだった。彼はずっと泣いていた。蠟燭《ろうそく》の火だけに照らされたその顔は、揺らめく光のせいで、歪《ゆが》んでしまっていた。唇が厚く、髪は黒く生い茂り、おまけに櫛《くし》もかなわない癖っ毛で、ポマードがべっとり塗られていた。

フレッドは二十一歳だった。エドメをこの〈灌漑地〉に連れてきたジェフは、十九歳だった。ミアは、つねに階下にいて、子供たちの食事の世話をしていた。というのも、娘がほかに三人もいて、そのうちの最年少はまだ五歳にしかならなかったからだ。

母親はといえば、家のあちこちの隅にいて、あるときはミアと、またあるときはジェフと一緒にいた。彼女は泣いていなかった。単調なフラマン語で声をあげて嘆き、エドメに絶望感の漂う打ち明け話を繰り返し聞かせたが、相手が言葉を理解していないことに気づきもしなかった。

当初から、エドメはこうした愁嘆場を避けた。従姉妹たちがおずおずと興味深げに見てくるので、彼女としては必要以上のことを話しかけなかった。空腹で喉も渇いていたが、食べ物を要求せず、八時になってようやくボウル一杯分のスープを飲んだだけだった。

おじの死は突然の事故だった。一週間前、彼は雌牛に角で腿《もも》を突かれたのだが、この牛はずっと前から屠殺《とさつ》を計画されていた家畜だった。傷は深くはなかった。三日ばかり足を引きずっていたものの、やがて寝たきりになった。

ようやく医者が呼ばれたときには、手遅れだった。壊疽《えそ》が体全体に及んでしまっていた。

エドメがこのおじの素性を知ることは永遠にないだろう。とはいっても、彼もまた世間の人たちと同じ他人でしかなかった。これからも彼女はそういった人たちと付き合っていくのだろうし、これまでだって彼女は好意のこもっていない目で彼らを眺めてきたのだった。

彼女の母親は彼女を産んだときに死んだ。父親はブリュッセルで医者をやっていたが、つい最近、死ぬ番がめぐってきた。残された彼女は貧乏になってしまったので、後見人がネールーテレンのおじの家へ里子に出したのだ。身内で噂されていたように、まだ見ぬこのおじは、ケンペン台地〔ベルギー北東部からオランダ南部にかけての地域〕に数百ヘクタールの土地を所有していた。

おじの家族はエドメのまわりでひしめき、泣きわめいて、蟻塚《ありづか》を突かれて出てきた蟻のように忙しなく動きまわった。なぜランプを灯していないのだろう？　すべてを覆いつくすこの薄暗さ、これが最も息苦しかった。反面、瞳は薄闇のなかに人や物を探しあてようと目一杯に開かれているのだった。

書斎だけがピンクのシェードのついた石油ランプに照らされていた。何とも言えぬ家の悪臭が、パイプと紫インキの匂いによって刺激を強められていた。年長のフレッドがこの部屋に陣どり、熱心な様子で、電報の文面を練っていた。時おり、扉を薄く開けて、母親や弟に何か情報を問い合わせることもあった。

　やがてジェフがふたたび出ていった。真夜中に、例の馬車で。エドメは彼がポケットにじゃがいもをいくつか押しこんでいったのに気づいた。焼きたての、灰だらけになった芋で、まだ湯気が立っていた。ミアは子供をベッドに寝かしつけてから、エドメのもとへ戻ってきて、お追従のようにこう言った――

「ねぇ、あなたの部屋をお見せしましょうか？」

　それは明かりが蠟燭一本だけの、天井の傾いた部屋で、ひどく高いベッドの上には、あまりにかさばる羽毛布団が載っていた。夜中も家は騒がしかった。エドメは馬車が戻ってくる音を聞いた。起きて階下に降りると、見知らぬ人たちがいた。なかに非常に大柄で、がっしりと落ち着いた男がいて、他の者たちよりも一際目立っていた。フレッドがフラマン語で話しかけると、男はエドメを見た。

「あぁ！　バルタの娘っていうのはお前か」男はそう言ったが、手も差し出さず、キスもしてこなかった。

　同情のこもった目で、頭からつま先までじろじろ見てくる。

「よろしい！　お前なら従姉妹たちと仲良くやれるだろう。一週間のうちに、身内から二人も死人が出ちまったな」

　これがルイおじだった。マーサイクの葉巻製造業者で、エドメはブリュッセルにいたとき彼の写真をアルバムのなかでよく目にしたものだった。身内のこの親戚筋について、彼女は漠としたことしか知らず、それも伝説めいた様相を呈していた。たしかに彼女の母親は、フラマン語しか知らない例のおばとルイおじのきょうだいなのだが、リンブルフで暮らしたことがなく、結婚したのがブリュッセルだったので、この親戚たちについてはめったに話題にしなかったのだ。

「もうお前は、喪に服しているんだな」おじはつづけて言った。「しかし、残りの従姉妹たちはこれから着替えさせねばならん」

　このおじがみなを自動車でネール－テレンに連れていった。なぜなら、彼は旧式ながら十人乗れるだけの車を持っていたからだ。屋根の低い家の台所に入っていくと、椅子の背に鶏が止まっているのが見えた。肉のこけた五十がらみの女が、ミシンを踏んでいた。女は訃報を聞いて嘆き悲しんだが、すぐに子供たちとキスをしたがり、そこには緊張気味のエドメも含まれていた。女は布のサンプルや流行りの版画を見せてくれたが、どれも黄ばんでいた。

通りに出ると、新たに老女たちが子供らにキスしようとやってきて、エドメを興味津々な様子で見た。

ルイおじは〈灌漑地〉へ寝にもどった。翌日、また新たに弔問客が迎えられ、翌々日にようやく葬儀が執り行われた。

いまやエドメは屋敷の全貌を白日のもとに見ていた。家は大きかった。とりわけ客間が広大だったが、そこは神父や毛皮つきコートを着たマーサイクの紳士連を迎えるときだけ使われる特別な部屋だった。

しかしそれよりもエドメを面喰らわせたのは、この客間のすぐ隣に、田舎でよく見られるようなみすぼらしいカフェがあったことだ。後に彼女は気づくことになるのだが、このカフェは必要に迫られたものだった。なぜなら、屋敷に用事があって来る車引きたちには、ここ以外に酒を飲める場所がなかったからである。じっさい、敷地は横断するのに二時間以上もかかった。

土地はところどころ低くなっており、ポプラの木の列が均等《シンメトリック》に植えられていた。あちらこちらに、真っ黒な樅の森。そして水位の高い運河があり、何艘《そう》かの川船が草原に乗りあげていた。

埋葬は忘れがたい出来事となった。朝八時から、家のまわりに五十以上の型とりどりの馬車と、一ダースあまりの自動車が集まっていた。夜を徹して、ジェフが製パン室でパンを焼いた。彼は時間ぎりぎりになって体を洗い、喪服に着替えたが、そのあいだフレッドが人々を出迎えた。ミアはといえば、召使の老女と台所仕事にかかりきり、竈《かまど》には所狭しと鍋がかけてあった。

子供たちはあいかわらず道に出ており、あるときは一方の隅に、またあるときは他方の隅に押しやられていた。列席者はみなフラマン語を喋り、一様に嘆き、とりわけ女たちは手を組み合わせ、肩の位置まで頭を垂れながら、こう繰り返していた――

「イエス様、マリア様！」

フレッドは男たちを書斎に案内して、ビールを振る舞った。時おり、エドメがフラマン語で誰かに紹介されることもあり、すると人々が憐れっぽく頭を揺らした。

司祭が九時にやってきた。なおも雨が降っていたが、ここ数日と比べればずっと小雨だった。葬列ができはじめた。みな徒歩で、傘を差しながら進み、司祭と助祭たちがなかに加わった。助祭たちの身につけた純白のスルプリ〔聖職者が僧衣（スータン）のうえに羽織る袖の広い衣装〕が田園風景のなか鴎《カモメ》の翼のようにひらひらと舞っていた。

典礼聖歌のざわめくような歌声と、泥道を踏みしめるぴたぴたという足音がしだいに消えていった。女子供だけが家に残り、ひたすら夕食の準備にいそしんでいた。五十人分の夕食だった！　テーブルに天板が継ぎ足された。ネールーテレンから椅子が借り出されていた。林檎のタルトが生焼けでミアは二度ほどべそをかいたが、生地はぎりぎりのところで奇跡的に固まった。

エドメは食器を並べる係を充てがわれた。ひとりで、鈍色のテーブルを巡回し、模様替えした広い客間を動きまわった。最後に、ぎりぎり遅くまでベッドで休ませていた最年少の従姉妹を着替えさせなければならなかった。

一時になってようやく男たちが戻ってきた。息の匂いから、村の宿屋ですでに喉の渇きを癒してきたのがわかった。フレッドは主人の役を買って出て、刻み煙草入れと葉巻の箱を客たちに配ってまわった。

女たちと子供たちは台所で食事をし、何か足りないものはないかと見まわりに絶えず席を立った。

年代物のワインが出され、四時ごろ、エドメが客間に行ってランプをつけてまわると、煙のたちこめた部屋が真っ青に映えた。食客の大半は、椅子を反対向きにして座り、血色のいい顔を露わにしていた。どの顔も冷気と美味しい夕食のおかげで色づき、あまりに真っ白な替え襟《フォーコル》のせいで赤みが際立っていた。

居心地のよい、真情のこもった、楽観的な雰囲気があたりを支配していた。テーブルの汚れた皿は灰皿に変わっていて、葉巻の残りはもう十箱もなかった。

　エドメが三つのランプに火をともすと、大半の男たちが彼女の痩せて引き締まったシルエットを目で追った。やがて彼女は台所に戻ったが、そこではおばが泣きながら、自らの不幸を来たばかりの老女に語っていた。

　八時に最後の客が席を立ち、ルイおじがその客を車まで引っ張っていくと、家はもぬけの殻になった。フレッドは目を輝かせ、厚い唇で最後の葉巻を吹かしながら、散らかった客間を闊歩していた。彼はエドメを見ると、こう言い放った――

「いい葬式だ！　名士がみんな来てくれたんだぞ、マーサイクの市長まで！」

　彼の視線は従姉妹の体の線をたどっていた。胸を反らせて、呼吸が荒くなっている。じっさい彼を含めた一同は、ジンの瓶を何杯も何杯も空けてしまったのだ。

「俺たち二人、仲良くやれると思うぜ！」彼は付け加えた。

　微笑んだ彼は、それがしきたりであるかのように、葉巻の箱を鍵をかけてしまいだした。

　客はすべて帰った。死者も旅立っていた。娘たちと女中は台所で皿を洗いはじめ、そのあいだ他の者たちは、足を暖炉のほうに向けて、式の詳細や、司祭の説教や、耕作者組合の会長が墓でぶったスピーチなどを思い返していた。

　おばは耳を傾けながら、鼻をかんでは少し泣き、あらためて質問したりしていた。

　皿洗いは深夜になってようやく終わり、みなベッドへ寝にかえった。ただしジェフだけはロテム〔リンブルフ州の町〕の市《いち》に二頭の子牛を連れていかねばならず、灰色の馬を荷車に繋いで、ひとり夜の闇へと乗り出していった。一緒に乗った子牛たちは、彼の後ろで、馬車が揺れるごとにバランスを崩していた。

第二章

エドメとミアは公証人宅への訪問に同行することになっていた。一番幼い、醜い小人のような子供たちを学校へ送り出すと、ミアは自分の部屋に戻って着替えはじめた。

彼女の骨太な体格はとてもがっしりしていて、家族の他の者たちと同じくどこか均整を欠いており、ぐらついたところがしっかり固定されていないようだった。両肩は高さがぴったり揃っているだろうか？　鼻筋はまっすぐ通っているだろうか？　ずれはわずかだったが、それでもミアを粗野で未完成に見せるには充分だった。

彼女はいつも朝一番に起きたが、というのも子供たちを着替えさせなければならないからだ。着替えのあいだ女中が台所の二つの火元、すなわち暖炉と竈《かまど》に火をともすことになっていた。ベーコンを厚切りにするのもミアの役目で、フライパンのなかでそれらに焦げ目がつくと、おたまじゃくしを使ってそば粉のペーストを注ぎこむのだった。

家中がギャレット〔そば粉の生地を焼いたクレープ状の料理〕の熱い匂いで満たされてくると、ようやく男たちが目を覚ます。彼らが下に降りてくるのは、ちょうど三人の幼い娘たちが、夜明けの陰鬱な空気のなか学校に向かってとぼとぼ歩いている頃合いだった。

しかしその日の朝は例外だった。各自が自分の部屋で着替えるなか、おばは廊下に出て、黒い絹のブラウスのホックを留めてもらおうと人を呼んでいた。エドメはミアがおばの部屋に入っていくのを見た。彼女の体は洗いすぎたために肌がピンク色で、髪は後ろにひっつめてあった。

「ねぇ、髪型はこんな感じでもいいかしら？」

彼女の豊かな髪は、何の面白味もない褐色だった。

「すごくいいわ！」エドメは無責任に答えた。

「本当に？　喜ばせようと思って言うのはやめてよ」

廊下に面した扉が開いた。フレッドの姿が見えたが、彼もまた肌が赤く、髪は新たにポマードを塗られ、胸当て《プラストロン》付きの白シャツのせいで胸がぴんと張っていた。彼は怒っていた。ミアのほうに替え襟を投げてよこし、フラマン語で文句を言った。彼女も負けじと激しく言い返し、やがてお決まりの口論がはじまった。ミアは何かするのを拒否していた。フレッドはしつこく言いつのっていた。突然、彼がびんたを食らわすと、あまりに強烈だったので、妹のほうは息を切らし、泣きもせずその場にじっと立ちつくした。

やがて彼女は自分のドレスを引きちぎり、替え襟を拾いあげると、スリップ姿のまま降りていってしまった。かたや兄のほうは自室に引きあげていった。

今度はエドメが降りていくと、ミアは台所にいて、いまだピンクのスリップ姿のまま、新しい替え襟に夢中でアイロンをかけていた。

馬車は四輪で、前面に対してベンチシートが二つあった。馬に繋いだのはジェフだが、彼もまた他の者と同じく新調の服を着ており、セルロイドの替え襟とチェビオット〔スコットランド産の羊毛〕の不釣りあいな帽子のせいで、頭がよけいに大きく無骨に見えていた。しかし、手綱を引くのはフレッドだった。母親はその隣に座り、窮屈そうにヴェールと手袋を身につけたまま、道中一言も喋らず、身じろぎもしなかった。

ここ数日の雨はやんでいた。風は北西から吹きすさび、やがて朝方よりもどぎつい光が射してきて、風景をまばゆく冷たい白光で縁どりはじめた。

「一週間もしたら、雪になるだろうよ」フレッドが従姉妹のほうを振り返って予告した。

冬の先触れが感じられた。手袋をしていても指の先が凍りつき、みな絶えず鼻をかんでいた。ネールーテレンを横切っていったが、そこは運河の果ての、屋根の低いくすんだ家が連なるフランドル特有の小さな村にすぎず、道路には尖《とが》った石が敷きつめられていた。

いたるところで地形が等しく平坦になっており、樅の森を除けば、木の種類はポプラしかなく、その林が風景を長方形に切りとっていた。

マーサイクに着き、公証人の家の前に来ると、おばはフレッドの腕をとった。ルイおじはすでに来ていた。客間にいた彼は、葉巻をくゆらせながら小さなグラスでスキーダム〔オランダの町の名にちなんだ蒸留酒〕を飲んでおり、かたや公証人は、司教座の参事会員のように穏和なでっぷりした見てくれで、格別の敬意を払ってルイおじをもてなしていた。

エドメはおじが山羊皮の上等な靴を履き、仕立てのよい背広を着ているのに気づいた。彼の話ぶりには、話を聞かれることに慣れた男の自信がみなぎっていた。

その後の面談もフラマン語で行われ、フレーズを強調するときだけフランス語が飛び出した。

客間は修道院の面会室を思わせたが、じっさい家具はぴかぴかに磨かれ、あらゆるものが清潔な輝きを放っていた。マホガニーのテーブルは、表面に人の顔が映るほどだった。壁には、二人の神父の大きな写真がかかっており、どちらも公証人の息子とのことだった。

公証人は慌てずゆっくりと書類を読み、時々、おじのほうを見て了解の確認をとった。フレッドは注意深く耳を傾けながら、時おり同じことを繰り返し口にしていたが、他方のジェフはわれ関せずで、帽子の皺を手でしきりに伸ばしていた。

母親は放心していて、車内や家にいるときと同じだった。彼女には周囲のすべてを意に介さない能力があり、じっさい必要なら何時間でもそうしていたし、背筋をぴんと伸ばしたまま、悲しげで行儀のよい微笑を唇に浮かべているだけだった。誰も彼女の顔立ちを一口に言い表すことはできかったろう。見てとれるのは、控えめな全体のつくりと色の薄い従順そうな目だけで、例の微笑はどんな人の意見も正しいといわんばかりだった。

エドメはといえば、何が起こっているのかまったくわからなかったので、とりわけフレッドとジェフをじっと見比べて、細かい点ばかりを注視していた。たとえば、ジェフの下唇に切れ目を入れている傷跡、フレッドの首元の腫れ物を隠しているはずの膏薬――あの腫れ物はいつかの替え襟とミアの不手際をめぐる一悶着のせいでできたものではないか？

男たちは激することなく長々と議論した。書類が手から手へと回された。ようやく各自が立ちあがって署名をし、ジェフですらそうしたが、彼はペン軸をどう持ったらいいかわからなかったらしい。フレッドにかんしては、たいそう満足した様子だったので、エドメは彼の身分に何か変化があったことを悟った。

ルイおじの家で昼食をとった。彼は妻と二人暮らしで、美人の妻は五十歳のフランドル人、優しげで太っており、髪は真っ白だった。家は公証人のそれと同じくらい手入れが行き届いていて、豪華さの点では勝《まさ》っていた。食卓につくと、フレッドがエドメにこう説明した――

「相続の件はうまく片づいたよ。親父は財産の分割を望まなかったから、きょうだいたちに取り分を諦めるよう遺言したんだ。俺としては、奴らにある程度の地位は約束するつもりだがね」

ジェフはいつもより陰鬱だったろうか？　見ても判断はつかなかったろう、というのも、新調した服のせいで様相があまりにグロテスクに変わってしまっていたからだ。

鳩の肉を食べた。エドメはこのことを後から思い出したが、とくに理由はない。食事が終わるころ、おばがまた少し泣き、それから一同は車に戻った。帰りも行きと同じく沈黙がつづき、夜の帳《とばり》が降りてくると、エドメは薄すぎるコートのなかで身を震わせた。ネールーテレンを過ぎたあたりで、下校途中の子供たちと出くわしたが、車内には余分の席がなかったので、そのまま彼女らを追い越した。頭巾を被った三つの影が、景色の見えない広大無辺のなかを動きまわっていた。

思いがけない喜びがエドメを待ちうけていた。荷物が届いていたのだ。正確にいえば荷物ではなく、父親の死後、残すことに決めた物の寄せ集めだった。その他の物は、後見人の忠告にしたがい、競売場に送られたのだった。

まずは食事になった。晩はいつも同じ献立、スープとじゃがいものクリームソース和えが主で、六時になると、お馴染《なじ》みの酸っぱい匂いがあたりにたちこめてきた。客間のランプを灯したのはフレッドで、そこには箱とトランクがいくつも置かれてあった。

「手伝ってやるよ」と彼は言った。

他の者たちはすでに新調の服を脱ぎ終わっていたが、彼はまだ黒のズボン、糊のきいたシャツ、開きの広い襟《ワイドカラー》を身につけたままだった。最初の箱を開けると、みなが周りに集まってきて、そこにはおばもいれば、フレッドから距離を置くふりをしていたミアまでいた。

ブリュッセルのゴミ屋敷で詰めこまれた品々がつぎつぎ出てきたが、あまりに見慣れぬ様相のものばかりだったので、一同の顔色が変わった。エドメの母親の写真には深紅のビロードの額縁がしてあった。ミアは長々とそれを見つめ、やがて確信をもってこう言った――

「美人だったのね！」

写真の女はその場にいた人たちとはとくに違っていた！エドメみたいに！すっきりした細面に、長くしなやかな首。

「なんて綺麗なドレスなの！」ミアが付け足した。

以後、品が出てくるたびに感嘆の嵐が起こった。フレッドはとりわけエドメの父親の外科手術用の鞄に興味を示したが、この鞄は、どういうわけか、後見人が荷物のなかに入れたものなのだった。フレッドが太い指でいじくりまわした器具はどれも精密で、まるで宝石のようにぴかぴかだった。

「これはどうするつもりだい？」

欲しくてたまらないとばかりに、目が輝いていた。彼だってどうするあてもないのだろうが、黒い専用のビロードの箱に収まった、塗工された鋼の器具に触るのが嬉しくてしょうがないらしい。エドメは決然とそれを取り返し、返事すらしなかった。

ある小箱には金の指輪がいくつか入っており、どれもたいして価値のない石ではあったが、なかでも最も豪華な装飾はルビーだった。ミアがそのうちの一つを指に嵌《は》めようとすると、さっきと同じ冷たい手つきで、エドメに取り返された。

いとこたちの目から見て、彼女は特別な存在となった。子供たちを追い払ったミアは、他の者たちのように見たり触ったりしたくてしょうがないらしく、とりわけドレスが広げられたときがそうだった。それは小さなフリルのついた、空色のサテンドレスで、エドメが前の年の終業式に初めて着たものだった。みな彼女にこのドレスを試着させたがった。

「後でね、喪が明けたときに！」

他に何があったろう？　クリスタルの小瓶が詰められた旅行鞄、ピアノを覆うための手縫いのカバー、おそらく贈答用にちがいないブロンズのカップ。ある箱には、大判の医学書が大量に詰めこまれ、どの本にも青や、赤や、黄色で色づけした解剖のイラストが満載だった。

「これはどうするつもりだい？」フレッドが尋ねた。

「これは私のよ！」

「書架に置いたらいいじゃないか」

書架とは彼の書斎にある家具のことで、そこには子供がもらう賞品のような本しかなく、配本、古雑誌、何冊かの半端な書物が並べてあるだけだった。

「駄目！　ぜんぶ私の部屋に置いときたいの」

おばが割って入り、フラマン語で言った――

「そうさせておやり、フレッド！」

エドメはすべての品を箱やトランクの元々あった場所に戻した。あげたものもあったが、あくまで冷ややかに、よくよく考えてからそうした。ミアにあげたミサ典書から、宗教画のイラストがぱらぱらとこぼれ落ちてきて、あまりに数が多かったので、その半分を子供たちと分けあうことにした。

「ぜんぶ私の部屋に置いときたいの」彼女は決然と締めくくった。

隅っこで身を縮めながら、ジェフが木片をナイフで削っていた。彼女は声をかけた。

「ジェフ、荷物を上にあげてくれる？」

彼女はつとめて慇懃《いんぎん》に、ぎこちなく微笑んでみせた。その夜、ミアは青いサテンドレスと小箱に入った指輪の夢を見たにちがいない。

翌日、フレッドはこれから仕事でハッセルトに行き、おそらくブリュッセルにも立ち寄ることになるだろうと告げた。エドメは生前のおじを知らなかったが、フレッドがその衣鉢を継いでいるのを感じとっていたし、みなが父親に対するように彼を扱っていることにも気がついていた。

とくにおばの態度のうちにそれが感じられた。彼女の従順さから、今後はフレッドが主人だということがはっきり伝わってきた。ミアは彼のためにシャツを三枚アイロンがけし、着替えを手伝った。ジェフは灰色の馬を車に繋いだ。最後、家を出るときになって、フレッドは各人に農地の管理のための指示をあれこれと与えた。農地は広大な干拓地《ポルダー》だった。土地は砂で覆われ、海抜が低く、堤防で囲まれていた。数多の運河は、自由に開け閉めできる水門で仕切られており、そのおかげで任意の場所に水を送りこむことができた。

家畜用の甜菜《テンサイ》が栽培されていた。雌牛が三十頭あまり、他に鶏、鵞鳥《ガチヨウ》、七面鳥がいた。とはいえ〈灌漑地〉の存在理由となる主要な農産物は、なんといっても干し草で、春になると、何艘もの筏《いかだ》をいっぱいにするほどの収穫になった。

家には、年寄りの使用人とその妻がいて、牛舎の近くの小屋に住まっていた。敷地内には、ところどころに番人たちの小屋も建っており、それぞれの管轄を受けもつ彼らは、毎週土曜になると指示と給料をもらいにくるのだった。

十二月の刺すような陽射しのなかで、草地は無限に広がっているように見えた。農地を二つに切り分ける一直線の運河が、あたりに幾何学的な性格をもたらしていたので、景観の厳格さがいや増していた。

ジェフは朝十時ごろネールーテレンから戻ってきた。かの地でフレッドを路面電車まで送っていったのだ。エドメは彼が繋駕《けいが》を解いて、馬車から何か取り出し、中庭の奥の屋根の低い建物へ歩いていくのを見た。その建物は製パン室のすぐ隣にあり、不格好な造りをしていた。おそらく物置に使われている場所で、なかにはいくらかの柴、大鎌、背のない椅子、綱などが収められていた。すぐ後につづいてエドメが入ると、従兄弟はこちらに背を向けながら、松かさの焚き火の前でうずくまっていた。

「何してるの？」彼女は訊いた。

最初、彼は手に持っているものを隠そうとしたが、やがて考えを変えたらしく、さっと身をよけた。そのとき彼女は気づいた。埃《ほこり》っぽい石の地面に、ナイフで腹を裂かれたばかりの小動物の死骸が転がっていることに。

「これは何？」

「栗鼠《リス》さ」

彼は壁の一面の、かつては漆喰《しっくい》で塗り固められていたところを指さした。板に張りつけにされた獣の皮が二十枚ほどあり、どれも釘《くぎ》で両脚を広げたままにされ、長く美しい尻尾をだらんと垂らしていた。

「あれをどうするの？」

彼は肩をすくめ、ナイフを使って灰の下から焼いたじゃがいもを取り出した。

「何にもならないさ。俺は知らねえ」

「いっぱいいるの？」

「今朝、二匹見たな。でも一匹逃がしちまった」

彼女は立っていたので、うずくまったままの相手を、おのずと見下ろす格好になった。経験したことのない感覚に身が固くなり、不安で胸がざわついたが、彼女としては逃げることでその感覚を消し去りたくなかった。

「どうぞつづけて！」

彼はふたたびナイフを手にとり、獣の皮を剝ぎはじめた。切っ先を使って、はらわたをえぐり出している。大きな手が血で染まっていた。エドメはあいかわらずじっとたたずんでいたが、皮が剝《む》けだすと、その下にごく薄い、青みがかった皮がもう一枚あるのに気づき、思わず扉の縁に摑《つか》まって身を支えなければならなかった。

ジェフは何の反応も示さなかった。不細工な顔は動かぬままだった。彼は古い上着に替え襟のないシャツを合わせ、足には木靴を履いていたが、こうした格好のほうが真新しい服装よりも醜く見えなかった。

「じゃがいもいらないか？　あったまるぜ！」

こちらに一個差し出してきたが、その手はいましがた死体をまさぐったばかりの手だった。エドメは受けとったものの、どうして受けとったのか自分でもわからない。吐き気を催しているにもかかわらず、それを何とか乗り越え、灰だらけの薄皮に血が少しついているのを見て身震いした。ジェフは彼女のほうを見向きもせず、壁板の角に一本目の足を釘づけしていた。髪を炎に近づけすぎたために、一房の毛がぱちぱち音を立てた。

瞳を凝らしたまま、エドメはじゃがいもに突如かぶりついた。その一口を、舌の上に転がしたが、次の瞬間、怒声をあげながら残りを投げ捨て、家まで一目散に駆けもどった。そのとき感じたのは、夜中に外に出て、恐怖のあまり息が詰まり、見えない危険から逃れなければならなくなったときの不安と同じものだった。

ようやく台所に来て、じゃがいもの欠片《かけら》を吐き出した。窓辺で縫い物をしていたミアが、驚いた様子でこちらを覗《のぞ》いてくる。

「どうかしたの？」

「何でもない！」

話したくなかった。彼女は怒っていたのだ！　マントルピースの近くに座ると、顎を肘にのせたままじっとして、瞳が焼けるほど火を見つめつづけた。

一瞬激しく感じたあの興奮は、その後も波が鎮まっていくように尾を引き、水紋のごとく心のうちで広がっていった。不意の戦慄が何度かあったが、その間じゅう、これ以上発作が起こらないよう身を縮め、脇を締め、脚をきつく組み合わせていた。

やがて、それまでのよりは軽い、最後の昂《たかぶ》りがこみあげてくると、あの栗鼠のことを思い出した。また戦慄が起こるかと身構えたが、一転、ものうい虚脱感に陥った。

彼女は昼食の時まで一言も口をきかなかった。昼食は正午にとることになっていた。食卓につき、ジェフのほうを見やると、彼は手すら洗っていなかった。

「なぁ、ジェフ、コートにしたいから、あの皮を俺にくれないか？」

「あんなんじゃ足りねえよ」

「もっと見つけてこいよ！」

「何の皮？」ミアが尋ねた。

「栗鼠の皮だよ」

「栗鼠の皮でコートなんて作らないわよ」

するとと真っ青なエドメが、身をこわばらせたまま、ミアのほうを向いて——

「もし私が、栗鼠のコートを欲しいって言ったら？」

フランス語がわからないおばは、おずおずと彼らの顔をうかがっていた。あいかわらず不幸を待ちうけているような様子で、可能なかぎりへりくだろうとつとめながら、運命の呪いを和らげるためにうっすら微笑んでいた。

彼女には九人子供がいたが、うち三人が死んだのだった。彼女はまだ四十五歳でしかなく、まったく平凡な女だった。


おどおどしながら、ジェフに従姉妹が何と言っているのか尋ね、栗鼠皮のコートのことを教えられると、エドメに向かってそれは名案とばかりに微笑んでみせた。

食事だというのにテーブルクロスがなかった。ジェフはぐったりして、テーブルの上に肘をつき、三皿分のスープをつぎつぎに飲みほしていった。子供たちは帰ってこなかったが、いまごろ学校でパン切れを食べているはずだった。

「縫い物はまったくしないの？」ミアが沈黙を破ろうと尋ねた。

「そんなのまっぴらよ！」

「ここにはね、いつだって縫うべきものがあるの。いま、私はエプロンを作っているところよ」

エドメはきつい目つきで相手を見返した。ミアの考えの底にあるものが透けて見えたからだ——縫い物もせず、台所仕事も手伝わないとしたら、いったいこの人は何をするつもりなんだろう？

「私は医学の勉強をしたいのよ、お父さんみたいに」

「医学を学ぶには大学に行かないと無理だし、ネールーテレンにそんなものないわ」

「独学でやるつもりなの！　必要なものは揃えてあるんだから」

あまりに有無を言わさぬ調子だったので、誰も口を挟もうとはしなかった。いい加減な気持ちで言っているのではないことを証明するために、彼女は食事が終わるとすぐ自分の部屋に直行し、やがて大判の本を一冊抱えて戻ってくると、マントルピースの近くに陣どった。おばは皿を洗い、ミアは窓辺で縫い物を再開した。

空はますます雪模様になっていた。たしかに白みがかっていたが、はっきりしない白だった。寒気の流れが扉の隙間から入りこんでいた。ジェフはといえば、ハンチング帽をかぶったまま、木切れを削っていた。

「それで何するつもりなの？」

「野兎《ノウサギ》を捕まえる新兵器さ」

「詳しく説明して！」

「できないね。見にきたらいいよ」

でたらめに医学書を開いていた彼女の目に、癌《がん》に冒された胃のイラストが入ってきた。読みたくもなければ、見たくもない。かといって皿洗いをする気にもなれないし、ましてやミアのように、コトネット地に赤いチェック柄の入ったエプロンなど縫いたくなかった。

「大水門が修理されてるかどうか見にいってくる！」そう言って、ジェフは扉を押し開けた。

本当は彼についていきたかったエドメは、誘われなかったことが癪《しゃく》に障っていた。しかたなく読書に耽っているふりをした。意味もわからぬまま言葉が目の前を通り過ぎていく。樅の焚き火の熱が身に染みてきて、脚がひりひりし、頬に血がのぼってきた。おばは皿を戸棚にしまい、ミアは時おりごわごわしたコトネットを引っ張っていた。

食卓が完全に片づけられると、おばは自分の編んだショールを探しにいき、暖炉の反対側の、エドメの正面の席に座った。彼女は姪《めい》に話しかけることができなかった。そこで目を上げると、悲しげで励ますような微笑みを浮かべ、一言二言ミアに言葉をかけた。娘は返事を返したが、唇に針をくわえていたためおかしな声になった。

炎は規則正しい音を立て、ごうごうと執拗さを増していた。外では北東の風が巨大な屋敷に吹き寄せ、ポプラの木々をことごとく同じ角度にたわめていた。

エドメはページをたぐる手を止めていた。頭にあるのは栗鼠のことで、わざとそのことを考えていたのだが、いくら考えても今朝の戦慄や奇妙な昂りをふたたび感じることはできなかった。あの昂りは、彼女のうちを弱まりながらも突き抜け、もはや筋肉のごくかすかなこわばりでしかなくなるまで続いたのだった。

第三章

暦は十二月三十一日だった。三日前から、空が大地よりも暗くなり、じっさい世界は、家並みから地平線にいたるまで、ずっと雪に覆われていた。その日の朝、もう雪はやんでいたものの、目覚めて窓を見やると一面にアラベスク模様の霜が張っていた。

幼い娘たちは、休暇の真っ最中で、火の近くの床に座ったまま、ものものしく言葉を発しながら布切れを交換しあっていた。ベルタは、まだ十二歳の子供だったが、母親が新年を祝うためにワッフルを作るのを手伝っていた。すでに二時間以上前から、休むことなく甘い生地を型に流しこむ作業がつづけられており、時々、誰かが簀《す》の子の上で冷めていくワッフルを満足げに数えていた。

エドメもまた、十分間ほど型どりの作業をしていたが、やがて飽きてしまった。台所を行ったり来たりして、じっとしていなかった。フライパンに近づけば、熱風が顔に吹きつけてくる。扉や窓のほうに歩いていくと、とたんに隙間から漏れてくる冷気に襲われた。

ミアは階上にいて、部屋の掃除に夢中だったが、やがて廊下に出てきて叫んだ——

「エドメ！」

エドメがミアを発見したのは彼女の部屋ではなく、フレッドの部屋だった。彼女は謎めいた様子で、たいそうな興奮ぶりだった。

「フレッドはまだ書斎にいるの？」

彼は朝から、書斎に閉じこもって、手紙と名刺に祝辞を書き入れる作業に没頭していた。

「これ見てよ！」

彼女は兄の一番上等な三つ揃いにブラシをかけていたのだが、

なかから一枚の写真を見つけたらしく、エドメに差し出してきた。それは小さな町のカメラマンに撮ってもらった肖像写真《ポートレート》だった。背景は灰色がかり、厚紙でできた柱が写っている。前面には一人の女が微笑んでいて、顎の下に細い指を当てていた。女はまだ若かったものの、太っちょで下品だった。とりわけ胸が豊満で、明るい絹のブラウスがはちきれんばかりだった。

「これがあるからあの人ハッセルトによく行くんだわ」ミアは説明しながら、ぷっと吹き出した。

「醜女《ブス》ね」そう冷たく言い捨てると、エドメは写真を従姉妹に返した。

「私はそうは思わないわ。フレッドは醜いのと付き合ったことがないし、欲しいだけ女をものにするのよ」

部屋は家のすべての部屋と似かよっていたが、違うのはパイプや、杖や、吊《つ》り下がった服があったことで、そうした品々からここが男の部屋だということがはっきりわかるのだった。ミアはそこでくつろいだ様子で過ごしていて、ちょうどいま、着古されて股底がとうにてかったズボンにブラシをかけている最中だった。かたやエドメは本能的な嫌悪感に襲われ、鼻をつまんでやっと息をしているしまつだったのだが、というのも、あの男の匂いが漂ってくるような気がしていたからだ。

「女はみんなあの人に惚《ほ》れちゃうのよ」感嘆した様子でミアが断言した。「ネールーテレンにも一人いてね、パン屋の娘なんだけど、ほぼ毎週日曜ここへ彼を見るためだけに散歩しにくるの。あんたも見たことあるはずよ。ほら、胸が大きいあの娘……」

エドメは逃げ出しこそしなかったが、何かしら空気のなかに、不快なものを感じとっていた。ミアが言い張っているように、彼女はフレッドに反感を抱いていたのだろうか？　彼女がこの家に来てから、彼はすでに三度もハッセルトに赴き、そのたび向こうに寝泊まりして、勝ちほこった様子で戻ってきたものだった。彼はエドメにほとんどかまうことがなかった。女にかんしては、他のところで思う存分会っていたのだ。

彼の厚い唇、きらきらした目、肌をとおしてもわかる熱い血潮のうちには、たしかに官能的なところがあった。エドメは、図らずも、そんなフレッドのことを思ってしまうことがあった。医学書の交尾についての論文を、胸を締めつけられながら読むたびに。

「言うまでもなく、あの人は美男なのよ！」ミアは兄の衣服を片づけながら、そう結論を下した。

「私はそうは思わない。私だったら、うんざりするでしょうね。そもそも、あの人は太りすぎだわ」

そこまで太ってはいないが、ずんぐりして、つやつやして、あまりに毛深いたちで、汗っかきで、雄の匂いがぷんぷんだった。

「何かあったのかしら？」

戸外から、誰かが自転車を壁際に停める音と、囁《ささや》き声が聞こえてきた。扉を開け、耳を突き出していたミアは、こう叫んだ――

「早く来て！　向こうでスケートしてるってよ……」

その知らせは農場の使用人がもたらしたのだったが、当の彼はスケートをしている場所と反対側からやってくるところだった。五分も経つと、みなが台所で騒ぎはじめた。フレッドも年賀状を書く作業をうっちゃっていた。ジェフは物置にあった緑色の重々しい橇《そり》を引っ張り出していた。もうワッフルや寒さのことなど忘れられていた。扉が開け閉めされるたびに風の流れが巻き起こった。

子供たちはみな手押し車に詰めこまれ、それぞれ唇から雲のように白い息を漏らしていた。ひび割れた頬は真っ赤だった。幼い娘たちは、車が狭いにもかかわらず、すでにスケート靴を履いており、靴はといえば、オランダの木靴の底に薄く浅い刃をつけただけの粗末な代物だった。

知らせの触れまわり方とその後の熱狂のうちには、何かしら陶然としたところがあった。ジェフが頭をしきりに揺らす馬に鞭《むち》をくれていた。車輪に刮《こそ》ぎとられた雪塊が車の両側から舞い散っていた。

時おり、灰色一色の単調な空から、忘れられていた雪片がいまさらながら降ってきて、エドメはそのうちの一片を黒いショールの上に受けた。なぜ黒いショールかといえば、他に服がなく、従姉妹たちの服装に倣うしかなかったからだ――それは大ぶりな絹のショールで、両端を後ろにまわして腰のところで結ぶと、上半身が膨らみ、体の残りの部分と釣り合いがとれなくなってしまうのだった。

ミアだけが赤いショールを羽織っていたが、染め替えなければならなかったらしく、紫がかった色になっていた。それぞれのショールを結んでやるのがおばの仕事だった。彼女は順ぐりに娘たちに近寄り、両端に結び目をつくってやっていた。しかしエドメは、外に出るやいなや、ショールを解いてしまい、スペイン女風にだらしなく着こなしていた。

「寒くないの？」ミアが訊いた。

「大丈夫」

肌が張りつめていた。目はひりひりしていた。村に着くちょっと前に、数ヘクタールの草地が見えてきた。前の週、そこには深さ一〇センチメートルほど水が溜まっていたのだが、いまやそれが凍って、広大なスケート場になっており、すでに大勢の人で賑わっていた。

ネールーテレンの子供たちが、男子も女子も、みな集結していた。ほぼ全員が結んだショールを身につけている。大半はスケートをしていたが、二枚の鉄刃の上に箱を乗せただけの、丈の低い橇で滑っている者もいた。彼らは橇のなかにうずくまり、二本のピックで地面を押して足萎えのごとく進んでいた。

手押し車が止まると、とたんに大騒ぎになった。ジェフとフレッドの二人だけで橇から子供たちを降ろした。やがてスケート靴を履いたジェフは、今度は自分の番とばかりに氷原へ飛び出していった。あまりに力強く素早い滑りだったので、子供たちをボウリングのピンみたいになぎ倒さないでいるのが奇跡のようだった。

「お前もやってみるかい？」

スケートができないエドメは、橇に乗ることにした。それは本格的な橇で、かつて彼女が実家にいたときに多色刷の石版画で見たのと同じものだった。ただしオランダ産のココアの箱に描かれていたその絵においては、毛皮の服を着た、膝に厚手のマフを巻いている女が橇に乗り、獺《カワウソ》の毛皮の帽子をかぶった男が馬を操っていた。

しばしの興奮のときだった。ものすごいスピードで進んでいた。エドメには後ろにいるフレッドが見えなかったが、その激しい息づかいは聞こえていた。ジェフが突然、彼らのほうに飛びこんできて、タイミングよくカーブしたかと思うと、片足だけで走行中の橇のまわりを二周し、微笑みながらまた去っていった。笑ったせいで口が耳元まで開き、あまりに大口で笑ったので、まるで歯が他人《ひと》より二倍あるように見えた。

「私、重すぎるかしら？」エドメはしなをつくった。

スピードが出ているせいで、フレッドには聞こえなかった。二、三度、やけに慎重にスケートをしている大柄な娘とすれ違った。胸の大きな、朝方ミアが噂していた娘だった。エドメは娘が羨ましそうに橇を眺めているのに気づいた。この地方でこういった種類の橇は他になかったからだ。五十年も前から〈灌漑地〉にある橇だった。誰もがその存在を知っていた。

「疲れたかい？」

フレッドが橇を止め、体を拭いていた。じっさい気温とはうらはらに、顔が汗でびっしょりだった。しかも熱い酒を啜《すす》るように煙草を吸い、もうもうと煙を吹かしている。

「ちょっと待っててくれるか？　あの娘とちょっくら一回りしてくるから」

彼女は振り返った。パン屋の娘がそこにいて、フレッドを間近で見られる喜びに目をきらきらさせていた。エドメは無言のまま、橇から降り、氷の上を慎重に横切った。そしてスケート場の外れにじっと立ちつくし、鋭いまなざしで周囲をうかがった。

ジェフは行ったり来たり、あいかわらずのスピードで滑りまわり、依然として何かに挑みかかるようなけはいだった。

「ジェフ！」四度目に彼の姿が目に入ったとき、彼女は叫んだ。

彼はカーブの途中で見事に止まり、寒さといらだちで蒼白《そうはく》になった従姉妹の顔を見た。くぐもった、有無を言わさぬ、一度も反論されたことのない女神のような独特の声で、彼女は言った――

「栗鼠のところに行きたいんだけど！」

彼はリンクのほうを見て、北限にある樅の森を眺めた。

「犬がいないんだよな……」

「私が手伝うわ」

彼は鼻の奥が少しぐずついていて、息を吸いこむたびに鼻孔が膨らんでいた。

「好きにしろよ」

二人が一緒に栗鼠狩りに行くのはこれで五回目だった。エドメのほうから頼むのがつねだった。これも毎度のことだが、死んだ獣を見るたびに彼女はがちがちに身をこわばらせ、無言のまま帰宅するのだった。

ジェフはスケート靴をポケットにしまった。森に入ると、木から棒を切り出し、栗鼠を求めてさまよいはじめた。エドメはそれには目もくれず、大きな橇があいかわらず滑りまわっている氷原をじっと見ていた。寒かった。ショールをはだけたままにするのははしたないとわかっていたが、もうそんなことはどうでもよかった。

フレッドは大柄な娘しか好きではないのだ！　そして大きな胸！　パン屋の娘のような顔立ち、馬鹿みたいに大きな目、真っ赤な唇、小さくて変な鼻！

「おーい！……」

彼女を手伝いに来させるのに、ジェフは三回も大声で呼ばなければならなかった。じっさい彼女は戦術を知っていた。樅の林のなかに栗鼠を見つけると、更地におびき出すために、まずは従兄弟が棒切れで幹を叩く。すると追いつめられた獣は、突然木の隠れ家から逃げ出し、そこでジェフが棒切れを投げつけると、ほぼ百発百中、腰骨を打ち砕かれる。

エドメが駆け寄り、栗鼠の退路を断ちにいく。しかしもう事は済んでいた。棒切れが宙を舞い、地面に落ちる。何か変な物音がする。ジェフが前のめりに飛び跳ね、雪のなかにうごめく茶色いものを捕まえた。

「鼻っ面に食らったな」彼は言った。

今度こそ初めて、エドメは間近で見ようと近寄った。棒切れに鼻面を打ち砕かれ、いまや獣は身をよじったまま、ほぼだらんと垂れ下がり、血を流している。まだ息をし、もがいてはいたが、一方ジェフの指は、押さえつけた喉元を、徐々に締めあげていた。

「こっちによこして！」

最後のもがきが終わったところだった。息を詰めたまま、彼女がまだ温かい獣を受けとると、一秒ごとに死体は重くなっていった。

「メスだな」従兄弟が言った。

「行きましょう！」

栗鼠の体の真ん中あたりを摑んでいると、腹がぴくぴくと震えているのがわかった。血が雪の上に滴っていた。

「どこに？」

「家に。馬車に乗りましょう」

「でも他の連中は？」

「私は馬車で家に帰りたいの」

彼はあえて拒もうとはしなかった。棒切れを振りまわしながら、彼女につきしたがった。馬は、雪を掻《か》きわけて、草を食《は》んでいた。誰にも馬車が出るところを見られなかった。緑の橇ははるかかなたにあり、ほとんど見えない。エドメとジェフは御者台で体を寄せあっていた。

「どうして帰りたいんだい？」

「わからない。私たちの小屋で熱々のじゃがいもを食べたいの」

小屋というのは、中庭の奥の、物置のことだった。ジェフはやきもきしながら、時おり後ろを振り返った。

「連中はどうやって帰るんだ？」

「歩いて帰ればいいじゃない」

栗鼠は膝の上にいて、さっきよりずっと冷たくなっている。彼女の体も冷たかった。しかし胸のうち、とりわけ頭蓋のなかに不思議と熱いものがあった。

雪の白を背景にすべてが黒く見えた。灰色の馬も、馬車の梶棒も、樅の緑も。馬が速歩で進むなか、でこぼこ道のせいで二人の上半身が揺れ、たがいにぶつかりあった。

「実のところ」突然エドメが口を開いた。「フレッドはそこまで体が丈夫じゃないわね」

すると、相方が何も言わないので、彼女は馬の臀部《でんぶ》をじっと見つめながらこうつづけた――

「おじさんが梅毒で死んだというのもうなずけるわ。私の父は医者だったけど……」

ジェフは啞然《あぜん》とした顔で彼女のほうに向きなおった。

「何で死んだって？」

「梅毒よ！　結局、あんたたちみんな退化しているんだわ。貧しく、病んだ血をもっているのよ。ミアが告白してくれたけど、彼女は一番愛らしいさかりの時分から、脚に湿疹があったっていうじゃない。フレッドはいつもどこかに吹き出物をかかえているし。この家にはまともな、均整のとれた顔の人なんていやしない。あんたはあんたで、水頭症だしね……」

神経の張りつめた彼女は、横にいる彼にではなく、自分自身に対して喋っていたのだが、それでも話を聞いてくれる相手がいるというのは満更でもなかった。もっとも、喋りながら考えを巡らせていた。いとこたちにあっては、どんなにわずかな傷口やかすり傷でも治るのに何週間もかかるという事実に彼女は気がついていた。

では彼女自身はどうかといえば、青白く貧血気味だというのに、彼らよりずっと早く治ってしまうのだった。吹き出物もなかったし、肌の不調は何ひとつなかった！

彼らにおいては、すべてが不揃いだった。まっすぐ筋の通った、穴の均等な鼻など誰ももっておらず、幼い娘たちでさえそうだった。末から二番目の娘は軽く斜視だったし、髪は全員縮れて生えていた。

「そんなことおふくろにも、フレッドにも絶対言うんじゃないぞ！……」家に着いたときジェフがぶつぶつと文句を言った。

彼はぐるっと回って中庭に入り、繫駕を解かずに、馬を厩舎の戸口に繋いだ。

「連中、怒るだろうよ」

「火をおこしにきて」

そしてエドメは「私たちの小屋」と呼んでいるあばら家に入り、地面に栗鼠を置いた。ひどく疲れていて、まるで疲労が骨の髄にまで棲みついたかのようだった。同時に、みなに楯突《たて》くことができるという自信を感じてもいた。

ジェフはいったん台所に寄ったが、おそらく母親に何か言いにいったのだろう。離れているにもかかわらず、ワッフルの匂いがエドメのところまで漂ってくる。柴の束を手に戻ってきた彼は、さっそく炉を組み立てはじめ、マッチをつけながらこう言った――

「道具置き場の隅にじゃがいもがあるはずだ」

探しにいくようけしかけたのだが、対するエドメは、椅子に見立てた薪《たきぎ》の上に腰かけたまま、動こうとしない。彼女は立ち昇る炎をじっと見つめていた。炎は最初は細く、青みがかっていたが、やがて幅が広がって黄色く変わっていった。

それを見て彼女はぞくぞくしていた。

「おばさんは何て？」

「別に何も。ワッフルを作ってるよ」

「私が思うに、彼女はあんまり頭がよくないわね。やっぱり湿疹持ちだし……」

ジェフは扉を閉めた。狭い窓から陽の光が漏れさしてきたが、まもなく炉の真っ赤な照り返しにかき消されてしまった。

「皮を剝ごうか？」

彼が頭の砕けた栗鼠を見せてきたが、それは何の威容もないただの物になっていた。

「その必要はないわ。ここに座ってよ」

彼が座ると、彼女は尋ねた――

「獣を殺すことに何のためらいもない？」

「どうして？」

「これより大きな獣だったらどう？」

「去年、猪をやっつけたじゃないか」

「じゃあ人だったら？」

突然、彼女は神経質そうに笑った。自分の殻に閉じこもってはいたものの、火のそばにいたので、体が頭からつま先まで熱を帯びていた。ジェフは、困惑して、何も答えない。

「フレッドとあんたじゃ、どっちが強い？」

「俺だと思う」

彼女の隣の、地べたに座った彼は、熊のようにずんぐりしていた。

「あの人は栗鼠狩りをする？」

「フレッドはずっとハッセルトの学校にいたんだ、リエージュの大学にも一年通ったし……」

窓は五〇平方センチにも満たなかったが、それでも時おり、雪片がおずおずと降ってくるのが見えた。

「彼のことが怖い？」

あたりの空気には陶酔があった——寒さによる陶酔、氷上を走ってきたすえの陶酔、栗鼠の頭から滴り落ちる血の陶酔。いまでは、そこに火の陶酔が加わり、樹脂の匂いが二人を包みこんでいた。中庭の向こうでは、無地の服に身を包んだ、ぎこちなく痩せこけたおばが、ワッフル型をつぎつぎに火にかけている。ひっくり返しては、おたまじゃくしで液状の生地を流しこみ、こんがり黄金色になったワッフルを簀《す》の子の上に積みあげていく。

「じゃがいもを一個頂戴ってあんたに言ったでしょ」

彼は前日取り忘れたのを灰のなかから見つけ出し、ナイフで剝きはじめた。栗鼠の腹を裂いて皮を剝いだのと同じナイフだった。

「あんたにそれ以上のことをする勇気はなさそうね」

「何をすればいいんだい？」

「わからないけど」

彼女は熱いペースト状になったじゃがいもを頰張っていた。

「何か危ないことよ！　小動物を殺すなんて危険のうちに入らないわ！」

ジェフは家族で一番醜かった。エドメが言うように、他の連中には肌の不調、湿疹、吹き出物、不均衡が見てとれた。彼の場合は不均衡というだけだった。たしかに出来損ないではあったものの、森の動物のようにたくましかった。

「何か危ないこと?」彼がおうむ返しに言った。

彼は相手を見ずに、火をじっと見つめた。二人のあいだは、一〇センチも離れていない。波のような流れがあって、この一〇センチのあいだを駆けめぐり、繋いでいた。だが、いったい何の流れだろう?

あたりは暑く、とりわけ氷原の寒さの後では、暑すぎるほどだった。もう二つのじゃがいもを灰の下に隠したジェフは、機械のような手つきで、栗鼠の皮を剥きはじめた。

「私はね」エドメがちがちに身をこわばらせて言った。「何か突拍子もないことができる男、何ものも恐れない男しか決して好きにならないの! パン屋の娘みたいのを怖がる男じゃ駄目なの! しまりのない太った娘なんかをね! 私が欲しいのは殺しのできる男、本当に人が殺せて、自分の首を賭けられるような男……」

ジェフは栗鼠を丸裸にし、片手でその頭を摑んでいた。尾のほうから、今度は皮膚を剝きだすと、絹を裂くような音がした。

ひどく長い沈黙があった。エドメはじゃがいもを二つ食べた。あいかわらず身裡《みうち》に暑さと寒さを同時に感じていたが、おそらく、扉の五センチほどの隙間から空気が流れこんでくるせいだろう。氷上を滑りまわる緑の橇を思い出していると、座席の上でぐったり伸びた娘の姿が瞼《まぶた》に浮かんできた。

「歩いて帰ることになって、フレッドはさぞかし怒っているでしょうね!」

彼らは二時間そこにいつづけたが、交わす言葉はほとんどなく、そのうちに少しずつ、暑さと寒さに別の感覚が混じりだしてきた――すなわち、恐れの感覚だ。夕食の時間をだいぶ過ぎたころ、ジェフがつぶやくように言った――

「そろそろ家に帰らなくっちゃ」

ワッフルの山は一メートルほどの高さになり、焼きあがったか焦げたかした生地の甘い匂いが、あたりに耐えがたいほどだった。じっさい焦げたワッフルは別の山にされていた。

鉢合わせは台所で起こった。一方は道から、他方は中庭からやってきた。ミアだけがどちらのグループにも属していないようだった。子供たちはといえば、しっかりフレッドの派閥に身を寄せていた。

フレッドはためらわず、弟のほうへまっすぐ歩いてきた。二言三言フラマン語で話しかけ、顔に思いっきりびんたを食らわせた。

ワッフルの山はいまだ湯気を立てていた。雪片がさっきよりも数多く舞っていた。

外は白く、二つの窓も真っ白。扉の下から潜りこんでくる白い冷気。

食卓には、スープボウル、皿、食器。

おばは娘たちの背中にショールを留めた安全ピンを引き抜いてやっていた。

「焦げてるわ！」そう叫んだミアは、ワッフル型のほうへ飛んでいき、慌ててひっくり返した。

これですべてだった。一同全員が食卓のまわりの席についた。目の前を険しい目つきで睨《にら》みつけているフレッド、そこにいる誰よりも頬をバラ色に染めたジェフ、そして、何時間も狂ったようにスケートに興じた子供たち。

第四章

冬が過ぎれば、もう凍るほどの冷えこみはないはずだった。翌日にはすでに一面の雪が解けだし、平地は冷たい泥になっていた。大粒の水滴が一滴ずつ木々から滴り落ちていた。

一家はおばから末の子供まで、全員そろって出発し、家の扉が閉められた。馬車のなかでは、ぎゅうぎゅうに詰めなければならない。運河を渡り、村を横切っていった。途中スケート場の前を通ると、灰色の氷塊がいまだ残っていた。

マーサイクのルイおじの家に着くと、手入れの行き届いた屋敷には人があふれ、葉巻とジェネヴァの匂いがたちこめていた。フラマン語が話されていた。たがいにキスで挨拶をしている。エドメは、他の人たちと同じように、列席するおじやおばや近所の連中のあいだを一巡した。

大人たちがビスケットをつまんだり、葉巻を吸ったり、小さなグラスを飲みほしたりしているあいだに、子供たちは脇で食事した。午後、おじとフレッドは一時間ばかり閉じこもって商談をし、やがて二人して出てくると、どちらも機嫌が悪かった。

帰宅のときは真っ暗だった。子供たちの一人はエドメの膝の上で眠りこんでしまった。間をおきながら、フレッドがぽつぽつと言葉を発し、母親は、たいていの場合、首を振ってそれに答えていた。

これから何カ月も湿気と、寒さと、泥と、とりわけ風にさらされながら暮らすことになるのだ。絶えまない嵐のせいで空の黒雲は吹き払われ、つねに弾ける寸前だった。家のなかでは、扉の開け閉めのことで朝から晩まで言い争いがされていた。というのも、人が出入りしたとたん、部屋という部屋に風の流れがたちこめ、テーブルの書類が飛び散ったり、かぼそい水の流れが部屋の真ん中まで侵入してきたり、各人が外から持ちこんだギャレットのように分厚い泥が床の上に撒《ま》き散らされたりするからだ。

　子供たちはそれでもなんとか、たがいに手をつなぎながら、毎朝五キロの道を歩いて学校に通っていた。夕方、帰ってきた彼女らにキスをすると、頬が冷たい雨で濡れていた。

　毎週、フレッドはハッセルトかブリュッセルに赴いていた。エドメはミアから、父親の相続に思いがけぬ問題があったことを聞いた。〈灌漑地〉がいくつも抵当に入れられており、おまけに金庫には運転資金が見当たらなかったというのだ。

「どうやら」ミアはため息まじりに言った。「お父さんもハッセルトで女と会っていたらしいの」

　それが父親の愉しみだったことは容易に察しがついた！

　日曜の朝は、ベッドに居残るフレッドをのぞき、みなで馬車に乗ってネールーテレンに行った。初回のミサに間に合うように、朝早くに発《た》つのだが、教会に着いてもまだ夜が明けていなかった。祭壇の蠟燭のほかは、二つの石油ランプしかあたりを照らすものがなかった。

　おばは緑のビロードの祈禱《きとう》台、ミアは深紅色のを持っていたが、他の連中は椅子で甘んじていた。信徒席には人がごくわずかだった――とりわけ老女たちは側廊の暗がりに紛れてしまっていた。

　あたりには朝の早すぎる目覚めと、お清めに使われる冷水と、芽生えはじめた空腹のけはいが漂っていた。なぜ空腹だったかというと、聖体拝領を受けられるように、出発前に何も食べてこなかったからだ。各人がポケットに棒状のチョコレートを持ってきていて、子供たちは聖体拝領台から戻ってくると、こっそりそれを齧《かじ》りだしたものだった。

　おばは祭壇を見つめながら、口をもごもご動かして祈るのがつねだった。こうした姿勢のうちに、彼女の個性がそっくり表れていた。細長い顔はケンペン台地で五十年も風雪に耐えてきたことで色が薄くなり、忍従の極みに達していた。ぼんやりした目は聖櫃《せいひつ》をじっと見つめるばかりで、唇は祈りのつねに一定したリズムに合わせて動いていた。

聖体拝領の段になると、まず子供たちが先に行き、ついでミア、エドメ、最後におばがつづいた。ジェフは時々行くだけで、いつもというわけではなかった。両手を組み合わせて目を伏せていると、今度は老女たちが忍び足で聖体拝領台に近づいてくるのがわかる。司祭が典礼の祈禱をつぶやきながら通るとき、エドメは薄目を開けていた。毎週日曜、彼女は司祭が聖杯を手に目の前を通るこの瞬間を待ちうけていたのだ。まさしくこの聖杯に、彼女の視線はしばらく釘づけになってしまうのだった。

それは非常に大きく、幅の広い、打ち出し細工を施した金の器だった。頬のふっくらした天使たちの像が浮き彫りになっており、それらは器のまわりの装飾をなしていた。しかしエドメが注目したのは、金属に嵌めこまれた紫の異様に大きい四つの石だった。こんなに大きな石を彼女は見たことがなく、じじつそれらは教会の明かりのなか、斜めに射してくる石油ランプの光のもとで、豪奢な輝きを放っていた。

エドメは石が好きだった。よく自分の部屋に行って、箱に保存してある古い宝石の装飾に使われた、柘榴石やルビーを愛でていた。彼女が夢見たあの聖杯の石は、他のどんな魅力的で謎めいた石よりも、美しかった。

ミサからの帰りしな、パン屋でタルトを買うのがきまりだった。帰宅すると、フレッドがまだ寝ていることもままあった。起きていたとしても、なかば裸の状態で、張り出した上半身に糊のきいたシャツを羽織り、髪をポマードでぎとぎとにしていた。

彼は十時の大ミサには行くつもりだと言ったが、みなも知ってのとおり、じっさいは教会に足を踏み入れることなく、カフェでトランプや九柱戯〔ボウリングに似た遊戯〕に興じているのだった。一時ごろ帰ってくると、吐息にジェネヴァかベルモット酒の匂いをぷんぷんさせていた。

彼はエドメをあまり見ようはとせず、言葉をかけることも稀《まれ》だった。一度か二度、通りがけに、腿のあたりを叩いてきたことがあったが、対する彼女は身をこわばらせ、怒りをこめて睨みつけた。

「いけすかない男って感じだわ！」ある日、彼女はミアに言った。ミアは驚いたように目を大きく見開いた。

「どうして？」

「わからない。ただそう感じるの」

するとミアは突然頬を赤らめた。兄のポケットのなかから裸の男女の写真を見つけたことを思い出したのだ。その写真を見ただけで、彼女は耐えがたい不安に襲われたのだった。

フレッドは日に一時間か二時間は書斎にいるのだが、たいていはマーサイクか、隣の村に行っていたにちがいない。彼に会いに人が訪ねてくることもあって、そんなときは書斎にジェネヴァと葉巻が出された。干し草や二番草を売るとか、肥料や家畜を買うとかいうことが話題だった。彼は三日かけて、革服を着こんだ二人の男と農地を歩いてまわり、伐採すべきポプラの木に×印をつけていった。

雨が降らない日は稀だった。唯一変わったことといえば、あるときからエドメがとめどなく、痩せて引き締まりだしたことだ。そのころ、空の色は一様で、このうえなくもの悲しかった。大風が吹く日もあり、あらゆる形の雲がポプラの木々すれすれに流れていった。雨が激しく吹きつけ、中庭や、道や、窓ガラスをばちばちと叩き、わずかな隙間から家のなかに入りこんできた。

エドメはそういうときを見計らって、ジェフについていった。彼はちょうど運河の水門を開けにいくか、番人に指示を与えにいくところだった。雨で顔が洗われ、水滴が鼻先や顎先で震えていた。彼女は泥のなか足を引きずっていたのだが、というのも、木靴で歩くことにまだ慣れていなかったからだ。時おり水の溜まった溝を乗り越えなければならず、そんなときはジェフが彼女の腕をとって、難なく、向こう側へ降ろしてやるのだった。

「フレッドより強いっていう自信はある？」

「あるよ」

「じゃあ、なんでおとなしく打《ぶ》たれたままでいるわけ？」

「兄貴だからさ」

それが何だというのだろう？　兄貴だからという理由で、

おばはここ数年のあいだ、フレッドの話をまるで夫の話に耳を傾けるように聞いていたのだ！

「あんたも愛人がいるの、ジェフ？」

彼はびくびくして、答えようとしなかった。彼女が自分の言うことを自分でわかっているのか、それともただ子供のように、影響力を測ることなく、他人の言葉を受け売りしているだけなのか、誰にも見抜けなかった。それでもジェフは、彼女を小娘扱いできなかった。ただ彼女にしたがい、彼女の頼みを何でもきいてやった。つまり彼女はそこにつけこんだのだ。食卓についているとき、わざとこう言ってやることもあった――

「ジェフ、私の薬を探してきてよ」

かつて父親のせいで彼女はヘモグロビンが足りなくなったので、いまでも、食事中、自分専用の瓶を手元に置くようにしていたのだ。

ジェフは慌てることなく、しょうがないとばかりに立ちあがり、このうえなく重苦しい、ぶっきらぼうな顔をした。

「今日は、私たちの小屋に行けるかしら？」

「そんな暇があるかな」

しかし結局は行くことになった。彼女としては、松脂の火に照らされたあのボロ屋にしけこむことで、家の他の場所から逃れたかったのだ。炎のそばにいられるだけいつづけ、針のように熱が肉体に食いこんでくる瞬間を待つのだった。

「何かしなさいよ！」

というのも、仕事をしていないジェフの姿を見たくなかったからだ。彼は木を削ったり、栗鼠の皮をなめしたりした。暖炉のなかで風がひゅうひゅうと音を立てた。近くの家畜小屋では、時おり雌牛が喚《わめ》き、足で仕切り壁を叩いていた。

「前に私が言ったことを考えてくれた？」

ジェフの大きな頭はなおも動じなかった。動くとしてもゆっくりで、とくに突き出た広い額を上げるときがそうだった。眉をひそめながら従姉妹を見返した。

「何が言いたいんだ？」

垢《あか》まみれの手は、水や石鹸《せっけん》をもってしても汚れがとれないらしく、あいかわらずナイフと木切れをいじりまわしていた。

「私のために、何か危ないこと、なかなかやれないことをやってほしいのよ……」

彼女は瀕死の栗鼠に手を伸ばしたときと同じ快感に身を震わせた。怖かったが、その恐怖が自分に対してなのか彼に対してなのかわからなかった。唇が湿っていた。

「たとえば、何だ？」

「お金で買えないものを手に入れてきてって言ったら？……誰かの持ち物でもいいわ……」

彼は肩をすくめ、崩れかけた薪を木靴で押しやった。

「はっきり言えよ！」

「取ってきてくれるの？」

「駄目とも言えないだろ？」

フレッドが街ゆく青年風の装いで、農地に行くにも替え襟とネクタイをつけていたのに対し、ジェフはまるっきり農夫の身なりをしていた。いつも不恰好な服を着ていて、どこのものとも知れない装いだった。物を詰めこみすぎるために、ポケットがだらんと垂れ下がっていた。上着のボタンはもはや一つしかなく、その下はといえば、フランネルのシャツを着ているだけで、替え襟もつけていなかった。

ジェフにキスできる人がいるとは、エドメには想像もつかなかった。とはいえ、彼のけはいをそばで感じるのが好きだったし、とりわけ家の残りの連中から離れたこの小屋にいると、その思いは強くなった。

二日前、暖炉の一部が崩れてしまったので、彼は漆喰とレンガを持って、屋根の上に登った。てっぺんの陵の上でバランスをとりながら、左官工事をやり直したのだった。

馬が暴走して、ひとり野原へ駆け出していったときは、ジェフも小さな鞭を手に飛んでいった。一望するかぎり、両者のあいだには相当な距離があった。両者とも雨の厚い帳の向こうの、地平線へと消えていった。そして三時間後にジェフは戻ってきた。鞍《くら》も鐙《あぶみ》もないまま、馬にまたがり、大きな頭を揺すりながら、木靴を履いた両足を獣の横腹にぴったり押しつけて。

「盗んできてって言ったら……」

彼女は酔いしれていた。あばら家に来るときは毎度のように、暑さに酔いしれ、揺らめく炎を見つめたり、樅の匂いを吸いこんだり、熱いじゃがいもを頬張ったりすることに酔いしれるのだ。小さな胸があえぎ、鼻孔がきつく締まった。

「そんなあんたでも聖杯の紫水晶を盗む勇気はきっとないでしょうね！」

そう言いながらも、彼女は妄想していた。夜、教会の屋根を這《は》いつたうジェフが、どこかの窓から忍びこみ、手探りで藁《わら》の座席のあいだを縫いながら、祈禱台が床に擦《こす》れる音もかまわず進んでいく姿を。それを思うと神経が痛んだものの、うっとりするような光景だった。きっと彼は大きなナイフを使って、金具の爪で留められた石をえぐり出すことだろう。

「やってやれなくはないぜ！」彼女のほうを見ずに彼は言った。

「でもやらなくていいわ！」

一月の半ばごろ、途方もない事件が起きた。朝八時ごろのことだった。みな台所の食卓についていたが、ジェフだけは別で、彼はこの時間いつも外にいて、家畜小屋か製パン室で働いていた。

朝はいつも、おばがベーコンの入ったそば粉のギャレットを切り分けるので、台所にその匂いがたちこめていた。ミアがホットミルクとコーヒーをボウルに注いでまわった。子供たちはすでに家を出ていて、フレッドは午後から村に行くとみなに告げていた。

窓越しに外を見ると、ポプラの木々が身を打ち鳴らしてくる突風と必死に闘っていた。こんな嵐の日はおそらくなかっただろう。篠突く雨が風に混じり、牧草地に激しく吹きつけていた。

台所では、いつものように火の熱気と、窓や扉の隙間から巧みになかへ入りこんでくるあらゆる空気の流れが混じりあっていた。

エドメは腹が空いていなかった。風景のなかで唯一の直線である、黒い運河を眺めていた。二つの土手のあいだを縫うその運河は、ここから五〇〇メートルほど離れたところを流れていた。曳船道《ひきふねみち》に沿って二頭の馬が進んでいくのが見え、その向こうには雨にしとど濡れた馬車引きがうつむいて歩いていた。

馬につづいて、長方形の窓の視界のなかに、ぴんと張った一本の綱が入ってきた。ついでフランドルの川船の前面が来て、それも雨に濡れて光っている。船室の上に建てられた煙突から煙が出ていた。マストには不恰好な帆がついており、幌が急場しのぎの中途半端な張り方をされていた。

風が帆を膨らましていた。あまりに速く進んでいたので、船が窓枠の外へ出ていくのに時間はかからなかった。

そのとき、遠く音が響いた。何でもないような音だったが、それでも災厄が起きた音であることをみな察した。おばですらギャレットを切り分けるのをやめ、他の連中とともに、窓辺に駆け寄っていった。

前代未聞のことが起きた。じっさいもう何も聞こえず、というより、何かを聞いたとさえ言えないくらいだった。船がまるで何かに衝突したかのように、止まった。マストは二つに折れ、帆がデッキの上に垂れ下がっていた。

しかし目を疑ったのはその後二頭の馬に起こったことだ。ちょうどそのときエドメは窓ガラスに額を押しつけていた。馬は船の前方一〇〇メートルほどのところにいた。ところが、二頭と船とを繋ぐ引き綱が、突然ぴんと張り、緩み、またぴんと張って、今度は馬が後ろに引きずられてしまったのだ。

そのうちの一頭、右の馬が、ほどなく運河のなかに没した。もう一頭はしばらく前足で河岸にしがみついていたが、相棒の重みによって引き剝がされてしまった。

そのあいだ、陰鬱な空を背景に、何体かの人影が走っていった。なかば空になった船は、しばらくすると運河にそそり立ち、みるみるうちに高度を下げていった。

「流されちまう！……」扉を開けてフレッドが言った。

じっさい、流されていた。当の地点で運河は折れ曲がっており、風に煽られた船は、方向転換を繰り返したにもかかわらず、まっすぐ本来の進路をとりつづけ、そのまま土手に激しくぶつかった。

馬はといえば、飛び跳ねて留まりながらも、後ろに引きずられていた。一頭は綱が足に絡みついているにもかかわらず、水面から顔を出しつづけようとむなしくもがいている。

エドメはショールさえ身につけぬまま、フレッドについていった。中庭では、ミアが力のかぎり叫んでいた――

「ジェフ！……早く来て……ジェフ！……どこにいるの？……」

しかしエドメは船に近づけなかった。船室の屋根と壊れたマストだけが水面から顔を出している。運河の前に、さほど幅の広くない、土地を灌漑するための水路が横たわっていて、彼女にはそれを越えることがどうしてもできなかった。フレッドは先に飛び越えていた。彼女としては、彼の立ちまわる姿、助っ人として溺れかけた女を土手に引きあげるその様を見守るしかなかった。

灰色の色調のなかで、あらゆる人影がインクのように真っ黒だった。女の後ろには、幼い娘の姿があり、濡れた髪がうなじに張りついていた。馬車引きと船乗りが懸命に馬を救出しようとしていたが、それもむなしく、獣がもがくたびに渦が巻きおこっていた。どうしようもなかった。それでも、彼らは事故現場を離れる決心がつかなかった。雨のなか、彼らがくっつきあって踏ん張りつづける一方で、今度は船室の屋根が水中に没しようとしていた。

十回もエドメはジェフが来ていないか見るために振り返った。彼が来たら、まず溝を乗り越えるのを手伝ってくれるだろう。次に、必ず何か策を見つけ出してくれるにちがいない。家の戸口では、あいかわらずミアが彼の名を呼びつづけていた。使用人が大股で牧草地を横切っていった。

おそらく三十分はつづいただろう。エドメは頭からつま先までずぶ濡れだった。シャツが体に張りつき、船の一行とフレッドが家に向かって歩きだしたときには、唇が紫に変色しはじめていた。

一行は家に入った。女が引きつったように泣いていた。おばと同じくらい痩せた女で、髪は艶《つや》のないブロンド、顔はそばかすだらけだった。事故が起きたとき服を着ていなかったので、ブラウスの切れこみから柔らかな乳が見えていたが、本人は剝きだしであることに気づいていなかった。船乗りの男は茫然《ぼうぜん》としてあたりを見まわし、馬車引きはぶつぶつ不平を言いながら鼻をかみ、狂ったように頭を掻いていた。

誰かがジェネヴァの瓶を探しにいった。

「ジェフはまだ来てないのか？」

ジェフを探しているのはフレッドで、弟に相談したいことがあるようだ。馬車引きがぶつぶつと言った——

「つづいてくるのがまだ五隻もあるんだ！　川上の水門にも知らせてやらなくちゃ……でないと……」

しかし電話もなければ、村にひとっ走りする役のジェフもいない。あたりにたちこめていたのは、またしてもジェネヴァの鼻をつく匂いだった。エドメもグラスを持たされていた。

着替えにいったほうがいいとおばが身振りで伝えてきたが、彼女としてはその場に留まり、すべてを目にしておきたかった。女、男、子供のまわりをうろついた。彼らをまじまじと熱心に見つめ、飛び交うフラマン語に耳を澄ました。

「ジェフは家畜小屋にいるんじゃないのか？」

「違うわ！　今日はパンの日だもの。製パン室にいるはずだけど、いないのよ」

ミアは度を失っており、頭をどこへ向けていいかわからないらしい。かたや兄のほうは怒っていた。妹がコーヒー用の湯を沸かすのにもたもたしていたからだ。

ふいに、自転車に乗った男が窓の前を通り、そこで停まるのが見えた。ジェフだった。しかし、家のなかに入ってこない。扉を開けてやると、エドメが小屋と呼んでいるあばら家に向かっていった。

「ジェフ！」

「後で行くよ」

「駄目よ！　今すぐ来て！」

彼はしぶしぶ向きなおり、戸口に現れた。不審げな目つきで、招かれざる客たちを眺める。

「何かあったのか？」

「どこに行ってたの？」

「ネールーテレンだよ。酵母が切れてたから買いに……」

エドメは彼の右手が擦り傷で縞《しま》になっているのに気づいた。しかもこちらを見るのを避けている。彼は事の顚末《てんまつ》を説明してもらった。眉ひとつ動かさず耳を傾け、運河のほうを振り返ると、こう漏らした――

「よし！」

それからフラマン語でのやりとりになった。女は泣きやんで熱っぽく何かを説明していた。一方のジェフは疲れた目で相手をじっと見返している。ためらいのムードが漂っていた。どうやらジェフの決断を待っているようだった。

「よし！」周囲に視線を漂わせながら、ようやく彼が繰り返した。

そしてジェネヴァの瓶をポケットに突っこみ、ミアにことを言いつけた。指示された彼女は二階へすっ飛んでいき、重々しい外套《がいとう》を手に戻ってきた。

空はさっきより明るくなっていたものの、雨脚がますますひどくなっていた。おばは船乗りの妻よりも悲嘆に暮れていたが、後者はしばらく前から、希望を取り戻している様子だった。

ジェフが船長、フレッド、馬車引きとともに出ていった。女が戸口に走っていって何か忠告を叫んだ。誰にも気づかれることなく、エドメは小運河を飛び越えていく男たちについていった。

「ジェフ！」

振り向いた彼は、彼女を見て、手を貸すために道を取って返した。彼は困惑していた。視線が異様に泳いでいた。

「俺のそばを歩け！」耳打ちして言った。

たどり着くまであと一〇〇メートルほどだった。馬車引きはすでに運河の岸にいて、血眼で馬の死体を探していた。

「手を貸して！」

たがいに寄り添って歩いていると、ジェフのごつい手がエドメの手を握りしめてきた。指をこじあけ、冷たく小さな何かを握らせてくる。

「気をつけろよ！」

すると彼女のもとを離れ、勢いよく前へ飛び出していく。彼女の手のなかにあったのは、聖杯の四つの紫水晶だった。ポケットがないので、どこに持っていったらいいかわからない。指骨をあまりに強く握りしめたために、血が出るんじゃないかと心配になった。

ジェフはといえば、上着を脱いで、船乗りに情報を問い合わせていた。船は、もはや上部しか見えなかった——船室の屋根の一部と、操舵室の丸屋根と、壊れたマスト。フレッドは呑気《のんき》なふりをしていた。船頭はジェフを少し怯えた様子で見つめながら、最後の説明を与えていた。

最終的にジェフがしたのは、木靴を脱ぎ捨てることだった。まもなく水に飛びこんだが、無造作で、潜りもしない。船の残骸の上をたどって胸まで浸かり、やがて突然、船室の扉を開けて、完全に消えてしまった。

どよめきが起こった。水は黒々としていた。風に煽られた波が岸にぶつかってひたひたと音を立て、岸辺があまりに粘ついていたので、馬車引きが危うく運河に滑り落ちそうになった。ジェフが浮上して、船乗りに向かって何か言葉を放ち、ふたたび姿を消した。

ようやく戻ってくると、彼は何か柔らかい物を手にしながら、岸のほうへ泳いできた。這いあがるのを手伝ってやらなければならない。濡れた足が水浸しの粘土の上で滑っていた。顔がほとんど真っ青といってもいいくらいに青ざめ、瞼は赤く腫れあがり、開いたままの口から、短く熱い息が漏れていた。

彼は柔らかい物を地面に取り落とした。財布だった。船乗りがなかを開けて、たがいにひっついた数枚の一〇〇〇フラン札を引き抜いた。

エドメの手から本当に血が流れていた。運河に投げ捨てるのをこらえ、紫の石を必死に握りしめていたからだ。

第五章

三日間、おばは不安げな牝猫のようだった。引越しのごたごたのなかで、子猫たちのまわりをうろついては、絶えず居場所を変えてやる親猫さながらだった。牝猫らしく、彼女はエドメのことも受け入れていたわけだが、ろくに注意すらしなかったので、たまたまこの娘が目に入ると、一瞬驚いた表情を見せるのだった。

経済的な点からいえば、おじが死んだときと同じくらい、あるいはそれ以上に動揺が激しかった。今回の度重なる事件はおばをすっかり狂乱させ、彼女の目には脅威と映っていた。

ミアがエドメに打ち明けたところによると、かつて、母親がマーサイクに行くのは年に一度だけで、つまり一月一日に兄であるルイおじのもとへ年始の挨拶に行くときだけだったという。その遠出以外は、ネールーテレンを離れることが一切なく、客を迎えることもごく稀だったため、おじがこの家にやってくると、テーブルの上のグラスを目ざとく見つけられたり、煙草やジェネヴァの匂いを嗅ぎつけられたりしたそうだ――

「おい、いったい誰が来たんだ？」

揺るぎない生活のリズムがあったのだ。ある日はパンを焼き、またある日にはワッフルかクレープを作り、さらに別の日は、毎月恒例の、墓参りに行く。

が、いまでは、そうしたことのすべてがぐらついている感があった。まず父の埋葬、エドメの来訪があり、そして休むまもなく新年が巡ってきて、果ては今回の事故とその後の顚末。フレッドは父なら杯を酌み交わすこともなかったであろう人たちに飲み物をふるまい、本当なら出すべきでない時にブルゴーニュのワインを持ってこさせたりした。

おばは何も言わなかった。朝から晩まで忙しなく行き来していたが、時おり、とろんとした目が不安で震えているようなこともあった。

　船乗りとその妻に部屋を工面してやらねばならなかった。フレッドが船の引きあげが終わるまで家に寝泊まりするよう勧めてしまったのだ。ついでに、馬車引きも物置に住まわせた。その結果、簞笥から取り出すシーツの量と床掃除の手間が一段と増え、幼い娘のために乾いた服を見繕ってやらなければならなくなった。

　あいかわらず雨の日がつづき、いたるところに穴があいているのではないかと思うほど、家じゅうで雨漏りがしていた。三日間、船乗りの妻は火のそばの椅子から離れようとしなかった。他の者たちはみな、家事を手伝っていた。というのも食卓に十二人、場合によっては十五人もつくことがあったからなのだが、彼女だけは自分のやるべき仕事に気がついていなかった。

　彼女は何時間もずっと嘆きつづけ、しまいには自分の不幸に酔っている様子だった。

　最初の日の昼ごろ、橋と堤防の技師が水門の管理責任者とともにやってきて、運河の岸に長いこと張りついた。あまりに長かったので、そのあいだジェフは土手にウィンチを設置し、水から馬の死体を引きあげたのだった。

　事故は一瞬のことだったので、船乗りは何も見ていなかった。追い風が激しく吹きつけていたとき、空の船は馬よりも速く進み、引き綱は緩んでいた。ところが、カーブにさしかかると、船乗りは船の態勢を立て直すことができず、そのまま岸にぶつけてしまった。他の場所だったら、さほどたいしたことにならなかったはずだが、そこの土手には〈灌漑地〉に運河の水を引くための、水門のついた、組積造のトンネルのようなものがあった。

　フレッドは一目見るなりはっきりとこう言った――

「舳先《へさき》が取水口にぶつかって、決壊させたんだな。賭けてもいいが、船体には扉みたいにでっかい穴が空いていることだろうよ」

　勢いよく進んでいた船が急に停止したため、馬の引き綱が一気に張り、あまりにきつく張ったので、獣たちは文字どおり運河のほうへ引きずられてしまったのだ。船乗りが妻と娘を救助しているあいだ、年老いた馬車引きは、右往左往していた。綱に絡めとられた二頭の獣が、滑りやすい土手に這いあがれぬまま何とか泳ごうとしているのを見て、恐れおののいていた。四十八時間経った後でも、茫然自失の状態だった。それでも他ならぬ彼が、降りしきる雨に肩を光らせながら、渡し舟に乗ってなかば溺れかけている馬の足にロープを縛りつけにいったのだ。

エドメもそこにいた。家にとどまっていられなかった。男たちとともにいたい、話し声や叫び声を聞いていたい、雨が縮れた短髪の頭を濡らすのを見ていたい、という漠とした欲求に駆られていた。

ジェフがウィンチを操り、周囲の者たちは歯車を回すのを手伝っていた。そのあいだ、一センチごとに、すでに腹の膨れあがった、途方もなく大きな死骸が、土手の上に上がってきた。

フレッドだけがゲートルと革の外套を身につけており、そのせいで本当の主人のように見えた。船乗りの妻が自分の不幸に酔っていたように、彼もまたすべてを指揮し、みなから指示を仰がれる重要人物を演じることで悦に入っていた。雨に濡れた鼻はいつもより長く見え、エドメはかつてないほど彼の顔の非対称ぶりに気づかされた。

「お前は、火にでも当たってこい！」彼は二度も彼女に言った。

しかし彼女は、ずぶ濡れになって凍えながらも、運河の岸にとどまった。例の紫水晶はポプラの根元の、地中に隠してあった。何時間も彼女はジェフの様子をうかがい、話しかけるタイミングを待っていたのだが、そのあいだじゅう問いかけるような目で見つめていたので、瞳がちかちかしてしまった。彼は何の反応も示してこなかった！　彼女を避けていたと言ってもいいだろう。休みなく、そこに集まっていた誰よりも働き、次から次にそれぞれの仕事をこなしていた。

食卓では、ぎゅうぎゅう詰めだった。兎を三羽、殺してあった。おばは口を挟むことなく、男たちの会話に耳を傾け、時おりミアがエドメに言葉を通訳してやった――

「潜水夫と曳舟《タグボート》を来させたんだって。潜水夫って見たことある？」

最初は全長五キロほどの、運河区の水を抜くことも考えたのだが、土砂降りのこの状況ではどだい無理な話だった。とはいえ、船の残骸がいつまでも運河を塞ぎ、すべての航行を妨げつづけていいはずもなかった。

一杯の酒と葉巻を嗜《たしな》んだ後、男たちは船に戻り、ネールーテレンへと帰っていった。翌日、〈灌漑地〉はさらに異様な様相を呈していた。

起き抜けに、エドメは運河を見た。彼女の知るかぎりいつも人気のないはずの運河が、数珠つなぎに浮かんだ八艘の川船でごった返していた。曳舟が汽笛を鳴らしながらそれらを追い越し、やがて船の残骸に近づいていくと、土手にたむろしていた人波がどよめいた。

嵐にもかかわらず、起きあがるとすぐに、彼女は下へと走っていった。おばや、船乗りの妻や、ミアと台所で一緒にいると、ある種の息苦しさにとらわれてしまう。ごたごたに心を乱されるという点では、エドメもまたおばと同等、あるいはそれ以上だったかもしれない。彼女からすると、一連の出来事のうちには家全体をおびやかす峻厳な運命がはたらいているように思えた。

前日の晩、彼女はベッドのなかでそのことについて考えを巡らせてみたのだ。するとしまいには頭がくらくらして、もはや悪夢なのか現実なのかわからなくなった。自分が〈灌漑地〉に来たちょうどそのときに、おじは亡くなったのではなかったか？　ミアの湿疹はあれから悪化するばかり。果てはジェフが聖杯の石を盗んだすぐ後、あの事故が起こってしまった。

彼女はジェフの手に触れようともしなかった。どうして彼がいつもの表情を崩さぬまま働いたり、彼女以外の、まともに顔すら見たことがない人たちに話しかけたりできるのか不思議だった。

ルイおじは土手の上にいて、同じくゲートルを巻いていた。フレッドはおじがいるのが面白くない様子で、とくにおじと仕事の指示を分けあっているのが不満であったらしい。曳舟がクレーンを運んできた。潜水夫は専用のスーツを身にまとい、助手たちに鉄の兜《かぶと》をつけてもらっていた。

エドメはどうやら熱があったようだ。というのも、時おり神経の震えに襲われ、ひとりで集団のなかをうろうろ歩きまわっていたからだ。またしてもフレッドが言い放った――

「家に帰って女たちの手伝いをしたほうがいいんじゃないのか！」

しばらくたって、ルイおじが彼女の頬を可愛がるように軽く叩きながら、こう言った――

「風邪をひかない自信があるのかい、お嬢ちゃん？」

みなが彼女のほうを見ていた。他の船の男たちや女たちもそこにいて、運河区が通れるようになるのを今か今かと待ちうけており、時が経つごとにその人数が増えてきていた。エドメは黒のショールも、木靴も身につけたくなかった。羽織っていたギャバジンのコートは、生地が薄すぎて水を通してしまうのだが、それでも彼女を街ゆく娘風に見せていた。

あの娘は誰だ、と連中がフレッドに尋ねているのがわかる。なかには尋ねながら目配せしてくる者もいて、それはおもねる仕草ではありながら、腹立たしかった。じっさい彼女にはその目配せの意味が何となくわかった――フレッドとの仲を疑い、田舎の娘たちより綺麗だと値踏みしているのだ。

朝方、彼女は鏡で自分の姿を見たのだった。ほとんど裸のまま、険しいまなざしで凝視した。痩せぎすで、とくに脚が細く、肩には窪みがある。胸はほとんど膨らんでいなかったが、それでもミアよりは女だった。というのもミアは胸こそ大きかったものの、シルエットは子供みたいではっきりしなかったからだ。

とりわけ連中を驚かせたのは、エドメの鋭くて青ざめた顔だった。その場に居合わせたいとこと船員たちは、多少なりともでこぼこの肌をしていて、輪郭も出っ張っており、鷲鼻か鼻ぺちゃで、唇が厚すぎるか両目が寄りすぎかだった。

一方エドメの顔は、村のブティックや彩色されたカレンダーの絵に見られるような若い娘よろしく整っていて、肌の色もくすんでいた。しかも他の従姉妹たちのように笑うことがなく、じろじろ見られたり、フラマン語で噂されたりしても決して顔を背けなかった。

みなが沈黙を守っていると、おもむろに潜水夫が水中へ、気泡にまみれながら降りていった。ポンプで水を汲み出す助手たちの息づかいが聞こえてくる。エドメにとっては、感動の瞬間だった。暴力的ではないものの、栗鼠の死がもたらしてくれたのと同じ種の感動だった。いまだ馬の死骸が転がっていたが、馬車引きは勇を鼓して一頭の口を開き、歯並びを見て何やらぶつぶつ呟《つぶや》いていた。

銅の兜がふたたび浮上し、また消えていった。技師、クレーンの連中、フレッド、潜水夫のあいだで密談がもたれた。

やがて、現場にとどまって働きつづける人たちがいる一方で、他の者たちは家へ帰っていった。

いつもなら人気のないカフェが、かつてないほどざわめいていた。テーブルからテーブルへと赴くミアは、船員たちの冗談に悩まされながら、そのつどビールやジェネヴァを注いでまわっていた。

「彼女は醜いうえに下品だわ！」エドメはそう断を下した。

夕食どきには、食卓が二つ用意された。一つは台所に、もう一つは客間に。女たちは台所のほうで食べたのだが、その際、ミアがエドメにこう告げた——

「教会で盗みがあったらしいわ」

エドメは身じろぎもせず、自然に、ほとんど無関心に振舞いつづけた。

「何が盗まれたの？」

「聖杯の石よ。でも贋物だったから、神父は告訴すらしなかったらしいわ」

がっかりだった。失望したのは石が贋物だったことにではなく、事件があまりに軽視されていることに対してであり、じじつそのせいで事件そのものがつまらないものになってしまっているではないか。エドメは二度か三度、おばがちらっと視線を向けてくるのを感じた。盗みのニュースよりもそちらのほうがずっと気になった。おばは口を開いたが、話しかける先はもっぱらミアなので、いちいち彼女に通訳してもらわないといけない——

「ママンがね、あんたが運河で一日じゅう男たちと一緒にいたのは、はしたないことだって」

かあっと血が耳にまでのぼってきて、エドメはひとときの休息から目を覚ましながら、こう怒鳴り返した——

「娘が馬車引きたちに酒を給仕することのほうよっぽどはしたないって言ってやってよ！」

そして中庭に出た彼女は、そのままそこを突っ切り、あばら家に閉じこもった。火はともされていない。腹が空いていた。怒鳴りつけたとき、まだ夕食が始まったばかりだったからだ。寒気もしていた。彼女がこうして不安に駆られているのは、家族のうちで、おばだけが何かを見抜いていると感じたところだったからだ。フランス語を一言も話さず、家から一度も出たことのないあのおばだけが！

何を見抜いているのだろう？　エドメにははっきりとわからなかった。しかし見抜くべき何かがあるのは確かで、それは彼女自身にもうまく言い表せない何かだった。まず栗鼠のことがあり、そしてジェフの振る舞い、聖杯の石の件があった。

はっきりしないことは他にもある。じつは前日の晩、ベッドでなかば眠りかけていると、あれやこれやのことについて、鮮明といってもいいくらいに確かな印象が浮かびあがってきたのだ。ただしそれらは、冷たい闇のなかの歪んだ形やイメージとして、あるいは昼日中《ひるひなか》口にされても意味がわからない言葉として現れてくるだけだった。そのとき彼女は食卓にいた全員のことを思い出していた——フレッドの厚すぎる唇と歪んだ顔、ジェフの奇形の頭、ミアは湿疹を患い、胸やら何やらひととおり揃っているにもかかわらず、十九歳にして大人の女になっていない。子供の一人は斜視だったが、家族は違うと言い、目線が一時的に逸れているだけだと言い張る。しかし明らかに斜視なのだ！　しかも一番下の子供は普通の子供より二年も成育が遅れていた！

　エドメは——彼女だけが——気づいていた。一月一日、ルイおじがフレッドを脇に連れ出したのは、甥《おい》に心配事を伝え、小言を言うためだったということを。

　死んだおじは、生前、女に会いにハッセルトへ行っていた。今度はフレッドの番だが、彼がリエージュやブリュッセルといった街へ出かけていくのは、もっぱら太っちょの娘に会うためだった。

　エドメは彼らを二人とも嫌っていただろうか？　自分ではわからなかったが、それでもジェフには聖杯の石を盗んでくるようけしかけたのだ。彼女は彼が本当にそれをするとは思っておらず、じっさい手に紫の石を押しこまれたとき、頭からつま先まで凍りついたものだった。

　いまや、彼は変わってしまった。みなを見るときのように、伏し目がちに彼女の顔をうかがうようになった。かたやフレッドは、あの日の朝、男たちのいかがわしい問い合わせに答えた後、連中と同じ目つきで彼女のことをじろじろ見てきたのだった。

　昼日中、雨空の白っぽい光のもとでそうしたことを考えても、まったくどうということはなかった。なのに目を閉じて、暖かいベッドのなかでそれを考えると、とたんに不健全で悪意に満ちたうごめきのようなものが形づくられてくるのだった。

　午後、エドメは運河に戻ったが、なにも自分からそうしたかったからではなく、おばとミアに見せつけるためだった。とはいえ、男たちが立ちまわるなかをひとりうろつき、彼らと自分とを引き比べながら、彼らの視線を一身に受け、彼らの頭のなかを見透かすことに官能的な歓びを感じてもいた。

　彼女はうんざりしていた。水浸しの草原を突っ切るのはこれで四回目だったからだ。膝までびしょ濡れの黒いストッキングが、脚に貼りついていた。どこにも腰かけるところがなかった。何時間も立ったままでいなければならず、一瞬雨がやんだとしても、瞼から垂れてくる、雨よりも大粒な冷たい雫を受けとめなければならなかった。

船の破れ目は袋を詰めて補修された。クレーンが船を引きあげた後、ポンプで水を抜いた。ポンプは曳舟に搭載された機械で動き、絶えまない駆動音と、きれぎれに流れ出てくる水の音があたりにうるさく響いた。

ルイおじと、フレッドと、技師は、やってきたばかりの保険外交員とともに、水門の被害のほうに取りかかっていた。被害を見積もるために、〈灌漑地〉の小運河をすべて水抜きしたのだが、そのおかげでエドメは全体の仕組みを理解できた。大運河にはいくつかの取水口があり、それぞれ水門で操作できるようになっていて、じっさいジェフが特別な鍵をつかって操っていた。残りの部分は人体の動脈系と似ていた。二番目に大きな運河から、より小さな運河へと水が流れていき、後者はさらに数多の水路となって枝分かれに広がっていた。

どこでも水を止めたり、通したりすることができた。そうした操作を取りしきるのはジェフの役目だった。肩を丸めて、大きな頭をゆさゆさ揺らしながら、草原を突っ切って水門から水門へと赴き、水流を解き放ったり運河を空にしたりする――そんな彼を見ていると、さながら〈灌漑地〉をつかさどる神様のようだった。この地に生まれたルイおじでさえ、彼を頼りにしていた。なぜなら、どこそこの歯車の歯が抜けているとか、どこそこの水路は土地の勾配のせいで水が残っているとか、またどこそこには獺がいるとかいうことを彼はすべて知悉《ちしつ》していたからだ。

水がはけ出されると、黒い泥の底に、おそらく数十年は放置されていたと思われる様々な物が散らばっていた。鉄くず、陶器、樽の枠、バケツ、一〇メートルほどのケーブル、果ては折りたたみのベッドまで。

突然、呼び子の響きとともに、リズミカルな音が聞こえてきた。クレーンが船の前面を水から引きあげはじめたのだ。

夜になって、フレッドが飲みに誘った作業員たちを含む全員が帰ってくると、ミアがエドメに尋ねた――

「どの人がそうなの？」

「何が？」

「潜水夫はどれ？」

それはかなり太った、陽気な顔つきの男だった。いかにも町の労働者といった風情で、びっくりしたようにまわりを見渡している。彼はフラマン人ではなく、リエージュからバイクで連れてこられたワロン人〔ベルギー南部に住む、ワロン語を母語とする民族〕だった。ほとばしるように上機嫌で、冗談を言うのに五分と黙っていられないたちだった。

カフェは普段と違う活気にあふれていた。リギダマツ〔北米産の松材〕の各テーブルには、少なくとも四人の男がいた。船員の妻たちはそれぞれ自分の子供を膝の上に載せていた。部屋の照明は石油ランプだけだった。みな大声で喋っているのに、あたりの雰囲気は漠として、静かだった。動いているのはミアだけで、テーブルからテーブルへ、フェルト製のスリッパで駆けずりながら、酒を注いでまわっていた。

「お前はフラマン人じゃないな！」潜水夫がエドメのほうを振り返って言った。

「はい、そうですが」

「そのほうがいいや！　フラマン人ときたら、訛《なま》りやら、質の悪い葉巻やら、いい加減な照明やらで、すぐにこちらを火照らせようとしてくるからね。ところで、フラマン人じゃないとしたら、お前さんいったいここで何してるんだい？」

「従姉妹なんです」

「あぁ！　そうか！　毎日遊んで暮らしてちゃ駄目だぞ、なぁ！」

男の手がエドメの腰にまわされていた。ほんの出来心でとでもいうように、手が少しずつ下がり、やがて腰骨に達し、しつこく、より激しく弄《まさぐ》ってくる。気持ち悪かったが、だからといって彼女はこの場を立ち去りたくなかった。水中をさまよう銅製の大きな兜のことを思っていた。

「何か飲みたくないかい？　誰だい、ここの主人は？　革を着た兄ちゃんか？　それとも灰色の髭の爺さんか？」

エドメは神経質そうに笑った。もうたくさんだ。立ち去るべきだった。石油ランプのほど近くに、こちらをじっと見つめるフレッドの目があった。

「ちょっと待ってください……誰かが私を呼んでいるみたいなので……」

彼女は引き留めようとする男の手をかわした。とはいえ、どこに行けばいいのかわからない。あるいはむしろ、ジェフと一緒に小屋にこもりたかったのかもしれない。小屋に行ったら、彼女は目の前で燃えさかる樅の炎をじっくり見つめ、かたや彼のほうは、密かに従姉妹に見とれながら木切れを削りつづけることだろう。しかしジェフは馬車でネールーテレンへ買い出しに行っていた。夕食のパンが足りなかったからだ。一言もないまま、彼女についてきてくれと頼むこともなく、ひとりで行ってしまったのだ。

彼女は台所を通るのを避け、外に出た。雨はもう降っていない。風はさっきより激しく吹いていた。雲の群れがかなり低いところを流れ、どの雲も輪郭を見分けることができなかった。じっさいそれらの奥には月が輝いていて、一瞬ではあるものの、時おり顔をのぞかせていた。

こうして雲の群れが世界の果てへと流れていくさまは、なんともドラマティックだった。彼女は自分に問いかけた――ちりぢりの雲のなかには、あとで合流して一緒になるものもあるのだろうか。顔を上に向けすぎたせいで、うなじが痛んだ。背後から、樋の水栓の音がした。

不意に、けはいを間近に感じた。顔を戻そうとすると、フレッドがいた。黒い上着を着て、見たこともないような微笑みを浮かべながら、すぐそばに立っている。

「風邪ひくぜ？」

闇のなか彼の手は白かった。手は持ちあがり、一瞬ためらったのち、エドメの頭をつかんだ。

「変な従姉妹のねえちゃんだな！」

彼はそう言ったが、同情なのかどうか疑わしかった。同時に頭が近づいてきたので、エドメにはもう相手の鼻しか見えなくなった。たがいの唇がかすかに触れあったが、身をこわばらせていた彼女は、腰をよじり、男の胸から自分の上半身を引き剝がそうとした。彼の体からはジェネヴァと、ポマードと、濡れたチャビオットの匂いがした。

「馬鹿な真似はよせよ！……」小声で彼が言った。

「大声出すわよ！」

顔と顔の距離は五センチもない。いまやこの距離を保つことができるのは、頑《かたく》なに抵抗しつづける、彼女の腰だけだった。

「静かにしてろ！」

彼は突然彼女を放し、肩をすくめ、まずフラマン語で、次にフランス語でこう言った——

「馬鹿な娘だ！」

三メートルほど離れたところで、彼はまだぐずぐずしていた。

「潜水夫みたいな男がいいのか？」

「そうよ。もしあの人が欲しがってきたら、私は……」

彼女は息を切った。仕返しの文句が見つからない。幸いなことに、彼はすでに家のなかに入ろうとしていた。一時間後、ようやく彼女は家に戻ったが、というのも雨が降りだしたために、空にも大地にも、明かりがまったくなくなってしまったからだ。

カフェでは、人々がドミノやトランプに興じていた。ルイおじは自分の車でまた出かけていた。テーブルからテーブルへ赴くミアは、空き瓶を回収しながら、何やらフラマン語で数を言っていた。

「*Vijf franks...*」

五フラン！　金を受けとり、黒いエプロンのポケットから小銭を取り出そうとしている。エプロンは黒く汚れたピンクの古めかしい代物だった。

台所では、船員の幼い娘たちがそれぞれの母親の膝の上で眠り、自分の部屋に戻ろうと階段にたどり着くまでのエドメの足どりを、おばが目で追っていた。

第六章

陽はまだ完全に昇りきっていなかった。冷たい霧があたりを曇らせるなか、切り裂くような汽笛が三度響いた。〈灌漑地〉の家では、一同が食卓についていた。エドメは、指がかじかんでいたので、火にかざして何とか暖めようとしていた。濁ったように白い、窓ガラスの向こうを眺めると、曳舟が土手沿いを滑るように走り、壊れた船を運んでいる。二つの船は、運河にも土手にも触れておらず、まるで霧の上を漂っていくようだった。

それらにつづいて、他のもろもろの船も動きだし、やっと自分たちの番が巡ってくると、おもちゃの船のように水平線へと進んでいった。運河は空っぽだった。急に人気《ひとけ》がなくなった家もまた、まるで乱痴気騒ぎの後の心と体のように、空っぽだった。

そして各人は、なぜだか知らないが、居心地の悪さを感じていた。あちこちに混乱の跡が残っていた。みなおおいに飲んだので、カフェの床には瓶が並んでいる。フレッドは、三日間で、十回も酔いしれそうになった。酔うと彼の声はよく通るようになり、盛んに身振りをつけて、どんな発言に対しても、話題に見合わぬ大げさな確信をこめるのだった。

いまや、彼は疲れていた。その様子が容易に見てとれた。母親は彼に何かフラマン語で尋ね、それに対し彼は二度ほどルイおじの名を引いて答えた。彼が出ていくと、エドメはその行き先をミアに尋ねた。

「明後日が支払い期限の、大口の手形があるのよ。当てにしていたお金が返ってきてなくてね。まぁ、おじさんが何とかしてくれるんでしょうけど……」

するとミアは従姉妹を自分の部屋に連れていき、小銭でいっぱいのポケットを見せた。

「見て、三日間で稼いだ分――六三フラン四〇！」

彼女は客からのチップを全部自分のものにしたのだ。フラマン語の新聞を広げると、最後のページに載っている、ハンドバッグの写真を見せてきた。写真の下に値段が書いてある――「四二フラン」。

「すごくいいものよ！　早速注文してお金を送るつもりなの」

かくして、各自がこの三日間でそれぞれの収穫を手に入れていた。ミアにとっては、ハンドバッグに代えるべき大金がそれだった。フレッドにとっては、みなに取り巻かれ、偉大な主人扱いを受け、自信満々で喋り散らし、スキーダムを何杯も飲みほしたという愛惜すべき思い出がそれだった。

ジェフにかんしては、彼の様子を見た者はほとんどいなかった。なぜなら、彼は決然と取水口の工事をやり直しにいってしまったからだ。彼はエドメを避けはしなかったが、近づくための手立てを何も打たなかった。ただこっそりと様子をうかがうだけで、時おり何か言いたそうにしていたものの、あいかわらず口をつぐんでいた。

異常なことは何もなく、事件らしい事件も起こらなかったにもかかわらず、その日から毎晩、エドメは眠りにつく前に悪夢のような妄念に悩まされつづけた。それは内から自然に出てくるような妄想で、栗鼠をめぐる妄想に取って代わるものだった。部屋が暖まっておらず、湯たんぽがあるにはあったものの、シーツは冷たいままで、しばらくエドメは暗闇のなか歯をがちがちと鳴らしつづける――

そのとき、もろもろのイメージが襲いかかってきたのだ。一連のイメージの端緒をひらくのは、たいていフレッドだった。物欲しげに、唇を濡らしたままこちらを見つめ、両手で体に触れようとしてくる。じっさい、二階の廊下ですれ違うとき、二度ほどそうされたことがあった。まさにそのときのように、両手を思うままに動かし、やがてこちらの腰に触れると執拗にまさぐり、そのあいだ顔にわざとらしい微笑を浮かべているのだった。

その晩のイメージの連なりには、フレッドの後におばがつづいていた。目を凝らすと、おばが控えめで小心な足どりで、贋の宝石の埋まったポプラの木のほうへ歩いていく。その後の展開はまちまちで、取るに足らないものだった。時に、ジェフがエドメの知らない巨大な獣――船とともに沈んだ馬の一頭ではなかったか？――の皮を剥いでいることもあった。あるいは彼が高い壁から飛び降りていることもあったが、こうしたイメージが浮かんだのは、聖杯の石を盗んだ犯人が地上六メートルの窓から出ていったという話を聞いていたからだろう。

ひょっとしたら、ルイおじは融資を拒むのではないか？ ハッセルトにいるはずの、フレッドの太った愛人が、やがてスキャンダルを起こしにくるかもしれない。そうこうするうちに、憲兵たちがジェフを連れていこうとする光景が見えてきた。これが最後とばかりに、彼は灰のなかから焼けたじゃがいもを拾い出し、ポケットに詰めこんだ――

家はぐらつき、各人はそれぞれの居場所にとどまっていたが、それも習慣からにすぎなかった。その証拠に、おばは不穏な空気を感じとり、一人一人の顔をうかがいながら、誰が最初に崩れるか見抜こうとしているようだった。

土曜日、エドメは外に出なかった。軽く風邪をひいていたからだ。夕方、ショールに胸を締めつけられたまま、炉端に腰を下ろし、日の残りと競うように燃えさかる暖炉の炎を見つめながら、こう思った――明日はミサに行かないことにしよう、行ったら、聖体拝領を受けないといsけなくなるから。石がなくても、あの聖杯をつかうのだろうか？

彼女は具合が悪いわけではなかった。単なる風邪のひきはじめで、鼻がかみすぎたために真っ赤だった。いま座っている場所から暖炉の隅のほうまで、ぼんやり視線を漂わせ、人々や物を見まわした。台所の明かりは竃の火しかなかったので、彼女はほとんど目の覚めた状態で、普段ならベッドの夢のなかでしか実現できない、イメージのずれをものにできた。

おばは編み物をしていた。ミアは家事が片づくやいなや、醜いフランネルの布と、灰色の型紙の詰まった籠を取りにいった。あまりに穏やかに縫い物をはじめるので、エドメはいらだちから爪を噛《か》んでいた。

日曜の朝、彼女はベッドから起きてこなかった。各部屋では着替えがはじまっていた。すでに馬が繋駕されていたにもかかわらず、不意に、エドメはこう思った。フレッドは家に残るかもしれない、そしたら二人きりになってしまう――恐怖のあまり、思わず着替えをしそうになった。ミアが具合はどうかと訊きにきて、何か手伝うことはないかと申し出てきた。

「いいの！　眠りたいのよ……」

床越しにココアを配る音が聞こえ、つづいて書斎からミサ典書を取り出す音、そして車が遠ざかっていく音が聞こえた。

エドメはもう眠りたくなかったし、ベッドにいたくもなかった。下に降りていく気もしなかったのだが、というのは、家のなかで一番嫌いなところが、台所だったからだ。彼女はそっと起きあがり、裸足のまま、トイレに向かった。鼻はもう赤くなかった。濡れたタオルで顔を拭き、櫛で髪を梳《と》かし、ベッドを整えてから、ふたたび寝そべって事を待った。

家のなかで動くものはなかった。車の音が消えてから久しい。家畜小屋では、下男が大きな扉をぎしぎしいわせながら開け、雌牛を外に出してやっている。フレッドは眠っているのだろうか？　しばらくして、ほとんど聞こえるか聞こえないかの物音がした。ただ一つのものに全神経を集中すると聞こえてくるような、ついに蝿の飛ぶ音を聞きわけたとでもいうような微かな音。聞きまちがいではなかった証拠に、三番目の部屋からグラスのぶつかる音がして、そこはたしかにフレッドの部屋だった。彼女は恐ろしくなった。胸がゆっくりと浮きあがってきたので、手のひらでそれぞれの乳房を力いっぱい締めつけた。

陶製の洗面器に何かが響く音がした。おそらく櫛を落としたのだろう。どの部屋にも鍵はかかっていない。エドメは扉をじっと見つめた。血が少しずつ手から、頭から引いていき、心臓にどっと押し寄せてきた。

ついに、廊下でスリッパを引きずる音がした。そうだ、ついに来てしまったのだ。じっさい、彼女は待ちうける勇気さえもてなかった！　しかしフレッドはしばらくその場にたたずみ、扉越しに聞き耳を立ててから、ゆっくりとノブを回してきた。頭をなかに引き入れると、睨みつけてくる彼女の視線に出くわし、後ずさりするけはいを見せた。

「よぉ、ねえちゃん！」

彼は微笑むことにした。彼女にとってはお馴染みの、濡れた大口の微笑だ。黒いズボンと白シャツしか身につけていなかったものの、髪にはすでに分け目がつけられており、ポマードがむっとする匂いを放っていた。

「よくなったかい？」

彼女は返事ができなかった。ただ相手が近づいてくるのを見守っていた。身を固くしていたのは、恐怖を外に出さないためだったが、むしろ心ここにあらずの状態になりたくなかったからかもしれない。

「何か温かいものでも持ってきてほしいかい？」

うなずくしかなかった。彼は下に行って竈に火をともし、コーヒーを用意することだろう。しばらく時間がかかるにちがいない。

「いや！」

彼はベッドの端に座りにきたが、それも徐々にで、いつでも引き下がる用意をしているかのようだった。

「風邪は？」

「わからない」

「どうしてそんなに意地悪なんだ？　数日前から、俺はずっとお前のことを思っているんだぞ……」

彼女にはわかっていた——正確にいえば、船員たちがエドメの存在に気づいたときから、つまり目配せしながらフレッドに彼女の話をしたときからだ。

「私は思ってない！」

彼女はネグリジェ姿だったが、顎の下まで毛布をしっかり引きあげていた。フレッドは、斜めに腰かけていたので、彼女のほうへ振り返るのに片手を突かなければならなかった。その手は最初エドメの脚から一〇センチのところにあった。

「お前は変な娘だよな！」

「知ってるわ」

彼女は攻撃的だった。十分の一ミリも体を動かさなかった。

「恋をしたことがないのかい？」

彼は滑稽だった。甘く優しげな囁き声を出そうとしていたが、それはすでに採用していた甘ったるい微笑よりも不似合いだった。

「もしお前が望むんだったら……」

手の位置が変わり、ほんの出来心とでもいうようにエドメの膝の上に置かれた。毛布三枚の厚みで隔てられていたものの、彼女は手の熱を感じたように思った。微かに揉《も》みしだきはじめている。

エドメはミアが兄のポケットから見つけた写真のことを思い出し、恐怖がつのるあまり青ざめてしまった。彼女は抵抗しなかった。自身の責め苦に終止符を打とうとしなかった。あとほんのもう一押しされたら、屈してしまうかもしれない……。

「男の腕に抱きしめられたことがないのかい？」

彼の肌はつやつやしていたが、顔つきはいかつく、気詰まりそうでいながら自信満々でもあるその様子から、哀れな男にも見えたし、いけすかない男にも見えた。

「あるわよ！」

そのとき、彼女は憎しみのあまり何とかして彼を窮地に追いこみたいと思った。

「よくないことなのかな？」

大きな手が上にあがって、膝を越え、細い腿に達しようとしていた。と同時にフレッドは前にかがんで、頭をエドメのそれに近づけてきた。

そろそろ限界ではないか？　突然、エドメは両手を毛布の外に出し、男の顔を引っ掻いた。激昂《げっこう》しながら、悪意を振りしぼり、何とかして傷跡を残そうとした。

「下衆野郎！……下衆野郎！……下衆野郎！……」そう叫んでいた。

彼は止めようとするのがやっとだった。しかし止めようがなかった！　彼女は若い猫のように気が立っていた。彼は立ちあがり、退却を余儀なくされた。頬に手を当てると、血が出ているのに気づいた。ばたんと扉を閉めて出ていく。直後、扉越しにこう呟いていた――

「誰にも言わないでくれるよな？」

「言いたいように言うわよ」

「エドメ！　頼むよ……」

「下衆野郎！……」

「誓って俺は……」

「これがよいことかどうか言ってやるわよ！」

「お願いだから！」

彼にはベッドの上に座るエドメの様子が見えなかった。興奮で体を火照らせたまま、酔ったような微笑を浮かべ、安らぎが焚き火の熱のように体に染みわたってくるのをしみじみ味わう彼女の様子が。


彼女は何も言わなかったが、皮肉っぽくフレッドを眺めて楽しんだ。昼食の最中、みながミサから帰ってきた後のことだった。

「怪我したの？」ミアが兄に尋ねた。

「髭を剃《そ》ってるときに切ったんだよ」

それはうまい言い訳だったが、不気味でもあった。あらゆるものが不気味で、家の濃密な平和でさえそうだった。生活の規則正しすぎるリズムを壊す変事は何もなかったにもかかわらず。

その日は雨が降っていなかった。空気のなかに陽の光がきらきらと散らばってさえいた。

「フレッドと大ミサに行くつもりはないの？」またしてもミアが尋ねた。彼女は機嫌が悪く、というのも、土曜の受けとりを当てこんでいたバッグが、予定どおり届かなかったからだ。

普段にまして空虚な日曜だった。フレッドはいつものように出かけ、訪ねてくる客もいなかった。ルイおじも来なかったし、いつもビールかジェネヴァを求めてやってくる番人の一人も訪ねてこなかった。自転車で道を通る者もおらず、運河には船が一艘もなかった。

色褪《あ》せた太陽は、時おり油の切れた豆ランプのように翳《かげ》り、途方もない空虚をことさらに感じさせた。毎週焼かれるはずの兎や鶏の熱気のこもった匂いすらしない。残飯がありあまっていたからだ。

昼食がほぼ終わったころ、エドメはジェフを探しにいったが、見つけられなかった。小屋にもおらず、火もおこされていない。取水口で仕事をしているのかと思い、運河に行ってみたが、そこにもいない。彼女はひどく孤独を感じた。疲れた足をどこへもっていけばいいか、わからない。三度も紫の石が埋まったポプラの木のそばを通ったが、身をかがめてみようともしなかった。地面は荒らされていなかった。見張るための目印に置いておいた木の小枝もあいかわらず元の場所にあった。

十時になったので、家のなかを横切ってみた。まずはミアが、歌いながら部屋の掃除をしていた。暖炉のそばでおばが、子供たちを着替えさせていた。

おばとエドメは言葉を交わすことがまったくできなかった。子供たちも同様で、というのも、彼らはフランス語をまだ習っていなかったからだ。ただ微笑むだけで、しかも意図的に人懐っこくしようとする愛想笑いだった。エドメは中庭をさまよった。

馬の世話をする下男はフラマン語しか喋れなかったが、エドメが扉という扉を開けまわって人を探しているのに気づくと、ひゅっと口笛を吹き、鐙をつかって一番奥の建物のほうを示してきた。

その建物に彼女はまだ足を踏み入れたことがなかった。馬に蹄鉄《ていてつ》を打ちつける鍛冶場で、めったに使わなかったから、二重扉がいつも閉まっていた。しかし、その日にかぎって、煙突から細い一筋の煙が立ち昇っていた。

なかに入ると、エドメはまるで人が何かを吐き出そうとしているような微かな物音を聞いた。壁の側面づたいにまわりこむと、取り乱すジェフの姿があった。

「こんなところで何してるの？」

盗みの一件以来、ちゃんと二人きりになったのは初めてだった。ジェフはエドメのほうを見るのをためらっていたが、一方の彼女は、彼の脇から、火のともった鍛冶場を一周した。

「もう口もきけないってわけ?」

相手が目線を動かさないことに彼女は気づいた。とはいえ、フレッドのような目つきではまったくなかった。むしろ正反対だ！ いまにも憎まれ口を叩きそうな、罵りの文句を言いたげな様子だった。

身につけている革の前掛けのポケットから、何やら取り出してきた。一言もないまま、彼女のほうに近づき、鼻先一〇センチのところに突き出してくる。

「何これ?」

それは傘の先っぽに似ていた。金属の切れ端、というよりむしろ二つの金属を組み合わせたものだ。軸はおそらく鉄製で、それよりは明るい色の材質でできた切っ先が先端についている。

ジェフは険しい視線でエドメの目を睨んでいた。

「何だかわからないわ……」彼女は口ごもって言った。

「避雷針!」

余計にわからなくなって、彼女は笑った。

「なんて顔してるのよ！ ちゃんと説明して!」

「教会の避雷針だよ……針のところは白金なんだ……」

彼はこともなげにそう言い、にべもなく言葉を繰り出した。

「今夜これを盗みにいったのさ」

「鐘楼の上の?」

彼女はフランドルの教会を思い出していた。レンガ造りで、外陣は地面に押し潰されたように低く、塔が鉄塔のように細くてすらっとしたあの教会のことを。

「気はたしかなの、ジェフ?」

彼女は思っていたことを口にした。彼は大真面目すぎたし、とりわけ無頓着にすぎる様子で、心中の脅威や苦々しさを隠しきれていなかった。

彼は返事もしなかった。挙げ句の果てにペンチの一撃で、白金と鉄の土台を切り離し、貴重な白金を容器に入れ、炉の火で熱しはじめた。そして扉のほうへ行き、誰も来ていないことを確かめると、工房の奥へと向かった。

これほど彼が村一番の馬鹿者に見えたことはなかった。シルエットからすれば、すべてが異常だったが、まなざしはしっかりして、意志がみなぎっていた。古い鉄くずの山から、手袋を入れる箱と同じ大きさの、木でできた櫃《ひつ》を取り出した。一言もないまま、それをエドメの前に置き、鍋を見張りに行ったかと思うと、今度は鞴《ふいご》を操りはじめた。

エドメは困惑していた。櫃は、まだ伐りたてのコナラでできていて、レースのような模様が刻まれていた。寸分の隙もなく彫刻が施されている。おそらくジェフは妹の刺繍《ししゅう》を参考にしながら、花の図案を真似て、同じ模様をひたすら増殖させ、無限に組み合わせていったのだろう。蓋の真ん中には、透かし彫りの文字があり、それはエドメのイニシャルだった。

「ジェフ！」

彼はぶつぶつと唸《うな》るだけだった。仕事中だったからだ。

「こんな、こんなものでいったい何をしたいの？……」

彼は無言のまま、火を煽りたて、金属がほぼ液体になると、にじり寄り、やっとこで鍋をつかんだ。何をしたいかって？木に白金を象眼したい、つまりイニシャルの掘られた溝に溶けた金属を流しこみたいというわけだ。彼女の目の前で、額に汗しながら、平然とした顔で作業をつづけていく。出来栄えは大成功というわけでもなければ、大失敗というわけでもなかった。ところどころ木が焼け、文字の端が黒ずんでしまった一方で、金属は二つの箇所に広がり、思いがけず盛りあがってしまった。

にもかかわらず、結果は驚くべきもので、エドメの目には驚異に映ったのだ。彼女は櫃を持ち帰りたいと思った。

「まだ終わりじゃないぞ。これから艶出しをしなくっちゃ……」

あいかわらず頭でっかちで、しかも目つきがあまりに厳しかったから、何か復讐《ふくしゅう》でもしようとしているのかと思うほどだった。しかしエドメにとって、フレッドは怖かったが、ジェフは怖くなかった。彼はぶつぶつ言うだけで、ただそれだけなのだ！　彼だったら、彼女のうなじにかがみこみ、唇を押しつけてくるなんてことは間違ってもしなかったろう。

彼はなかなかできないこと、危険なことをしてくれたのだ。聖杯の石を盗み、夜中にひとり鐘楼の頂によじ登って、何時間も息を潜めながら、帆船の乗組員のように仕事をし、ナイフの先で木箱に彫刻を施してくれたのだ。それなのに、彼女の顔をまともに見ようともしないとは！

「このままでちょうだいよ」

「駄目だ。美しくない」

「私が美しいと思えばそれでいいんじゃないの？」

彼女は彼に仕事の達成感や、凝りに凝る楽しみを味わう隙を与えなかった。ショールで櫃を包み、一刻も早くここを出たい。扉にたどり着き、立ち去ろうとしたが、それでも振り向きざまこう叫んだ。

「ありがとう、ジェフ！」

部屋に戻り、櫃に向きあうと、こう思った――

「キスしたほうがよかったかしら？」

でもすぐに身をこわばらせて、こう結論づけた――

「駄目よ！　そんなことする必要ないわ」

彼女はなんとなく、この櫃には紫の石とか、今後ジェフが持ってきてくれる禁忌の品を詰めようと決めた。じっさいはミアがくれた写真を入れたのだが、それはネールーテレンの縁日でミアとフレッドが一緒に写っている写真だった。射撃で当たった記念写真のうちの一枚らしい。ミアは満足げに微笑み、フレッドは銃を肩にあてがったまま、目をつぶっていた。

その晩、エドメはまるで女王様のように階段を降りながら、すでに食卓についている家族を見下ろした。フレッドは彼女を見ようともしなかった。ジェフは、テーブルに肘をついて、いつものようにがつがつ食べている。おばはといえば、あいかわらず精彩のない顔つきで、うつむいたまま食事を終えた。時おり彼女が放つフラマン語の言葉が、まるで誰にも聞かれなかったかのように、返事のないまま宙に漂っていた。

第七章

エドメは熱に浮かされていた。従姉妹のうちで一番末っ子のアリスが、学校から猩紅熱《しょうこうねつ》をもらってきていた。風、空、大地、何もかもが不健康だった。雨の降りすぎだった。なおも降りつづき、ついに人々は腐敗のなかで行き詰っていた。家では、あらゆるものに黴《かび》が生えていた。ハムの半分は捨てなければならなかったし、ベッドに入ると、シーツが湿気で柔らかくなっていた。

エドメはミアから流感にかかっているんじゃないかとさんざん言われたが、外に出たい一心でそれを否定した。実のところ、彼女は自分の身に起きていることをよくわかっていなかった。風邪は治っておらず、鼻はますます赤く腫れて敏感になり、目はぎらついて、耳の後ろに鈍い痛みがあった。暑さのなか目を閉じていると、頭が膨張して、奇妙な、捉えがたい事柄でいっぱいになる気がした。

しかしエドメは自身の症状が風邪よりも複雑であることをわかっていた。それはいまに始まったことではなく、ごく幼い時代に由来してもいたのだ。四歳か五歳のころ、彼女はほぼ毎晩のように夢遊病の症状が出ていた。ベッドからすっくと飛び起きると、真っ青になってまわりを見渡し、思いつくままに言葉を吐き散らすというものだが、というのも夢うつつのなかで家が燃えていたり、洪水が押し寄せてきたり、壁が迫ってきて押し潰されそうになるからだった。

ところが今では、眠ってもいないのに夢遊病が現れるようになっていた。目を閉じると頭のなかでさまざまなイメージがうごめくのだ。緊張と不安のあまり、まどろむことさえままならぬ晩もあり、いったい何が不安なのか自分でも説明できなかった。

彼女は熱にとらわれ、ずっとそれに浮かされつづけてきたのだ。じっさい、いまも小屋で、自らのともした火の前に座っていた。扉に鍵をかけ、めまいがするまで炎を目に焼きつけた。薪小屋の熱気が体に染みとおり、身裡《みうち》の熱と親密に混ざりあっていた。それは快感でもあり、同時にぞっとするような恐怖でもあった。

このまま猩紅熱にかかってしまうのだろうか？　そう考えると神経が痛んだ。死が怖かったからだ。なぜアリスを病院送りにしないのだろう？　ろくに手当もされず、医者は日に一回しか来られないというのに。

炎の底で、とりわけ松かさから火花がほとばしると、恐ろしいほどの白熱が生じた。まさしく炎の切っ先が目を突き刺してくるので、彼女は手のなかで丸めていたハンカチで、何度も鼻孔を軽く叩いた。

午後からジェフの姿が見えなかった。どこで仕事をしているのか見当もつかなかったが、とはいえ彼に用があるというわけではなかった。もっとも、彼はますます口数が少なくなり、不気味な様相を呈していた。とくにそのまなざしは肩に手を置かれるのと同じくらい重々しかった。エドメは不意に彼に出くわすと、ひとりでいると思っていたところを誰かに突然触られるのと同じで、驚きのあまり飛びあがってしまうのだった。

フレッドにかんしては、どこにいるかわかっていた。書斎に閉じこもり——まだ三時だったが、ランプをつけているにちがいない——、所得の申告のための計算をしていた。彼のまなざしには、何ら謎めいたところはなかったが、それでもエドメの悪夢に一番よく出てくるのは他ならぬフレッドなのだ。夢のなかのフレッドは実物よりもさらに毛深くて生々しく、汗びっしょりで壮健だった。顔の非対称が際立ち、両目は突き出て、口元の微笑みは濡れていた。恥じらいながらも自惚《うぬぼ》れのにじみ出たその笑いは、廊下でエドメに出くわすときに浮かべるそれだった。

ミアの目はごまかせなかった。

「まるでフレッドはあんたに恋してるみたいよ！」

恋！　ミアはその意味をエドメほど知らなかったのだろう

か？　兄のポケットにあった薄ぼけた写真を見ていなかったのか？　彼がたとえ一週間でもハッセルトに行かずにはいられないのを知らなかったのか？

ところが、だ！　その週、彼は行かなかったのだ！　エドメの計画を阻み、彼女を書斎に引きこむ手管を見つけ出すことにすっかり時間をとられていた。一度、通りがけに彼女の胸、ちょうど右胸を触ることができたのだが、真っ平らなわけではないことに驚いた様子だった。

少なくとも二十回、エドメはその瞬間のことを思い返したものだ。義憤の高まりと、本能的に全身をこわばらせたあの感覚をふたたび味わうためにわざと思い返すのだった。

とにかく暑かった。彼女は熱に浮かされ、真っ赤な光と周囲の暑さに酔いしれていた。火がごうごうと唸るリズムにあわせて耳鳴りがしていた。

戸外では、さらっとした、白い雨が降っていた。窓ガラスはすでに曇っていた。細かな雫を眺めるほかなく、エドメは自分の目が湿っていくのを感じた。

手足はいらだち、無意識に震えていて、彼女が予感と呼んでいる感覚があった。予感というのは、父親が死んだとき、まだ知らせも受けていないのに、これと同じ感覚に襲われたことがあったからだ。

水の雫をとおして、家の階上に、小さな明かりがあるのに気づいた——アリスを看病する部屋だった。その下では、フレッドの猫背のそばにランプが灯っていた。

これから何が起こるのだろう？　朝方、彼女は自転車に乗った憲兵を見て、恐怖を感じたのだったが、憲兵は農業従事者にかんする手続きの件で来ただけだった。

エドメは栗鼠の皮にはもう目を向けなかった。それでコートを作るという計画をジェフに語ることもなくなった。一週間前から、木の根元の、紫水晶を埋めた例の場所にも足を運ばなくなっていた。イニシャルに象眼を施した櫃をどこに置いたかも思い出したくなかった！

彼女は何かの病気にかかっていた。苦しみだして二日後にようやく病気だとわかったアリスについてみなが噂していたように。いまや彼女はあまりに考えにふけったために、耳の後ろの、二つの小骨が敏感になっていた。焼きつくされた目はもはや漠としたものしか見えなくなっていた。

彼女は立ちあがり、雨のなか中庭を突っ切って、廊下に入ると、自分のコートを手にとった。書斎の扉の下から、一筋の光が漏れている。フレッドが立ちあがる音が聞こえ、やがて扉が開いた。

「どこに行くんだ?」

「散歩よ」

台所に人がいないのは初めてのことだった。じじつ、おばとミアは裁縫の籠をもってアリスの枕辺に張っていた。フレッドは危うく何か言いかけたが、思いとどまり、かたやエドメはその隙に乗じて外へ出た。

まだ黄昏ではなかったものの、あらゆるものの輪郭がぼやけていた。エドメは樅の林のほうへ向かった。そこはジェフが初めて彼女の目の前で栗鼠を殺した場所で、あれ以来、伐採された材木がステール〔材木の容積を示す単位で、一ステールが一立方メートルに相当〕ごとに木の下に並べられていた。

彼女にはフレッドが後ろにいるのがわかっていた。扉がぎしぎし開く音を聞くまでもない。怖かったが、振り向かなかった。草原を長方形に切りとるポプラの林はぞっとするほど不気味で、どの幹も濡れそぼってインクのように真っ黒だった。運河は日ごと時間によって色が変わったものだが、あたり一面が暗くなったいまでは、かろうじて空より明るく、単調で、白く輝いていた。

エドメは振り返ることなく森に入った。木陰に入ると身震いに襲われたが、それでも神経を張りつめながら、薪が規則正しく山積されているところまで歩いていった。

空気はほとんど乾燥していた。雨は樅の黒い暈のような茂りを通過せず、通過したとしても切れ目から雫がぽたぽたと垂れてくるだけで、赤茶けた針葉樹の落葉のあいまに小さな水たまりをつくるばかりだった。

彼女は薪の上に座った。家のほうには顔を向けたくなかった。フレッドが来るのがわかっていたからだ。いまいるところから、アリスの部屋の小さな明かりが見えたが、見えるというよりまだ察せられるという程度だった。

樅の林の下では、足音も響かなかった。不意にエドメはフレッドが近づいてくるのがわかり、すぐそばにいると感じた。あまりに近づいたので、彼は安心させるために話しかける必要を感じたらしい。

「恋人のことを思っているのかい？」

彼女は急いで振り返り、相手の目を直視した。いつもより取り乱していて、まるで彼もまた炎を何時間も見つづけてきたかのようだ。隣に座ってきた。こちらが後ずさりすると、また近づいてくる。

「どうしてほしいんだ？」

部屋を訪ねてきたときよりも怖かった。大地はあの日曜夜よりもぬかるんでいて、まわりの自然も物悲しく、精気を削がれていた。アリスは病気で、台所はもぬけの殻、ジェフはあいかわらず外をうろついている。とくにジェフは小屋に来ることすらなかった！

「どうして俺にはそんなに意地悪なんだ？」

「意地悪なんかしてないわよ」

腰に手をまわそうと従兄弟の腕が持ちあがるのがわかった。彼女は動けなかった。夢のなかにいるのと同じ不能感に襲われ、脚が不思議と重くなって地面に釘づけになっていた。

「一日じゅうお前のことだけを思っているんだぞ！　これ以上うまくはできねぇ！　お前は他の娘とあまりに違う……」

それでもなお、エドメの唇に微笑が浮かんだ。つまりこの男は従姉妹が他の人たちとは違うことに気づいていたということか？

片膝が押しつけられると、彼女の脚は弓の弦のようにぴんと張りつめた。あまりにこわばったために、何も感じないほどだった。

「よく眠れないんだ！……」

彼女の腰に抱きつくと、たちまちそこも脚と同じくらい固くなり、思わず彼は抱き寄せようとした。彼女が抵抗する一方で、彼のほうは口ごもり、慌てふためき、ほとんど真っ赤といってもいいほど赤面していた。欲望で弾けそうになっていたため、微笑みが消え、代わりに悪意が前面に出ていた。

エドメが不意にそうした変化を読みとったのは、相手のまなざしからだった。パニックに襲われ、息を切らしながら何とか逃れようともがいた――

「いやよ！　離して……いや！……」

フレッドの顔がなおもこちらの顔に迫ってくる。両手が上半身に沿って上ってきて、やがて胸に達すると、揉みしだきはじめた。

「痛い！」

いつものひどい悪夢のなかにいるのと同じくらい怖かった。自分がどこにいるのかもわからず、何が起きているのかもわからない。怖い！　逃げ出したい！　大声で叫びたいが、できない！　この期に及んで、家の窓に小さな明かりがあるのに気づいたが、おそらく幻覚だったにちがいない。

「したくない！」

フレッドの手が胸を押し潰してきた。もう一方の手は全身を撫《な》でまわし、膝に軽く触れたかと思うと、ワンピースの裾までまた上がってくる。おぞましいことに、ちょうどストッキングの上のあたりで、この手が肌に直に触れた。

「したくない！」

彼女はなかば組み伏せられていた。薪が背骨を砕いていくのを感じ、手が不器用に襲いかかってくるのがわかった。

突然、彼女は笑いだした。ひきつった、病的な笑いだ。彼女が笑っているあいだ、大きな手は下着のなかに入りこみ、そこらじゅうをまさぐっていた。フレッドはもう抑えがきかなくなっていた。

彼女は錯乱しながらも、じっとこちらを睨んでくる相手の目が見えていた。目にますます悪意をこめながら、フレッドはあちこちの障害物にぶつかる獣のように唸り声をあげた。

彼女はなおも笑っていた。笑うせいで喉が痛かった。同時に腰を弓なりに曲げ、頭が腹の下に来るようにして、全身を鉄のように固くした。

「離して！」

笑いを止められなかった。坂道を転がるように笑いを引きずっていた。逃げ出したい、喚きたい、地面に身を投げ出して泣きたい、あいかわらずそんな思いが頭の中を巡っている。なのに彼女は笑っていたのだ、紫色のフレッドのうなじに爪跡をつけようとしながら！

突然、彼女は黙った。すっぱりと、大理石にひびが入ったように。フレッドも動きを止めた。すぐ近くで、別の笑い声が響いている。衣擦れと、生き物の震えるけはいもあった。

フレッドは自由になろうとするも、あまりに不器用なため、地面を転がり、針のような松葉にまみれながら、従姉妹を引きずっていくしかなかった。ふたたび起きあがると、松葉が服や髪に引っかかっていた。

彼はまわりを見渡し、笑い声の主を探した。あまりに間近だったので、見つけ出したときは、森の薄闇をさんざん探しまわった後だった。

それはごく幼い少年だった。ニスを塗った木靴を履き、赤いメリヤスのベレー帽をかぶり、上半身にショールをまとっていた。粗野でおかしな顔をしており、赤らんだ頬、大きな口、青い目には鋭い悪意がこもっていた。

フレッドが捕まえようとすると、少年はなおも笑いながら飛びのいた。しばらくのあいだ、捕まらないかに見えた。フラマン語で嘲りの言葉を吐き、しつこく同じ台詞を繰り返している。手で首根っこを取り押さえられたときもまだ喋っていた。

一方のフレッドは、笑っていなかった。大げさなほど悲劇的な面持ちで、おそらく自分がこれ以上滑稽に見えないよう努めていたのだろう。エドメから五メートルほど離れたところで、小僧の体を揺さぶり、ぶつぶつと不平をこぼした。彼女の理解したかぎりではこう言っていた――

「誰にも言わないって約束しろ！」

小僧が共犯者のように見つめていたのは、他ならぬエドメだった。

「言わないって約束しろ！」

「*Neen...*」

いやだ！　少年は相手の顔めがけ、大見得きって言い放った。危険などものともせず、笑っていた！　おそらく、エドメがそうであったように、わけのわからない力に背中を押されていたのではないか？

「約束しろ！」

「*Neen !...*」

「言う気なんだな？」

少年はエドメを証人にとっていた。本当におかしな少年で、顔立ちは子供なのに表情がすでに大人のそれだった。エドメの目を探すときは、甘ったれたような、ほとんど恋しているようなしなをつくった。

「誰に言う気だ？」

彼女は会話の意味を推察するしかなかった。

「みんなにだよ！」

するとフレッドが少年を揺さぶる。

「五フランやるから……」

「*Neen !...*」

ふたたびエドメは、引きつったように笑った。そのとき恐怖が消え去ったのだが、それは彼女自身にとって最も思いがけないタイミングだった。彼女が従兄弟を笑い、この茶番を笑い、それぞれの立ち位置を笑っているのに対し、いまだフレッドは子供をしつこく揺さぶりつづけていた。

「黙ってろって言ってんだ！」

「*Neen !...*」

エドメの笑いは子供の耳に届いていた。彼は励まされる気がしていた。彼もまた、熱にとらわれていた。

「黙ってるな？」

「*Neen !... neen !... neen !...*」

最後にもう一度問い詰めると、フレッドは小さな少年を頭の高さにまで持ちあげた。

「*Neen !... neen !... neen !...*」

もはや笑っているのか泣いているのかわからなかったが、ちょうどそのときエドメの笑いがやんだ。悲劇が近づいているのを感じ、すでにそれが手遅れであることを悟ったからだ。

ひきつり、恥じ入り、取り乱したフレッドは、フラマン語で悪態をつきながら、文字どおり子供を地面に放り投げた。

半身が松の切り株の上に、もう半身は柔らかい落葉の上に落ちた。しかし、切り株にぶつかったのは、頭のほうだった。子供はもう笑っていなかった。体が静かに、ゆっくりと動いている。手が顔のほうにもっていかれたが、一センチ手前で止まった。聞こえてきたのは漠とした物音と、理解できない言葉と、うめき声だけだ。

エドメは両手で胸を押さえていた。フレッドはいつもより大きく、太って見えた。かがみこんで、子供をじっと見つめ、何か声をかけている。返事はなかった。一歩足を踏み出し、さっきより優しく話しかけるも、その声はもはや彼の声ではなかった。

知らぬうちにエドメは大声を出していた。不吉な考えが浮かんできたからだ――「あの子は死んだ！……」

子供の金髪から血が滴っている。赤いメリヤスの帽子は地面に落ち、木靴の片方がねじれた小さな足にいまだ引っかかっていた。

フレッドは手で顔を覆っていた。もう近づこうとはせず、子供の手が最後に数ミリほど動いたときは、逃げ出さんばかりになった。

二人だけではなかった。死体を見つめていたのは三人だった。フレッドとエドメがそのことに気づくと、足音を忍ばせてきたジェフが、空地を横切って子供のほうにかがみこんだ。

これで一安心。ジェフはふたたび立ちあがると、夜の帳に穴を開けたような灯がともる家のほうを眺めた。フレッドは、木の幹に肘をついたまま、突然、獣のように泣きだした。服はいぜんとして松葉にまみれていた。

ジェフは、空地の真ん中で熊のように体を揺すっていたが、ついに後ろ向きのままエドメに話しかけた。

「帰ったほうがいいし、誰にも言っちゃ駄目だ！　とにかく何も言っちゃいけない！……」

それを聞いたとたん、フレッドが顔を上げ、口ごもりながら言った――

「どうする気だ?」

「まず彼女を帰らせて、口止めしとかないと!」

エドメはあまりにも気が抜けていて、歩くのも一苦労だった。もしこのまま死体を見つづけていたら、心の発条《ばね》がねじ切れてしまうと思った。

「あんたたちはどうする気?」フレッドの声にこだまするように彼女が言った。

「いまにわかるさ……」

彼女は逃げ出した。限界だった。どの扉から家に入ればいいのかもわからない。台所の火は消えていたが、タイルの床を歩きだすと、とたんに階上の扉が開いて、ミアの声がこう呼びかけてきた――

「あんたなの、エドメ?」

「そうよ」

「火をつけなおしといてくれない? 私はアリスの面倒を見なきゃいけないし、もうすぐ夕食の時間だから……」

エドメは紙切れと、小枝を探した。マッチが見つからず、長らく闇のなかをさまよったが、やがて手がマントルピースの上の箱に触れた。

寒かった。燃えあがる炎が恐ろしかった。ミアがまだ何か叫んでいる――

「まずお湯を沸かして!」

ポンプがきしんだ音を立てた。押すたびに病人の喘《あえ》ぎのように呼吸が苦しくなる。エドメはこう思った――このままいったら、いつか倒れて、気絶してしまうだろう、そしたら、台所の灰色のタイルの上で倒れている自分を誰かが見つけることだろう。しかし彼女は卒倒しなかった。ミアが降りてきて、スープのための野菜を洗いながら、譫妄《せんもう》にとらわれたアリスの近況を教えてくれた。

玄関の扉がひらいた。足音が書斎にたどり着く。姿も見せぬまま、フレッドが呼びつけた――

「エドメ!」

なんとか自然な声を出そうとしている。エドメは危うく無視して、隅っこに隠れるか、自分の部屋に閉じこもりにいこうかと思った。が、結局はランプがついたままの書斎に足を踏み入れた。フレッドはちょうど髪を直し終えようとしているところだった。テーブルの上には、領収書の山と開いた帳簿があった。

「ジェフが黙ってろって言ってるぞ。扉を閉めてくれ。このへんの奴らは十三人も子供がいて、みな金がないんだ。あの子供はきっと材木を盗みにきたにちがいない……」

彼女は口をきけなかった。フレッドのパイプをじっと見ていた。ここを出ていくときに、彼がテーブルの端に置いていったパイプを。

「今夜、ジェフと俺とで、何とかするつもりだ……」

彼女は疲れきっていた。見るものすべてが、怪物じみた大きさになり、悪意のこもった生気で活気づいていた。しかも物を見ようとすると、いまなお赤いベレー帽のぼやけた染みがちらついた。

「計算のつづきをしてもいいかな？……」

威厳をもって、彼が歩み寄ってきたが、最後までこうした芝居をつづけるのは不可能だった。彼女はそのことにも気づかぬまま、ぶつぶつと何かつぶやきながら外へ出た――

「大丈夫！……これはよいことよ！……これはよいことなのよ！……」

心臓が痛かった。昼食を返しにいこうかと思った。台所に行くと、ミアがベーコンを厚く切っていた。

「どうしたの？」

「私？　別に何も……」

「フレッドのこと？」

「違うわ。私、病気みたいなの」

しかし彼女は自分の部屋に引きあげたくなかった。部屋だと、ひとりぼっちになってしまうからだ。それよりかは炉端の、低い椅子に腰かけることにした。両手で頭を抱えていると、ほどなく戦慄が襲ってきたが、そのあいだミアはじゃがいもの皮を剝き、柱時計は夢中で時を刻んでいた。

第八章

扉がゆっくりと閉まった。エドメは廊下から階段のほうへ移っていく医師の足音を聞いた。やがて彼が台所に行くこともわかっていたし、おばがブランデーの栓を抜くこともわかっていた。囁き声が床下から聞こえてくる。エドメは毛布を押しやり、裸足を床の上に置いた。そうやってベッドの縁に座ると、鏡のなかの自分にむけて、病人らしい甘ったるい微笑みを投げてみた。

うっとりするほど、綺麗だった。顔色が以前よりさらにくすみ、繊細な髪は現実のものとは思えないほどだった。ネグリジェから胸の一部が露わになっており、彼女はそれをものものしく眺めると、ふたたび微笑した。というのも、胸もまた変化していて、前よりもピンク色に染まり、ずっと生き生きしていたからだ――まるで花がひらいたかのように。

あたりはとても明るかった。窓辺に寄って、いつものように椅子の上に跪《ひざまず》かずに、立ったまま額を窓ガラスに押しつけてみた。すると、ちょうどポプラの木々の頂のところに、太陽が少し酸味のある飴玉《あめだま》のように黄色く輝いていた。

風景すべてが、飴のような色合いだった。無限につづく草原は、ごく薄い緑色が清新で、みずみずしかった。果樹園の林檎の花は、うっすらとピンクに染まっている。自然が子供時代の甘酸っぱさを表現しているようだった。緑地を長方形に切りとる細長い運河は、明るく、酸味を帯びた様相だった。まるで水が冷たさだけでなく、風味までもっているといわんばかりだった。

部屋にはストーブがしつらえてあった。エドメは重苦しい暑さと、こめかみを窓ガラスに押しつけたときに感じられる、戸外の涼しさのコントラストを味わっていた。雄牛が一番手前の牧草地で草を食んでいる。はるかかなたには、羊の群れがたがいに押しあいへしあいしながら歩いていた。

　三月の終わりか、それとも四月の初めだろうか？　彼女にははっきりしなかった。似たような毎日がつづき、彼女は本当に病んでいた。

　あのことを考えたくもなければ、あの林に目を向けたくもない。取水口からそれぞれの土地へと水を送る、あの運河網を目で追いたくもなかった。なのに絶えず考えてしまうのだ。おそらくそのおかげで、病みつづけることができたのかもしれない。

　じっさい、彼女は病気でいたかったのだ！　治りたくなかったし、家のなかでの、他人たちとの生活に戻りたくなかった。隅っこやベッド、自分の部屋に閉じこもり、そこを少しずつお気に入りの空間につくりあげていった。何も特別なものはいらなかった。たとえば、ベッドに寝そべっていると、頭上の少し先のほうに、色紙でできた造花があり、他の何にもましてピンクの斑点が目立っている。ところが、なかば目を閉じると、それがはっきりとルイおじの顔に変わっていくのだ。あまりに生き生きとそう見えるので、目を見ひらいたときにそう見えないのがまったく不思議なくらいだった。

　ストーブの鋳鉄のうちには、明るい雲が漂い、割れ目が教会の鐘を描き出していた。個人的な品々を大きな箱にしまってあったので、ほぼ毎日のように、それらを一品ずつ取り出してはもてあそんでいた。

　医者は治りがこんなに遅いことを理解できなかった。結局、彼女がかかったのは気管支炎でしかなかったからだ。ちなみに、アリスは三週間で猩紅熱から癒えており、だいぶ前から、姉妹とともに学校に復帰していた。

　いずれにしても医者にはわからず、誰にもわからなかった。エドメは一抹の憐れみをもって彼らを眺めていたが、というのも、自分の病気が気管支炎でしかなかったことに驚き、納得がいかなかったからだ。

　いつでも好きなときに寝て、何か適当なことを考えてさえすれば、おのずと熱は出るのだろう。今度医者が来るときはそうしてみよう、もうあんな台詞を聞かないですむために

――

「もうそろそろ、下に降りていいとこさんたちと気晴らしをしていいころだと思いますよ」

いいや！　あんな人たちと気晴らしなどできない。あまりに恐ろしい！

少年が殺された晩――おば抜きで夕食をとったのだった。アリスが急な発熱に襲われたからだ。階下から、絶えまなくフラマン語で喋る声が聞こえてきた。フレッドとジェフは、食卓をじっと見つめながら、黙々と食べていた。エドメはといえば、食べ物に手をつけてもいなかった。ミアだけが、異常事態が起こっていることにも気づかず、ただひたすら喋りつづけていた。

ひとまず部屋に戻ると、エドメはベッドに腰かけ、着替えもせぬまま、闇のなかにたたずんだ。物音を待ちうけていた。やがてフレッドとジェフが出ていったのがわかり、その理由も察せられた。ついていきたいと思った。それは必要なことだった。

それぞれ自分の部屋にいて、彼女と同じく聞き耳を立てながら、家じゅうが寝静まるのを待っていたはずだ。奇妙なことに、嵐が急にやんでいた。時おりふんわりした雲と雲のあいだに月が顔を出した。雨はもう降っておらず、屋根から窓枠にぽたぽたと雫が垂れているだけだった。

アリスはずっと喋っていた。おばは、枕元で眠ってしまったにちがいない。エドメもベッドの縁でうとうとしていた。すっくと飛び起きても、物音は何も聞こえなかった。

怖かった。窓辺に飛んでいき、目を見ひらいて外を眺めると、牧草地にごく小さな光が揺らめいていた。

彼女にはそれが何かわかっていた。ショールを身につけるまでもない。そっと外に出ると、ふたたび恐怖が襲ってきた。何もかもが恐ろしく、孤独、闇、この平野で起こることすべてが怖かった。息が切れるまで走り、足が嵌まりこむほど泥濘《ぬか》んだ草地を横切っていった。時おり明かりが見えなくなることがあり、このままひとり取り残されるんじゃないかと、パニックに襲われた。

息が切れていた。従兄弟たちに追いつくことしか考えていなかったが、あるいは一緒にいられるなら誰でもよかったのかもしれない。背後には、真っ黒い家が、まるで行き止まりのようにそびえていた。

そういったことを考えるよりずっと先に、突然、フレッドとぶつかった。彼が身振りでこう言ってきた——

「しっ！　静かに……」

彼女はもう身じろぎもしなかった。半透明の氷塊のなかに閉じこめられた気分だった。目を皿にして見ていた。耳を澄ましていた。震えていた。

一同は取水口のある、大運河の土手のふもとにいた。ジェフとフレッドはたがいから二メートルほど離れて立っており、かたやエドメは、彼らがじっと黙って見つめているものを探ろうとした。まもなく水のせせらぎが聞こえてきて、黒い液体が狭い水路を流れているのがわかった。彼女は子供の死体を目で探したが、従兄弟たちが持ってきたシャベルのほかは何も見えなかった。

現実離れしていた。フレッドとジェフはまだ生きているのだろうか？　もしかしたら二体の幽霊なのではないか？

水が流れていた。水位が下がっている。しかしじっと黙ったまま、一時間あまりが過ぎた。凍りついた、危険なひとときだった。やがてジェフだけが動いたが、じっとしているのが常態になっていたので、それは異常に見えた。彼は言った——

「よしいいぞ！」

たった一言！　小運河にはもう水がなかった。泥土の底が見えると、ジェフはシャベル片手に降りていき、長細い穴をゆっくりと掘った。そのあいだフレッドはなおも動かずにいた。

膝まで泥まみれになりながら、ジェフは掘りつづけた。その背後には、何かを保存するための古めかしい箱が泥のなかに嵌っていた。

「よしいいぞ！」彼が繰り返した。

するとエドメのそばにいたフレッドが、沈黙と硬直の重圧から逃れるように、飛び出していった。しかし歩くのも一苦労らしい。やっと三メートルほど歩いたかと思うと、前につんのめり、腕に何かを抱えてふたたび起きあがった。かたやエドメは拳《こぶし》を口のなかに押し入れていた。

フレッドがその荷物をジェフに渡してしまわないかぎり、つまりジェフが死体を穴のなかに横たえてしまわないかぎり、彼女は息がつけなかった。自分が病気になりかけているのに気づいたのはそのときだ。病気になりたかったのだ！　熱に浮かされていたかったのだ、もう何も考えたくないばっかりに！

寒いし、頭も喉も痛い。しばらくのあいだ、両目がまだ開いているというのに、何も見えなかった。意識を取り戻すと、ちょうどジェフが水門を開けているところだった。水が沸きたつようにほとばしっていた。

なぜフレッドは、数歩先で大の字になって、仰向けに寝ているのだろう？　彼は三分あまりもそうしつづけ、やがてうめきながら起きあがってきた。後になってようやくわかったのだが、気絶しかけていたのだ。

やっと終わった！　運河は水位を取り戻し、ひたひたと小さな音を立てながら、月の光を跳ね返していた。一同は柔らかな牧草の上を、暗い家に向かって、のろのろと歩いた。廊下に入ると、一言もないまま、それぞれ靴を脱ぎはじめた。

翌日、エドメは具合が悪かった。ベッドのなかで真っ赤になり、体じゅうを火照らせたまま、ぎらぎらした目で医者を見つめていた。昨晩帰ってきてから朝までずっと震えていて、いまもなお、時おり歯ががちがちと鳴るのを抑えられなかった。

「ただの気管支炎で済めばいいんですけどね」

そういう声が聞こえた。じっさい、彼女は何でも聞こえていたし、何でも見えていたし、あらゆることに気がついていた！　かかりたかったのは気管支炎なんかじゃなく、もっと深刻な病気、たとえば髄膜炎とかだった！　だからこそ絶えずあの林やあの運河のことを考えようとつとめていたのだ。

シロップだの、煮えたぎったお茶だのを飲まされ、自分の体がどんどん白熱していくのを感じた。前日、めまいがするまで見つめつづけた焚き火の炎のように。汗が吹き出ていた。ベッドには彼女の生気と、熱と、匂いが染みついていた。三日後、医者が小声でミアに告げた――

「万事うまくいってます。肺炎を心配していたんですが、もう山は越えたみたいですね」

そのときエドメは肺炎になりたいと思った。一度、よろめきながら起きあがると、目の前できらきらと小さな斑点が踊った。彼女は洗面器に水を張り、ネグリジェのまま、そのなかに立ってみた。水が凍るように冷たい。体はかっかするほど熱かった。寒さが下から上がってきて、くるぶしに、そして膝に達してくるのがわかった。

しかし肺炎にはならなかった！　気管支炎が悪化することもなかったが、それでも医者の心配を妨げはしなかった。というのも、いまやエドメは体がたるみ、反応も鈍くなって、ベッドから離れるのを拒んでいたからだ。

こうした最初の幾日かのあいだに、部屋のなかの物という物が命をもちはじめ、ついにエドメはタピスリーの花の刺繍のなかにルイおじの顔を見てしまった。

いまや彼女は、あえて隅っこに身を寄せていた。様々な習慣を自分のためにつくり出したのだが、たとえば、郵便配達人がニッケル鍍金した自転車でやってきたときは必ず窓辺に立っているようにする、というようなことだ。彼女には確信があった。赤い封蠟のされた公の封書が来ないかぎりは、大丈夫だと。

あれからすでに二カ月が経っていた。エドメはもう以前のようにあのことを考えなくなっていた。森での一幕の詳細を思い出すのが、面倒くさくもあった。

耳にこびりついていたのは、水のせせらぎの音で、それは夜になると、よみがえってきた。日中は、銀色の運河がまっすぐ、青ざめた緑のなかを伸びていくのが眼下に見えた。

水があまりに澄んでいるので、人々は手の底ですくって飲んでみたいと思うはずだ。しかし、溝のなかに足を踏み入れる前に、あれを踏みつけてしまう……。

そうした光景だけでなく、あれの形、あれの身体的特徴すら彼女はほとんど思い出せなかったのだが、あの赤い大きな羊毛のベレー帽だけははっきりと覚えていた。笑いながらあの台詞を繰り返す子供っぽい声も耳に残っている――

「*Neen !... neen !... neen !...*」

当初、彼女はジェフもフレッドも部屋に招き入れたくなかった。しかし、ある日目覚めると、フレッドが扉の隙間に体を入れて、みすぼらしく、ためらいがちにたたずんでいた。あまりに控えめな様子だったので、彼女のほうから入ってくるよう合図した。彼はやつれてもいなかったし、いつもより青ざめてもいなかった。体つきが頑強で、生き生きしているのは元からなので、何も本人のせいではない。が、以前のように元気いっぱいに振舞ってはいなかった。

「ずっとお前に謝りたいと思っていたんだよ」

そのときエドメはなぜ彼が気の毒そうに見つめてくるのかを理解した。彼女はベッドのなかで縮こまっていたにちがいなく、それを見たフレッドは彼女が死んでしまうと思ったのだ！　彼は同情で気も狂わんばかりだったのだ、涙で濡れた目を隠そうと顔を背けなければならないまでに。

「ごめんよ、許してくれ……」

彼女は何も言わず、疲れて、喋る気力もないというふりをした。彼女がさりげなく哀れっぽい仕草をして目を閉じているあいだ、彼はあいかわらず取り乱したまま、彼女を見つめつづけ、やがてつま先立ちで去っていった。

二日後、ハッセルトから帰ってきた彼は、青い皮に金の模様の入ったサンダルを彼女に届けた。朝早くに、そっと入ってきて、彼女が睫毛《まつげ》越しに覗いているのにも気づかず、ベッド下のマットにサンダルを置き、後ずさりで出ていったのだ。

おばは少なくとも日に二回は部屋に上がってきた。鶏のブイヨンを持ってくるのはたいてい彼女で、いくらかフランス語を覚えたらしく、文章をつくることはできないものの、単語だけで話しかけてきた。

しかし彼女が同情の様子を見せたとき、それは心からのものだったろうか？　下心がなかったか？　エドメは彼女のさえないまなざしが怖かった。長く凝視してくることは決してなく、絶えずこちらと目を合わそうとしない。

しかも、おばは音もなく歩きまわるのがつねだった。木靴を階段のふもとに脱ぎ捨ててあるのだ。一度、エドメが窓辺にいたとき、足音が聞こえたと同時に扉が開いて、慌ててベッドに飛びこんだことがあった。見られただろうか？　いずれにしても、おばは何も言わなかった。ブイヨンをスプーンで掻きまわして冷ましながら、汁を啜るエドメの肩を支えてやっていた。

変わらずにいたのはミアだけで、あまりに同じ調子なので、うんざりするほどだった。彼女は例のハンドバッグを受けとっていた。そこには白粉《おしろい》や、口紅や、頬紅が入っていたが、彼女がそれらを試してみたのは、エドメの部屋の鏡台の前だった。

彼女はひっきりなしに喋っていた。笑ってもいた。ミサの帰りに蹄鉄工の息子から手紙をもらい、結婚を申し込まれたと言っていた。白粉のせいで顔に人間味がなくなり、年齢すらわからなくなっていた。それでも喋りつづけていた！　エドメにダンボール箱の中身を漁っていいかと尋ね、そこに入っているすべての品にうっとりしながら、エドメが母親の形見分けでもらった上等なレースの襟を試着してみたりした。

「ルイおじさんはあんたが鬱だって言ってるわ。あんたに必要なのは、空気を変えることね」

エドメは不安げに相手を見つめ、どういう意味だろうか、厄介払いしたいのだろうかと疑っていた。

ルイおじも三、四回、彼女の顔を見にやってきた。ベッドの近くに座り、父親のように彼女を見つめながら、お気に入りの葉巻を吹かしつづけた。

「よくなったかね？」

「わかりません」

「どこが痛いかはっきり言ってみろよ。俺だって、ちょっとばかし医学をやっていたんだぞ、お前の親父みたいに。俺の見たところじゃ、流されるがままになっている感じだな。もっと抵抗しなくっちゃ！」

初めておじからそんな言葉をかけられて、エドメは泣いてしまった。なぜだか自分でもわからない。彼はすっかりうろたえて、ぎこちなくも何とか慰めようとしてきた。

「おお、おお！　何もお前を苦しめたくて言ったんじゃないんだ。従兄弟たちはお前にやさしくしてくれるかい？」

「はい」

「じゃあ、そろそろ正面から事に向き合わないといけないな」

おばが彼に話したのだろうか？　彼の視線は執拗で、エドメは気分が悪くなった。

「我が妹が打てる手はぜんぶ打ってくれるさ。それにしても旦那がいないってのは大いなる不幸だよな。こういう家には、男手が必要だってのによ。フレッドはまだガキだし……」

彼は突然立ちあがった。

「さぁ！　勇気を出せ、お嬢！　そして何といっても体力だ、がんばれよ！」

しかし、彼が行ってしまうと、エドメはまた冷ややかな正気に返ってしまった。天井を見つめ、治るもんかと心に誓った。

いちばん彼女の顔を見に来ることが少なかったのは、またしてもジェフだった。たしかに、彼はひとたび部屋に入ってくると、身の置きどころがわからずに、すぐ立ち去る言い訳に飛びついた。あるいは平静を装うため、ストーブの口いっぱいまで石炭を詰めこみ、荒々しく掻きたてて、あたりに真っ赤な炭の雨を降らせることもあった。

ある日、彼が鼬《イタチ》の皮でこしらえた足掛け毛布を持ってきてくれた。ミアはそれをうらやましげに見た。というのも、皮があれば毛皮の服やマフとして使えるだろうと思ったからだ。ところが、ジェフは妹がその場にいるときだけ毛布を持ってきた。エドメがひとりでいるときは、決して来なかった。

「また小屋に行く？」彼女は訊いた。

答えたのはミアだった——

「この人、一日の大半あそこにいるのよ。何してるんだか知れたものじゃないわ！」

エドメにとって唯一の未練はこれだった——あの小屋と、

目を焼きつくし、胸を馥郁《ふくいく》たる匂いで満たしてくれるあの樅の焚き火。

しかし彼女は他のもので我慢していた。ストーブの鋳鉄をつねに真っ赤にしておくよう人に頼んだのだ。ストーブはごうごうと唸っていた。熱がじわじわと伝わってくる。とくによかったのは、背中を火で暖められながら、額を冷たい窓ガラスに当てているときだった。

戸外では、春だというのに、空気が冷たかった。あらゆる色が寒色だった。地平線が後退していた。ずっと先まで見とおせたが、あいかわらず変わりばえのしない草原がつづいており、それぞれの牧草地は、銀色の運河とポプラの林で均等な長方形に区切られていた。

幼い少年はまだあそこにいた。ここからせいぜい六〇〇メートルほど先、船が日に五、六回通っていくあの運河の近くに。エドメは誰にも喋っていなかったし、あのことについてジェフやフレッドと話すこともなかった。連中が何を考えているのか彼女には見当もつかなかったが、いまでもあの子供の笑い声が聞こえていた。笑いはだんだんと勢いを増し、ついには、恐怖を飛び越えてこう繰り返すようになった――

「*Neen !... Neen !*」

熱はすでにひいていた。もはや昂ることもなく、いまではまったくのその逆だった。おそらくミアが「鬱」と言ったのは正しかったのだろう。

彼女は食べなかった、わざと！　鶏のブイヨンとビスケットだけ口にした。歩いていると、体が弱っているのがわかり、それが嬉しかった。治りたくなかったのだ！　家の者たちと台所の食卓を囲みたくなかった！

彼女には自分の匂いの染みこんだ、自分だけの隠れ家があった。四つの壁に囲まれたこの部屋がそうであり、この窓は、彼女のために景色を広く切りとって見せてくれた。家にかんしていえば、分刻みで呼吸しているように感じられた。あらゆる音、はては他の人たちには聞こえない音まで耳に入ってくる。彼女にはそれらの音の意味がわかっていた。ジェフが一時間早く起きてくると、その日は水曜で、これから彼がパンを焼きにいくということがわかった。フレッドが洗面台でブラシと瓶を動かせば、それはハッセルトかブリュッセルに行くという意味で、飴か何かを、お土産として買ってきてくれるということになる――枕の下に隠してある鼈甲《べっこう》の縁の鏡がそうであったように。

医者は何もわからず、ただ自説の裏づけのために、レントゲンのことを口にした。だが、エドメはレントゲンなど撮られたくなかった。医者は往診のたびにこう繰り返した――

「少しは下へ降りるようつとめてください、たとえ一時間でもいいから！」

彼女としては下へ降りたくもなければ、努力したくもなかった！　自分の隠れ家にこもって病気のままでいたかった。

そこには自分だけの窓と風景があり、自分の持ち物がいっぱい詰まった段ボール箱があった。壁、家具、どんな些細《ささい》な物にも自分のけはいが染みこんでいた。

体はますます痩せていった。ヒップこそなかったものの、乳房は日ごと丸くなり、とりわけ生き生きしてくるように思えた。そんなときはうっとりして、自分自身のうちに閉じこもり、思案にふけりながら、秘められたイメージを網膜に映らせるのだった。うっとうしく騒がしいミアが、新しい帽子が似合うかとか、化粧が濃すぎないかと尋ねてくるまで。

そうこうするうちに、魔法の言葉がやってきた。酸味たつような風景、水路のせせらぎ、ポプラのそよぎ、ある種の湿気のようなもの――昼になると、この湿気のせいでエドメは窓を開けたり、深呼吸したりしなければならない――、ネグリジェの下で震える裸体、そうしたものすべてによって呼びこまれたようなあの言葉――すなわち「復活祭《パック》」だ！

子供たちは、もう学校には行かず、外で遊んでいた。二〇センチ大の竃の近くの草叢《くさむら》にうずくまっている子もいれば、人形をあやしている子もいた。雄牛たちは夜になっても帰ってこず、日の出とともに鳴き声をあげた。牧草地にはごく小さな白い点々と、黄色い水玉模様が散らばっていた――ヒナギクとキンポウゲだ。

みな夏服で働いていた。子供たちはもはや黒い装いではなく、黒白混じった、なかば喪に服したような格好だった。ミアはパールグレーのコートを欲しがっていた。

医者が来るのは土曜だけで、来るとたいていは階下で、ブランデーを飲みながら時間をつぶしていた。

「もう外に出られると思いますよ、外の空気が彼女にはいいんですがね……」

気分がすぐれない彼女は、なおも部屋で火をおこすよう頼んでいた。背中に冬の室内の染みわたるような暑さを、額には窓ガラスの冷たさをいつまでも感じていたかったからだ。目の前の風景は春の明るい光に満ちあふれていた。草は真新しく、葉叢は曖昧にぼやけ、小川は銀色に輝きながら流れ、その先であれを踏みつけたら……。

闇のなかで動かない従兄弟たちの姿が思い出されてきた。水が流れているあいだ、泥に足をとられながら、身じろぎもせずにいた二人。そのとき彼女は思った。水路から水路へ、水門から水門へと流れていくあの水は、もうすっかり毒されているんじゃないかと。なぜなら、あのさらさらと流れる清澄な水は、赤いベレー帽の少年の上、恐怖のあまりけたたましく笑い声を立てていたあの少年の死体の上を通ってきているのだから。

第九章

夏が来ると、外の生気が隙間という隙間から家のなかに染みわたってきた。平野の風が開け放たれた窓から入り、家の馴染みの匂いに染まる暇もないまま、扉から出ていった。かろうじて、朝のそば粉とベーコンの匂いが残っていた。

牧草地は様相が変わっていた。何週間か前は、見渡すかぎりの眺望のなかに、郵便屋の自転車か番人のシルエットが小さな斑点になって見えるだけだったが、いまではそこらじゅうに人があふれ、見知らぬ人たちが遠くの村々から干し草を刈りに繰り出してきていた。

夜、カフェの扉が閉ざされることはほぼなかった。じっさい朝の四時から、すでに正体をなくした男たちが、鋲《びょう》を打った靴でタイルの床を打ち鳴らし、酒を要求してきた。

もはや隅っこでくつろぐこともできなくなった。人々は台所に上がりこんで座りこみ、皿洗い中のおばと喋りつづけた。ミアはカフェで客の給仕をしていたが、いまや彼女が白粉や口紅をつけるのは毎日のことになっていた。

暑いにもかかわらず、エドメは肩にショールを巻きつけたまま、さまよい歩いていた。部屋にとどまっていられなかったのだ。具合はそこまで悪くなかったが、それでも咳《せき》をすることができたし、人々や状況を痛ましい顔つきで眺めることもできた。顔色が悪く、目の下に青い隈がくっきり出ていることは、誰の目にも明らかだった。

彼女には身の置きどころがなかった。小屋は誰かに使われていた。正午に様子を見にいくと、干し草を積みにきた四人の日雇い農夫が居座り、食事をつくっていた。陽射しのせいで視界が狭く見えた。ネールーテレンに行くのに、誰も馬車に馬を繋ごうと言いださなかった。めいめい自転車に飛び乗ったり、歩いていこうとしたりしている。あそこの、一番大きな樅の森のすぐ先に村がなかったろうか？

エドメは時おりその村に行っていたのだ、病みあがりのおぼつかない足どりで。あの少年の家はマーサイクへとつづく道を右に曲がって一軒目にあった。屋根の低い、窓が二枚だけの不揃いな壁に囲まれた平屋の家。

冬、扉が閉ざされたら、なかは真っ暗になるにちがいない。通りがけに覗くと、何かがうごめいているけはいがした。マントルピースの上には銅製の鍋が二つ吊られ、そして床には尻が剝きだしのまま這い這いをする赤ん坊。

他にも子供が九人か十人いたが、お針子の娘を除き、みな外で駆けまわっていた。

きっと、いなくなった子のことなど忘れてしまったにちがいない。大運河のほうを探してはみたものの、遊んでいるうちに落っこちたにちがいないと諦めたのだろう。死体は船が遠くへ運び去ったのかもしれない、などと思ったのだ。いまは夏で、干し草の刈り入れに忙しい時期だから、もう思い出しもしないのだ。

エドメはフランドルの家々が立ちならぶ美しい道をたどって、教会まで行くのを日課にしていた。まずパン屋の前を通ると、香ばしく熱い湯気が漂ってきて、やがて鍛治屋のとんかちの音が聞こえてくるのだった。

「彼に会った？」帰ってくるなり、ミアにこう尋ねられたものだ。

ミアは恋していた。ステヴェリンクの息子に手紙を渡そうと、日曜が来るのをいまかいまかと待ちわびていたのだ。引き換えに男も手紙をくれることになっていたから、ミサの間じゅう、彼女は胸をどきどきさせていた。

ステヴェリンクの息子は教師だった。アントウェルペン〔ベルギー北部の都市、アントワープ〕に赴任したばかりだったが、休暇をとって郷里に戻っていた。不器用で小心な青年で、時々、自転車に乗って家までやってきたが、いつ見てもズボンの裾をピンで縛っていた。毎度、無垢《むく》な顔つきで、今日は暑いとか喉が渇いたなどと言っていた。

彼の姿が遠くに見えるやいなや、ミアはすべてをうっちゃって自分の部屋へと走り、顔に白粉を塗りたくり、耳に石鹸の跡がついたまま、駆け下りてきたものだった。「彼、服がださいわ」とエドメは言っていた。「あれじゃ百姓だと思われるわよ」

そこで二人は喧嘩《けんか》になり、何時間も口をきかなくなるのだった。

フレッドとジェフはあいかわらず外に出ずっぱりだった。いたるところで、従業員を見張らなければなかったし、しかもネールーテレンの駅で荷積みもしなければならなかった。彼らは少し途方にくれていた。何かがうまくいっていないようだった。

じっさい、二回ほど発送のミスがあった。また別のときには、日雇いの農夫が荷馬車から落ちて脚を折り、しかも保険に入ってないのがばれてしまった。

こうした事件が起こると、きまってルイおじが姿を見せ、フレッドとともに書斎にこもった。しばらくして扉を開けると、むせぶほど煙がたちこめている。フレッドはしょげていた。大股で歩くおじは、ますますもって、この家の真の主人のような顔になっていた。エドメの前を通りかかると立ちどまり、こめかみを押しながら頭を上げさせ、批評するような目つきで観察してきた。

「よくなってないのか？」

「まだ咳が出ます」

彼は何やらぶつくさ言っていた。台所に行くと、旅行から戻ってきた主人のようにあたりを嗅ぎまわった。おばは怖がっていた。

ミアの白粉まみれの頬に指を走らせ、フラマン語で一言声をかけてやるのも彼だった。彼女の頬に血をのぼらせるには、たった一言で充分だった。

彼は不満そうだった。従業員たちが散らばった牧草地を見てまわっているときでも、眉をひそめ、灰色の顎髭をしきりに指でしごいていた。

「おい、いったいありゃなんだ？」

遠くの、二人の男が積み荷をしているトラックを指さした。

「馬が病気なもんで」フレッドが答える。「ペッソンさんの注文のために、ネールーテレンからトラックを一台借りたんです」

「日に六〇フランはするだろう？」

「いや、一〇〇です！」

ため息をついたおじは、また小言を言うために、書斎のほうに戻ろうとしていた。何かまずいことでも？　何から何までぜんぶだ！　エドメはフレッドがやれるかぎりのことはやっていると思っていた。ジェフはといえば、二人分以上は働いており、夜明け前には起きていて、タルティーヌをいくつも持って出ていくので、正午になっても姿を見せないことはざらだった。

その年はひどい年だった。雨が降りすぎたのだ。そのせいで、干し草の一部が傷んでしまった。

しかしそんなことは、以前にもあった。前代未聞だったのは、ささやかながら、不幸な事件が立てつづけに起きたということだ。保険に未加入の男が脚を折ったり、干し草の刈り入れどきに馬が病気になったり、ヘント〔ベルギー北西部の都市、ガン〕に送るはずの貨車をモンス〔ベルギー西部の都市〕に送ってしまうというミスもあった。他にも些細な事件、おかしなことがたくさんあったが、どれも取るに足らないとはいえ、ミア以外の者たちの気をくじくには充分だった。

みな活気がなく、何のやる気もなかった。フレッドは、ふざけて脚にからみつくという理由で、子供たちをひっぱたいていた。おばは何も言わず、ますます陰気に、影が薄くなっており、まるでこれ以上悪運に火を注ぎたくないといわんばかりだった。

八月のある日、フレッドとルイおじとのあいだで、大口論が起こった。二人とも書斎にいた。台所にいても、ひそひそ話す声がわかった。やがて椅子の動く音とともに、声の調子があがった。

おばは家事をつづけていたが、聞き耳を立てているのがエドメにはわかった。フラマン語の単語がいくつか聞こえるだけだった。熱っぽく話しているのはフレッドで、そのうち突然、扉がひらいた。台所には誰もやってこない。聞こえたのはおじの車が発進する音だけだった。

それから何時間もみなで話した。フレッドは牧草地にいる弟を探しにいかせていた。彼は異常に興奮していて、俺は出ていくと脅しをかけながら、金を稼ぐなんてわけない、もうガキじゃないんだ、小学生じゃあるまいし、親戚の忠告に耳を貸すいわれはない、とさかんに言い張った。

おばは睫毛をしばたかせながら話を聞いていた。エドメも聞いていたが、フレッドは、彼女のためだけに、自らの台詞の大半を通訳するか、フラマン語とフランス語のちゃんぽんで喋っていた。ジェフは、スツールに腰かけたまま、大きな頭を揺らし、木切れを無意識にいじくりまわしながら、床を見つめていた。

「俺はおじきに言ったんだ、俺たちに問題があるとしたら、それはいまに始まったことじゃないって。ただ、親父が隠してたってだけなんだ。親父は、俺たちの知らないうちに、先物買いをして、八万フランの約束手形にサインしていたんだよ。もし親父がまだ生きてたら、この難局をどう乗り切るか見てみたいもんだ！　親父に愛人がいたなら、俺にもいたっていいわけだろう？」

フレッドは自制がきかなくなっていた。肌が引きつっている。時々、口ごもってしまうのは、言いたいことが次から次へとこみあげてくるからだった。

こんなふうに父親の話がされるのは、初めてのことだった。カフェでは、ミアが酒を給仕していて、グラスのぶつかりあう音が響いていた。おばは何も言わないまま、火の消えた暖炉の隅に座りにいき、エプロンに顔をうずめながら、そっと静かに、肩を小刻みに震わせて泣きだした。

突然、ジェフが立ちあがり、何事か叫んだ。つづいてフレッドが起きあがり、弟をきっと睨み返した。母親のそばに立っているジェフは、まるで守り手のようだった。助けというか、支えを求めたのはフレッドだったが、その視線の行き着く先にはエドメのおどおどした目しかないだろう。

嵐の前の静けさのように、拳を握りしめた青年二人が睨みあっているなか、エプロンにくるまって泣きつづけるおばのうめき声が聞こえた。ジェフの顔つきが変わるのがわかった。素材のごつすぎる不細工な顔が、動揺し、子供っぽい憐れみの表情に緩んでいく。と同時に、彼の手が母親の痩せた肩の上に置かれた。彼女をあやそうとするように、無意識にこう言っていた――

「よしよし！……よしよし！……よしよし！……ママ！……よしよし！……」

窓は開いており、風に乗って刈りとられた干し草の匂いが漂ってきた。外では、鶏鳴《けいめい》と小鳥のさえずり、馬のいななき、荷馬車が砂利道を通る重々しい音がしていた。

今度はフレッドが床を見つめる番だった。体つきは締まりがなくなり、目はうつろだ。

各人を順ぐりに観察し、冷静さを保っていたのは、エドメだけだった。自分がここにいること、内輪の些細な揉め事だけで世界が回っているわけではないことをみなに思い出してもらおうと、彼女はわざと咳をした。息が切れんばかりに咳きこみ、ハンカチに血がついていないか確認するふりまでした。

一時間後、目を真っ赤に腫らしたおばは、暗い目つきで肩を丸めつつ、フレッドの着ていた一張羅にブラシをかけていた。

翌日、従業員たちの給料を支払うには、是が非でもルイおじの助けが必要だった。フレッドは謝りにいくつもりだった。ぱりっとしたシャツと、つややかな髪で彼が降りてくると、母親はそんな息子が上着を羽織るのを手伝い、微笑みかけた。嘆きでもありつつ、励ましでもあるような、悲しげな微笑。中庭では、ジェフが手押し車の修理にいそしんでいた。

野生の雁《ガン》の群れがいつもより一月早くやってきた。やがて万聖節が来ると、一同は閉めきった家のなかで、暖炉の火にあたりながら身を寄せあって過ごした。

娘たちはコートを新調してもらった。エドメもそうしたが、身につけたくはなかった。というのも、ネールーテレンの仕立屋の老婆が肩のところをあまりに大きく裁断してしまい、ポケットが下に来すぎてしまったからだ。

墓地に行けば、十回は足止めを食った。話をしなければならない誰かしらにそのつど出くわしたからだ。エドメの知らないいとこ、おじ、おばがたくさんいた。みな一様に黒ずくめで、鼻をつく菊の香りや、黄色く粘つくおぞましい花々の匂いのなかをさまよっていた。

男たちはほぼいつもどおりに会話していたが、女たちは沈痛な面持ちで、とくに老婆たちは遠くからたがいの姿を認めると、とたんに悲嘆の台詞をかけあっていた。

あまりに薄着だったエドメは、わざと大げさに咳きこむ必要がなく、本気で咳をした。まるで瀕死の娘に対するかのように、老婆たちは気の毒そうに首を振りながら彼女を眺めていた。そのうちの一人のまたいとこが、子供たち一人一人に飴を配り、病人への気遣いを示すためか、エドメには二つもよこした。

フレッドが男たちとカフェに入ってきたころには、家のなかは人でいっぱいで、貧者の匂いがたちこめていた。エドメの頬は真っ赤だった。おそらく雰囲気が似ていたせいだろうが、不意に、初めてネールーテレンに来たときのことが思い出された。路面電車での旅、おじの死、埋葬、小屋での焼けるように熱いひととき、初めての栗鼠《えもの》。

この家に初めて足を踏み入れたとき、空気のなかに脅威のようなものを感じなかっただろうか？　現にいまも息苦しいのだが、その理由を見つけ出そうとしても詮ない。ステヴェリンクは二日間休暇をとっていたので、ミアは彼と一緒に、石畳をさらに白くするような寒風の吹きすさぶ街のどこかにいるはずだった。誰も真面目にとりあわなかったが、みなそのことを知っていて、二人を好きなようにさせていた。

エドメは嫉妬していなかった。むしろ逆だ！　従姉妹が変わっていくのを興味津々で眺めていた。活気づいているときのミアは、ほぼ美人といってよかった。でも馬鹿だった！

男、人生、すべてにかんして見当違いをしていた！　一月前から、同じ歌ばかり口ずさんでいて、というのも、恋人がそれを鼻歌でうたっているのを聞いたからである。エドメは家じゅうに響きわたるその歌を聞いて、滑稽だと思った。ミアは新聞に教えられた方々の店に香水を注文していたし、喪が明けたら作ってもらう予定の服のことまで考えていて、定期購読している破廉恥なモード雑誌のなかからモデルを探していた。

あの教師は彼女の脚が不治の湿疹に覆われていることを知っているのだろうか？　いまごろ道の端っこの、木に二人で寄りかかって、笑いながらお喋りしているにちがいない。

エドメは恋人など欲しくなかった。恋している者はみな滑稽だった。とりわけ彼女が認めたくなかったのは、いつか我が物顔で自分を支配する男が現れるかもしれないということだった。

一同が帰ったのは黄昏時だった。エドメの予想どおり、ミアは幸せで顔をほころばせ、荷馬車のなかではエドメの手をとって、まるでそれが例の教師の手であるかのように、しつこく握りしめた。

取水口からあと二〇〇メートルのところを通ったにちがいない。フレッドはそちらのほうを見まいとつとめていた。エドメもまた見たくなかった。彼らは墓参りの帰りだったが、墓地ではそれぞれの墓石に、人々が花をたむけにやってきていた。しかしその日、運河の水は北風のせいでさざ波がやまず、不気味なほど緑がかった灰色だった。

ちょうど水門の前を通っていたとき、エドメは無意識に、乾いた目つきで、そちらを見てしまった。図らずも、フレッドの据わった目も同じほうを見た。

やがて二人の目が合った。フレッドは動揺していた。彼女にもその取り乱しようがわかった。あの少年のこと、自分たち三人しか知らないあの遺体の埋められた場所のことで、彼は頭がいっぱいなのだ。

みなハムとパンだけで食事を済ませた。料理をする暇がなかったからだ。翌日はひきつづき祭日だったが、ルイおじがやってきて、いつもよりさらに注意深くエドメの様子を観察してきた。

「明日、お前を迎えにくるからな！　早起きして支度しとけよ」

それで翌日、彼女はおじと二人きりで出かけることになった。おじの車に乗り、ハッセルトまで無言のまま移動した。彼の知りあいの医者のもとに行くと、医者は愛想よくエドメを診察してくれた。

「服を脱いでくださいね、いい子だから！　せめて胸だけでも」

エドメはルイおじを見ていたが、彼は察して、肩をすくめた。

「さぁ！　若い娘の体のしくみを俺が知らないとでもいうのかい？」

男たちはフラマン語で、こそこそと喋っていたが、エドメは上半身をはだけるのにためらいがあった。そんなことかつてしたことがない。一年前だったら、まだしやすかったかもしれないが、あれから胸が成長して、いまでは自分が見せられるものの最後の砦《とりで》のような気がしていた。

彼女は肌着《シュミーズ》を身につけたままにした。細いレースがついたその肌着は、診療室の明かりのなかで、生々しいほど白かった。ほとんど赤毛といっていい髪の医者は、彼女の顔を見ることもなく近づき、無関心な手つきで肩ひもをずらしはじめた。

「息を吸って！……吐いて！……吸って！」

胸が外の空気に触れているのは居心地が悪かったし、医師の手がこちらの上半身を摑み、軽はずみに胸に触れてくるとなおさら気持ち悪かった。こちらの気を楽にさせようと、ルイおじは壁にかかった狩猟の絵を眺めるふりをしていた。

「吸って！……もっとゆっくり！」

息が詰まりそうだった。ワンピースが細すぎる腰回りに沿ってずりあがっていくのが感じとれ、今度は腹とへそが見られてしまうということがわかった。

「こっちに来てください。レントゲンをとったほうがよさそうですね」

ルイおじは診察室にとどまった。医者は、眼鏡をかけた若い青年に助けられながら——この青年がいてもエドメは悪い気がぜんぜんしなかった——、不思議な器械を操った。

「ありがとうございます」

いまや、彼女にはわかっていた！　医者が約束してくれた三日後の回答を待つまでもない。水が溜まった箇所についてすでに話しているのを聞いてしまったのだ。彼女は実の母親が結核で死んだことを知らないわけではなかった。

そもそも、おじの態度じたいにも変化があった。彼女と一緒にレストランで食事をしたが、これみよがしに親切なので、去り際に医者から何かを言われたことは容易に察しがついた。

彼はなおもエドメを観察していた。目つきは鋭くなかった、むしろ逆だ！　重々しい目つきで、彼の人となりそのものだったが、それでもエドメはおじがいろいろなことをわかっていると察した。

「真剣に治療せにゃならんだろうな。ネールーテレンは空気が澄んでいるから都合がいい。いとこたちの家にいるのは退屈かい？」

「いいえ」

「フレッドはちょっとそそっかしい。ジェフは大猿みたいな顔してるが、俺の知るかぎり、あんなに心根のいいやつはいないね」

おじは彼女に大人に対するように語りかけ、打ち明け話をし、彼女がまず先によそえるよう、料理をまわしてよこした。

「妹にかんしちゃ（お前のおばとは言わなかった）、ありゃ聖女だ。たいそう苦労したんだ、詳しくは言えんが」

「知ってます。おじに愛人がいたんですよね」

おばはすべてお見通しだったのではないか？

「それだけじゃないさ。彼女にはおおいに優しくしてやらなきゃ。事業は見かけほど輝かしいもんじゃない。乗り越えるべき問題がいくつもあるし、俺にはわからないんだが、お前の従兄弟たちは……」

おじは口をつぐんだ。なぜこんなにぺらぺら喋っているのか自分でもわからなかったのではないか？　レストランでは、誰もが彼と顔見知りだった。主人が握手しにやってきた。ギャルソンたちは恭《うやうや》しく話しかけてきた。

ミアは長らくこのおじに恋してきたのではないか？　エドメもまたこういった長旅を望んでいたはずだ。注文のすべを知っていて、人々にかしずかれるような、かくもたのもしい男と一緒の旅を。

「デザートが欲しいんじゃないかね？」

「あなたは？」

「いらないよ。俺のデザートは、葉巻さ」

「私もいりません」

というのも、もう甘いものに飢えた若い娘ではなかったからだ！　彼女は自分がおじと同じ高みにいることを示したかった。

「フルーツは？」

「結構です」

彼女は曇った鏡のなかを見て、自分が女の顔をしているのに気づいていた。ネールーテレンでこしらえたコートではなく、自前の、ブリュッセルから持ってきたコートを着てきたのだが、おじはそれを褒めてくれたのだった。つまり、彼には違いがわかったのだ！

「幸せかい？」

「みな私によくしてくれます」

彼は少し興奮していた。おそらく彼女の裸の胸を見たときよりも。しばしば顔を背けていた。

「大都会の暮らしとは違うが、そのうち慣れるさ。かつて、あそこはリンブルフで一番綺麗な農地だった。もし男の手であの土地を再興しようと思ったら……」

彼は既婚者だった。妻はすでに年老いていて、かなり太った、髪が真っ白の老女だった。彼は妻もハッセルトに連れてくるのだろうか？　それを思うとエドメは嫉妬心に駆られるのだった。

「奴らはいま逆境にある。フレッドは、くじけるのが早いから、ぜんぶ手放して売りに出すなどとほざいているが……」

おじの車に乗って、ネールーテレンに帰ってくると、エドメは旅のことを誰にも話さなかった。自分の胸にしまっておくべきことと！　他人に言えない秘密！　ただ一人の男に自分の胸を見られたのだ。彼女は鏡の前に立ち、乳房が小さすぎやしないかと気をもんだ！

肌は白く、肋骨は指で数えられるほどで、幅の狭い腹が凸型に膨らんでいる。

「でも、私は結核なんだ！」

そのことにいくらか誇りを感じていた。悲しくはなかった。たとえば、ミアは結核になどなれなかった。とはいえ、活発そうに見える彼女の体もじつは不健康で、つまらない怪我がもとで死んでしまった父親に似ているわけだが。

ルイおじは二日後に戻ってきた。エドメがそれに気づいたのは、彼がフレッドに奇妙な写真を見せていたからだった。そこには肋骨と、骨と骨のあいだにある漠とした、黒く灰色がかった何かが写っていた。

エドメには感染箇所が二つあったのだ。赤い矢印で印がしてあった。

「何でもないさ！」彼女の肩を叩きながらルイおじは言った。「半年治療すりゃ、消えちまうだろう。若いときってのは……」

するとフレッドが感動したようにうっとりと彼女のほうを見た。

第十章

エドメがルイおじについてハッセルトの医者のもとに行き、「ホテル・ボウタース」で昼食をとるのは四回目だった。屋根に曇りガラスの張られた食堂には、とりわけ神父たちが足繁く通ってきた。

ルイおじはみなと顔見知りだった。店の主人はおじを出迎えようと駆け寄ってきた。マダムは親愛の情をこめてエドメの頬を叩きながら、しなをつくってひどいフラマン語訛りでこう言うのだった――

「で、このお嬢ちゃんは？　治ったのかえ？」

というのも、みな事情に通じていたからだ。レントゲン写真は手から手へと渡っていた。ある老神父はエドメをロンドンに連れていくようさかんに主張していた。

その日、ルイおじには街で取り決めなければならない交渉事があった。昼食が終わると、彼はエドメをホテルのロビーに座らせ、二時間後に戻ると約束して出ていった。戸外はとても寒かった。十二月になったとたん、霜が降りはじめ、前日には運河でスケートをする人たちが見られるほどだった。

ロビーは陶製のストーブで暖められていた。テーブルの上には、宗教雑誌しかない。暑苦しくなったエドメは、通りに飛び出し、歩道沿いに歩きだした。朝方、彼女は街の様相が尋常ではないことに気づいたのだった。寒波にもかかわらず、普段より多くの人、車が通っていたからだ。ショーウィンドウは装飾を施され、クリスマスの支度がされていた。

陳列台の前には、とりわけ母親と子供が群がっていた。エドメも足を止めていた。ひとり街中にいるなんてことは久しくなかったので、あらゆるものに興味津々だった。人を見るために振り返ったり、書店のショーウィンドウに陳列してある本のタイトルを読んだり、この向こうで人間たちが生活しているんだと思いながら、家の窓を眺めたりした。

彼女は驚いていた。上等な服を着た人、毛皮のコートやら皮の手袋を身につけた子供がなんと多いことか。背後から路面電車のやかましいベルが聞こえてくるのは好もしかったし、ランタンのような光に照らされて、電車が歩道すれすれに通っていくのも好きだった。

石畳は固く、冷たい白一色だった。商人たちは店のショーウィンドウに贋物の雪を積もらせ、クリスマスツリーに赤銅色や紫の玉を飾っていた。

エドメは目の前に駅やキオスクがあるのを見た。思い返してもみれば、そこで初めてネールーテレン行きの路面電車に乗ったのだった。右に曲がり、路地に入ると、そこはもう店が尽きていて、あるのは暗い家々ばかりだった。

前日から、フレッドはハッセルトにいたが、エドメはどこに行けば彼が見つかるか見当がついていた。ミアが教えてくれていたからだ。彼は駅裏にある「ジュリーの店《シエ・ジュリー》」という看板の出た小さなカフェに何時間も入り浸っていたのだ。

エドメははっきりそこに行こうという意志をもって探してはいなかったが、それでも家々を眺め、看板の字を読んでいた。かくして人気のない路地を通って、建物のつどう一角をぐるっと回り、ついには木目調に塗装された、黄色い正面壁《ファサード》の、窓にカーテンの吊られた店に行き当たった。

ここだ！　店名が窓ガラスに記されていた。飾り書きのついた白い文字で、まるで署名のように――「ジュリーの店」。何の気なしにノブを回し、扉を押し開けると、とたんに風がばたんと扉を閉めた。

人気のない店内は長細く、蠟引きされたリギダマツのテーブルが、一糸乱れぬ単調さで二列に並んでいた。唯一その単調さを乱す例外といえば、一番奥の、カウンター近いところに座っている男の背中だった。男にかがみこまれた女の顔はぼんやりとしかわからない、というのも、陰に隠れてしまっているからだ。

フレッドだった。サージの黒い上着と肉づきのいい首が認められた。彼は振り向かなかった。片腕を女の肩の後ろにまわし、くぐもった声の、フラマン語で喋っている。

入ってきた客を見ようと身をかがめたのは、連れあいのほうだった。女の髪はきらめくブロンドで、ピンク色の肌をしていた。驚いた様子でエドメを見つめ、訛り口調で呼びかけてくる。ようやくフレッドも振り返り、ぴょんと飛び起きると、グラスをひっくり返し、従姉妹の通り道を防ごうとするように数歩歩み寄った。

エドメは落ち着いていた。こんなに生き生きとした顔色、こんなに丸くなり、ぎらついた目をいままでフレッドのうちに認めたことがない。まっすぐ歩けないいんじゃないかとすら思った。

「こんにちは、フレッド！　お邪魔かしら？」

「こんなところで何をしてるんだ？　誰から聞いた……？」

店の奥から、太った老婆が首を出してきた。我が家の暮しをかき乱しにきたのは誰ぞといわんばかりに。

「ちょっとここで暖まりたいんですけど」

じっさい、エドメは寒さで凍りついていた。が、何といっても観察をつづけたかったのだ。フレッドは、茫然自失の状態から立ち直っておらず、されるがままだった。エドメは女と同じテーブルにつき、かたや女のほうは、グラスの破片を掻きあつめたのち、元の場所に戻った。

おかしなカフェに、おかしな女！　どれもこれも奇妙だった。ものの本で読んだことはあったが、エドメにはついぞ理解できない世界だった。

「何か飲む、お嬢さん？」金髪女が尋ねた。

エドメは立ちならぶ小さなグラスを指さした。

「これ何、フレッド？」

「シェリーだよ」

「同じのがほしい」

そして彼女は給仕女がカウンターのほうへ向かうのを目で追った。大柄で太っていたが、見栄えのする女で、食べ物ならさぞ魅力的といった風情だった。明るい肌には、香水がつけられ、傷もなければ染みひとつなく、色はピンクだが、とくに肉づきのいいところは、白みがかっていた。ドレスは絹で、ストッキングも同様、それに合わせた真新しいエナメル靴は歩くごとにかつかつと音を立てた。

女がエドメの杯を満たそうと身をかがめると、コルサージュの空いたところから胸の全貌があらわになった。大きく厚みのある胸だが、乳首はとても小さい。

「ルイおじはどこだ？」

「私をホテルに置き去りにして、買い物に行っちゃったの。まだ時間があるわ」

フレッドの声は無愛想というだけでなく、もたついていた。

「俺にもくれ！」グラスを指さしながら彼が言った。

「私に一杯おごってくれる？」きついフラマン語訛りで女が言った。

空気は重く、エドメはベンチに腰かけながら、身裡に充足感と心地よさが染みわたってくるのを感じていた。どれもこれもが悪趣味だった。鉤のついたカーテン、明るすぎるリギダマツのテーブル、ピンクのグラスのどろっとした輝き。いたるところにある装飾はどれも風格に欠けていたが、「ホテル・ボウタース」のよりもずっと大きくて豪華なストーブの暖かさに包まれていると、おが屑だらけの床に目をさまよわせるのもまた一興に思えた。床にマッチの切れ端は散らばっておらず、椅子やテーブルの脚が正確に並んでいた。

それはエドメが本で見知っている店と何にも似ていなかった。売春宿というわけでもなかった。恥ずべきものもなければ、秘められたものもない。たとえば、シャンデリアにかんしていえば、ハッセルトの庶民が夢見るような平凡な代物だった。

たしかにフレッドは、石油ランプが悲しげな光を放つネールーテレンからここへやってきたとき、安堵《あんど》のため息とともに扉を押し開けたものだった。みな彼と顔見知りだった！「ボウタース」におけるルイおじのように、歓びと敬意をもって迎え入れてくれた！

女をからかいつつ、その隣で彼は飲んでいた。女は小ぶりすぎる歯を露わにして笑っていた。肉づきがよく、みずみずしい女の腕をぽんぽんと叩きながら、彼は身をかがめていた。

そのあいだ老婆が、時々、扉の奥から一瞥《いちべつ》を投げてよこした。

しかも彼は酒で散財していた！　彼の財布は札でぱんぱん、声の調子も生きる歓びでぱんぱんだった！

「さぁ、もう暖まったんだから、ホテルに帰ったほうがいいぜ」

彼女も感じていたとおり、彼は酔いからすっかり覚めているわけではなかったが、それでも真剣になってはっきりと喋るための努力はしていた。

「時間ならあるわ」

シェリーのせいでエドメの胸は熱くなっていた。彼女は女のほうに向きなおった。

「もう一杯くださいな！」

フレッドが文句を言おうとしたが、その前に連れあいが叫んだ——

「誰に迷惑かけたわけじゃなし！　シェリー三つでいいわね？」

女はあいかわらず上機嫌そうで、いつでも愛想笑いの準備をし、隙あらば酒を勧めようとしていた。顔を近くで見ると、細かい皺が寄っているのがわかる。数ある細い癖から察するに、女は田舎生まれで、少女のころはピージャケットを羽織り、木靴を履いて何キロも先の学校に通っていたくちだろう。

「煙草を一本ちょうだい、フレッド」

女は十一時までカフェを離れることができなかった。その時間になってようやく、フレッドが彼女を部屋まで送っていくのだ。裏通りの、労働者の家の二階にある部屋に。

エドメはそうしたことをはっきりと考えていたわけではなかったが、それでも二人のことを性的な好奇心で見ていた。時間を忘れ、もう少しここにいたいと願っていた。女が脚を組んだので、ストッキング、柔らかな靴、腿の付け根をじっくり見つめ、ついで自分のと見くらべた——絹をまとった、がりがりの細長い脚に、踵《かかと》の取れかかった紐《ひも》の靴。

女はフラマン語でフレッドに問いかけていた。エドメのことを一抹の不信か嫉妬をこめて話しているのが容易に見てとれる。しかしエドメ当人は、嫉妬していなかった。むしろ逆だ！　この女のうちに、カフェの雰囲気のなかに、何か惹かれるものがあったのだ。おそらく、それらの落ち着いた見かけの陰にある、漠とした熱っぽいものを感じとっていたのだろう。

「そろそろ行ったほうがいいぜ！」柱時計と入口を絶えず気にしながら、フレッドが言いつのった。「とにかく、ここに来たことをおじきに言うなよ！」

「どうせ私は馬鹿ですよ！」つんとして、彼女は答えた。

顔を彼のほうに向けた。まるであの小屋のなかで、火を異常に長く見つめていたときみたいに。しかも、ムードをつくり出すのに十分なほど女の香水が匂っていて、そこにより重ったるいシェリーの匂いが、少々きつめに混じっていた。

「一緒に行ってやるよ」

「いやよ！　そもそも、一緒に行ったらおじさんがよけい驚くわ」

フレッドは彼女に恥ずかしげでせがむような視線を投げていた。怖がっていたのだ！　彼女はそれをおおいに楽しんでいた。入ってきたときの彼の姿態と、幸せそうな声音が思い出されてくる。今度は彼のほうが注文の声をあげた――

「シェリーをもう一杯、ローズ！」

女はローズという名前だった。ジュリーというのは、おそらく太った女主人のことだろう、飼い猫に話しかけながら台所を動きまわる彼女の声が聞こえてきた。それだけでなく、歩道を通る人々の足音、稀にではあるが、車の唸るようなエンジン音も聞こえていた。

「医者に行ったのか？　何て言われたんだ？」

「何にも言われやしないわ」

なぜだか、彼女は幸せな気持ちで、彼の姿を視野におさめつづけた。フレッドのを注いだ後、ローズがグラスを満たしてきた。エドメはリキュールをゆっくりと、ひりつく舌の上でしばらく転がし、飲みほした。

扉が開いたのはそのときだった。夢の映像のように、視界のなかでルイおじのシルエットが大きくなっていく。彼の手がエドメの腕をつかみ、文字どおり引きあげると、彼女が立つと同時にその腕がぶらんと揺れた。

おじはすでに知っていたにちがいない。おそらく、誰かが若い娘が入ったところを見ていて、彼に知らせたのだろう。

彼は何も言わなかったが、エドメを扉のほうへ押しやると、ぎこちなく立ちあがったフレッドのほうに戻って、二度びんたを食らわせた。びんたの音がこれほどまでに大きく、店じゅうに鳴り響くとは、エドメは想像だにしていなかった。それに生理的なショックを受けつつ、片手を頬に当てたままじっとしているフレッドをぼんやりと見た。

しかし彼女はすでに街頭の寒さのなかに戻っていた。おじは彼女を押しやり、体を支え、片手で車のドアを開き、もう片方の手で彼女をなかに座らせた。

フレッドよりもずっと大柄で、力強かった。ここまでそれがはっきり感じられたことはかつてない。車が街を抜け、ヘッドライトの光を追って走っているあいだ、エドメは座席の隅にうずくまったまま、詳細を思い出していた――ローズの驚いた顔、黒いストッキング、エナメル靴、シェリーの味、店を出るおじの姿。

「彼じゃない」突然、大声で彼女は言った。

ルイおじは返事をしない。まっすぐ前を見ていた。とくにこうして闇のなかを走っているとき、その姿は印象的に見えた。じっさい、彼はいつもより飛ばしていた。

エドメは無理やり自分のほうに振り向かせようと咳をしてみたが、彼からの反応はなかった。二回目の咳の発作では、窓ガラスがちゃんと閉まっているかどうか手で確認しただけだった。

家に入ったとき、おばは鶏の羽根をむしり、ミアは台所のテーブルで男物のシャツにアイロンをかけていた。ルイおじはエドメを先に行かせた。おばは顔も上げぬうちに何かあったことを嗅ぎつけた。なぜなら、二人の帰宅のうちには何か有無を言わせぬものがあったからだ。

おじはコートも、帽子も脱がなかった。座りもせず、フラマン語で十個ぐらい台詞を吐き、かたやおばは鶏の上で手を組み、ミアは熱くなったアイロンを放ったらかした。

やっと終わった！　おじは帰っていった！　車が遠ざかっていく。おばは知らせに打ちのめされ、じっとしたままだった。ミアは好奇の目でエドメを見ていた。

「イエス様、マリア様！」

ついにおばが出し抜けに泣きだした。エドメの視界に入ってないところから子供たちが飛び出してきて――床に座っていたから気づかなかったのだ――、今度は自分たちの番とばかりに泣きながらおばの膝にとりすがった。

「兄さんはもう帰ってこないでしょうね」アイロンを火にかけなおしながらミアがため息をついた。「フレッドがどういう人か私はよく知っているの！」

まだ着替えもしていなかったエドメは、彼らを冷ややかに眺めた。とくにおばに対してそうだったのだが、この老女がかくも奇妙に見えたことはかつてなかった。エドメは台所へ座りにいきたくなかったし、あのような愁嘆を耳に入れたくなかった。

「どこへ行くの？」

「自分の部屋よ」

「火がないわ。ちょっと待って！　あんたは何を知ってるの？　おじさんは一万二〇〇〇フランって言ってたわ。あまりに法外よ……」

「一万二〇〇〇フランって何のこと？」

ミアに説明されて、エドメはルイおじの態度の意味がわかった。おじはいつかの厄介な問題をすっきりさせるために銀行に行っていたのだ。未成年の子供たちの後見人として、フレッドの口座を調べたのだ。

ところが、数字がごまかされていた。三度ほど、フレッドは四〇〇〇フランを赤字計上にして自分の個人口座に入れていたのだ。

おそらくエドメだけがフレッドのことを理解し、想像できた。週に一度、家を脱走し、疾風のごとくジュリーの店にしけこみ、何時間もその片隅で、ローズとともに酒を飲む彼のことを。彼は金持ちだった！　金払いもよかった！　他の客――たぶんそれも女だろう――がやってくると、その支払いをするのはいつもネールーテレンの大地主である彼だったのだ。

彼は大声で喋った。みな彼の話に耳を傾けた！　感心して聞いていた！　トランプゲームをよくしたのは、おそらく彼からさらに金を巻きあげるためだったのだろう！

「兄さんはプライドが高すぎるの。間違いなく、もう戻ってこないでしょうよ」今度は自分の番とばかりにエプロンに顔をうずめながらミアが愚痴をこぼした。

荷馬車が中庭に入ってきた。が、ジェフが繋駕を解き終わるまでまるまる十分もかかった。エドメはコートを脱いではいたが、階上に行こうか迷っていた。ジェフは母親と、妹と、従妹の顔を驚愕《きょうがく》の色で見た。外の寒気を連れて入ってきた彼の唇は、こわばっていた。

鼻をかみつつ彼に知らせを伝えたのは、ミアだった。フラマン語で伝えた。ジェフは身じろぎもせず、穏やかにエドメのほうを見た。

話が終わると、彼はアイロンがけのための覆いを押しやり、食器棚から取り出したボウルをスープで満たし、無言のまま食事をはじめた。

ごたごたは三日間つづいた。ルイおじは朝から、狩猟服姿でやってきて、書斎に閉じこもると、コーヒーを頼みにくるとき以外は出てこなかった。時々、ジェフを呼びつけてしばらく彼といたり、それから家畜小屋や工房に行くこともあった。

運河は凍り、水門の近くでは一艘の船が何週間も足止めを食っていた。

おばはもう泣いていなかった。が、見るからに老けこんでいた。とくに肩の落ちこみからそれが見てとれた。ひとまわり小さくなったようだった。

ミアは悲しみにくれていたが、その表れ方はおばとは違っていた。たとえば、フレッドの引き出しをかき回し、さまざまな物を見つけてくるようになった。そうしてエドメに純金のライターを見せてきたのだが、それは積み重なったシャツの下に隠してあったもので、フレッドが決して誰にも見せていない代物だった。

ルイおじは一家と食事をとった。エドメに話しかけるのを避けていたが、彼女のほうでは、おじが好意のこもった、憐れみさえたたえた目でこちらを見ているのがわかっていた。

みなフレッドの帰りを期待していただろうか？　ミアははなから信じていなかった。おばは何も言わず、ジェフは大きな頭を揺らしながら建物から建物へと忙しく動きまわっていた。

二日目、おじは葉巻屋の会計係だという痩せた小男を連れてきて、帳簿の調べを手伝ってもらった。

おじはますます増長していた。彼が台所に入ってくると、みな怯えて黙り、目の色をうかがって何か読みとろうと必死になった。彼は何も言わなかったからだ。しきりに煙草を吹かし、もくもくと煙を吐いた。家全体に葉巻の匂いが充満していた。

彼は異常な暑がりだった。昼食どきには、ミアに扉を開けるよう注文をつけることがよくあり、他の者たちはぶつぶつ文句を言いつつ不満な様子を気取られないようにしていた。

三日目の晩、みなが食卓についていると車の唸る音が聞こえた。どの顔にも同じような好奇心の表情が浮かんだが、ルイおじだけは例外だった。彼は口髭を持ちあげながらスープを飲みつづけた。

外の扉がひらいた。おばは立ちあがるそぶり見せ、一瞬席から身を起こしたが、まるでそうした振る舞いは禁じられているとでもいうように、またどかっと腰を落としてしまった。

フレッドが入ってきた。戸口で一瞬立ちどまった。彼の顔が正面から見えるのはエドメとミアだけで、その他の者たちは振り返ろうとしなかった。おじの口髭が細かに震えていた。手はあいかわらずスプーンを操っていた。

みなの予想と違って、フレッドは衰弱しておらず、教会に帰ってくる貧者のように泥まみれでもなかった。

彼は落ち着いており、いつもよりものものしかった。外套は清潔で、やがて彼は真新しい手袋をゆっくりと外した。コートを椅子にかけると、食卓を一回りして、まるで帰宅のたびにそうしているかのように、母親のほうに身をかがめてただ頬にキスをした。おばは蒼白で、下唇が嗚咽《おえつ》をこらえるようにぎゅっと引きあげられていた。

おじが顔を上げ、問いかけるような視線をフレッドに投げた。フレッドは何の反応も示さなかった。ただ食器棚を開け、皿とファークやナイフの一式を取り出し、母親の向かいの、自分の席についた。

彼はエドメを見るのを避けていた。顎を必死で噛みしめている。スープがよそわれると、ジェフのほうに半身を向けてフランス語でこう言った――

「俺の車を納屋に入れといてくれ」

ミアが飛びあがった。なぜなら、フレッドは車など持ったことがないはずだったから。椅子を引いて立ちあがったおじの膝から、ナプキンが床に落ちた。おじが家に来る日は、いつもテーブルクロスとナプキンが敷かれていたのだ。

彼は食卓を一回りして、おばのところに戻り、額にキスをしてフラマン語で一言声をかけた。フレッドと同じぐらい冷静でいようとつめていたが、いつもより少し小さくなったようで、扉の枠にぶつかった。

おばにはこう言っていた――

「明日、弁護士と一緒に来るからな」

フレッドは無言のまま、やつれた顔でスープを飲んだ。彼は疲れていた。おそらくこの三日間寝ていなかったのではないか？

みなが耳をそばだてていた。おじの車が遠ざかっていく音が聞こえるやいなや、おばが立ちあがり、息子のほうに駆け寄ると、泣きながらその腕のなかに飛びこんだ。何やらエドメには理解できない言葉をかけていた。

彼女にはフレッドの片目しか見えなかった。その目はうぬぼれの混じった不安の色で彼女を見ていた。まるですべては彼女のためにしたことだといわんばかりに。

第十一章

エドメは、ショーツ姿で顔に髪がかかったまま、洗面用の水差しのなかに張った氷の層を砕かなければならなかった。濡れたタオルを頬に当てるのをためらっていたが、じっさいそれは触れただけでぴりっと痺れを感じるほどだった。

年明けの前の日曜日だった。月日が経つのは早い。一本の蠟燭が部屋を照らし、霜の降りた窓ガラスはミルクのように白かった。時おり壁の向こうから音が聞こえてきた――エドメと同じく、隣でもミサに行くための着替えをしているのだ。しかし彼女はといえば、体があまりに冷えすぎていた。この凍った空気のヴェールに取り囲まれているせいで、急ぐことさえできなかった。

廊下に足音が聞こえなかったにもかかわらず、扉が急にひらき、ミアが入ってきた。彼女はすでにコートを羽織り、毛皮の襟を顎にまで引きあげ、両手には厚いマフを嵌めていた。

「顔を洗うの？」

そう尋ねるミアは、白粉とルージュをつけただけだった。おそらく、彼女にはよくあることなのだが、ストッキングを履いたままで寝たのだろう。青筋の浮き出た、エドメの剝きだしの腿を眺めている。

「急いで！　鳥肌が立ってるわ」

しかし他に言うべきことがあった。ミアは明確な意図をもってここにやってきたのだ。エドメが顔を拭き終わると、彼女は相手の顔をまともに見ずにこう尋ねた――

「フレッドと婚約したいって本当？」

「私が？」

その質問のせいでエドメは着替えを忘れた。その場に立ちつくし、冷水で引き締まった肌のまま、事を理解しようと従姉妹を見つめた。

「もちろんそうよ！」ミアがつづけた。「あんたが最初の女じゃないかもしれないのよ！」

が、すでにエドメは相手の毛皮を引きつかみ、鋭い声で叫んでいた――

「誰がそんなこと言ったの？　誰がそんなこと言ったのか教えてよ！」

「しっ、黙って！」

隣の部屋で誰かが動きまわっている。

「じゃあ教えてあげる。ジェフよ！　でも気をつけてね、彼に感づかれるとまずいわ……」

緊張したまま、エドメはスリップを身につけ、凍えた指でスカートのホックに取りかかった。

「昨日、二人きりのときがあったの。私は彼に訊いたわ、ここ最近、エドメが毎週ハッセルトに行くようになってから、あんたの様子がすごく変なのはなぜって……」

エドメは身震いして、危うく赤面するところだった。というのも、ルイおじと一緒に医者のもとに通うようになってから、確かに何かが変わったからだ。しかし、誰がその変化に気づけたというのだろう？　唯一はっきりとわかる違いは、いつも同じ空気を吸い、台所から小屋までやっとの思いで歩いていくという暮らしを離れて、彼女が気晴らしをもつようになったことだ――木々のあいだを突っ走っていく車、「ホテル・ボウタース」、医者の診療室、明かりの灯った窓が居並ぶ街の風景、ベルの音を響かせて走る路面電車……。

「彼は何て答えたの？」ようやくコートを羽織りながらエドメは冷ややかに尋ねた。

「何にも言わなかったわ。長い間、無言でいたっけ。そして私にこう言ったの、もしエドメががフレッドと結婚したら、自分は彼女を殺すだろうって。早く来て！　ママンがもう下にいると思うわ。ともかく、何事もなかったふりをしてよね」

二輪馬車のなかで、エドメはそのことしか考えていなかった。隣にはジェフが座り、馬を操っていた。轍についた水は凍っていて、地面は金属のように固かった。寒さのせいで、誰も喋る人はいなかった。おたがい身を寄せあい、果てしなく広がる氷原に視線をさまよわせていた。

なぜジェフはミアに話したのだろうか？　エドメ自身が気づかなかったにもかかわらず、どうして彼は変化を見抜けたのだろう？　彼はまっすぐ前を見据え、メリヤスの手袋で膨らんだ片手一本で手綱を握っていた。

冬の日曜はいつもこんな感じではなかったか？　いや違う！　例外的なことは何も起こらなかったとはいえ、それでも同じではなかった。いつもは、みな余計なことを喋らない。たとえば樅の二番目の森のそばを通るとき、エドメはそこで殺した栗鼠のこと、コレクションのうちでも一番大きかったあの栗鼠のことを思ったものだ。ジェフは何も言わなかったが、彼も同じことを思っているのが彼女にはわかっていた。

氷原の近くに来ると、彼女は緑の橇を思い出し、フレッドが胸の大きな娘を誘っていたこと、自分とジェフが馬車を使ったので家族全員歩いて帰ったことを思い出すのだった。

彼女が小屋に行くことはますます稀になっていた。まるで偶然のように、彼女が行くのは従兄弟がそこにいないときだった。わざとそうしたのではない。どうしてそうなるのか彼女自身も言えなかったろう。ジェフがここ二カ月間何していたか訊かれても、答えに窮したかもしれない。彼女は彼にほとんど会っていなかった。彼が外に出て、従業員や番人とともに働いているのは知っていたが、ただそれだけだった。

いったいなぜ彼はフレッドのことを喋ったのだろう？

彼女はミサのあいだじゅう、そして帰りにまたそのことを考えた。両手を火にかざして暖めながら、それからベーコン入りのそば粉のギャレットを食べながら、考えを巡らせた。腹立たしく、極度に興奮していた。フレッドが替え襟をつけぬまま下に降りてくると、ミアがこっそり目配せを送ってきた。エドメはそんな従姉妹をおかしく思った。

その日曜、フレッドはミサにも、カフェにも行かず、ちゃんと着替えることもないまま、スリップ履きで晩まで家にいた。暖炉のそばでは、何時間ものあいだ、フラマン語での単調な議論がささやかれた。

最初から、まるで自分は余計者だといわんばかりに、ジェフはいなかった。ミアは夕食の準備をしながら、時々言葉を発した。おばはフレッドに嘆き口調で返事しながら子供たちを着替えさせていた。彼女はルイおじから長文の手紙を受けとっていたのだ。成年であるフレッドを除く、子供たちの後見監督人として、おじは自分の妹にこう告げていた。フレッドが保佐人の監督下に置かれるよう裁判所に要請するつもりだと。

「おじきは二番目の後見人にすぎない」フレッドが答えた。「法的な後見人は、おふくろ、あんただ!」

しかしおばには何も理解できず、治安判事という名を聞いただけで恐れおののいてしまった。しかも、ルイおじは彼女にこう書いてもいた。すでに親戚じゅうに知らせてあり、弁護士にこの件を申し立てたと。

フレッドは湯気を吹き出している鍋を見つめながら、煙草を吹かしていた。垂れ下がった竈の蓋に脚を置き、自らが座る椅子の後ろ足を支えにして体を揺すっていた。

「いまにわかるさ!」

彼はエドメのことなど気にしていなかった。ミアだけが時おり言葉をフランス語に通訳してくれた。

「車は五〇〇〇フランしたんだ。これからはハッセルトにもっと早く、安上がりに行けるようになるぞ」

おばは反対もせず、何のとがめもしなかったが、二度ほど、テーブルの引き出しのなかにある、おじの手紙を探しにいき、眼鏡をかけて、新たな嘆きの種が含まれている文面を読んだ。

「あの人は、車を持っていないの?」

窓ガラスに徐々に氷が張ってきた。エドメはフレッドの顔を観察していたが、その顔はもはやハッセルトから帰ってきたときほど雄々しくなかった。それは火の熱のせいだった。というのも彼の鼻は真っ赤で、切れ長の目がきらきらと輝いていたからだ。落ち着いていて、虚勢を張っていなかった。

彼と母親のあいだには、まるで夫婦間のような、話し合いがもたれていた。

「水曜はどうするの?」ミアがフランス語で訊いた。

水曜は元旦だった。ずっと前から、その日は一族じゅうが――オランダのマーストリヒト近くに住む兄弟も――一番年長のルイおじの家に集まることになっている。フレッドは肩をすくめた。

「関係あるのはおふくろだけだろ」

一時間それについて話しあった。フレッドからすれば、行くのは論外だった。いずれにせよルイおじの援助なしで今後はやっていかなければならないし、一番賢明な手立ては、数回にわたって借りた金をなるべく早急におじに返すことだ。そのための金を、調達してこなければならない、竈から昇る蒸気を眺めながらフレッドはそう考えていた。

「私はみんなで行くべきだと思う」鍋をどかしたミアがため息をついた。

おばも同じ意見だった。フレッドを除いて、みなで行けばいいだろう。ルイおじのためというよりは、原則にしたがい、一族の残りの者たちと世間体を考慮して。

「私は、行かない!」それまで口をつぐんでいたエドメが突然告げた。フレッドは彼女がいたことを忘れていたらしい。

物珍しげに彼女を見た。

「どうして?」

「だってあんな男好きじゃないもの!」

頰を真っ赤に染めた彼女は、ためらい、そっぽを見ながらこう付け加えた――

「あんなの下衆野郎だわ! 医者のところで、私が裸になっているのにわざと居座るのよ、私の体を見ようとして」

こめかみがどくどく脈打っていた。自分が重大な振る舞いをしていることを、彼女は意識していた。ところが、こちらの期待に反して、フレッドは顔を背け、最初の体勢に戻ってしまった。肩をすくめないでいるのがやっとという様子だった。

翌日、おじから新たに手紙が届いた。妹と子供たちを水曜の夕食に招待するという旨だったが、フレッドの訪問は絶対受けつけないと明記してあった。こうも付け加えていた。

……非を認めて謝罪し、今後のよき行いの証を立てないかぎりは……。

おばは手紙を読みながら泣いた。フレッドがそれを火に投げ捨てた。同じ日、マーサイクに近い小さな村で神父をしている、遠い親戚が訪ねてきた。その男はおばと二人きりになるのを待ってから話しはじめ、長いこと、教会の広場から聞こえてくる説教に似た囁き声をあたりに響かせていた。

エドメはその間に乗じてジェフの様子を観察していたが、いままで彼のことをちゃんと見ていなかったことに気がついた。じっさい彼は、近しい人たちの目に映るよりも、はるかに異形の存在だった。頭があまりに大きいので、帽子屋にはぴったりのハンチングがなかった。突き出た額の下には、落ちくぼんだ目があり、鼻の下に溝のようなものが刻まれていた。

彼はエドメのほうを見ておらず、あるいは見ていたとしても、彼女に見られることのないときだけだった。ルイおじについてこそこそとささやかれる噂話には、まったく無関心だった。

少しぞっとするところがあった。どういう反応をするかわからない、目の色のまったく読めない獣に対峙しているような恐ろしさがあった。

なぜ彼はミアに打ち明けてしまったのだろう？　エドメがフレッドを拒絶しているのをよく知っていながら、なぜ二人のことをわざわざ告げ口したのだろう？

年が明けて、時刻は八時になった。するとエドメは、部屋から出てはいけないにもかかわらず、下に降りていき、しぶしぶといった風情でみなにキスしてまわりながらこう繰り返した――

「新年おめでとう！」

例によって、ワッフルが作られていた。その日の朝から、家の匂いは子供たちがカフェに浸して食べる甘いワッフルの匂い一色だった。

「新年おめでとう、ジェフ！」

彼は耳の近くでエドメのキスを受け、何かぶつぶつとつぶやいた。

「新年おめでとう、フレッド！」

彼女は強調するように、そこに意図をこめて言った。

「……それと、ごたごたが終わってよかったわね！」

おばも彼女にキスしたが、ぼんやりしたものだった。一年以上が経って、エドメを家族の一員と見なすことに慣れたのだろうか？

みな着替えだしたが、フレッドだけは、すでに暖炉の火をおこしてあった書斎に閉じこもった。ジェフは馬を馬車に繋いだ。ミアは二度も階上に行かねばならず、というのも、おばが黒い手袋を忘れ、おまけにアリスがハンカチを持っていなかったからだ。

ついに馬車が遠ざかっていった。エドメだけが台所に残った。


一家が出発したのは九時だった。十時半、エドメはあいかわらずひとりきりで、暖炉のそばに座っていた。が、突然立ちあがり、身をこわばらせたまま、自分の部屋へと上がっていき、服を変えた。朝方、彼女はネールーテレンに注文して作らせた、ミアのと同じはっきりしないフォルムの服を着たのだった。今度は自前の黒い古びたドレスを選んだ。それはブリュッセル時代の、着古したために生地がきわめて薄くなった、少し丈の短い代物で、肩から腰まわりまで彼女の体にぴったり合っていた。

エドメはおおいに元気づいて、漠然とした言葉を小声でつぶやいた。下へ降りると、暖炉の火がほとんど消えかかっており、寒かったので、わざわざおこしなおした。

彼女にはわかっていた。馬車がどうにか道を進み、いまごろはネールーテレンを過ぎたあたりだということが。なかでは、各人が寒さとおじの家に迎えられる緊張とで身をこわばらせているにちがいない。

エドメは時計を見て、タイル敷きの廊下へと入り、書斎の扉の前で立ちどまった。しかしいきなり入りはせず、鍵穴からなかを覗こうと身をかがめた。

フレッドが机に向かっていたが、目の前の書類の山には目もくれていなかった。パイプを小刻みに吹かし、前をまっすぐ、険しい目つきで見つめていた。どうやら視線の先は鍵穴らしく、エドメは一瞬、感づかれたかと思った。

が、違った！　彼はレターヘッド付きの便箋をつかみ、ちらっと一瞥してから不機嫌な様子ですぐにそれを捨てた。そしてもう一枚を手に取り、片手で髪を掻きわけた。ポマードのおかげで、髪は当初つけられた分け目をキープしていたが、いまでは頭の上でぴんと横に跳ねたままになっていた。

一時間ばかり、エドメは熱に浮かされたように活気づいていた。書斎の扉に向きなおると、勝利の笑みを抑えるのに苦労した。一応ノックをしたが、というのはこの部屋に入るときはノックするのが、みなにとって——おばにとってさえ——習慣だったからだ。唸り声をあげたフレッドは、かすんだ目の焦点を現実のほうに戻そうとしばたきながら、彼女を見た。

「どうした？」

「ご飯を食べにきてよ、フレッド」

「後でな」

「駄目。後にしたら、冷めちゃう」

彼はよくわからぬまま彼女についていき、台所の敷居のところで一瞬立ちどまった。テーブルクロス、ナプキン、二人分の食器一式が見事に支度されてあったからだ。彼はぎこちなく腰をおろした。

「ミアから聞いたぞ、戸棚にベーコンと卵が入っているって」彼がささやいた。

ところが、彼のために出されたのは、仔牛肉の冷製マヨネーズ和えと、ハムオムレツと、ネールーテレンでは誰も作ったことのないような、カスタードプリンだった。

エドメは彼の前では冷ややかで、そっけなかった。上品な物腰を誇張しながら給仕する彼女の姿に、彼のほうが驚いてしまった。

「これはお前が作ったのか？」

「他に誰がいるっていうの？」

彼女は立ちあがり、オーブンのなかの料理を取りにいった。それをフレッドに渡す姿は、おばやミアのようではなく、客をもてなす女主人さながらだった。

「さぁ、もしよかったら、一時間ばかし散歩に行きましょうよ」

五分後、彼らは互いの部屋でそれぞれ着替えた。するとエドメが大声で叫んだ――

「毛皮の帽子をかぶってきてね！」

それはオランダの農夫がいまだ冬にかぶっているような、獺の毛皮の古めかしい帽子だった。

フレッドは玄関の扉を閉め、鍵をかけた。まず二人は、無言のまま凍った道を歩いていった。周囲には物音も、風も、何かが動くけはいすらない。草地は硬くなった雪に覆われ、月の砂漠をさまよっていると言われても信じてしまいそうだった。

「寒いわ！」最初の森にさしかかるとエドメが言った。

彼はためらいがちに彼女のほうを見て、ぶつぶつとこう言った――

「腕を貸してほしいかい？」

彼女は受け入れた。四、五回ほど、ダンスのステップのように小走りに進み、従兄弟の歩調に合わせようとした。

「村じゅうでスケートができるはずだな」

彼は間違っていなかった。十分後、彼らは水面の凍った灌漑地と、蝿のように飛びまわる、黒い小さな影の群れを見た。

「ただ、今回、私たちは橇を持ってない」エドメがわざと言った。

彼の腕につかまりながら、気まずそうな動きを感じた。

「取りにいってほしいのか？」

「違うわよ！　さぁ歩きましょう」

顔も、手も、脚も寒かったが、体はとても熱かった。フレッドのほうが背が高いので、彼女はつま先立ちで歩いていた。

「いつかお前がおじきに言ってたこと、あれは本当なのか？」

「私が何を言ったって？」

「医者のところで、お前が着替えているとき、おじきが見てるって……」

「本当よ！　でも何も見てないわ、私、あの人に背を向けるようにうまくやってるから」

彼女は感じよくしすぎたことを後悔した。

「医者は見ただろ、医者は！」

「何を？」

「ぜんぶだよ！」

彼女は笑いたかったものの、笑みが口元まで上がってこなかった。スケート場に近づくと、パン屋の娘の黄色いセーターを見かけたが、それでもフレッドの腕を離さなかった。

二人はともに、早足で歩いた。獺の毛皮の帽子のせいで、フレッドは地方の領主さながらだった。凍った大地を歩きまわる彼らは、民衆の遊びを遠巻きに見にきた人たちのようだった。

エドメのうちには陽気さがあふれ、それが一種の心の高揚として表れていた。ただ、それはあくまで表層にとどまっていて、顔色はいつも同じくらいに青白く、見てくれもつれない感じだった。

三ヘクタールの土地が氷に覆われていた。牧草地は一ヘクタールごとに、かなり深い、一メートルほどの水路で区切られているのだが、そのことが一見して明らかになっていた。草上に張った氷は、乳白色だったが、水路の上では黒っぽく輝いて見えた。

フレッドとエドメは注意深く歩いていた。というのもスケート靴を履いていなかったからだ。二度ほどエドメは転びそうになり、従兄弟の腕にしがみついた。

「もっと先まで行きたいか？」

「さいはてまで行きたい」

周囲では少年たちが全速力で滑りまわり、難しい技を繰り出してエドメの目を魅了した。かたや、パン屋の娘は距離をおいて滑っていたが、フレッドから目を逸らしてはいなかったので、おそらく彼がいずれ自分のもとに来てくれると期待しているのだろう。

エドメは自らの勝利を噛みしめていた。隣の森を眺めていた彼女は、従兄弟がそこにあの大柄の娘を連れこんだことを知っていた。彼女はこう推理していた――あのときの彼らは二人して鼻も、手も、脚も凍えた状態だった。走ってきたために息を切らしたフレッドは、どこでどうやろうと勝手だけれど、薪の山か雪の上に、とにかくエドメにやったのと同じように、あの娘を押し倒したのだ！　娘は歓喜の声をあげた！　寒風にさらした太い腿は、獣のそれのようにピンク色で、鳥肌が立っていた。

ミアが教えてくれたところによれば、十五分ほどだったという。せいぜいそのくらいだろう！

フレッドはまるで障害物にぶちあたったかのように、一瞬立ちどまった。そして従姉妹を引きずりこもうとしたが、エドメのほうは何か重大なことが起こったのを直感で悟り、彼に尋ねた――

「どうしたの？」

「何でもない！」

エドメはパン屋の娘が視界の外にいることを確認し、後ろを振り返ってみたが、異常なことは何もなかった。

「いったいどうしたの、フレッド？」

取り乱した顔で、彼は繰り返した――

「いいから来い！」

ようやくエドメは思いついて、凍った地面を注意深く見つめた。ちょうど二人は陰鬱な灰色の水路を飛び越えたところだった。氷が他のところより滑りやすくなっていたため、木のスケート靴を履いた子供たちは一列縦隊で渡っていった。

ところが、居並ぶ脚のあいだから、赤い斑点が見えた。エドメは不意を突かれて従兄弟の腕をはなし、三歩後ろに引き下がった。

少なくとも氷の下一〇センチメートルほどのところに、赤い何かがあった。間近でよく見ると、帽子の形がわかり、氷のルーペで拡大されたかように、粗い網目も見えた。

エドメはフレッドに追いつくと、あまりの寒さに肩をすぼめた。相手の腕をとることもない彼女に対して、一方の彼はそれに気がつかないふりをした。

「帰りましょうよ!」彼女は言った。

足早になったり、わけもわからず歩調が緩んだりした。風は弱かったが、正面からまともに受けると、顔の皮膚が切れてしまいそうだった。

二人は一言もないまま家までの三キロメートルを踏破した。フレッドは鍵を探そうとポケットをまさぐり、ようやく扉を開けた。エドメは台所に飛んでいき、ストーブの蓋を外して、手と顔を温めた。

「酒を一口どうだ?」

彼女は答えなかった。彼は外套も、毛皮の帽子も脱がずに、客間にあるジェネヴァの瓶を取りにいき、二杯のグラスを酒で満たした。

食卓は片づけられておらず、皿にはオムレツがまだ残っていた。窓ガラスは白かった。暖炉の炎が室内を赤く照らしていた。

エドメは杯を一気に飲みほしたため、喉と胸の焼けるような痛みがなかなか癒えなかった。フレッドは火に近づくのをためらっていて、いまだ帽子もコートも脱いでいなかった。

「エドメ!」

「はい……」顔を背けることなく彼女が言った。

そのとき彼女は、平らにした両手を火にかざしながら、動脈を走っていく血が見えるような気がしていた。

「俺の話を聞いてくれるかい?」

「えぇ……」

これから相手の言うことが一言一句わかっているにもかかわらず、彼女は不安でいっぱいだった。次の瞬間、ジェフの大きな頭が思い出されてきた。そしていつかの朝の、部屋にミアが現れたときのことも。

「もし俺がどこかの町、ブリュッセルかアントウェルペンに居を構えることになったら、結婚のプロポーズを受けてくれるかい？」

彼女は答えなかった。あいかわらず体を暖めながら、透明になったような両手をしげしげと見つめていた。

「いやか？」

「で、〈灌漑地〉はどうなるの？」

「売りに出されるだろうよ、絶対買ってくれる人を俺は知っているし……」

「ルイおじさん？」

「そうさ」

「でもジェフやミアや他の人たちは？」

「金は持っているんだから何かはじめるさ」

「考えとくわ」

彼女はコートを脱ぎ、靴を剝ぎとるために腰かけ、竃に足を入れた。

「ひとりになりたいの」

フレッドは立ち去った。書斎に腰を据える音が聞こえた。

彼女はだいぶ前から火が消えているのを知っていたが、それでもその場にいつづけた。

六時ごろ、馬車が扉の前で停まった。ミアと二人の子供がストーブに飛びついてきたが、じっさい、彼らは寒さで青くなっていた。

「フレッドはどこ？」

「書斎よ」

「食べなかったの？」

しかしその瞬間、ミアは食膳の用意されたテーブルに気づいた。エドメを見て、笑みを必死にこらえている。

「何が言いたいの？」攻撃的になって、エドメは尋ねた。

「別に何も！」

今度はおばが入ってきた。疲れきって、顔は皺が深くなり、足どりも重く、常日頃よい扱いを受けてきた動物が突然殴られたような痛ましい様子だった。何が起きたのか、容易に察せられた。一族じゅう、つまり兄弟、義理の姉妹、いとこ、すべての者たちが彼女を、とはいわないまでも、少なくともフレッドを激しくなじったのだ。そして裁判、弁護士、代訴士、差押さえのことが話題にされたのだった。おばはもはや立っていられず、手袋さえ脱がずに、椅子のなかにどさっと落ちてしまった。

「フレッドは？」彼女は訊いた。

ミアがフラマン語で答えた。おばはエドメをいつもと同じように見た。好奇のまなざしは親切であろうとはするのだが、あくまであろうとするだけだった。結局のところ、そこにはメスが違う種類のメスに向ける警戒心がとくにこめられていた。

ジェフはといえば、馬を厩舎に連れていき、繋駕を解いてやっていた。帰ってくるなり、皿の上で冷めきっていたオムレツを指でつかみ、大口のなかに押しこんだ。食欲からではなく、空腹からという感じだったが、それでも料理の並んだ食卓を見て妹と同じように驚くのを忘れなかった。

書斎の扉をノックしにいったのはミアだった。それもすぐにではなく、乳清と野菜と前日焼いたジャガイモとで、熱いスープを作ってからだった。フレッドはいつもの席に座った。テーブルクロスはなくなっていた。皿がテーブルの木の表面にじかに置かれている。エドメはこう言っていた――

「お腹が減ってないわ」

彼女はストーブの前に陣どり、靴を脱いだ両足を竃のなかに突っこんでいた。フレッドがフラマン語で質問を投げた。ミアが取り澄ました顔で答え、エドメは直感でやりとりを翻訳した。

「彼らは何て？」

「訴訟を起こすってよ！」

そのとき、病人のようにやつれたエドメが、胸の奥底から咳を発しようとしながら、彼の名を呼んだ――

「フレッド！」

みなが彼女のほうに振り向き、口元に運んだスプーンが宙に浮いたままになった。

「さっきのあの話、受けるわ」

「おぉ！　そうか」

最初に動きだしたのはジェフのスプーンだった。ミアが取り繕った声でこう言った——

「私、上に行かなくちゃ」

子供たちは何も理解しておらず、大人たちを順ぐりに見つめていた。おばはといえば、頭を皿の上に傾げながら、自分が何を食べているかもわからず食事をつづけていた。顔が青ざめ、呼吸を抑えている。フレッドは大きな音を立ててスプーンを操っていた。


それらすべてを統べるがごとく、火のごうごうと燃える音、やかんが蒸気で蓋を持ちあげながら喚く音が響いていた。

右手には、霜が降りてかつてないほど白くなった、二枚の窓ガラス。

外はいちめん凍りついた白、月のようにきらめく白、あとにはただポプラの林の黒い影と、どこか、氷の下に潜んでいるはずの、子供のベレー帽の赤い斑点があるのみ。

第十二章

太っちょで陽気な予審判事コースマンスは、書記官とともに裁判所から出てくるとき、幸運にも、報告書を持ってきたヴァン・ザイレン医師とばったり鉢合わせた。

「さあ、車のなかへ、ヴァン・ザイレン!」彼はそう言い放って相手をタクシーのなかに押しこんだ。「検事は仕事があるらしくて、自分の車で先に行ってしまったよ」

アントウェルペンは十二月の細かな雨に包まれ、そのせいで舗道が滑りやすくなっていた。中央駅の前では、車の渋滞で無駄な時間を食わされた。というのもパリからの列車がちょうど着いたばかりだったからだ。そして一行は店ひとつない、道幅が広く、どれも似たり寄ったりの二階建ての家々が立ち並ぶ、静かな地区へと入っていった。雨にもかかわらず、七十三番地と標識の出ている家の前に、人だかりがあった。次の瞬間、逆方向からやってきた自家用車が、歩道の縁に停まり、コースマンス判事は思わず嬉しくなって笑みをこぼした。それは検事の車で、五分先に出発したにもかかわらず、いまごろになって着いたのだった。たしかに検事は自分で運転していて、まぎれもなく近眼のドライバーだった。

二人の警官が治安維持にあたっていた。歩道にはほぼ近所の人たちしかおらず、とりわけ女が多かった。いずれも事件を聞いて家事仕事から抜けてきた主婦であるが、かろうじて傘を持ってくるだけの余裕はあったらしい。やってくるのは検察だということが人々にわかり、やがて警視が検事のもとへ大急ぎで赴くのが見られると、荘重な沈黙があたりを支配した。

他の家々と同じように、その家も二階建てだった。地階は大きな石造りで、レンガ造りの二階は最近目塗りされたばかり。廊下に入るやいなや、次のことが察せられた——整頓と清潔からなる調和が乱れ、床に足跡がついていたり、青い陶製の傘立てが飾ってある廊下の窓ガラスに幾筋も水滴が流れ落ちていたりするのは、何か事件が起こったときだけだろう。

コースマンス判事は鼻を鳴らした。

「医者の家の匂いがぷんぷんするな！」

しかし検事は馬鹿にするように右手の扉にかかった銅板の表札を指さした――「歯科医」。

当の歯医者は白衣姿で、その妻はまだ髪をセットしていないまま、階段のふもとに突っ立っていた。

「私が尋問しました。この人たちは何も知っちゃいません」と地区の警視が言った。「ご承知のとおり、建物には管理人がおりません。診療の時間は、扉を鍵で閉めていないので、誰でも家に入れてしまいます」

階段に近づくにつれ、リノリウムの匂いと歯科の診療室の匂いが混ざってきた。壁は偽の大理石の柄だった。

「上の階かな？」

四人の男たちは縦一列で昇っていった。四つの手がつぎつぎに手すりの上を滑っていく。


「まず最初にお会いいただく老婦人は、大家《おおや》です。彼女に話しかけるときは、どうか検事殿、大声で話してください、まったく耳が聞こえないようなので」

老女は踊り場のところに立っていた。言うほど耳は悪くなかったのかもしれない、というのも、警視に対して軽蔑の視線を投げていたからだ。彼女は昔の装飾の黒いドレスを身につけ、司祭が履くような、銀の大きな留め金《バックル》のついた靴を履いていた。

「何かご存知ですか、奥さん？」

三階から微かな物音が聞こえたが、検事はその場にとどまり、老女の話にうなづきながら、時おり遮って、書記官にサインを送っていた――

「念入りに、メモしときなさい！　非常に興味深い情報ですよ、いまのは！」

すると書記官は一字一句違えずに手帳に記した――

ヴァン・エルスト夫人、八カ月前から下宿人、同時期に結婚。夫はフランス＝ベルギー間の航空会社で秘書。大家の主張では、階上で足音が聞こえるとのこと。ヴァン・エルスト夫人は起きるのが遅い。家事は下手。料理もほとんどしない。冷や飯を食うか、レストランに行く。帰りは遅い。友人なし。訪ねてくるのはヴァン・エルストの弟だけで、彼はいつだって靴についた泥を落とさない。

「以上で正確ですか、警視殿？」

「正確です。最後の情報だけでも、そこから確かな手がかりがつかめますな。今朝、九時少し前、男が一人階段を昇ってきて、一時間半近く上にいたそうです。大家の奥さんが言うには、足音はほとんど聞こえなかったらしい。ヴァン・エルスト夫人はまだベッドで寝ていた。男が帰ると、大家は顔を見てやろうとしたが、背中しか見えなかった。他方で、階段のリノリウムには見覚えのある足跡がついていた。なぜ見覚えがあったかというと、彼女は二度ほど同じ訪問客に靴の泥を拭ってくれと頼んだことがあるからです」

「例の弟ですか？」

「いかにも」

検事はふたたび階段を昇りはじめ、他の紳士たちもつきしたがった。

「まずは死体をごらんになりますか？」

押し開けられるのは、左の扉しかなかった。そのとおり押し開けると、デパートのディスプレーにあるような、凡庸な寝室が広がっていた。家具と絨毯はまだ新しかった。

まず衣装ダンスの鏡越しに、乱れたベッドと、ほぼ裸の女の死体が目に入ってきた。検事は現実のほうに向きなおると、眼鏡を外したりつけたり、また外してはレンズを拭い、やがて息をつくために一服した。

ピンクの羽毛の掛け布団がカーペットにずり落ちていた。警官は窓辺に立っていたが、手持ち無沙汰で、目の遣り場に困っていた。ナイトテーブルの上では、目覚まし時計が動きつづけている。床には、履き古されたスリッパと一着のスリップがあった。

「どう思います、ドクター？」

死人の顔は細長く、耳までかかったとても細い栗色の髪は、絹のようになめらかで、さながら生きているようだった。医者はまず瞼を閉じてやり、人差し指の先で死体の硬直を確認した。そして気まずそうに同行者たちのほうに振り返り、小声でこう言った——

「まちがいなく、絞殺ですね、ただ……」

彼は肩をすくめた。

「いずれにしても、残念ですな！」

すると腹まで捲くれたシャツしか着ていない死体の上にかがみこんだ。検事は顔をそむけた。

コースマン判事はその間に乗じて葉巻にふたたび火をつけ、かたや書記官は警視にこう尋ねた——

「このご婦人の名はヴァン・エルストですか？」

「エドメ・ヴァン・エルスト、十九歳、ブリュッセル生まれ」

医者はふたたび立ちあがり、化粧室の場所を探しながら言った——

「強姦されましたな」

すでにシーツを引きあげて体と顔を覆ってあった。隣の部屋から、医者が手を石鹸で入念に洗う音が聞こえてくる。検事が出ていこうとしたので、警視は引き留めた。

「こんなものがベッドの上にあったのですが」

まずアンティークの宝石の一部だったと思われる、四つの紫水晶。次に彫刻をほどこされ、金属で「E」の文字が象眼された小箱。最後に、ぼろぼろの、赤いメリヤスの布切れ。

「これらの遺留品について被害者の夫に訊いてきました」

「失礼、整理しましょう、警視殿。第一発見者は誰です？」

「牛乳の配達人です。毎朝、九時半に階段を上がって持ってくるそうです。彼が家じゅうに知らせて、署に電話が来たというわけなんですが、現場に駆けつける前に、あなたにお知らせしたしだいです」

「夫はどこにいたんです？」

「下の階の歯医者が夫の事務所に電話したんです。いま、夫は食堂にいます。例の水晶を見たことはこれまでないそうで――我々のあいだでは、偽物にちがいないと言っているんですが――、小箱も初めて見たとのこと。このぼろ切れについては何も言っていませんでした」

死体に覆いがかけられてから、みな話す声が大きくなっていた。

「他には何も？」

「はじめ彼は大声で叫びながら大股で歩きまわりましてね。やがて膝から崩れ落ちました。起きあがると、この椅子を破壊したんです。怪力で、血の気の多い男ですよ。涙を流しながら、喚いていました。しばらくすると、壁に頭を打ちつけだしたので、私が食堂まで連れていって、いま部下の一人に見張らさせているところです」

検事は周囲を見渡し、何か忘れていることはないか確認した。踊り場に出ると、警視が三つ目の扉を開けるのを待った。三つ目というのは、半開きの台所の扉が二つ目に当たっていたからだ。

チュールのカーテンがつけられた窓から、向かいの家の窓と野次馬たちが見え、そのうちの一人は、双子の子供を連れた老紳士だった。

「彼はいまどこに？」

警官は隅っこで崩折れたフレッド・ヴァン・エルストを指さした。サイドボードに寄りかかり、顎を胸につくほど下に引いて、髪はもじゃもじゃ、両腕をだらんと垂らしている。

「どうか、立ってください」

彼は頭を上げただけだった。むくんで腫れあがった顔、真っ赤な目、膨れた瞼を露わにして、上唇には血の滲んだ傷があった。

「いったい何だ？」くぐもった声でたどたどしく言ったので、警視は聞き漏らすまいとかがみこまなければならなかった。

「検事殿と判事殿が知りたがっているんですが……」

彼はしまりのない体をゆっくりと起こし、茫然自失のていで一同を順ぐりに見つめ、額に手を当てた。検事は面喰らっていた。警視は探るような様子で部下の警官を見ていた。

「いったい何だ？」フレッドはそう繰り返したが、サイドボードに全体重をかけて肘をついたため、カップをひっくり返してしまった。

警官が、椅子のそばの床に転がっている、ラムの空き瓶を指さした。

「気つけに少し飲ませようと思ったんです。馬鹿なことしでかすんじゃないかと心配だったもので。全部飲んじまいやがった！」

するとフレッドは、サイドボードに肘をついたまま、まるで初対面かのように、彼らを見つめた。どんよりしたまなざしのなかに、理性の光がよぎっていた。

職務に忠実な大家の老女をとおして、弟の住所が得られた。ジェフ・ヴァン・エルスト、郊外のベルヘムで、母親と妹たちと暮らしているという。検事は医者を自分の車に乗せ、かたやコースマン判事は警視とともにタクシーに乗りこんだ。

「なんだかんだで、けりがつきそうだ！」と判事は結論を下した。「ただし、問題の弟を捜しだすのが厄介かもしれん……」

車は長い商店街を走っていた。人々が蟻のように、べとついた石畳の上を行ったり来たりしている。コースマン氏はゆっくりと葉巻を吹かし、タクシーの車内に青い煙をたなびかせていた。

「今年の冬は二年前と同じになりそうだな――霧と雨ばっかり。私としては、去年みたいな大寒波のほうがありがたいんだが」

やがて店の看板が車窓をつぎつぎに流れていく。一行は路面電車、配達車、ビール業者の重量トラックを追い越していった。

交差点を過ぎると、道が広くなり、喧騒《けんそう》も絶えてきて、家々の屋根が低くなってきた。検事の車は、表門を中心に建てられたらしい、細長い建物の前に停まった。

住居は左手にあり、居並ぶ小さな窓にはクリーム色のカーテンがついていて、窓の下枠に銅製の飾り鉢が置いてある。ペンキがまだ塗りたての看板にはこうあった――

ヴァン・エルスト高級キャンディー製造所

すでに、道を走っているときから、甘い匂いがかすかに漂っていた。呼び鈴を鳴らしたのは警視で、ドアを開けにきた八歳の女の子は、不安そうに一同の顔を見渡した。

「ジェフ・ヴァン・エルストはご在宅かな？」

「もう一方の扉から通ってください」

彼女は、アントウェルペンのとは違う、リンブルフ訛りのフラマン語で喋った。ブロンドの髪はきつく三つ編みにされ、ようやく小ぶりながら密に生い茂ったポニーテールになって、ピンクの格子柄のエプロンの上に垂れていた。

「私がご案内します」

彼女はドアを閉め、歩道の上を、表門のほうへ数歩すすんだ。

「今朝、彼は出かけたのかな？」検事が一瞬呼びとめて尋ねた。

「はい、今朝！」

車寄せ《ポーチ》を横切った。中庭には、家の看板と同じ商号の書かれた小型トラックがあった。ブドウ糖《グルコース》の匂いがよりきつく感じられた。女の子につきしたがっていた男たちは、たがいに驚きのまなざしを投げあった。

「お嬢ちゃん、教えてくれ！　君のお母さんはここにいるのかい？」

「窓越しに見えるでしょう、姉のミアと一緒にいるのが。姉さんは私たちを手伝いに来ているんです。聖ニコラウスの祝日とクリスマスまでに注文の品々を発送しないといけないので」

たしかに、天井の低い部屋のなかに、母親と姉の姿が見てとれた。窓に向かって、三人の女たちが大きな鉄板の前に座り、そこに敷きつめられた青や赤の飴を一つずつ手にとっては、透明な紙で包んでいる。一番若いのが立ちあがり、扉を開いて叫んだ――

「いったい何事なの、アリス？」

彼女は妊娠していて、顔立ちがやつれており、鼻の穴が黄色く縁どられていた。

「ジェフに用だって！」

一番年老いたのが、濡れた窓ガラスの向こうで、紙を規則正しい動きで折りつづけていた。何も見ておらず、おそらく何も考えていない。痩せた顔は諦めきっていて、目には精彩がない。二羽の鶏が中庭で餌をついばんでいた。

「こっちです！」

雨の降りしきるなか、アリスが一行をより狭い庭のほうに案内すると、そこにはじゃがいもから精製した砂糖の樽が積みあげられていた。

「ジェフ！」

彼女はとまどい、不安に駆られていた。

「我々を先に入らせなさい」彼女を押しのけて、警視が言った。

そして男たちが次々に通り、子供を外へ締め出した。カラメルと飴でぎっしりのお盆が、長い大理石の板の上に並んでおり、あとは紙で包まれるのを待つだけになっていた。糖菓の甘い匂いに、焦げたきつい匂いが混じっていた。

まずは薄暗がりに慣れなければならない。竃の炎で瞳がひりひりした。少しずつ物の輪郭が見分けられるようになると、やっと男の姿が見えてきた。髪を粉まみれにしたまま、炉に向かいあって座り、両手で頭を抱えていた。

バンドで留められた古いズボンと、パン屋が着るような袖なしのキャミソールを身につけている。剝きだしの腕には筋肉が丸く盛りあがっていた。検事は足を踏み出すのをためらった。警視はといえば、ポケットの拳銃を万が一に備えてポケットから取り出した。

「ジェフ・ヴァン・エルスト！……法の名において、無駄な抵抗をやめるよう命ずる……」

背中が揺れ、そしてゆっくりと、男が立ちあがった。揺り動かした頭はあまりに大きく、炉の明かりのなかでは、人のものとは思えないほどだった。あいかわらずゆっくり振り向くと、落ち着いた顔と、濡れていない目が見てとれた。

「あれは遺伝性の……」医者がコースマンスに耳打ちしたが、判事には聞こえなかったか、理解できなかったらしい。

検事はといえば、入ってこようとする女の子にこう言っていた――

「ママのそばで遊んでおいで！」

警視の声がつづいた――

「ジェフ・ヴァン・エルスト、法の名において、お前を逮捕する。義理の妹であるエドメ・ヴァン・エルストを、ブリュッセル通りの、彼女の住居で今朝殺害し、強姦した廉《かど》だ」

すると一同の目前に立つ、顔が小麦粉のように灰色にくすんだ男は、両手で自分の頬を撫ぜ、ついで瞼とうなじをさすった。

「あぁ！　そうです……」ため息まじりに言った。

そして火のほうへ向きなおった。警視は何か企んでいると思い、飛びかかって取り押さえた。ジェフはぶるっと身を震わせて振りほどき、同じ場所にとどまったまま、つぶやいた――

「そんなに騒々しくしないでください！　子供らに聞こえてしまうかもしれない……」

つかのまの沈黙ののち、こう付け加えた――

「表門から行きましょう」

まるで火が彼を引き留めているかのようだった。訪問者たちを見回したときの目は、長いことを炎を見つめていたために、盲人のそれになっていた。

「ジェフ・ヴァン・エルスト」検事は仰々しく言葉を発し、書記官にこの後の返答を記録する準備をしておくよう合図を送った。「なぜ義理の妹を殺したんだね？」

警視は手錠の用意をしていた。妊娠中の妹の金切り声が、中庭に響き渡った――

「アリス！……アリス！……」

やがてジェフが邪険さを剥きだしにして答えた――

「あなたならどうしてました？　あなたなら」

次の日の夜、彼は刑務所の三階にある医務室の窓から身を投げた。その後、なおも六日間生きながらえた。

人殺し

第一章

ありきたりな日常、型にはまった仕草や行い、まったく前代未聞の冒険《アヴァンチュール》、それらがあまりに親密に混ざりあっていたので、クペルス医師こと、スネーク（オランダのフリースラント州）出身のハンス・クペルスは、ほとんど快楽に近い興奮をおぼえていた。たとえるなら、それはカフェインを摂取したときの効用を思わせた。

　月初めの火曜がいつもそうであったように、彼はアムステルダムにいた。一月だった。獺《カワウソ》の毛皮の衿つきコートを羽織り、雪が降っていたので、靴の上にゴム製のオーバーシューズを履いていた。

　こうした細々した記述は取るに足らないものだが、状況がこれ以前の月初めの火曜とまったく同じであったことを言いたいがためなのだ。次のような些事でさえそうだ。赤レンガの美しい駅を出ると、彼はジェネヴァ〔ネズの実をベースにしたオランダのジン〕を一杯ひっかけに真向かいの店に行ったのだが、そのことを誰にも話さなかった。朝の十時に〈酒類販売認可店〉のカフェにひとり入って酒を飲むなんてことは、正しい振る舞いではなかったからだ。

　前日は夜どおし雪が降った。まだ降りつづいていたが、あたりの雰囲気はとても陽気だった。雪片はゆっくりと、かなりまばらに降っていたので、空中でたがいにぶつかりあう恐れもない。時おり、すでに淡く青みがかってきた空に太陽が顔をのぞかせた。地面には、雪が積もっている。男たちがそれらを掻きあつめて、山にしていた。運河の岸辺には、うっすらと氷が張り、針のように尖った氷柱《つらら》が船の横腹をきらきらと輝かせていた。

　冒険は二杯目のボルス〔オランダのリキュールの銘柄〕とともに始まった。クペルスは気に入らない酒の味を飛ばすために、杯に苦味酒《ビター》を少し入れてもらった。そして勘定を済ますと、口を拭い、襟を立て、ポケットに手を入れたまま、小脇にブリーフケースを抱えて外に出た。

普段なら、義理の姉妹《きょうだい》の家に行くはずだった。路面電車に乗って、植物園のあるエレガントな地区へと。昼食の後、少なくとも二時には、そこから徒歩で三〇〇メートルのところにある、釉薬《うわぐすり》のかかったレンガ造りの真新しい建物に着いているることだろう。そこでは月初めの火曜、生物学会の医師たちが会合をひらくのだ。

彼は義理の姉妹にあたる太ったクラム夫人の家にも行かなかったし、学会にも行かなかった。それだけでも彼はだいぶ身軽になった。あたかも生まれてはじめて、自分を地上に繋ぎとめていた糸が断ち切られたかのように。

彼は劇場街につづく大通りに入って、武器屋の一軒一軒のショーウィンドウの前で立ちどまった。最初の店に入ることもできたはずだが、それよりも四、五軒見てまわることにして、居並ぶ武器に眺めいりながら、ウィンドウに映る自分の姿を見ていた。

その姿が田舎者じみていることは、自分でもわかっていた。帽子を脱いでいると、とくにそう見えた。というのも、赤みがかった彼の金髪は、いままで一度も撫でつけられたためしがないからだ。彼の体は縦にも横にも大きかった。何も事情を知らない人たちは、彼のことをこう言ったものだ――

「巨人だ!」

しかし、己をよく知り、ひたすら知ろうとつとめている彼は、自分のことを弛《たる》んだ人間だと思っていた。顔立ち一つとってもそうなのだ! 厚ぼったすぎるこの瞼、突き出たこの両目……そして口元の皺、やや斜めに傾いた鼻……。

彼は疲れていた。患者を面喰らわせる言葉をつかうなら、欠陥があった。自分でもリン酸塩が足りないことに気づいていた。きっとさっき、さんざん歩きまわったときに、胸のあたりに締めつけられるような不安を感じていたにちがいない。が、いまやそんなことはどうでもよかった! 彼ははずみをつけて飛びこんだ、つまりもう三軒のショーウィンドウの前で不満そうに鼻を鳴らしたものの、突然、ごく小さな店のなかに入っていったのだ。店の勘定台の後ろに、小球帽《キャロット》をかぶった人の好さそうな年寄りが座っていた。

「自動式拳銃《オートマティック》はありますでしょうか？」

そんなことを訊くのは愚かだった！　陳列棚に腐るほど置いてある！

彼はうやうやしく拳銃に手を触れ、軽く身震いした。まるで患者が自分のために使われようとしている輝かしい器具、瘭疽《ひょうそ》を切開するメスとか、胃を検査するゾンデに触ったときのように。

弾をこめてもらうと、ポケットにしまった。時計を見て、こう思った。普段なら、義理の姉妹のクラム夫人宅でお茶を飲んだり、チーズサンドイッチを食べたりしている頃だと。

そうしたことは絶対したくなかったし、列車は三時にならないと来ないので、彼は高級レストランに入ることにした。いままでケチって行くのをひかえていた店だ。フルコース、すなわちフランス式の食事を注文した。オードヴル、ワイン、ボンブ・グラッセ〔大砲の弾のように半球形に盛られたアイスクリーム〕、デザート。テーブルをひとり占めしていた。暑かった。洋服掛けにかかったコートのポケットが、拳銃のせいで歪んだ形になっているような気がした。

顔ににやけた笑いがこみあげてきた！

最後に、彼は映画館にしけこみ、一本の映画を見はじめた。が、その結末を知ることは決してないであろう。

*

三時になると、日常と冒険の混交はさらに密になった。というのもクペルスは、本来ならきちんと翌日にすべきはずの行動に打って出たからである。つまり、たった一日ではあるが、予定をずらしたのだ。

以前なら、火曜にアムステルダムに着き、午後は学会の会合に顔を出して、夕方と夜を義理の姉妹の家で過ごしたものだった。そして水曜の朝、妻から毎回頼まれる買い物をこなし、三時にはエンクホイゼン行きの列車に乗るのだ。

一日のずれ！　しかし、それですべてが一変したのだ！

おそらく、火曜はエンクホイゼンで市《いち》が立っていたのだろう。なぜなら、列車は見知らぬ人たちでごった返していて、しかも彼らは水曜の乗客たちとは階級が違っていたからだ。なかには毛皮の帽子をかぶっている者もいた。彼自身、地元のスネークではそういうものを身につけることはあったが、アムステルダムでは間違ってもしなかったろう。

こうした見知らぬ者たちが彼に挨拶を送ってきた。車室に入るときは挨拶するのがつねだったからだ。それから、各々が自分の仕事について話しはじめ、デンマークやラトビアの豚のことを話題にした。

むろん、取るに足らないことだが、もう一つ細かな事実を――もし彼が水曜、いつもどおり一等の車室に乗っていたら、スタフォーレン、レーワルデン、スネーク、各市の市長と鉢合わせしていたにちがいない。水曜はアムステルダムで市長会議がひらかれるから……。

エンクホイゼンまでは二時間の道のり。彼は幾度もポケットの拳銃の手触りをたしかめ、思わず笑みをもらしそうになった。

いつもの水曜とは違うということが、いまやますます感じられるようになった。プリンセス・ヘレナ号が、いつものように埠頭《ふとう》で待ちうけていた。一年前から運行している、白く美しい船だ。クペルスは船長、水兵、給仕係、要するに全員と顔見知りだったが、乗客に見覚えある顔は一人もいなかった。

あいかわらずブリーフケースを脇に抱えたまま、彼は大広間《ロビー》に降りていった。水曜だったら、そこで三人の市長が奥のテーブル席に座っているのを見つけたはずで、彼らにブリッジ用のトランプ二組と大きなグラスのアムステル・ビールがすぐさま運ばれたであろう。

ゾイデル海を渡って、エンクホイゼンからスタフォーレンまで行くには、せいぜい一時間半しかかからない。プレイヤーの誰かがしつこくはったり《ブラフ》をかけなければ、〈三回勝負《ラバー》〉を三セットするぐらいの時間である（レーワルデンの市長は分が悪いと感じると、きまってブラフをかけたものだ！）。

なので、トランプはなしで、ビールだけがクペルスのもとに運ばれた。早速、給仕係が指摘してくる――

「一日お早いですね！」

するとと彼は満足げにこう答えた――

「一年遅れだよ！」

船内でも、火曜と水曜とではまるで違う世界だった。見知らぬ顔ばかりで、彼らは皆レーワルデンへ、市への買い出しか何らかの会議に赴こうとしているのだろう。

夜が訪れていた。ゾイデル海は穏やかだった。スクリューは快調に回転をつづけている。一人のイギリス人が自国の分厚い新聞を読みふけっていた。

一年遅れ！　まさにそうだ！　クペルスはその考えをうっとりしながら反芻《はんすう》していた。

＊

二日の誤差をのぞけば、ほぼ一年前（つまり金曜だが、その日はあまりに寒かったので、全学校が休校にされていた）、彼は次のような短信を受けとったのだった。ひどい筆跡だったが、おそらくわざとであろう。

敬愛すべきドクター、

あなたのようなお方が知らぬまに物笑いの種にされているのを見るのはつらいことです。あなたを尊敬申しあげる者から、以下のことをお知らせいたします。クペルス夫人はあなたがご出張するたびに不貞をはたらいています。あなたのご友人であるシュッテル氏と落ち合っているのです。逢引の場所は氏の所有する湖水地方のバンガロー、そこで夜を明かすこともあります。

彼をよく知る人物、たしかにそうだ！　しかし全部知っているわけではない！　なぜなら、シュッテルは友人ではないからだ！

世間の人たちからすれば、そう見えるのだろう！　実際は違う！　シュッテル氏は弁護士でありながら、わざわざ弁護の仕事をする必要もないほどの金持ちで、クペルスと同じくビリヤードクラブのメンバーだった。しかも彼はその会長で、一方のクペルスはこのあいだの総会で役員にしか選ばれなかった……。

シュッテルは貴族だった。シュッテル家の伯爵であり、自らの爵位に無頓着なそぶりをしながら、他人に利用されるとわざとらしく怒ってみせ、そういった振る舞いがまたしても他と一線を画す流儀になっていた。

彼はクペルスと同い年で四十五歳、とはいえ銀髪のわりには三十五くらいに見えた。というのも、彼は細身で、アムステルダム在住のイギリス人のテイラーに服を仕立ててもらっていたからだ。

シュッテルはフランス語、英語、ドイツ語を話し、世界中を旅してきた。その証拠に、自宅の壁には引き伸ばされた旅行の写真がいたるところに貼ってあった。

そして彼の家ときたら！　スネーク随一の豪邸！　市庁舎の隣にあったが、そうした公共の建造物より美しいといっていいくらいで、同じ時代に建てられた黒いレンガ造り、窓には薔薇色の小さなガラスが嵌められ、煙突はさながらデルフトの風景そのもの！

シュッテルは市議会議員だった。助役に選ばれてもおかしくなかったろう。選挙のたびにそのポストを提示されるのだったが、それは彼に蹴る喜びを与えるためでしかなかった！

シュッテルは湖に船を一隻所有していた。とはいっても、六メートル大でも九メートル大でもなく、まして〈帆船〉でもない――すなわちサザン・クロス号と命名されたヨットなのだが、あらゆる大会で勝ちまくっていたので、選抜外にしなければならないほどの名船だった。

シュッテルは薄い唇の持ち主で、そのおかげで寛大ながらよそよそしい、人を見下すような微笑みを浮かべることができた。ビリヤードクラブの一部のメンバーたちに言わせると、

〈ヴォルテール風の〉微笑だった。

シュッテルは毎年コート・ダジュールに赴き、山に登るのが趣味だった……。

シュッテルは……。

要するに、スネークで唯一、悪い噂が立つのを許された男だったのだ！　世間にそういう男が一人は必要だとすれば、彼がそうだった！　まさしく人にこう噂される男――

「奴はすべてをものにしている……」

すべての女を、だ！　人妻もふくめて！　これが別の男だったら、たちまち悪評を下され、ブラックリストに載せられ、クラブから叩き出されたにちがいない。

シュッテルには、魅力的な若い娘と同じで、禁じられたことが何一つなかった。立候補せずとも、全会一致でビリヤードクラブの会長職に収まっていたのだ。クペルスが何年も前からそのポストを欲しがっているのは周知のことであったはずなのに。

そういう人なのだ、シュッテル氏というのは！

かたやクペルス夫人、アリス・クペルスはといえば、ぽっちゃりした、かなり頑丈な三十五歳の女、とはいえ肌はピンク色、性格は優しく、微笑みは涼しげで、目の澄んだ、善良なる女性、つまりは平凡で悪意のない女だった。

クペルスは彼女に対して拒むということがまずなかった。彼女はスポーツウェアを買うときは、市長の妻と同じテーラーに頼んでいた。二年前から、スネークで一番上等なアストラカンのコートも所有していた。さらにその一年前には、彼女がモダンな生活環境のなかでお茶を出せるように、客間の家具が一新されたし、カクテル用の移動式カウンターもクペルスの金で購われた。

船のエンジンがぶんぶんと唸っていた。時おり、氷塊が舳先にぶつかって割れる音や、船体に沿って氷がずれこむ音が聞こえてくる。

クペルスと顔なじみの給仕係は、ビールのおかわりのタイミングを待っていた。

「コニャックを一杯！」

それだけでもうスキャンダルみたいなものだった。彼が船内でコニャックを飲んだことなど一度もないし、そのことは周囲に十分すぎるほど知られていたからだ。しかし彼は拳銃のことを思いながら、うっとりしたように微笑んでいた。

アリス・クペルスという女は……。

彼はそのことを考えたためしがなかった。そのことを知りにいくまでに、二カ月も待ったのだ。なぜそんなに待ったかといえば、学会を欠席したら皆に驚かれただろうし、それに事が複雑でもあったから……。

おおいにぺてんに掛けなければならなかったのだ！　列車に乗るふりをしなければならなかったし、夜までどこかに隠れていなければならなかった！　スネークでは、クペルス医師を知らない人などいないのだから！　そして、帰宅するのを翌日の夕方まで待たなければならなかった！……

彼はやってのけたのだ！　さかのぼれば昔、雪と氷が溶ける季節になると、彼はヒンデローペンにいる乳母の家で夜を過ごしたものだった。彼女に何でもない話をよく喋った。その時代にあってもフリースラントの伝統衣装を身につけていた老女は、彼の話の嘘に決して騙《だま》されることがなかった。

いずれにしても、事は真実だった——彼はシュッテルとクペルス夫人、二人ともに目撃したのだ。彼らが運河の岸辺に建てられたバンガローのような家に入っていくところを。湖畔にほど近く、サザン・クロス号にもほど近いその家は、弁護士が夏によくパーティーをするところだった。

家は木造だった。漠とした曳船道をのぞけば、周囲には水しかない。それは運河の水、湖の水で、この場所を起点として数多の湖が広がっていた。

しかも、町からは一キロメートル半しか離れていなかった。

「荷物は、お持ちでないのですか？」

彼は給仕係を見て、必死で笑いをこらえた。危うくこう答えそうになったからだ——

「あるよ！　大事な、おぞましい荷物が、コートのポケットのなかに……」

すでに舷窓《げんそう》から、スタフォーレンの港が発する赤や緑の信号が見えていた。

決意するまでに一年も要したのだ！　おそらく、二週間前にシュッテルがビリヤードクラブの会長に再選されなかったら、決意にいたることはなかっただろう。

というのも、クペルスは立候補していたからだ！　秘密投票でさえなく、彼は退けられたのだった！

一年前から、彼は力を蓄え、行動に移る決心をつけようとしてきたのだ……。

「ほらよ、ペーテル！……」

いまちょうど彼は、給仕係に十フローリン渡そうとするところだった。しかしこれも噂の種になるだろうと彼は思った。渡したのは一枚だが、普段チップとして与える〈十セント硬貨〉の十倍の値打ちがあったからである。

＊

残りのスタフォーレンからスネークまでの行程は、さらに予定されたものだった。一等の車室が二つ。彼はそのうちの一つをひとり占めするのがつねだった。そのことも周囲によく知られていた。ほとんど彼専用の車室だった。

彼は船から降りると、道をいくつも横切り、自分のクーペに乗りこんだ。彼はパイプを嗜むから、喫煙者用の車だ。

「おやすみなさい、クペルスさん……」

運転手はその日が水曜ではなく火曜だと勘違いしたにちがいない。数年前から、客の顔ぶれは決まりきっていたからだ。

あとは、停車とアナウンスの叫び声を決まった分だけやりすごせばいい——

「ヒンデローペン……」

そして——

「ウォルクム！……」

車掌はこう発音したものだ——

「ウォォォレクム……」

そしてついに、スネークへ。平和で、清潔で、いつも心地よく迎えてくれる故郷の駅。いつもなら、真っ先に大広場《グランプラス》へと向かうところだ。その時間、あたりは真っ暗、ただし「オンデル・デ・リンデン」というカフェの窓だけは別だった。

　ビリヤードクラブの溜まり場なのだ！　彼は帰宅の途中、そこに立ち寄ることにしていた。締めにビールを一杯飲んでいると、きまってこう尋ねられたものだ――

「アムステルダムじゃ、何か変わったことがあったかい？」

するると彼は、最新版の「テレグラーフ」（オランダのメジャーな日刊新聞）で得たばかりの情報を披露するのだ……。

　すべてが一変したのは、偶然からだった。しきたりにしたがい、ヒンデローペン、ウォルクムを無事やりすごした。しかしスネークに着く数分前、何か不測の事態が起こったために、列車が徐行を余儀なくされ、ついには完全にストップしてしまったのだ。

　窓ガラスにあまりに霜が降りているせいで、クペルスは外を見ることができなかった。車室のドアを開けると、チーズ製造所の煙突、網状に広がる凍りかけた運河が見え、やがてここがどこだかわかった。シュッテルのバンガローから、五〇〇メートルも離れていないところだった。

　彼は何も考えなかった。ブリーフケースを手にとった。じっさいそれは無意識の仕草で、このうえなく悲劇的な状況に陥ったとき、彼が必ずしてしまう行動といってよかったろう。列車から降り、土手を転がるように駆け下りて、地表にたどり着いた。折しも、列車がふたたび動きだそうとしていた。

*

　その後起きたことについては、ほとんど語りようがない。クペルス医師は片をつける決心をしていた。これで終わり、といってもいいだろう。三人全員にとっての終わり、つまりシュッテル（コルネリウスという名前の男！）にとって、アリス（クペルスという姓を名のる女）にとって、そして、ハンス・クペルス自身にとっての終わりである。

その証拠に、彼のポケットのなかには、冷えきって凍りついた拳銃があった。いい加減な考えからではなかった。一年間、考え抜いてのことだった。彼は自分がしようとしていることを、わかっていた。

　周囲では、雪と影が運河のあいだにつのり、大半の運河は廃用になっていた。闇のなか、一点の光、唯一の光がある──シュッテルのバンガローの灯だ。

　ということは、奴はいる！　つまり、すでにして万事完了といってもいい。

　列車が上空に赤い熱気を吐きだしながら消え去った後、彼は歩きだした。家からほど近い地点に着くと、硬くなった雪をぎしぎしいわせないように、歩みをより慎重にした。アムステルダムよりも、ずっと深く積もっていたからだ。

　しばらくすると、あまりに寒いので、人差し指がかじかみすぎていないか、これでは引き金をきちんと引けないんじゃないかと心配になった。

　町は遠かった──はるかかなたに、光が点々とあり、空中で黄がかった暈《ハロー》になっていた。

　シュッテルはすべての女をものにしていると自慢していた！　アリスも数のうちに入っていた！　他の女たちと同じく、彼女もあのバンガローに通っていた！

　彼はすぐに確信した。人里離れた場所をあてにしている者は、わざわざ鎧戸《よろいど》を閉めるなんてことはしない。

　クペルスはそっと近づき、窓ガラスに顔を押しつけてなかを覗いた。妻がスリップ姿で何か飲んでおり、かたやシュッテルはネクタイをふたたび締めようとしていた。

　綺麗な部屋だった。寝るための部屋というより、一種のアトリエのようなところで、ありとあらゆる衣装に身を包んだ、世界各地を旅行中のシュッテルの写真が飾ってあった。テーブルの上には、リキュールの入ったグラスがいくつか。

　アリスが服を着ようとしていたが、まるでこの場所でいつもそうしてきたかのようだ！　何か喋っている！　こちらには話の内容までは聞こえてこない。ただ人物たちを眺めているしかない。男が吸っている手持ちの煙草は、エジプトから直輸入したというつねづねご自慢の品だったが、じつはオランダの並の煙草より味が劣るものだ。

小脇に抱えたブリーフケースが邪魔だったが、それでもクペルスは手放さなかった。手放してはいけない、と感じていた。自分を正気に保っていなければならないのだ、まったくの正気に。

二人は何を話しているのだろう？　ただ、何の気どりもなく、昔からの恋人どうしのように語りあっていた。アリスは鏡の前で少しばかり顔に白粉《おしろい》を塗っていたが、その鏡さえ馴染みのものであるらしい。

彼女は連れあいにあれこれと文句を言っているにちがいない。おそらく嫉妬の場面だろう、というのも、彼女の顔に険しさがあらわれ、対する男の顔には微笑みが浮かんだからだ。

男がネクタイを真珠のピンで留めた。真珠を一個も身に着けないと、沽券にかかわると思ったのだろう。

「インドの王侯《マハラジャ》からの頂き物なんだよ……」とビリヤードクラブでよく言っていたものだ。

テンポが加速した。アリスはおそらく帰りたがっている。二人して入口の扉のほうへと向かい、一方のクペルスは寒さをこらえていた。手袋を脱いであった右手が、さっきから凍りついていたのだ。

＊

闇。すべての明かりがいっせいに消えた。扉はシュッテルの手で入念に、いかにも小市民《プチブル》らしい手つきで閉められ、そのあいだ連れあいはじっと待っていた……。

その時が来たんじゃないか？

医師は、引き金に指をかけていたものの、引かなかった。そしてカップルは歩きだし、曳船道をたどっていった。その道はもう長らく使われておらず、じっさい道沿いの運河は葦《あし》に侵食されていて、もはや船が通れなくなっていた。

たがいに腕を組みながら、二人は去っていった……空は月あかりに満ちていた……。

クペルスは後をつけ、近づいていった……。

まだ、引き金を引いていない。人差し指が、寒さのせいで、鋼の部分に貼りついていた。事を思いつき、すべてを見越すのに、あまりに時間をかけすぎたのではあるまいか？

じっさい彼はバンガローへの侵入の仕方、ひいてはそこでぶつ演説の内容まで準備していたのだ……。

二つの影が目の前で動いていた……一〇メートル離れている……行動を起こしたのはアリスだ、立ちどまり、不安そうに振り向いてきた。すると他方も、彼女を安心させようと、振り返る。

そのとき、クペルスが撃った……一発……二発……さらにもう一発、というのもシュッテルが完全に倒れておらず、膝をついたままだったから。

きっと奴は苦しんでいる、そう彼は思った。至近距離から、弾倉を空にするほど撃ちまくり、とどめを刺した。

心臓が高鳴っていた。胸が不安で締めあげられ、それがとても怖かった。彼らのそばで、じっと踏みとどまらなければならない。数分間、片手で左胸を押さえながら。

自殺するには、弾倉を取り替えなければならなかったろう。

＊

それから？……

一つの考えが頭を占めていた――シュッテルが死んだ！

やがてもう一つの考えが忍びこんできた――シュッテルが死んだからには、葬り去る必要があるんじゃないか？

二つの死体は運河の葦原から一メートルも離れていない。顔をのぞかせたばかりの月は、冬の凍《い》てついた夜でしか見られないほど、澄みきっていた。

クペルスは幾度も深呼吸してから、拳銃を水のなかに投げ捨てたが、すぐに後悔した。場所があまりに近すぎたからだ。

しかたない！

彼は腕時計を見た。やるだけの時間はあった……。

二つの死体を押しやるだけでいい。アリスはもう息をしていなかった。目をつぶったようだったが、あるいはそのときの月あかりの加減でそう見えただけかもしれない。

彼は罪逃れの工作に取りかかり、ビリヤードクラブのことを思ってにやにやと笑った……そして、シュッテルが水中に没する前に、そのポケットから財布を抜きとった。

彼は酔いしれていた、飲みほした酒と犯した罪のすべてに。しかしこの陶酔のおかげで、興奮しすぎることなく、意外なほど冷静になれていた。

じじつ、彼は道の途中で財布を別の運河に投げ捨てたのだ。最初に拳銃を捨てた運河よりも古く、さらにうらぶれたところに。その際、念のため財布のなかに石を忍びこませておいた。

頭にはただ一つの考えしかなかった——「オンデル・デ・リンデン」に引き返すこと。いまから戻れば、ビリヤードに興じる者がまだ四、五人残っているはずだ。酒を飲もう。喉がからからだ。夢見ていたのは、フリュート型の大きなシャンパングラスに注がれたビール。

町外れの土地を横切っていった。今後のことだけでなく、翌日の計画さえ決めていなかった。

鉄道の切符のことがふと頭によぎった。スネーク駅で改札を通さなかったのだ。以前にもそういう経験があった。あの列車から降りてくる客は知った顔ぶればかりなので、駅員が持ち場についていないことがよくあったし、クペルスのほうでも、遠回りを避けて構内のレストランから外に出てしまうことがあった。

彼は切符を食べてしまったのだ！

完全に酔いしれていた。なんなら地面を転げまわってもよかったろう！　歓びにまかせて大声で叫んでもよかった！あるいは泣きわめいてもいい。

彼を現実に立ち返らせたのは、市庁舎前の広場と、シュッテルの家、そして結局、「オンデル・デ・リンデン」のほのかな明かりだった。

彼は時計を見た。列車で直行したときより、せいぜい十五分遅れの到着にすぎなかった。

ガス灯の下に来ると、両手を見た。雪にさらされたおかげで、汚れていなかった。

なかに入った。どれほど熱く心地よいどよめきに迎えられるか、彼にはわかっていた。イェフ爺という、この店に三十年も勤めているギャルソンが真っ先に飛びついてくるだろうことも。

「こんばんは、ドクター」

「やぁ、イェフ。あの殿方たちはまだいるかい?」

またしても決まりきったしきたり！　球が転がりぶつかりあう音が聞こえているにもかかわらず、こう尋ねるのがつねだったのだ――

「あの殿方たちはまだいるかい?」

　それに対するイェフの返事も決まっていた――

「アムステルダムは、よいお天気で?」

「我らがフリースラントとは比べ物にならんがね」彼にはそう答える義務があった。

　じっさい、彼はそう答えた。しきたりはすべて守られたのだ。室内に入るときは必ずつま先立ちで、というのも然り。建築家のメンバーがワイシャツ一枚になって、キャロム〔一つの手球で二つ以上の的球を当てるビリヤードの技〕を狙っていたからである。

　無言のまま交わされる、他のプレイヤーたちとの握手。キャロムは成功したのだ。

「で、アムステルダムは?」

「よかったよ！　あっちの運河は凍ってさえいなかったな……」

　球突き台のそばに控えた二人の審判を見て、彼は情報を得た。

「この試合は選手権大会にかかわる重要なもの?」

「もちろん！」

「じゃあ、私も登録しとかなきゃな！」彼はそう告げた。

　大会に出たことなど一度もない。いい加減に放った言葉だった。何か言いたくてしょうがなく、こう付け加える必要さえ感じた――

「次こそ真剣に、会長選挙に立候補するつもりなんだ……」

　黒板がくすんだ柱の一つに取りつけてあった。額縁に囲まれたボードにシュッテルの名が赤字で書きこんであったが、他の会員たちの名は黒字だった。店内にはもう五人しか残っていなかったものの、快適なこのカフェには、ぴかぴかに磨かれた家具と深く座れる肘掛け椅子が居並んでいる。所々にビールのグラスが置いてあり、溢れた泡が厚紙の丸いコースターの上に垂れていた。

頼まずとも、彼の分のビールがすでに運ばれていた。さきほど夢にまで見たフリュート型の大きなグラスだ。彼は一気に飲みほし、ささやくように告げた――

「もう一杯……」

「何か変わったことは?」またしても無意識に尋ねた。

「何も……」

彼はブリーフケースをテーブルの上に置いた。いつもなら、十五分くらいここで一服してから自宅に帰るところだ。隣の路地の、古い運河の近くにある我が家に。

隣の映画館から、うっすらと音楽が聞こえてくる。以前その件で陳情書を作成したことがあった。一部のプレイヤーたちの耳障りになっていたから。

突然、クペルスは声も立てずに笑いだした。考えてもみれば、今日が水曜ではなく火曜だということにまだ誰も気がついていないんじゃないか。じっさい、月初めの火曜、彼はここにいないはずなのだ!

皆を暗示にかけてやったのだ! 彼の姿を見て、皆こう思ったのだ――

「水曜だ!」

彼は二杯目を飲みほし、ジェネヴァを頼んだ。

「頭痛がするもんでね……」と言い訳する必要があった。

残酷な現実にふたたび落ちこんではならなかった。これから家に帰るんだとか、帰っても妻はいないとか、何かしら前向きなことを考えたほうがいい。扉を開けて迎えてくれるのは、女中のネールだろう。

それもネグリジェ姿で! ほぼ間違いない、なぜならこんなおそい時間まで、主人の帰りを待ってはいないからだ、もうベッドに入ってしまっているだろう。

これまでにもネグリジェ姿の彼女を見たことはあった。触れたことは一度もない、いろいろ面倒くさいことになる恐れがあったから……。

しかし、いまならどうだろう？

いずれにしたって、翌日か翌々日になったら、誰かが捕まえにくるかもしれないのだ！　いまさら失うものなど何もない！

「今夜なら、やれるだろう」彼はそう見こんだ。

するとあまりに没頭して考えたので、心の声が外に漏れていたのではないかと心配になった。

「クペルス！……」誰かが呼んでいる。

きわどいショットの判定を頼んできたのだ。球突き台の下には、ストーブの桶がいくつも置いてあったが、熱くなった灰で一杯になっているために、きちんと薪に火がおこっていなかった。

「ケースの主張では、相手が……」

彼はゲームを見ていなかった。良識に背をむけて、自分の思うがまま問題に決着をつける歓びを味わった。ケースがシュッテルの友人であっただけになおさら！

「ケースは間違っているよ……私はアムステルダムにしょっちゅう行っているけど、向こうじゃこういうショットはお話にもならないだろうね！」

ケースは過ちを犯した、つまり選手権大会で三つランクを落としたということだ。

初めての勝利だった！

「おやすみ……妻が家で心配しているにちがいない……」とはっきり口に出して言うことができた。

あまりに強い呪いをかけられたので、そこにいた人全員が今日は水曜だと信じつづけ、本当に妻が彼を待っているにちがいないと思いこんだ……。

外に出て跳ね橋を渡ると、クペルス医師はもうネールのことしか考えていなかった。彼女はネグリジェ姿で、肩に褐色のコートを引っかけたまま、裸足で扉を開けにくるだろう。おそらくそうだ！

第二章

クペルスにも船上で目覚めることがあった。とりわけ、スピッツベルゲン〔北極圏にあるノルウェーの島〕へ周遊旅行に行ったときがそうだ。初旅のとき、彼は目を開いたとたんに非日常の感覚を味わい、自分はいま海上にいるんだとか、北極海行きの大型客船に乗っているんだとかいう感慨をうんざりするほど噛みしめたものだった。

　今回の冒険の場合はどうだろう？　時刻はいま七時のはずだった。というのも夜が明けはじめたからで、じっさい失業者たちが歩道の雪を掻き出す音が聞こえていた。クペルスはまだ目が覚めきらなかった――覚めていたとしても、ここが馴染みの単色画《グリザイユ》のような部屋、つまり自分の寝室だとやっとわかる程度にすぎない。

　すぐそばで、寝息が聞こえていた。誰かが眠っていたのだが、それはアリス・クペルスではなく、女中のネールだった！　ネールの熱をもった脚が、こちらの脚に触れていた！

　いったい、どういう世界に来てしまったのだろう？　いまやクペルスは、毎日でも毎晩でも、ネールをそばに置いておけるようになっていた。あるいは、そのつどネールに似た別の女に取り替えたっていい……。

　彼女はこれからどうするのだろう、と彼は思った。この機会に乗じて朝寝坊を満喫するのか？　それとも、普段どおりの行動に出るのだろうか？

　呼吸のリズムが変わった。彼女はため息を一つ吐き、片腕を伸ばすと、もぞもぞと動いて毛布のなかへさらに潜りこもうとしているらしい。しかしすぐに片脚がはみ出て、もう片方も外に滑り出てしまった。

　いつもの朝と同じ仕草にちがいなく、屋根裏部屋で目覚めるときとまったく変わらなかったはずだ。寝起きの悪さが見てとれ、じじつ目はどんよりとして、髪は寝癖でだらしなかった。彼女はクペルスのほうを見たが、眠っているふりをされたので、そのままベッドの縁に腰かけ、ストッキングとゴム製のベルトを順ぐりにつけはじめた。

顔も洗わずに、出ていってしまった。台所から煙草に火をつける音、そしてコーヒーを用意する音が聞こえてくる。アリス・クペルスはといえば、きれいさっぱりこの世にいない！　シュッテルもまた、この世にいない！

ネールは彼らの関係を知っていたのだろうか？　前の晩おそくに帰宅したとき、クペルスはそれとなく探ってみたのだ。自分がこんなに上手く芝居ができることに驚きながら。

「家内をもう寝ているのかな？」

というのも、妻がベッドにいると信じていなければならなかったから！

「奥さまは家におりません」女中はそう答えたのだった。

「どうして、家にいない？」

「レーワルデンから電報を受けとられたんだと思います……おばさまが重いご病気だとかで……」

「いつ戻ってくるって？」

「奥さまがおっしゃるには、帰りは明日になるはずだと……」

これでやっと、妻が帰ってこないことを知ったていになる！するとネールは、彼の顔を見ただけで、これから起こることを察したらしい！　その証拠に、ささやくようにこう言ってきたから――

「寝にもどってもよろしいでしょうか？」

「その前にまず、私の部屋にお茶を一杯持ってきてくれ……」

三年前に彼女が家に来てから、二人きりになるたび欲望のざわめきを感じていたというのに、一度も体に触れてみようとはしなかったのだ！　この女は堅いか無知かのどっちかだ、彼にはそんな確信があった！

「すぐに下がらないでくれよ……」彼女がナイトテーブルにお茶を置いたとき、クペルスは懇願した。「もっとこっちへおいで……怖がらなくていいんだよ……」

「まぁ！　別に怖くはありませんわ……」

怖くないだと！　ということは、これが初めてではないということか！　彼はいらだっていたものの、それは彼女のせいというだけでなく、すべてのことが原因していた。言いかえれば恋にのぼせあがっていたわけだが、対するネールはといえば、途方もない意外な一言を隠しもっていた――

「あなたがこんなにも情熱的になれるなんて！」

＊

ついに扉が開かれた。ネールは朝食の載ったお盆をナイトテーブルの上に置き、カーテンを引きにいったが、そのとき木の黒い枝が雪空に広がっているのに気づいた。彼女には折り目正しく身づくろいする時間があったらしい。髪は櫛でとかされ、エプロンは染み一つなく、ピンク色した腕からは石鹸の残り香が漂っていた。


クペルス医師には、彼女が美人かどうか判断できなかったにちがいない。膨らんだ頬は農家の娘そのものだったし、顔立ちもあまりぱっとしなかった。体つきに気どったところはまったくなさそうだったが、あまりに肉が豊満でがっしりしていたので、またしても彼は欲望のまなざしで見ていた。

「いま何時だい、ネール？」

「八時です、旦那さま」

彼女はいつもどおり正確に答え、それが彼を安心させた。

「凍るかな？」

「いいえ、でも雪が降りそうですわ。旦那さまはどの背広をお召しになります？」

「黒だな……ところで、ネールさん」

彼女に話しかける口調が親密になったり、他人行儀になったりした。

「旦那さま？」

「私のベッドで寝ても、あなたは何ともないんですか？」

「旦那さま、なぜそんなことを？」

「私の前に、愛人がたくさんいたんですか？　私の話を聞きなさい、ネール……私はね、いつ初体験したのかを知りたいんだよ、いったい何歳のときに……」

「十五歳です、アムステルダムで子守の女中をしていたときに……」

「その後は？」

「その後は……」

彼女は答えながら、たいしたことじゃないとばかりに手を振ってみせた。

彼は髭を剃り、服を着替えた。あいかわらず頭のなかでは、ネールのことが数ある心配事と混ざりあっていた。いつもより入念に鏡を見つめていると、そこに映る自分が少しむくんでいるように思った。よくあることだ。日によっては肉がことさら弛んでいることもあったし、そうなったらそうなったで、気にせずにはいられなくなるのだった。

さて、次は何が起こるのだろう？　彼は窓の下の運河を覗きこみ、裸になった木々を眺めていた。そのとき玄関のベルが鳴った。後につづくさまざまな物音から、待合室に最初の患者が通されたのがわかった。

何はともあれ、妻の不在にひきつづき驚いていなければならなかったし、一両日中には、その不在を警察に知らせなければならない。お安い御用だった、というのも、そういったことはすでにネール相手に経験済みだったから。以前の彼は嘘をつくことができなかったが、いまでは役を演じることに非常な心地よさを感じていた。

いったい誰が彼の正体を暴けたというのか？　誰にも見られてはいなかった。彼が走行中の列車から飛び降りたなどと、どうして想像できよう？

彼は自室から出て、客間にたどり着いた。思わず笑みをこぼしそうになった、というのも、かつてこの客間をめぐって一悶着あったからだ。一年ちょっと前、アリス・クペルスはこの客間があまりモダンじゃないと騒いでいた。彼女はアムステルダムやハーグからカタログを取り寄せていた。夫はなかなか首を縦に振らなかったのだが、それは無駄な出費だったからという理由だけでなく、古い客間とはいえまだまだ見栄えがしていたからである。

そして、彼は決心した。

「君の思いどおりの客間にしたらいいよ……」

ところが、その三日後、匿名の手紙を受けとることになったのだ！　ちょうど妻が壁紙やら、テーブルクロスやら、モケットやらの見本の束を日数かけて調べているさなかに……。

診療室に入り、待合室の扉を開けると、すでに五人の患者が待っていた。まもなく、二十人ほどになるだろう。なぜなら、彼は一フローリン〔オランダの旧通貨単位、ギルダー〕の格安診療をしていたからだ。彼は白衣を羽織っていた。いつものように、堂々と冷静なたたずまいだった。文字どおり、彼には自分の姿が見えていた。その姿に満足していた。

女が顔じゅう瘡蓋《かさぶた》だらけの男の子を連れて入ってくると、彼はメモ用紙を手にとり、軟膏の処方箋を書きはじめた。すると彼は突然青ざめ、またしても胸に締めつけられるような不安を感じた。

何者かが知っていた！　そいつはすべてお見通しだった、あのことを除いて！　何者かが知っていたのだ、あるいは、いずれにせよ知ることになるのだろう！　些細なこととはいえ、どうしてあのことがそいつの目を免れえたといえるだろう？

一番恐ろしいのは、その男（あるいは女！）の素性がわからないということだ！　そいつが匿名の手紙を書いた張本人だというのに！

二重殺人の事実を知ったら、そいつはすべてを理解することだろう。

いったい誰なんだ？　「オンデル・デ・リンデン」の仲間うちの一人か？　ネールでないとどうしていえる？　ネールはすべてを知っていたのではないか？

その可能性をいままでよく考えみたことがあっただろうか？　まぎれもなくネールはすべてを知っていたのだ、なぜなら、医師がアムステルダムに行くたびに、アリス・クペルスが出かけていくのを見ていたからだ！　しかも彼女は一度だって口を割らなかった！

アリスが口止め料を払っていたにちがいない……。

彼にはもう軟膏の処方をどう書いたらいいのかさえわからなかった。しばらく、目の前にいる瘡蓋だらけの子供は何をしているのだろうと考えていた。ようやくため息をついた彼は、処方を書き、次の患者のために扉を開け、肋間神経痛を患う老人をなかに通した。

もし匿名の手紙を書いたのがネールだとしたら？……

彼はミスを犯さなかった——午前中は二十二人の患者を診て、十一時に診療を中断すると、いつものように、一杯のお茶とひときれのパンを摂りにいった。

昼食を出された食堂には、艶出しワックスの匂いがたちこめていた。床掃除の日だったからだ。欲求に駆られた彼は、台所に行って女中のまわりをうろついてみたくなった。

「何かご入用でしょうか？」彼女が訊いてきた。

最も解せないのは、いまだに彼が彼女を欲していたということだ。彼は率直にこう尋ねた——

「家内はまだ帰っていないのかい？」

「はい……私も驚いているんですが……」

五時までこの調子でつづけなければならない、というのも、五時になれば、カフェに行けるだろうから。そこで仲間たちに会ったら、おそらくシュッテルの話題が出ることだろう。

彼はひとり昼食をとった。鏡に映るネールをじっと観察していた。

「あの夜は、よかったかい？」

「なぜそんなことお訊きになるんです？」

「つづきをしたい？」

「おわかりでしょう、じきに奥さまがお帰りになることを……私、思うんですけど、もし奥さまに知られでもしたら……」

結局のところ、刑務所に入ったらどういうことになるのだろう？　クペルスはアントワーヌ・フローフェンという判事をよく知っていた。彼もまたビリヤードのプレイヤーだったが、近眼のために下手くそだった。裁判になれば彼がテーブルの片側に陣どり、反対側にクペルスと弁護士が座ることになるのだろう。判事はいつもどおり「ハンス」と呼びかけてくれるだろうか？

クペルスは鞄を手にとり、毛皮つきのコートを羽織って、町へ往診に出かけた。大運河では、数十艘の船がたがいにくっつきながらもつれあい、重油のエンジンをいっせいに回して小刻みに揺れている。じっさい家畜市が催され、獣がつぎつぎと陸揚げされていたのだが、それらは町へと集まる運河を経由して、地方から連れてこられたものだった。

クペルスは市庁舎の広場を通らなければならなかった。シュッテルの家をちらっと見やった――この町で奴だけが、縞模様のジレを着た従者を寝室にはべらせ、真っ白な燕尾服と手袋をまとった召使頭にかしづかれていたのだ！

クペルスはといえば、ネールと週に二日来る家政婦だけで甘んじていた。

匿名の手紙を書いたのがあの家政婦だとしたら？　彼はあの女を注意して見たことがなかった。よく知らなかったといってもいい。彼からみれば、かなり醜い、小柄で、善良な女、ペチコートを山のように重ね着して、髪はいつも無造作に乱れて……。

……猩紅熱を患った女……別のところには、出産をひかえた女……生まれてくるのは明日だろうか、それとも夜のうちに？……彼は十二月に入ってから、出産の立会いのためにきっかり二十六回も叩き起こされていたのだ！

＊

ようやく五時になって、カフェに入ったとき、彼はわけもなく疲れはてていた。これほど診察と往診が多い日はなかったからだ。ただし、心のうちでは歯車のようなものがあまりに忙しなく回りつづけていた。

彼は鞄をいつもの隅に置いた。イェフ爺がコートを脱がしてくれた。そこにいたペイペカンプ、ファン・マルデレン、ロースと握手してまわった。

「今年の冬はスケートに行けそうにないな」と弁護士のファン・マルデレンが言った。「一晩だけ凍って、すぐに溶けてしまうよ……」

静謐な室内には柱時計があり、クペルスの目にはいつもそれが印象深く映っていた。それはとても高いところにあった。文字盤は平凡な色褪せた代物で、ローマ数字が刻まれている。しかし巨大な銅製の振り子がぶら下がっており、つねにきらきらと光を反射しながら揺れていたので、見つめていると、そこだけ秒がずっと長く感じられるのだった。

もっとも、弁護士の話には一理あった。陽気が生暖かったのだ。市庁舎の広場には、小ぶりの石畳が不揃いに敷かれており、あいかわらず人気《ひとけ》がなく、美術館で見られる風景画にあるように、二、三の人影が散らばっているにすぎなかった。市庁舎の小塔が見え、そこには金色の鐘楼があちこちに建てられていた。

そしてイエフがどこよりも滑らかな寄木張りの床を音もなく歩いていた。くすんだ色のテーブルは磨きがかけられていた。グラスには小さな厚紙製のコースターが敷かれている。すべてがきらめいていた。あらゆるものが至福の静けさのなかで息づいており、店の主人のロースでさえそうだった。客がいないとき、彼は四角いストーブのそばに腰かけ、眼鏡越しに何時間も『テレグラーフ』紙を読みふけるのがつねだった。

一つのテーブルに三、四人がつどって、会話もないままくつろぐことができたのだ。口にされるのはほんの一言だけだった。皆、煙草を吸っていた。ファン・マルデレンのように、棚に自分用のパイプを立てかけていたり、カウンターの後ろに自分用の刻み煙草入れを置いてある者もいた。しかしあたりを席巻していたのは何といっても葉巻の匂いで、ジュネヴァの匂いと混ざりあっていた。

「シュッテルは来てないのかい？」

口火を切ったのはクペルスだった。パイプに火をつけながらそう切り出すと、雲母でできたボウル〔断熱材がつかわれたパイプの受け皿〕越しに火を見つめつづけた。大きな球突き台の上のランプはすでに灯されており、試合に使われるその台の脚には、見事な彫刻がほどこされていた。

「昨日から見てないな……」

するとロースはストーブの火を掻きたてはじめ、慌てることなく、絶えず煙草を小刻みに吹かしながら、その作業をつづけた。

「妙なことといったら、さっきあの家の召使頭が来て、主人の消息を知らないかって俺に訊いてきたんだよな……」

ファン・マルデレンが目配せしてきた。彼は仲間うちでも面白い話を一番よく知っている人間だった。その手の話を物語るときの悲痛な調子は、彼の人となりと一致していた。というのも彼は痩せぎすで影が薄く、しかもわざとプロテスタントの牧師ような格好をしていたからだ。

「また女か……」彼はため息まじりに言った。「それに比べたら、僕なんか平穏なものさ。ファン・マルデレン夫人はあまりに醜女だから、僕が浮気される心配はまずないだろうからね……」

たしかにそうだ！　彼自身そのことを喜ばしく思っていたのだ！

「誰が私のお相手をしてくれるのかな？」クペルスは持ちかけた。

「いくら賭ける？」

「一フローリン……」

ファン・マルデレンが名乗りをあげると、二人ともに上着を脱ぎ、シャツの袖をゴム紐で留めた。それぞれ自分のキューを持っており、南京錠のついた棚に保管してあった。

「二〇〇点先取で！」

試合の途中、仲間が二、三人入ってきた。そこには隣家に住む煙草の卸売業者もいて、皆と握手を交わしながら、嬉々としてそれぞれの手のなかに葉巻を滑りこませていた。

「こいつを味わってみてくれよ……」

クペルスは勝っていた。まず立てつづけに六〇点……大きな鏡があるので、そこに映る自分のプレーを見ていた。仕草一つするにも、自分の姿を見ないではいられなかったのだ。シュッテルを殺していたというのに！　それに比べたら、妻のことはさほど気にならなかった。そこまでたいしたことじゃないといってもいい。何といっても、彼自身の人生にしか影響のないことだ！

かたやシュッテルのほうは！……点が数えられているにもかかわらず、まさにクペルスのまわりでは噂が飛び交っていた。

「市長が言うには、彼は選挙に出馬するつもりらしい、半年後の選挙に……」

「名簿の順位は？」

「上位だよ、もちろん！」

じっさいシュッテルは、皆をいらだたせるためなのか、それとも単なる俗物根性なのか、本音では白い手袋の召使頭にかしづかれたいと思っているにもかかわらず、革新的な意見をもつふりをしていたのだ。

何事にまれそういった調子なのだ！

「口の軽い男だ……」球突き台に身をかがめながらクペルスは言い放った。

心のなかではこう思った――

「口の軽い男だった！」

「きわめて頭のいい男だよ……したいことを全部やってのけるんだから……計画したことはすべて成功させている……出馬したら、当選するだろうね……」

「いや当選しないだろう、賭けてもいい！」

あいかわらずそう言うのはクペルスだった。彼はふたたび手球をキープしつづけ、同時に点数も計算していた。

「じゅうぶん可能性があると思うな……いまの議員はもう六十五歳にもなるし……」

「で、シュッテルは？　結局いくつなんだ？」

「奴は私と同い年さ……」

またしてもクペルス！　喋りながら、自分の顔つきを調べるためにちらちら鏡を見ていた。

完璧だ！　絶好調！　朝のむくみもすでになくなってい

る。唇の端に微笑のけはいのようなものが浮かんでいたが、あまりにも漠としているために、彼自身にしかわからないほどだった。

「四十四？」

「四十六だよ……」

「若く見えるな……たしかに、身だしなみに気をつかってるだけのことはある……」

「中学《コレージュ》にいた頃から」言葉を区切るようにクペルスは言った。「奴は爪を磨いたり、毎日水浴びをしたりしていたんだ……さぁ、これで二〇〇点！　彼はすでに勝利していた。ファン・マルデレンが財布からコインを取り出してきた。

ローリン銀貨をせしめたのだ。守銭奴の仕草をまねながら、ファン・マルデレンが財布からコインを取り出してきた。

「何か理由をでっちあげないとまずいことになるなぁ、こんなに高い出費を妻に説明するのに……」弁護士はため息をもらした。

彼は嬉々として芝居を演じていた。皆も知ってのとおり、夫人は夫に文句を言おうはずもなかった。

「うちのはどうしていることやら」とついにクペルスが思い切って言った。「女中が言うには、レーワルデンのおばから電報をもらって、そこへ出かけていったらしいんだがね……」

するとファン・マルデレンが応える――

「君はついてるなぁ！」

こいつが匿名の手紙を書くこともできたはずだ！　クペルスはあの手紙を取っておけばよかったと悔やんだ。びりびりに引き裂いて細かくちぎり、燃やしてしまったのだ。どんな筆跡だったかも、もはや思い出せない。そうだ、ファン・マルデレンならやりかねない、自分ひとりの楽しみのために。だとしたら、おくびにも出さないだろう。優越感だけで充分なのだろうし、おそらく、さっきのような曖昧な一言を放つだけで満足するにちがいない――

「君はついてるなぁ！」

扉が開き、男たち全員がひそかに互いの顔を見あった。入ってきたのが若い女だったからだ。女は明かりのまわりにたなびく煙をものともせず、そのまま店の奥へと座りにいき、リキュールを注文した。

「お食事はできます？」彼女は尋ねた。

イェフは「はい」と答えたが、しぶしぶといった風情だ。若い女は金髪で、しかも人の手で染めたブロンド、スネークのどんな女もまとったことがないような服を着ていた。唇にはルージュを引いている。靴の踵があまりに高かったので、どうしてそれで歩けるのか不思議に思うほどだった。挙げ句の果てに、バッグから金のジッポを取り出し、煙草に火をつけるしまつだった。

アムステルダムからやってきたというのは、明らかだった。楽しげな目つきで、少しも嫌がることなく、店内を見渡している――一部の男たち、正確にいうならスネーク在住の真のブルジョワ男性のためだけに作られたこのカフェを。

「ちょっといいかしら、ギャルソン……」

イェフがおしぼりを手にしながら、すっ飛んでいった。

「シュッテル伯爵がどこにお住まいかご存知？」

「伯爵ですか？」イェフは口ごもった。「コルネリウス・デ・シュッテルさんのことでしょうか？」

「それが彼の氏名だわ、そう、その人のことよ」

皆が耳をそばだてていた。ストーブの唸るような音だけが聞こえていた。

「あの方はここから一〇〇メートルほどのところに住んでおります、市庁舎の隣の、広場のあたりに」

「彼に電話をかけられるかしら？」

「そのほうが行かれるより早うございますね」

「あなたにそれを頼んでるんじゃないのよ。彼の家に電話があるかどうか訊いているの……」

「もちろんですとも……番号は一三三……」

「電話室はどちら？」

「お手洗いの左手になります……」

彼女は立ちあがり、煙草の灰を落として、男たちの探るような視線を気にもかけずに店内を横切っていった。やがて電話室の扉が閉められたが、それでもかすかにベルの音、ダイヤルを回す音、不明瞭な言葉のきれぎれが漏れ聞こえた。

皆たがいの顔を見あっていた。ファン・マルデレンがイェフに追加の注文をとりにまわるよう合図を送った。

「もう一人女をおかわりってか！」ロースがため息をついた。

するとファン・マルデレンが小声でささやく——

「おそらく彼は女が追いまわしにくるのをわかっていたんだろう、だから慎重にも家を空けることにしたのさ……」

若い女が外に出てきて、ふたたびイェフに声をかけた。

「泊まれる部屋はあります？」

「いいえ、マダム。ここは、宿屋ではないんです。ですが、『駅前ホテル《オテル・ド・ラ・ガール》』に部屋をおとりすることはできます……とてもいいところですよ……水道もありますし……」

「もう一杯、チェリー・ブランデーをくださいな……」

彼女は気ぜわしげだった。三人の若い男がビリヤードをしに入ってきたが、連れだったグループではなかった。皆労働者で、そのうちの年長者はまだ二十五歳にもなっておらず、つねに喋ったり笑ったりしていなければならないと感じているような輩たちだった。

「ギャルソン！……」

「はい、マダム……」

「シュッテル伯爵はここによく来られて？」

「毎日です、マダム」

「旅行に出かけたという話を誰か聞いてない？」

「聞いておりません、マダム」

ロースが立ちあがった。主人みずから答えねばと判断したらしい。

「昨日も三時に来られたんですがね……」と彼は言った。「今日はお見えにならないんで、私も非常に驚いているんです。あの方の召使頭がついさっき私のところに電話してきまして、心配している旨伝えてきたんですが……」

クペルスは放心していた。靴の先がストーブに触れている。卸売業者がくれた葉巻にはすでに火をつけてあった。あのいかれた女をよく見ようと目を細めた。

こちらの気をそそるような女ではない、まずそのことを確認した。しかし美人ではあった。妙な話じゃないか？　そのくせ服装が野暮ったく、髪もぼさぼさで、体つきのいかついネールを見ると頬が火照ってきたというのだから。彼はいまなおネールのことを思っていた。その件で、ある問題が持ちあがってもいた。

　今夜、彼女をベッドに誘いこむ勇気があるだろうか？　事は見かけほど簡単ではない！　つまるところ、彼はいまなお妻を待ちわびる夫と見なされていたからだ。待つそぶりをしなければならないし、心配もしなければならない。おそらく、少し時間を置いてから行動に出ることになるのだろうか？

「イェフ！　電話帳を見て、レーワルデンにコステンス夫人の番号があるかどうか調べてくれ」

　コステンス夫人というのは、例の病気のおばのことだ。筋道からして、彼女に電話しておく必要があった。

　彼はこのおばに二回しか会っていない。かなり下品な太りじしの女で、魚屋を営んでおり、そのことが理由でアリスは話題にするのも嫌がっていた。

　ところで、魚屋なら電話があるとみて間違いない！　イェフが分厚い本のページを必死にたぐっている。葉巻を引き寄せたクペルスは、妻のことを思いながらも、金髪の外国女から目を離さなかった。

　彼女たちには繋がりがあったのだ――シュッテルという繋がりが！　何を血迷ってあの男はアリス・クペルスに白羽の矢を立てたのだろう？　彼女を刺激的だと思ったのだろうか？

　とりわけ彼女にかんしていうなら、どうして不倫などという大それたことに乗り出せたのだろう？　よくよく考えてもみれば、まったく理解できないことだ。そういった馬鹿げたことをする女のまさに対極なのに！

　彼女は飴《ボンボン》みたいな女だった。体から砂糖の甘い匂いをさせていた。じっさいお菓子ばかり食べていたし、肌の色はマスパン〔砕いたアーモンド、砂糖、卵の白身でつくられるお菓子〕のようにピンク色だった。一週間ものあいだ、見本のカタログをさんざんもてあそんだあげく、結局は小さなテーブルクロス一枚しか買わないような女だった！

しかも彼女は特定のメーカーのチョコレートばかり食べていた。というのも、箱ごとにおまけのイラストカードが入っていたからで、イラストといっても世界中のありとあらゆる花を描いた俗悪な絵にすぎなかったのだが、彼女はわざわざアルバムに貼って収集していたのだ。

「たしかに魚屋なんですね？」イェフが尋ねてくる。「その方をお呼び出しすればいいんですね？」

「そうだ！」

若者たちがあまりに騒がしかった。ファン・マルデレンは芝居っぽくため息をつきながら、外国女を眺めていた。

「独り身ってのは、きっとすばらしいんだろうな……僕は、いままでそういう境遇にあったことがないから……」

「だけど結婚前は……」

「失礼！　結婚前は母親と一緒だったんだ。母親は聖女のような人でね、将来の結婚相手のために僕を純潔のままでいさせようと骨折ってくれたのさ……」

「その試みは成功したのかい？」

「八割がた成功かな……」

「コステンス夫人が電話にお出になりました！」

ほどなくして、クペルスは電話口でこう言っていた――

「おばさんですか？　具合はよくなりましたか？　え、なんですって？　妻がそちらには行ってないですって？」

要するに一人芝居を演じていた。防音のための厚い生地が貼られた電話室には、彼一人しかいなかったからだ。驚くまねや、心配するまねまでしていた。外に出たとき、彼の目は大きく見ひらかれていた。

「我が友人たちよ……イェフ！　ジェネヴァをもう一杯くれ……」

「どうしたんだ？」

「友人たちよ……私の身に大変なことが……」

彼は声をひそめた。

「妻はレーワルデンに行ったはずなんだが……いないというんだよ……」

彼はジェネヴァを一息に飲みほし、鏡のなかの自分を見た。

「おそらく、女中が言伝《ことづて》を聞きまちがえたんだろう……」

ロースが助け舟を出してきた。「別のおばなんじゃないか……」

「おばは他にもういない！」

ファン・マルデレンは芝居っぽく靴のつま先を見つめていた。

「ちょっと失礼……ひとりになって、よく考えてみないと……」

外に出ると、クペルスは目を本当に泳がせ、その顔つきを広場の角に行くまで崩さなかった。そして突然、無表情になった。

どんな表情をすればよかったのだろう？　もはや彼にはわからなかった。それでもやるべきことはやった。さぁ、これからどうすれば？　警察に行くにはまだ早すぎるだろう。家に帰って、ネールに会いにいこう……。

彼はまた食堂に戻った。食卓の上には、ピンクの絹でできた幅の広いシェードランプがかかっていて、そのせいであたりはピンク一色だった。それはそれは、心地よいムードだった。

「家内はまだ帰ってないのかい？」

「えぇ、旦那さま」

「電話はなかったのか？」

「ただ一件、メーウス家から旦那さまにできるだけ早く拙宅に寄ってほしいというご依頼があっただけです。病人の容体が悪くなる一方だそうで……」

「ネール……」

「はい」

「私の目を見なさい、ネール！……家内はおばの家には行っていない……お前は知っていたんじゃないのかね？」

「はい、旦那さま」

あっけらかんと！　そして言われたとおり、主人の目を見つめた。

「どこへ行ったんだ？」

「知りません、旦那さま。教えてくださいませんでした」

「思いあたるふしはないのか？」

「ありません、旦那さま」

「こっちへ来い」

彼は食事をしていた。彼女は白いエプロンをつけていた。

男は女の腰に手をまわした。

「ちょっとは私のことが好きなんだろ、ネール？」

「どういう意味です？」

「よかったんだろ、こないだの夜が？」

「愚問です！」

「つづきをしたい？」

「もし奥さまが帰ってこられたら？」

「家内だって同じようなことをしてるんじゃないのかい？ だろ？ 答えられるだろう、いまとなったら……」

「もちろんです！」

「知ってたんだな？」

「もちろんです！」

「お前はどう思ってたんだ？」


「残念に思ってました、欲しいものを全部手に入れた女性があんなことするなんて……」

彼女の視線はおのずと使い心地のよい家具や、整えられた食卓のほうに向けられた。

「いいから話をつづけろ」

「あんなことしなくてもよかったのにって……」

「あんなことって何だ？」

「旦那さまを裏切ることです……」

「ここに座れ」

「私が？」

「そうだ、お前だ！ 私と一緒に食え……」

「そんなことなさらないほうが！」

「どうして？」

「あってはならないことですから」

「私のベッドで寝たじゃないか！」

「それとこれとは違います……それに、まだ台所仕事が残っているんです……せめても、恨みに思わないでいただけますか？」

一度だけ、彼は鏡に映る自分を見た。暑かった。怖くもあった。何に対して怖がっているのか、自分でもはっきりしなかったからだ。刑務所さえ怖くはないというのに。いや、怖いんじゃない！　ぼんやりした恐怖、時おり胸を締めあげてくるあの不安に似たものだ。

彼はさっさと、食欲もないまま料理を平らげ、台所の扉を開けた。

「まだ終わらないのかい？」

「皿洗いが残っていて……」

「そんなの明日やればいいじゃないか……来なさい……」

どうしても必要だった！　ひとりにならないということが！

「もし奥さまがお帰りになったら、どうなさるんです？」

「家内は帰ってこない、さぁ！」

しかたない！　言うべきではなかったが、わざと言ってみたのだ。

「来なさい、私の太っちょ娘……」

あぁ！　たしかに、ここはスピッツベルゲン行きの船よりもひどい！　家全体が、暗い部屋をいくつも抱えたまま、ナイトテーブルに明かりを一つだけ灯して、未知の支離滅裂な世界へと漕ぎ出していた。そこに浮かびあがってきたのはネールのピンク色の下着で、前かがみの彼女は、顔に髪がかかったまま、ストッキングを脱ごうとしていた。

ネールの口は、アリス・クペルスと同じく、チョコレートの味がした！　花のイラストがおまけについたあのチョコレートだ！

周囲からとても毅然としていると思われたので、彼は物笑いの種にならずにすんだ。しかし、わざわざ芝居したりはしなかった。ただ淡々と、やるべきことをこなしていた。

かくして、彼は警察署長に会いにいった。警察署長はずっと昔から知りあいの痩せた大男で、いつもジャケットを羽織っていた。生来の陰気なたちだった。クペルスはといえば、果たすべき大事な用があったので、陽気に振舞ってはならなかった。

「どうぞおかけください。お元気ですか？」

「まぁなんとか」

「奥さまもご一緒で？」

「まさにそのことです！　それがわからないんですよ……じつは妻が二日前から行方不明でして、今日はそのことをお知らせするために参ったのです」

彼はさもそれが苦役であるかのように、物憂げな様子で言った。まさにこの物憂さが、途方もない悲痛を慎み深く押し隠していることの表れと取り違えられたのだ。

「これは妙ですね……」警察署長はそうつぶやきながら、炭《た》団《どん》が炉格子の上で真っ赤になっていくのを眺めていた。

「妻が消えてしまったことが、ですか？」

「ちょうど同じ時期にもう一件行方不明の通報を受けていることが、です。そちらはあなたのご友人の一人である、弁護士のシュッテルの件なのですが……」

クペルスは肩をすくめたが、まるでそちらとこちらは何の関係もないといわんばかりだった。警察署長まで登りつめたような人が深入りしてきて、同情の目で見てきたり、まるで患者にするように戸口まで見送りにきたり、執拗に手を握ってきたりしても、それを見ている側としては愉快とも思わなかった。

「全力を尽くすことをお約束します……希望をもたなきゃ駄目ですよ、単なる家出かもしれないし、誤解の可能性だってあるわけでしょう？……」

クペルスはかすかに微笑んで謝意を示した。外に出ると、ショーウィンドウの前で立ちどまり（薬局の店頭だったが、偶然にも、そこには巨大な黄色の薬瓶しか見るべきものがなかった）、ガラスに映る自分を見つめたが、本物の寡夫のような顔をしているので驚いてしまった。

＊

五時になったが、「オンデル・デ・リンデン」に顔を出さないでおくこともできたろう。が、彼はむしろ顔を出す必要があると判断した。店に着くと、手持ちの鞄をなじみの隅っこに置き、毛皮つきコートをイェフの腕のなかに滑りこませ、皆のほうを振り向いてこうつぶやいた――

「今度こそ、凍るぞ！」

朝から、凍るほど冷えこんでいたのだ。スネークの町をきっちり長方形に切りとったような運河の水面には、すでに氷が張っていた。このように凍ることに神の摂理がはたらいているどうか、いったい誰にわかるというのだろう？　誰にもわかるまい！　だからこそクペルスはそこにいたファン・マルデレン、ロース、他二人と握手を交わしながら、こう繰り返したのだ――

「かちかちに凍るぞ！」

彼は前日の小柄な金髪女がいるのに気づいた。同じ席につき、険しい目つきでこちらを睨んでくる。彼女と会うのはすでに二度目だったから、彼はよかれと思い、そちらに向かって軽く会釈をした。

「さて？」とファン・マルデレンが切り出した。まるで「哀れな友よ！」といったような口調で。

クペルスはため息だけで済ませた――

「あぁ……」

そして脚を火のほうに広げると、すかさずジェフがゴム製のオーバーシューズを脱がせてくれた。

「新聞で話題になっているよ」つかのまの沈黙ののち、ファン・マルデレンがささやいた。

「あぁ！　妻のことが話題になっているのかい？」

「違うよ！　シュッテルのことさ……『敏腕弁護士は何の痕跡も残さずに忽然と消えてしまった。しかし、急な出張が入っただけという望みも残されている……』」

クペルスは振り返った。背後にけはいがあり、気づけば小柄な金髪女が、心配そうなまなざしで、突っ立っていた。

「あなた、ご主人ですよね？」

「誰のです？」

ファン・マルデレンは顔をそむけた、というのも、真面目な面持ちを崩さないでいられるか心もとなかったからだ。自然に振舞っていたのはクペルスだけで、信じられないくらいに自然体だった。

「コルネリウスと駆け落ちした女のご主人」彼女ははっきりそう言った。

彼はまず葉巻に火をつけたが、そのあいだ顔つきはますます物々しく、毅然としていった。そして、まるで逆境に立ち向かうかのように、周囲を見まわした。

「あなたが仰ることが本当かどうか、私にはわかりません。多かれ少なかれ、我々はともに不幸に見舞われているのです。ですが、証拠が与えられていない以上、私には妻の貞節を疑うことは許されていないでしょう……」

ほとんど拍手喝采ものだった。唯一、見知らぬ女だけがいらだちを隠さなかった。遠方から来たエレガントな旅行者という前日の趣きは、もはやどこにもない。下品さが態度だけでなく、声にまでにじみ出ていた。

「それにしたって、心当たりはないんですか？　あなたも、彼がどこに行ったか見当つかないわけ？　あの人が戻ってこなかったら、私はどうしたらいいの？」

すると、そこにいた男たち全員を睨みつけた。まるで彼ら一人一人のせいで自分はこんな目に遭っているといわんばかりに。

「信じてください、私もまた遺憾に思っているんです……」

クペルスはため息まじりに答えた。

　彼はビリヤードをすることにしたが、それは周りから非常に好意的に受けとめられた。なぜなら、途轍もなく重い悩みから逃れたがっている男に見えたからである。実際の彼はといえば、ネールのことしか考えていなかった。

*

　後のことはすべて取るに足らなかった。クペルスは普段どおり診療し、往診にまわり、友人たちと一時間過ごし、「テレグラーフ」紙を読みながら食事をとった。寒暖計はいまや氷点下一〇度を示していた。彼はあの地に赴いて痕跡が残ってないか調べにいこうとさえ思わなかった。

　家の窓から、凍った運河と船乗りたちが見下ろせた。彼らは毎朝、船のまわりの氷柱を掻き落とすのが日課だった。子供たちは多彩な色の防寒帽をかぶり、襟巻きを巻いて、ゴム製の長靴を履いていた。石畳が硬くなっていたので、かなり遠くの通行人の足音まで聞こえてきた。

　だから何だというのだろう？　警視がやってきたが、彼もまた警察署長と同じくらい慇懃だった。クペルスはワインを一杯ふるまった。偶然にもブルゴーニュのボトルを暖炉の近くで室温にしてあったからだ。警視は手帳を開き、メモをとりはじめた。

　クペルス夫人はどういう服装だったか？……彼女が出ていったのは何時か？……着ていたコートは何色か？……

「ネールを呼びましょう」と医師は言った。

　聴取に答えたのはネールだったが、彼女は主人よりも動揺していた。その日、ネールは神経質になっていたのだ。給仕しているとき、彼女は皿を一枚割ってしまい、そのことがすでに悪い予兆だった。また、食事中にもかかわらず、クペルスが抱き寄せようとしてきたので、彼女は不機嫌にこう言ったのだった――

「真面目につとめてください！」

彼女が主人に三人称で話しかけることはだんだん稀になっていた。警視が去ってから、彼女は呼ばれもしないのに客間に入ってきて、農家の娘よろしく様子をこっそりうかがってきた。

「ちょっとお話ししてもよろしいでしょうか、旦那さま？」

「なんだい、ネール？」

「もっと早くにお話しすべきだったのですが……あなたのお部屋で夜を過ごすのはもうやめにしたほうがいいと思うんです。他のことは、たいしたことじゃありませんけど、しまいには私があなたのベッドで寝ていることはばれてしまうでしょう……私自身としましても、あんなことするのは嫌なんです……以上です！」

「どうして今日になってそんなこと言うんだい？」

「だって！　わかりません、私には……」

「なぜ昨日言わなかった？　あるいは一昨日《おととい》でもよかったんじゃないのか？」

彼女は肩をすくめて、投げやりにこう言った——

「本当にそれをお知りになりたいのですか？　私のほうでは、別にかまいませんけど……」

「だったら、話せ！」

「不満なのは私じゃなくて、カールなんです……あなたは無駄骨を折ったんですよ、いまとなっては！……カールは私の恋人なんです……」

「つまりそいつに会いにいくのが今日ってわけだな？」

また肩をすくめる。

「違います！」

「そいつは数日前からお前が私とつきあっていることを知ってるのか？」

「もちろんです！」

「だからお前はもうあんなことしたくないって……」

彼女はじりじりして、いまにも床を踏み鳴らしそうだった。

「そうじゃありません！　あなたは何もわかっていらっしゃらない。あなたが私をこの家から追い出しはしないってことは承知しています。だからこうやってお話しできるんです。もう五カ月も前からカールはここで寝泊まりしているんです……」

「ここって、この家にか？」

「私の部屋に……」

「どうやって気づかれずに出入りできるんだ？」

「私が……」

　彼女は赤面し、ためらい、やがてうつむいたまま身を乗り出してきた――

「私が鍵をつくらせたんです。彼は晩になってから、みんなが寝静まったときに入ってきて、朝早くにまた出ていくんです……」

「ここ最近もそうなのか？……」

　彼女は「そうだ」と合図をよこした。彼は啞然としていた。顔が青ざめていくのが自分でもわかり、気分が悪いので、ワインを一杯飲みほした。

「お前も一杯どうだ？」

「ありがとうございます。でも赤は好きじゃないんです」

「どういう男なんだ？」

「カールですか？　ドイツ人です、エムデン出身の……」

「仕事は何してるんだ？」

「何も……仕事先が見つかっていないんです……ただ宴会があると、周りの人たちからとびっきり……」

「頼むから、ひとりにしてくれないか？」

「今夜、私は空いておりますが？」

「うむ……というか、そのことはまた後で話そう……」

　彼は肘掛け椅子に腰かけ、火の前に陣どった。シェードランプはピンクの光で部屋を包んでいた。手入れと磨きの行き届いていない家具は一つもない。クリスタルのグラスが戸棚のなかできらめいていた。銅製品は豪華な輝きを放っている。葉巻のケースが、マントルピースの右手に積みあげられ、ブルゴーニュのボトルはまだ空ではなかった。

　クペルスはじっと座っていられなくなった。口を開けて何か叫んでみようとさえしたが、実際はしなかった。鏡のなかの自分と目が合ってしまったからだ。

想像もできないことだった！　彼の生活がまるごとひっくり返されてしまったのだ。前代未聞のことすぎて、彼はネールが嘘をついたのではないかと疑っていた。

五カ月前から、見知らぬ男が毎晩この家に寝泊まりしていたなんて！　しかも誰にも気づかれなかったとは！　我が物顔で、他人の家に出入りしていた！　平穏に暮らしていた！　おまけに、クペルスはといえば、つい最近まで、女中のブラウスに手をかける勇気さえなかったというのだから！

その男、つまりカールは、鍵を持っていた！　しかし一番異様で、ぞっとするのは、あの事件が起こってからもずっと、彼がネールの鉄製のベッドでひとり寝ていたということだ。かたや彼女はといえば……。

クペルスは彼女を呼んだ。召使を呼ぶときのように鈴で呼びつけた。客間と食堂のあいだの二重扉が開きっぱなしだったので、彼は二つの部屋を行ったり来たりしていた。

「お前を愛してるのか、その男は？」

「だと思います」彼女が言った。

「それで、そいつは妬《や》いてるのか？」

「わかりません」

「結局、そいつはお前が私と寝ていることを受け入れたんだな？　浮気されてることを受け入れるんだな？」

「同じにしないでください」

「何と同じじゃないんだ？」

「あなたとですよ！　カールは頭がいいから、それが必要なことだとわかっているんです……」

「出ていけ……もう行っていい……」

「それで今夜は？」

「今夜は、私と寝なさい、わかったね？　それは必要なことなんだ、お前の言うように！　だけどいまは出てけ、ちくしょうめ！」

彼はもうこれ以上耐えられなかった。もし彼が浮気されたら、カールと同じようには到底かまえていられなかったろう。いままさに、彼はネールに嫉妬しているのだ！　彼の苦しみの原因は、彼女が自分との関係を取るに足らないものとはっきり言ってきたことだった……。

その事実は彼を震えあがらせた。危険の匂いを嗅ぎとったが、それがどんな危険かまではわからない。自分を落ち着かせるため、外に出なければならなかった。運河沿いに、ほとんど人気のない河岸を歩きつづけた。

もしそいつが、カールという男が、匿名の手紙の差出人だとしたら？　おそらく、悪党にちがいない、じっさい働いておらず、住む家もないというのだから！　奴の望みは何だ？　究極の選択を迫ってくるわけでもなく、いったい何をもってぶっているのだろう？

クペルス医師は「オンデル・デ・リンデン」の前を通ったが、なかをちらっと見ただけで、入らなかった。球突き台が四台ふさがっていた。年一回行われるチャンピオンシップがついに決勝を迎えていたからだ。カウンターのそばには、金髪の若い女がファン・マルデレンと、窓に背を向けたもう一人の人物と一緒に座っていた。

「私のお茶！……」とクペルスは声を張りあげ、自室に引きあげた。

晩にお茶を飲む習慣はなかったのだが、最初の日にネールを誘い出すための口実につかったため、それ以来、しきたりにされていたのだ。

彼は部屋着に着替えた。しばらくすると、女中が上がってきて、医師から視線をそらしながらお盆をナイトテーブルの上に置いた。そして、陰気な目つきで、服を脱ぎはじめた。

「奴は上にいるのか？」クペルスは訊いた。

「はい」

「何か言ってたか？」

「何も！　何を言うんです？」

ネグリジェ姿のまま、彼女はベッドメイクをし、我先にシーツのなかに滑りこんだ。そして首の下で腕を組みながら、待ちうけた。

「終わった後に私がここで眠ろうがあっちで眠ろうが、それが何だっていうんです？」

彼は答えなかった。歯を磨いていた。

「お前らは嫉妬しないんだろう？」

彼は震えて、女を見た。むっつりとふてくされていたが、彼女は大抵の場合そういう様子だった。

「あいつを愛してるのか？」

「わかりません」

「どんな奴なんだ？」

「背が高くて、とても痩せていて、目がきらきらしていて……」

「奴がドイツで何をしてたか、知ってるのか？」

「いいえ。退屈していたとは聞きました。すごく教養がある人なんです……そのへんにいるような男じゃなかった……」

「どこで会ったんだ？」

「道で……私のことを何日もつけまわしてたんです、私が買い物してたときに……」

「いつ？」

「五カ月前ですよ、前にも言ったでしょ……」


もしそれが本当なら、奴が匿名の手紙を書いたのではないだろう。すでにクペルスはベッドに入っていた。ネールの体から熱気を感じてはいたものの、いつだって、彼女は無気力なままだった。

「ネール！」

「はい……」

「正直に答えてくれ……奴といるときもこんななのか？」

「何ですって？」

「冷たいし、感じてないようだし……」

「そうですよ」

それは本当だった。彼女は言いよどんでいなかった。口調が率直そのものだった。それに、わざわざ嘘をつくいわれもなかったろう。

「家内がまだここにいるときにカールの存在がばれてしまっていたら？」

「お暇をいただいていたでしょうね……」

「それで次の勤め先が見つからなかったら？」

彼女はため息をついた。そんなことはどうでもいいし、質問はどれもこれも無意味だといわんばかりに。

彼女は機嫌が悪かった。頑固に天井を見つづけていた。

「奴は日がな一日何してるんだ？」

「私が知ってるとでもいうんですか？」

「奴を食わせてやってるのはお前だろ、当然！」

「もちろんそうですよ！……あの人を養うには残飯以外にもけっこう入り用なんです……」

彼はそのことを深く考えすぎないようにした。というのも、妻を長らく、結局は最後まで、不思議がらせていたささやかな謎のことを思い出していたから——その謎とは、まさしく、食卓の残飯が消えてしまうということだった。いまようやく謎が解き明かされたのだ！　しかしもう手遅れだった。

「私のことをどう思っているんだい、ネール？」

「どう思ってほしいんです？」

「本当のところを言ってくれ。何を言ってもこちらが怒らないって承知してるんだろ……」

「ええ、承知してます……おかしいですよ……」

「何がおかしいんだ？」

「もう寝ませんか？」

「何がおかしいかって訊いてるんだ」

「あなたがですよ！　あなたのやること全部！　私をくどいたやり方から何から……とにかく、全部！　説明なんかできません……まだ何かしますか？　それとも寝ます？　私、明日朝七時に起きなきゃいけないので……」

すげなくこう言い返せたらどんなによかったろう——

「そういうことなら、寝なさい！」

しかし言えなかった！　彼にとってそれは必要なことになっていた……。

＊

彼は何時間も眠れぬまま、同じ家のなか、自分の頭上で寝ているあの男のことを考えて過ごした。

あいつをつまみ出せとネールに命ずる勇気もなかった。そんなことしたら、二人一緒に出ていってしまうだろう。その可能性さえおおいにあった。さらにいうなら、そもそも彼女の話が確かなことなのかどうか、知れたものではないのでは？

他方で、女中がカールと再会しにまた上に戻っていくのかと思うと、やりきれなかった。彼は彼女の寝息に耳を澄ませていた。広げられた腕の片方が、こちらの肩に触れていた。金髪女はひきつづきスネークで何をしているのだろう？　なぜ「オンデル・デ・リンデン」をうろつく必要があるのだろう？

いや、怖がってなどいない！　もう何も怖くはなかった。怖気《おじけ》がなくなったついでに、屋根裏部屋に上がってカールと話がしてみたい、奴がどんな男なのかこの目で見てみたいという気に一瞬なった。

そうしない理由があるだろうか？　ここまで来たからには……。

こうした夢うつつな夜のおかげで、翌朝、奇妙な結果がもたらされることになった。彼はいつものように弛んでいたのだが、心は軽くなっていたのだ。診察室に入って白衣に袖を通したとき、あれこれ考えてみてもしょうがないのではないかという心境になった。夢見心地で扉を開けると、そこには老人がいた。こちらが肋間神経痛だと信じこませて、長らく面倒を見ている患者だった。

「こんにちは、ドクター……具合がちっともよくならないんですよ……ゆうべは、夜中に三回も起きるはめになったし……横になっていると、息が苦しくなって……こうなったら解決法は一つしかありません——ベッドのそばで立ちっぱなしで寝るしか……」

「あなた、いまおいくつですか？」

「六十四です……もうすぐ五になりますが……この痛みさえなけりゃねぇ、これに罹《かか》ってもう二年になりますよ……」

老人は服を脱ぎだしていたが、かたやクペルスは、カルテや器具を片づけていて、それに気がついていなかった。ようやく振り向くと、胸を露わにした患者が目に入ってきた。痩せ衰えたその胸は、診療室のほのかな明かりのもとで、蒼白に見えた。

「もう着ていいですよ……」

「診ていただけないんですか？」

「二週間前に診ましたから」

「でも、あれからまた悪くなっているんです」

「そうでしょうな！」

「どういう意味です？」

不安が老人の声のなかにこみあげ、凍りついた。

「あなたは六十四年も生きてこられたんですよね？　皆が皆そんなに運がいいとはかぎりませんよ」

「つまり、どういうお考えで……？」

「これで終わりということです！……一カ月様子を見ましょう……早く服を着てください……」

彼はうんざりしていたのだ、死の恐怖からえんえん愚痴をこぼすこうした奴らにも！　とはいえ、彼自身もまた病人ではなかったか？　彼の診察は同病相憐れむといったものではなかったか？

しかしそれは以前の話だ。いまや、状況は一変していた。もう自分で自分を診察することもなかったし、心臓の動悸に耳を澄ますこともなかった。何でも食い、何でも飲み、毎晩不摂生に身をまかせていた。

老人が泣いている！　クペルスは胸糞が悪くなり、彼を外に押しやった。

「次の方！」

匿名の手紙さえもう怖くはなかった。なおも考えることはあったが、ほとんど気晴らしに近く、一種のなぞなぞ遊びみたいなものだった。

ネール？　ファン・マルデレン？　それとも見知らぬ誰か？　知りたかったとしても、好奇心からであろう。彼は自分に近づいてくる人々の顔をうかがっていた。あの手紙の主は欲望に負けてこちらの様子を探りにくるだろうと踏んでいたから。

一番うっとおしいのは、その他の手紙だった――アムステルダムの義理の兄弟からの手紙、レーワルデンのおばからの手紙、そしてアリス・クペルスの友人たちからの手紙。

新聞はすでに彼女の失踪を報じていた。それで彼のところに、詳細を問い合わせる手紙が寄せられたのだ。とくにアムステルダムの義理の兄弟が腹を立てており、というのも彼は大学教授で、スキャンダルで自分のキャリアに傷がつくのを恐れていたからだ。彼はクペルスが事件を漏洩したことにまで文句を言ってきた。

金髪女が「オンデル・デ・リンデン」に現れたことについては、すでに理由がわかっていた。本人がファン・マルデレンに秘密を打ち明けたのだ、ちょうど彼が聴罪司祭のような格好をしていたから。

彼女の名前はリナといった。シュッテルは月に二〇〇フローリンの仕送りを彼女に送っていて、時には一週間ばかりアムステルダムでともに過ごすこともあったという。

ところが、彼女はここにきて金が尽きてしまったのだ。家に帰ることさえできない！　日に日に積もってゆく、ホテルの勘定を支払うことも！

「彼女は我々のうちの誰かを当てにしているのさ……」とファン・マルデレンが言った。「悪い女じゃないんだがね……妻がいなけりゃなぁ……」

目と口が噛みあっていなかった。それを見てクペルスは確信した。ファン・マルデレンはすでに誘惑に屈し、リナにいくらか貢いだのだろうと。

＊

「もしもし！　ドクターご本人ですか？　お邪魔して申し訳ございません、とくに今回はぬか喜びさせてしまうかもしれないので恐縮しておるんですが……ロンドンから通報がありました。真偽のほどはともかく、奥さまとほぼ同じ服装の人物がドーヴァーに現れたんです、身分証は持っていないとのことですが……」

警察署長からだった。

「現場に行ったほうがいいですか？」その場にふさわしい声で、クペルスは尋ねた。

「まだいいでしょう。いま行かれても無駄足になるかと思います。写真を一枚頼んでおきましたから、もうすぐ電送写真《ベリノグラム》で私のところに送ってくるはずです……」

しかしその話も長つづきしなかった。月日が過ぎた。二月が来ると、氷の季節の終わりが待たれた。こういう気候条件では、すでに死体は水底にないだろう。いくら人気のない場所だからといって、通行人の一人ぐらいは何かに気がつくかもしれない、たとえそれがワンピースや外套の切れ端にすぎないとしても。

新たに起こった事件といえば、クペルスとカールの邂逅《かいこう》があった。すでに彼らは顔合わせしていた！　医師は屋根裏の男の素性を確かめずにはいられなかったのだ。

ある朝、ネールが階下で煙草に火をつけたりカフェオレの用意をしているあいだに、彼はつま先立ちで屋根裏まで上がり、突然、扉を開けたのだった。

たしかに、ベッドには人がいた。とても若い男で、髭を剃っておらず、おもむろに目を開けると、シーツのなかでじっとしたまま、ただ眉だけをひそめた。

「すみません……」クペルスは無意識にそう切り出した。

そんなこと言うのは滑稽だったが、他に言いようがなかった。やがてカールの息づかいを耳にすると、こうつづけた
――

「具合が悪いんですか？」

「ちょっと……」相手はぶつぶつとドイツ語で言った。

「いつから？」

「昨日は一日中寝てました」

クペルスは男の脈を調べ、額に手を当てた。

「ただの風邪ですが、こじらせると気管支炎になる恐れがあります。ネールに何か温かい飲み物を持ってこさせましょうか？」

「グロッグ〔ラムやブランデーを砂糖を溶いた湯で割ったもの〕を！」

「今日もずっと寝ているおつもりでしょう？」

「やむをえないでしょうね」

鉄製のベッドの縁のほかに座る場所はなく、じっさいクペルスはそこに座った。

「あいかわらず職は見つからないんですか？」

相手の返事はため息だけだったが、医師はそれが意味するところを察知した――

〈おたがい馬鹿のふりはやめましょうよ。俺が職を探していないことは、おわかりのくせに……〉

彼はかなりの美青年だった。顔立ちは筋ばっていて、輪郭が鋭く、皮肉っぽい口元は、嘲笑的ですらあった。床には彼の服が山をなしていた。

「奥さんは見つかったんですか？」

「まだだ！」

今度は、クペルスが感情を露わにする番だったが、目の前にはのしかかってくるような男の視線があった。

「どうしてもっと前からネールの面倒を見てやらなかったんです？　何かにとらわれていたんですか？」

「そんなこと、考えたこともなかった」

「つまり、奥さんが怖かったんでしょ！　俺も危うくあの人に取り押さえられそうになったことがありますよ、一度だけね。そのときはガスの検針に来たって言い逃れしましたけど……」

こちらの知らないことが、ずっと知らずにいたことがこんなにたくさん！

「アスピリンを持ってきてください」起きあがりながら男は言った。

その日は二月二日だった。ちょうど、コステンス夫人が魚屋から姪の消息を電話で尋ねてきたところだった。十一時には、制服警官が診察の真っ最中のクペルスを訪ねてきて、至急市庁舎に来てくれないかと要請してきた。

彼は患者を帰らせ、毛皮つきコートとともにありったけの威厳を身につけた。一同が待ちうけていた――市長、警察署長、助役、その他に二人の人物。彼らは執拗にクペルスの手を握り、椅子をすすめてきた。

「申し訳ございません、ドクター……我々は一つ辛い任務を果たさねばなりません。あなたはこれから試練の時を迎えることになるでしょうが、そんな時でも我々が味方していることをどうか忘れないでください……」

その日、彼の顔色は青白く、見事なまでにその場にふさわしいものとなっていた。

「いまさっき奥さまが発見されました……つまりその……クペルス夫人の遺体と……」

市長がさっと目をそらした。それほどまでにクペルスは凍りつき、硬直し、途方もない悲痛を勇ましく乗り越えたような印象を周囲に与えていたのだ。ところが、彼は無意識にも、カールのことを考えているところだった！

「お願いしなければならないのは、我々に同行していただくことと、それから……」

雪解けの季節だった。一行は市長の車に乗りこみ、シュッテルのバンガローへと向かった。しかし悪路であったために、かなり手前のところで車を乗り捨てねばならなかった。一同がそこで目にしたのは、運河に浮かぶ二艘のボートと、土手の上で小さな荷車のそばに群がる人だかりだった。

残りの道をたどっているとき、市長がわざとらしくクペルスの腕をとり、耳打ちしてきた——

「気をたしかに、親愛なる友よ……あなたがあんな惨状を見ないですむようにしたかったんだが……あぁ、なんということだ、あなたに遺体の身元を確認してもらわないといけなくてね……」

ほの暗い空には、晴れ間が一箇所しかなかった。いまだ寒かった。溶けた雪に足をとられながら、一行は先へ進んだ。ハンチングをかぶった船乗りたちが道を空けるために散っていくと、クペルスは、荷車の上に一枚のシートが死体の形にほぼぴったり合わせてかけられているのを見てとった。

またしても握手を求めてくる者がいた。ムールス、知りあいの法医学者だ。

「単に形式的なものです……残念ですが、疑いようがありません……」

シートが持ちあげられた。クペルスは見た。身じろぎもしなかった。

すると二人がかりで体を支えられた。卒倒するのではないかと心配されたのだ。

「親愛なる同志、あなたに一言お伝えすることをお許しください……」

小さな人だかりが、あちらこちらに。クペルスは運河の底を浚《さら》うための網が引かれていることに気づいた。

「奥さまは殺されたのです……運河に投げこまれる前に、拳銃で胸を一発撃たれています……」

ネールは何を言おうとしていたのだろう？　そしてカールは？　朝方、様子がおかしいようだったが、アリスのことを持ち出して何を伝えようとしていたのだろう？

ついで脇に呼んできたのは、警察署長だった。二人が行ったり来たりするのを皆が見守っていた。

「単刀直入にお話したほうがいいですよね？　あなたは男だし、すでに非常な冷静さをお示しになりました。私は感服いたしております……これからお伝えしなければならないことも、重要なことでして……これはまず間違いないといっていいのですが、さきほど二つ目の死体が発見された模様です……いまから口にする名前を聞いてどうかお気を悪くなさらないでくださいね……その死体のものと思われる帽子を引きあげましたところ、シュッテルというイニシャルがついていたというのです……同時期に二件の失踪事件があったことはあなたもご記憶のはず……なぜ私が運河のあそこを浚わせたかいまやおわかりでしょう……」

クペルスには何も言うことがなかった。こうした泰然自若とした態度が周りから感謝されたのだ。あいかわらず威厳が保たれていた！

「そうなると次に検討すべきは、心中かどうかという問題です。こういうケースではよく見られることですから。あるいは他殺と判断すべきかどうか……というか、いったんご自宅にお戻りになりたいですよね？」

「捜査が終わるまで残ることにします……」

そして彼は残った。ひとりであたりをうろついていると、野次馬たちが目で追ってきた。百回くらい、妻の死体が横たわる荷車の前を行ったり来たりした。

彼は何も考えていなかった。あるいは、考えることが多すぎたというべきかもしれない。たとえば、かつてアリスと交わした様々なやりとりのこと。彼女は子供ができないのは彼のせいではないと言い張り、あくまで自分のせいだと断言したものだった。

そのことを思い出し、彼は微笑しそうになった。もしネールとのあいだに子供をつくったらどうだろう?

船乗りたちの声が聞こえていた。二時に潜水夫がやってきて、銅球の栓を締め、補助員がポンプを操りだした。

カメラマンがアムステルダムの挿絵入り新聞に載せる写真を数枚撮った。クペルスが普段ネガを現像してもらっているカメラマンだった。

捜査官たちはといえば、シュッテルのバンガローを徹底的に調べつくしてきたところで、熱っぽく話しこみながら戻ってきた。そのうちの一人が家には三人の人物がいたと断言していた。他の者たちは、カップルのほかに人がいた痕跡を見つけることができなかった。

クペルスは彼らが近づいてくるのをじっと眺めていた。まるで見知らぬ者の検死に喚《よ》ばれたかのように冷静な面持ちで。

一番おかしかったのは、市長がお抱えの運転手をとおしてお茶がたっぷり入った魔法瓶とサンドイッチを届けてきたことだ。

第四章

謎は突然、はっきりした根拠もなく現れだした。というよりむしろ、秋の霧のように降ってきたというべきだろう。ほどなくして、その謎はクペルス医師を取り囲み、すべての事象を歪め、あらゆる存在をぼやかし、精神生活との交渉をことごとく狂わせてしまった。

時刻はおそらく六時だった。クペルスは疲れはてており、というのも朝から晩まで水辺に立ちっぱなしでいたからだ。彼は運河沿いをずっと歩きつづけたのだが、運河といっても岸辺に草が生い茂る田舎のそれではなく、巨大な石の嵌めこまれた、地元の町のそれだった。

雪は溶けはじめていて、重々しい水滴が雪庇から垂れ落ち、歩道に黒っぽい線を描き出していた。街灯は運河の黒い水面で点滅を繰り返していた。

クペルスは歩いていた。自宅に着こうとしていた。すでに食料品店の明かりのついたショーウィンドウが見えており、それは三軒先にあって、箱詰めされたお茶やチョコレート、麦の束のようにぴんと立つ、赤いリボンで束ねられたロングマカロニが陳列してあった……。

ショーウィンドウの台座は、女店主が外を見るのを妨げるほど高くなかった。店には三人の客がいた。すると女店主に注意を促され、三人ともガラス扉に顔を押しつけてクペルスが通るのを覗きにきた。

彼は鍵を手にしていた。それを鍵穴に差しこんでいるとき、ようやく疑問が湧いてきた。

〈世、間、の、人、た、ち、は、ど、う、思、っ、て、い、る、ん、だ、ろ、う、?〉

まさしく、覗きこんできた三人の女たちはどう思っているのだろう？　いま白い大理石のカウンターの前で、自分の番が来るのを待ちながら、何を語りあっているのだろう？

扉を閉めると、彼は眉をひそめた。廊下の明かりがついていなかったのだ。なんということはない——手動式のスイッチだから。とはいえ、不愉快な出迎えであることに変わりはなかった。

この家に住んで六年が経っていた。彼は白い三つの石段を登り、ガラス扉を押し開けると、外套掛けの前で立ちどまった。すぐ横にはデルフト製を模した大きな傘立てが置いてある。

「ネール！……」彼は呼んだ。

さっき道で口さがない女たちの態度に接して感じたわずかな震えが、漠とした不安に変わっていた。家はもぬけの殻のように見え、とりわけ生気がない。地階には大きな部屋が二つ、すなわち客間と食堂があり、階段の裏手には台所と洗濯場があった。そして石畳の敷かれた小さな中庭があり、周囲の壁が石灰で白く塗られていた。

診療室と待合室が中二階にあり、そこまでは階段の赤い絨毯に裏張りがされていた。玄関口でわざわざ靴底を拭ってくる患者などめったにいなかったからだ。

「ネール！……」

台所の明かりはついていない。午後買い物に出るのを主人が嫌がるということを、ネールは知っていたはずだ！　彼は客間に入り、明かりをつけ、その場に立ちつくし、身の置きどころがわからぬまま、鏡のなかで眉をひそめる自分を見つめた。ついに物音がした、一番上の階からだ。扉が閉まった……足音……。

ネールが入ってきた。少し紅潮して、おずおずとした視線を医師に投げかけてきた。

「かくして、奥さまは亡くなられた……」彼女が言う。

彼は首を縦に振って、ものものしく応え、同時にさっきと同じ問いを自分に投げかけながら、相手を注意深く見つめた。ネールはどう思っているのだろう？

「どこにいたんだ？」

「自分の部屋です……カールにお茶を一杯持っていきました」

「あのことを二人で話しあったのか？」

彼女は否定しなかった。ネールは近所や出入りの商人たちからあのことを聞きおよんだのだった。そしてカールとともに、あのことについて話しあっていたのだ！　クペルスは実験してみようと思いたった。行動の意図を見抜かれることなく、彼女のほうへ歩み寄った。

彼女は主人が近づいてくるのを、いつものように、驚きもせず見守った。愛撫されるにまかせた。ただ、こう口にしただけだ——

「どうやってあんなことを思いつけたんです？」

といいながらも、彼女は尻ごみしていなかった。怖がってもいなかった。彼の体に触れていながら、身震いもしていなかった。

問題は以下のことだった——彼女の冷静さは何かの証なのだろうか？　主人を人殺しだと思っていたとすれば、何らかの感情を表に出したことがあっただろうか？

「夕食の支度をしてくれ……」

おそらく彼女は、入ってきたときよりも陽気に出ていったはずだ。しかしそれは何の手がかりにもならなかった。なぜなら、彼女はいつもそんなふうに出ていくからだ。

どうして知りえよう？　彼女一人の頭のなかさえうかがい知れないのに、他の人たちについてはどうしたら？

日暮れの少し前に、シュッテルの死体が発見されていた。捜査官はポケットのなかの財布がなくなっていることに気づいていた。予審が始まろうとしていた。

*

翌日、彼は一人の患者を相手に自分の力を試してみた。チーズ屋の太った女で、囊腫《のうしゅ》を患っていた。扉を開けて通す前に、彼は顔つきをめいっぱい硬くこわばらせた。身ぶりをぞんざいにし、言葉をぶっきらぼう、ほとんど乱暴なものにしたてた。

そしてじろじろと女を観察しながら、なおもこう自問した——

「この女は怖がっているだろうか？」

彼女は怖がっていなかった！　驚いていた！　わけがわからず、おそらくこの医者も病気だと思っていたにちがいない。

「明日は休診するつもりなんです、明後日も」彼は告げた。

「葬儀があるもので……」

「あぁ！　どなたかお亡くしになられたんですね……」

彼女は知ってさえいなかった！

しかし、彼は他の人たちにも実験を繰り返した。やり方はますます堅苦しくなり、人々を面喰らわせた。隠された感情を読みとるために、相手の瞳を唐突にじっと凝視したのだ。

アムステルダムから義理の兄弟がやってきた。そしてレーワルデンのおば、その他に二人の親戚。うち一人は痩せぎすの鼻の赤い若者で、この前に実の父親も亡くして悲しみに暮れていたのだが、ひどく風邪をひいているために絶えず泣いているように見えた。

クペルスは判事、つまり友人であるアントワーヌ・フローフェンのもとに行かねばならなかった。判事はとても愛想よく出迎え、弁解の決まり文句をさんざん並べて、取るに足らない質問をいくつか投げてきた。

「検死が終わりましたので、葬儀を遅らせる理由はもうありません……」

クペルスは自分のためにラシャの三つ揃いの背広を注文し、帽子に喪章をつけさせた。室内装飾の業者が来て、客間を蠟燭と祭壇からなる遺体安置室に変えていった。最後に棺が運びこまれ、蠟燭に火がともされて、ありきたりな喪中となった。玄関口のベルには布がかぶされ、人々が切れ目なく来られるように、扉は一日中半開きのままにされた。

アムステルダムの義理の兄弟は家に泊まった。おばはいったん魚屋へ引きあげていったが、埋葬の際にまた戻ってくるだろう。

アリス・クペルスはアムステルダムの出身で、カトリックだった。なのでミサが必要となった。

ネールはといえば、晩になってきっぱりこう宣言した――

「いやです！　奥さまがここにおられるあいだは、したくありません……」

対する彼は相手の目を見ながら――

「なら一つ条件がある――今後、上で寝ないこと！」

彼は嫉妬していた！　彼女がカールと一緒に眠るのかと思うと、やりきれなかったのだ！　二階には部屋が三つあるので、そのうちの一つで寝るよう彼女に強いたのだが、ベッドから抜け出していないかどうか確かめるのに、夜中に二度も起きるはめになった。

義理の兄弟が目を覚まして、扉から顔をのぞかせた。

「どうしたんだい？」

かたやクペルスは、下着姿に裸足で――

「あんたこそ、眠れないのか？」

「というか君は？」

「私は、別に何でもない！」

彼はわざとらしくなく、意図的にふるまった。まるで自分で自分を変だと感じ、とりわけ、そうした奇行が人々に与える効果を探る必要があるとでもいうように。

彼を非難する者もいたはずで、それは不可避のことだった。

なるほど地元の新聞は、財布がなくなっていたことから、欲得のからんだ卑劣な犯罪と書きたてていた。とはいえ、痴情のもつれの可能性も考えずにいられようか？

予審判事がその可能性について検事や警察と話しあったはずでは？　だとしたら、クペルスは監視されるのではないか？　何も知らされぬまま、厳重な捜査の網に包囲されていたのではないか？

「誰かに偶然出くわしたりしていないかね？　買い物しているときとかに」彼はネールに尋ねた。

「会ってません。どういう意味です？」

「別に何も」

彼は「警官に」という意味で言ったのだ。こういったケースによくあるように、アムステルダムから一人ぐらい差し向けられたとしてもおかしくはない。そして、クペルスに疑われないように、道端や店でネールに不意打ちで話しかけたかもしれないのだ。

アリスの姉は埋葬の日になってようやくやってきた。彼女は妊娠していた。五歳年下の死者と瓜二つで、クペルスは絶えず彼女のまわりをうろついた。この女は何か嗅ぎつけているんじゃないか？　その可能性はありそうだったが、いくら近寄っても不審な点は見出せなかった。彼女は彼の両頰に軽くキスをしたが、これは身内でのしきたりのようなものだ。彼女は少し涙を浮かべながら、口ごもってこう言った――

「誰が想像しえたでしょう！……」

というのも、ありきたりな埋葬ではなかったからだ。普通のお悔やみの言葉は口にできなかったし、もし口にしたとしても、場違いに聞こえただろう。皆クペルスの手を長々と握りしめただけで、一言もなかった。

彼に向かってこう言えるだろうか――

「可哀想な奥方！……」

あるいは――

「なんという酷い不幸！……」

さらには――

「あんなにお若いのに！……」

彼女は夫を裏切っていたのだ！　彼が受けた恥辱は周知の事実だった！　こういった事件がスネークで起こるのは初めてだったし、子供たちの前では決して話題にできなかった。アリスの姉が七歳になる息子を連れてこなかったのは、大人たちの噂話が子供の耳に入るのを恐れたからだ。

同じ理由で、神父はきわめて簡素なミサを提案したのだった。棺を囲んでの赦禱については口にしたが、それ以上の打ち合わせはなかった。

大勢の人がひしめいて、霊柩車の後ろには喪服と傘の長い列が連なっていた。しかし人々はよそよそしく、乾いた目をして、義務をこなしながらも非難の色を示さないわけにはいかなかった。

戸口という戸口には野次馬が群がり、クペルスの通るのを一目見ようと色めきたっていたが、対する彼は背筋をぴんと伸ばしたまま、霊柩車を見すえるかわりに、人々の目の色をうかがっていた。

むろん、供花はない！　死者にたむける花輪もない！

そして翌日も同じ顔ぶれがシュッテルの葬列に連なったわけだが、そこには喪に服した二人の女が新しく加わっていた。とてもエレガントな女たちで、代訴人とともにアムステルダムからやってきた従姉妹だった。

クペルスは列を見送ったが、あいかわらず何もわからなかった。親戚たちを駅まで送り、晩には「オンデル・デ・リンデン」の扉を押し開けたが、彼を待ちわびている者はいなかった。

皆、押し黙った。彼はそれぞれと握手を交わし、席につくなりイェフにこう告げた――

「ビター入りのジェネヴァを一杯！」

家にいるときと同じ現象が起こっていた。いまや彼の目には、十五年か十六年住みつづけたあの家が見慣れぬものと映っていたのだ。家はもう息絶えていた。物の配置にかんしても、あそこよりもむしろこちらにといえるような根拠はすでになく、ごくわずかな模様替えをするにも言い争ったりためらったりした昔を思うと、肩をすくめるしかなかった。

「オンデル・デ・リンデン」でも、事は同じ！　もう何年も前から、なじみの隅っこ、なじみのパイプ、なじみのキューがあり、委員会メンバーの黒板には彼の名前がずっとあるのだ。彼は嘲笑うような声で言い放った。

「何か変わったことは？」

ため息まじりに答えたのは、ファン・マルデレンだ――

「いずれ選挙の手続きに入らないとな」

「あぁ！　それもそうだ……」

彼の目は黒板に釘づけになった。すると、頭のなかが一つの考えでいっぱいになってしまった。

「誰が立候補するのかな？」

シュッテルに代わる人のことだ！

「まだ正式な候補者は出ていないが……たぶん、ペイペカンプじゃないか？……」

「あいつは五〇点のセリーも決めることができないんだぜ」

クペルスが反論した。

「しかし毎年賞金を出してくれているし……」

「金持ちの美術商だからなぁ！」

「他に誰か推せる人はいるかね？」

彼は杯を飲みほすと顔を上げ、唇をぬぐった。

「おやおや！」そこで彼は一座を順ぐりに見まわしながら、言葉を区切るように言った。「この私が出馬しない道理はないでしょう？」

誰も反応を示そうとしない！　唯一、店の主人のロースだけがうつむいたので、クペルスはすかさず罵った――

「何が言いたいんだね、ロース？　私の出馬がお気に召さないのかな？　何か反論したいことでも？　話したまえ！　陰でこそこそやりあうのを私が嫌っていることは承知のくせに……」

彼はほとんど震えていた。ついにわかる時がきたのだと思った。

「そういうことじゃないんだ」当惑したロースは口ごもった。「あなたは喪に服している最中だから……」

「だったらビリヤードに興じちゃいけないっていうのかい？」

「むしろ逆だよ！」とファン・マルデレンが太鼓判を押してきたが、おそらく一抹の皮肉が混じっているだろう。この男にかんしては、まったく何を言うかわかったものではないからだ。「むしろ逆だよ！　いまは忘れるために何かすべき時なんだ……」

出馬はなされた！　何年ものあいだシュッテルが座を明け渡さなかった会長職への立候補だ！

晩になって、彼はそのことをネールに告げておかなければと思った。

「じきに奴らは私をビリヤードクラブの会長にするだろうよ……」

彼女には意味がわからなかった。が、それでも彼は言うことは言ったのだ！

＊

匿名の手紙にかんしては、誰も姿を現さなかった。しかし誰かがあれを書いたというのは事実なのだ！　オランダのどこか、おそらく市内に（当時の彼は郵便局の消印を見ることを思いつかなかった！）、事情を知る者がいたということだ。すぐにでも、予審判事にこう言いつけにいけた奴が——

「シュッテルとクペルス夫人を殺した犯人は……」

奴はなぜそうしなかったのだろう？

奴は玄関のベルを鳴らし、白い三つの石段を登り、客間か診療室に招き入れられることもできたはずなのだ。医師を見つめてにやっと微笑むこともできた。鼠を捕らえた猫のように、医師をもてあそぶこともできた。

「ねぇ、ドクター、私に一〇〇〇フローリンくださるだけの親切心はおありでしょう？……」

あるいは二〇〇〇、もしくは五〇〇〇！　欲しいだけ要求できたし、お望みなら、大きな寝室でネールとねんごろになることだって、家で朝昼晩の食事をとることだって、それから……。

ところが、誰も現れはしなかったのだ！　というよりむしろ、現れる奴などいないのかもしれない。しかし奴がネール、ファン・マルデレン、うつむいたロース、あるいはカールでないという証拠などあるだろうか？

カールの風邪はすでに癒えていた。二度ほど、クペルスは女中にこう訊いてみた——

「奴の仕事は見つかったかい？」

すると彼女はにべもなく答える——

「いいえ！」

結局のところ、職探しなど問題ではないとでもいうように。

突然、彼は家にカールがいることが誰かにばれる可能性に思いあたった。そうなったら、どう言い訳したらいいだろう？　女中の愛人だからあのならず者を置いてやっているのだと世間に言えたものだろうか？

「ネール、奴に話しておかなければならないことが……」

「彼は外出中です……いつ帰ってくるか私にもわかりません……」

「ネール、奴は出ていく必要があるんだ、今日にでも、出ていかないと」

彼女は話のつづきを待った。この後に何か提案がくると思ったのだ。

「奴に一〇〇フローリンくれてやろう。アムステルダムか、ロッテルダムかそこら、あるいはゾイデル海の向こう側にでも行って、仕事を探してくればいい。すぐに見つからなかったら、私がまた手助けしてやろう……」

「彼にそう伝えておきます」

カールがこの提案を受け入れるか否かで何かがわかるだろうと彼は思った。が、駄目だ！　手がかりを摑むすべはなかった。晩になって、ネールがこう告げにきた――

「彼は十一時の列車に乗りたがっています……」

クペルスは奴に会いにいくのをためらった。それよりは顔を合わさないことにして、金を女中に手渡した。しばらくすると、階段から足音が聞こえ、扉の閉まる音がした。

「ネール！」階段の手すりに身を乗り出して、彼は叫んだ。

「上がってこい……」

ランプのもとで、彼女の目を見つめた。

「さびしいかい？」

「少し……」

「奴を本当に愛していたのか？」

「そんなこと誰にわかります？」

「なぜ奴は受け入れたんだ？　お前を愛していたのに」

「やむをえなかったんですよ！」

「脱ぎなさい……もうお前に愛人などもってほしくないんだ、わかるだろ？……男は私だけでいい！……」

頭がかっかと火照ってきていた。もはやこの世にあるのは、少し味気ないネールの肉体と、いくら強く抱きしめてもつれない彼女の目だけだった。

「私を嫌っているのかい、ネール？」

「いいえ」

「どうしてそう言える？」

「わかりません」

「私が怖いか？」

「いいえ！」

とはいいながら、彼は相手の体をあちこち痛めつけていた！　最初の日のように、彼女はため息まじりにこう漏らしてもよかったろう――

「あなたがこんなにも情熱的だなんて！」

彼は灰色がかったこの目に興味津々だった。その瞳が苦しげに見ひらかれるまで、じっと間近で見つづけた。この目から流れ出る涙を濁らせることしか言えなかった。

「ネール！……」

「はい……」

「私とこの家に二人っきりで暮らすのは怖くないか？」

「どうしてです？」

「怖くないのか？」彼は言いつのった。

「いいえ……」

「ネール！……」

「はい……」

「家内とシュッテルを殺したのは私だとほざく連中もいるんだろ？」

彼はなおも相手を抱きしめていた。

「答えろ！……ひるまず答えてくれ……」

「そういう人たちもいます」

「連中は何と言っている？」

「真実は決してわからないだろうと」

「他には何て？」

「今回のことであなたの医者としての地位に傷がつくだろうと……」

「他には……？」

「あなたは常日頃から様子がおかしかったと……」

すると、彼は火がついたように笑いだし、とげとげしい笑いを爆発させた、というのも、そんなことは偽り、真っ赤な嘘だからだ！　世間の連中というのは馬鹿だ、何も見えていない！　生まれてこのかた、少なくとも前半生、事件が起こる前まで、彼はこのうえなく平凡な人間、他人となるべく同じように振る舞う一介のオランダ人、ありきたりな田舎の医者、ありきたりな夫だった！

彼がつねに恐れていたのは、他より目立つこと、独自な行いをすることだけだった！

彼の持ち家はまさしく地位と身分に見合った然るべきものではなかったか？　装飾品一つ一つをとってもそうだ！　しかも一日の食事は、細かい点をのぞけば、その日にオランダのどこにでもあるブルジョワ家庭で出されるものと同じだった。

スピッツベルゲンへ周遊旅行に出かけたこともあったが、たまたまその年、医者の団体割引ツアーがあったからで、じっさいそこには三百人もの同業者が参加していたのだ。

パリにも行ったが、これは展覧会を見にいくためで、同じく団体旅行だった。

なのに、様子がおかしいなどと陰でささやかれていたとは！　そんなふうに世間から評価を下されていたのだ！　道ゆく彼の姿をじっと眺めていたあの連中から！　彼がわずかな震えも見逃すまいと様子をうかがっていたあの連中から！

「それで君は、ネール、君はどう思っているんだ？」

「何とも思っていません」

「私についてどう思っているんだ？」

「痛くしないでください！」

「私と一生添いとげる気はあるんだろうね？」

「わかりません」

ネールが離れていくかもしれないという考えに、なぜこうも怯えるのだろう？

「一緒にいてほしいんだ、わかるだろ？　欲しいだけ金は払う……私から離れていくことは断固禁ずる！……他の男に話しかけるのも一切禁止だ！……」

「肉屋とか八百屋の主人に話しかけないわけには……」

「馬鹿野郎！」

あいかわらず彼は何もわかっていなかった！　彼女は目の前にいて、肌を寄せつけていたが、世のどんな権力をもってしても、この頑固でつやつやした額の奥にあるものを知ることはできなかった！

「こっちを見ろ、ネール」

「あなたはいつだってこっちを見てくれって言うんですね……」

「いつか、お前の頭のなかを知らなければならないだろうからね……」

「何とも思ってないって言ってるじゃないですか！」

彼は疲れはて、眠りこんだが、激しい頭痛で目が覚めてしまった。強迫性のものだった。自らを取り巻くこの単調さ《グリザイユ》、空虚、無気力からどう抜け出したらいいかわからなかった。こうした生気のないところで、彼の人生は希薄になった空気中の炎のように燃えつきようとしていた。

そう、まさしくそうだった——彼は周囲の事象から切り離されていたのだ。ひとりぼっちで、無関心な宇宙を旋回していた。物に触れてもまるで質感がなく、人々に話しかけても、彼らはこちらと同じ世界にいなかった。

カフェにおいてさえも！　出馬の知らせはすでに張り出されていた。ビリヤードクラブのメンバーたちは何も言わず、少なくとも彼の前では沈黙していた。本人が望んでいるのだから、彼がシュッテルに代わって会長に選ばれるだろうとおおかた決着がついていた。

なのに、誰も祝福してくれなかった。何の喜びも示してくれなかった。彼は予感した。今後、自分とゲームするのを拒む奴はいないとしても、試合を申しこんでくる奴は皆無だろうと。

そこで彼はあえて全員に奢《おご》ることにして、自腹でジェネヴァやビールをふるまった。もはや金は、他のものと同様、何の価値もなくなっていたからだ。

そうした出費が何をもたしてくれたというのだろう？　リナの件がどうなったかも知らされなかったし、じっさい彼はその件について耳に入ってきた断片的な情報からやっと知れただけだった。

ファン・マルデレンが彼女の宿代を払ったと言う者もいたし、実はロースが一枚嚙んでいたのに弁護士はそのことを知らなかったと言う者もいた。

いずれにせよ、シュッテルの相続人たちが埋葬とその後の手続きにやってきたとき、リナは死者の家に姿を現した。相続人というのは文字どおり遺産を受けとる人たちで、例のアムステルダムから来た二人の従姉妹のことだ。彼女たちとリナとのあいだで言い争いがあり、後者はシュッテルが生前に積み立ててくれていた年金の元金を要求したのだった。

結局それは文字どおりの修羅場となり、遺体安置室の隣の客間で取っくみあいの喧嘩が繰り広げられた。従姉妹たちのドレスは引き裂かれたが、リナはなおもスネークにとどまり、噂によれば、ひきつづきファン・マルデレンかロースの庇護《ひご》下にあるとのことだった。

ただし、愛人（あるいは愛人たち？）は彼女にカフェへ姿を現わすのを禁じていた。彼女はもはやホテルにはおらず、新市街の家具つきの部屋に寝泊まりしていた。

なぜ他の人たちと同じようにこうした情報がクペルスには伝えられなかったのか？　ついに彼は連中を憎むにいたった。同時に軽蔑し、きつく睨み、無理やりに自分と握手させた。

不機嫌な態度を示したが、もちろんわざとだった。そんな彼に対し、誰も何も言おうとはしなかった。

会長に選ばれたとき、彼は前任者の名を口にしないことでしきたりに背いた。そして次のような告知を思いついた——

「今回の任命はさらに重要な選挙の前哨戦にすぎないでしょう。議会は二年ごとに改選されますからね。皆さんがたにいま申しあげられるとしたら、以下のことです。私はスネーク市民に権限の委託をお願いしようと思っているのです……」

拍手は心ないにもかかわらず、鳴りやまなかった。彼が一同の顔、とりわけ目の色をうかがうと、どの目も内心を表に出さないようつとめていた。

それは結局、この連中に思うところがあるからだ！　彼らはクペルスと事件について何らかの意見をもっていた！　彼を人殺しと見なしているのかどうか、いったいどっちだろう？　何も言おうとしないのは恐怖からなのか？

彼はそう信じることにした。二回ほど、招かれてもいないのに判事の家に行った。二回とも、司法官に親しげな口調で話しかけ、シガー入れを差し出すと、相手も拒もうとはしなかった。他方で、フローフェンはひたすら次のように言いつのった――

「捜査はつづいてはいるが、新事実は出てこないな……迷宮入りということもありうるよ……」

はじめて、クペルスは逮捕の可能性について考えてみた。逮捕されるとなったら、いったいどういった扱いを受けるだろう？

以前なら、答えに窮することもなかったろう。十年か二十年の懲役を食らうぐらいなら、頭に一発撃ちこんだほうがましと考えたかもしれない。

いまとなっては、そうもいかない！　どうして刑務所に行っては駄目なのか？　他所《よそ》よりも刑務所にいるほうが不幸であるいわれなどあるだろうか？　気がかりがあるとすれば、ただ一つ――ネールのこと……。

それさえなければ……駄目なことなどあろうか？　ネールに他の男たちとベッドを共にするのを許すよりかは……新たな主人のベッドでも彼女はあの精彩のない目で相手を見つめるのだろう……自分には逮捕前に彼女を抹殺するだけの勇気があるはずだ、だからこそまったくもって冷静でいられるのかもしれない……。

そのようなことに考えいたりながら、彼は道を歩きつづけ、自分の用事へと急ぐ人波のなかに紛れこんでいた。やがてショーウィンドウの前で立ちどまり、他の人たちと同じように、陳列された品々を眺めつつ、ひきつづき考えにふけった。

そうだ！　簡単なことだ！　よくよく考えてもみれば……。

「ネール……」家に帰るとさっそく呼びつけた。

洗濯場からやってきた彼女の手は、シャボンまみれだった。洗濯の日だったからだ。

「ネール！　お前のことで重大な決断をしたんだ」

「いったいどういう？」

「それはお前には言えない……しかし、これだけは知っておいてくれ、まさに今日、私は自分がどれほどお前を欲しているかわかったところなんだ！……」

彼女は軽く肩をすくめたが、かたや彼の頭にはまたしてもアイディアが浮かんだ。以前の彼は、物事をじっくり考えるたちだった。ひらめいたり、妄想を育んだりすることを控えていた。ところがいまでは、思いついたことを何でも外に出し、このうえなく歪んだ発想でさえ、積極的に打ちだすようになっていた。

「洗濯をしているのかい、今日は？」彼は尋ねた。

「はい……」

「じゃあ今日で最後だ……もう一人女中を雇うことにしよう……」

「何する人です？」

「家事をする人さ……お前は、今後じっとしているだけでいい」

「馬鹿なこと言わないでください……」ぶつぶつ言いながら、彼女は洗濯場に戻っていった。

こう言うのが聞こえた気がした――

「そんなやり方で事態がよくなると思ってるなんて！」

その点にかんして、彼女の言い分はもっともだった。二人の仲を人に見せびらかすなんてもってのほかだろう。しかし彼にはそんなことどうでもよかった。あらゆることがどうでもよかったのだ、ただ一つの問題をのぞいて――世間の人たちの頭のなかを知ること。

なのに、ついぞ知ることができなかったというのだから……。

＊

冬が終わろうとしていた。子供たちは道端で遊ぶ習慣を取り戻していた。医師の家から一〇メートルほど離れたガス灯の下では、歩道にかすかな高低差ができており、その差を利用して、年齢がまちまちの子供たちがビー玉遊びに興じていた。

ある午後、クペルスは鞄を手に、喪中用に注文した黒い外套を着こんで自宅を出た。上の空だった、つまり往診先をどこから始めようか考えていて、子供たちの姿が目に入っていなかった。

突然、ひそひそ話す声が聞こえてきた――

「気をつけろ!……奴が来たぞ!……」

すると一番近くにいた子供が、ビー玉の前でかがめていた体を突然起こし、その場から離れて、家の壁にへばりついた。子供は赤い絹のマフラーを首に巻いていて、額に傷跡があり、それはクペルスにもすぐに見てとれた。

というのも、医師は不意に歩みを止めていたからだ。子供たちも同様だ。彼らはその場で凍りついたまま、医師を眺めていた。数秒が経過したが、まるで生が一瞬宙吊りになったかのようだった。

ついに突然、赤いマフラーの子がパニックを起こして走り去り、他の仲間たちも一緒に逃げていった。

彼らは何を怖がっていたのだろう? なぜだ? 何を吹きこまれたというのか?

クペルスは歩みを再開したが、振り返らずにはいられなかった。少し先のほうでふたたび人だかりができているのが見える。四、五人の子供たちが集団になって、皆顔を真っ赤にしながら、こちらの動きを目で追っていた。

第五章

万事用意はととのっていた。クペルスは客間と食堂を行ったり来たりしていたが、その間もマントルピースの上の鏡をとおして、自分の姿を一瞥するのを怠らなかった。

三十分ほど前から、ネールは鎧戸を閉めきっていた。その作業をベーチェという十六歳の小娘に手伝ってもらったのだが、この娘は年のわりに大柄で、斜視だった。彼女はネールが選んできた娘で、まさしくネールにこきつかわれていた。医師の眼中にこの娘はほとんど入ってこなかったが、この家で以前と変わった点といえば、ネールが黒い服に真っ白なエプロンをつけ、つねに清潔を保っているということだった。

食堂のチャイム時計《カリヨン》が五時を知らせたので（結婚の翌年に買った代物で、じっさい、当時のクペルスはずっとチャイム時計を欲しいと思っていたのだ）、医師は肘掛け椅子に腰を下ろした。そして立ちあがり、あらかじめ食卓に置いてあった箱から葉巻を取り出したものの、くわえ煙草で来客を迎えるのは失礼だろうかと躊躇した。

躊躇と同時に、皮肉な笑いを少し浮かべ、葉巻の端を噛んだ。いいんだ、いいんだ！　こうした些末な迷いが自分にとってもはや何の意味もないことを危うく忘れそうになっていたのだ。ファン・マルデレン夫人が気を悪くしたからといって、それが何だというのだろう？

もっというと、夫人が気を悪くすることなどないだろう。なぜなら、彼女は葉巻の匂いに慣れていたから！　だったらどうして、何年ものあいだ、来客の待ち時間に禁煙などしていたのだろう？

なぜだ？　妻がいたから……いや、違う！　そうではない！　エチケットにかんしては彼も妻に負けないくらいうるさかったし、いまもなお、そうした向きを無意識に行動で示している。

数年前から、毎週木曜の五時にファン・マルデレン夫妻を家に招くことになっていた。月に一度、夫妻は夕食まで残ってくれたものだった。事件以来、クペルスはそうしたしきたりをすっかり忘れていたのだが、数日前、「オンデル・デ・リンデン」にいるとき、当のファン・マルデレン本人が少々気まずそうにこう言ってきたのだ――

「なぁ、ハンス！……うちの妻が不満に思っているのを知っているかい？」

「どうして不満なんだ？」

「もうずいぶん君に会っていないからだよ……」

そんなわけで彼らは久しぶりに来ることになった。フランツは真面目な顔で冗談を言う男の風情を漂わせ、夫人のほうはせんさく好きなそぶりを隠さず、小さな目で部屋の隅々をきょろきょろと探りながら。

彼女は退屈な女で、黒髪に褐色の肌、フリースでは二つとしてサンプルを見つけられないような珍しい人種に属していた。おまけに小柄で、夫より頭一つと半分ほど小さい！

クペルスはストーブに近づいた。巨大なストーブで、外装は銅メッキ、残りの部分はくすんだ陶製だった。彼はブルゴーニュワインのボトルに手を触れたが、それはかたわらで室温にされていた代物で、コルクが瓶の口からなかば飛び出していた。

食卓には、二つの盆が用意されており、まるでクペルス夫人がいた頃のようだった――一方には紅茶用のセット、焼いたパンに蜂蜜とジャムが添えられ、他方には人数分の大きなクリスタルのグラスと葉巻の箱……。

突然、生まれてはじめて、クペルスは前代未聞の行動に出た。かつてないことだったので、鏡のなかの自分をふたたび見る必要を感じたほどだ――ブルゴーニュワインをなみなみとグラスに注ぎ、肘掛け椅子に腰かけ、火の前で脚を組みながら、ひとりで杯を傾けはじめたのだ！　しかも葉巻をくゆらせた！　煙がピンクの絹のシェードランプのほうへ渦を巻いていく！　すでにあの溜まり場になじみの独特な匂いが醸成されていた。ポルト＝リコの煙草の匂いと少しばかり温まったワインの芳香が混じりあい、空気の底には、リノリウムとワックスの永年染みついた悪臭。

玄関のベルが鳴った。ネールが扉を開けにいくのが聞こえると、やがてフランクの声がして、彼の外套を女中が脱がしてやっているところらしい。つづくヤーネ・ファン・マルデレンの甲高い声は、こう尋ねていた――

「私たち、ひょっとして早く着きすぎてやしません？　ドクターは診療を終えられました？」

そして足音……開かれる扉……彼のほうに飛びかかり、頬に鼻を押しつけながらキスしてくるヤーネ・ファン・マルデレン……。

「可哀想なハンス……お元気なの？……」

対する彼は、きわめて冷静に――

「すこぶる！」

男二人は握手だけで済ませた。かたやヤーネは、あたりを見渡してこう叫んだ――

「何も変わっていないのね、ここは！　どれもこれもそっくりそのままだなんて、なんだか変な感じがするわ……」

彼女の視線は二つの盆と、埃一つないマントルピースに向けられた。

「あなたの世話はほぼ行き届いているようね？　大変でしょう、男の人おひとりじゃ！　よくわかるわ、うちもね、フランツを三日ばかしひとりにしておいたら、とたんに使用人たちが手を抜きはじめたことがあったの……ところで、ネールは印象が変わったようね、前より清潔になったし、なんだか綺麗になったみたい……」

すでに席についていたファン・マルデレンが、ため息をついている。妻一人でも会話がまわっていくことを承知しているからだ。

「私がベルを鳴らしてお茶を用意させましょうか、ハンス？」

「そうしてください！」

「あなたも変わったわね、何と言ったらいいか、前より雄々しいところが出てきた気がする……話では老けこんだって聞いていたけど、この様子じゃ、かえって元気になったみたいね……」

ネールがお茶を運んでくると、クペルスは嬉々としてつま先立ちですり寄っていった。ただわけもなく、彼女の体に触れるために。

「ありがとう、私の可愛いネール」そう彼女に言った。

こうした馴れ馴れしさがファン・マルデレン夫人に衝撃を与えることを、彼はわかっていた。それを狙ってわざとやったのだ。疑念を抱かせたかった。女中を愛人にしていると、彼らに打ち明けたいぐらいだった。

「アリスがいなくなってから、あの娘は気ままに振る舞いすぎてやしない？」ネールが出ていったとたん、ヤーネが尋ねた。

そしてすかさず、こうした場合に予想しうる小芝居に打って出た。アリスの名を口にして頬を赤らめ、ためらい、急いでこう付け加えたのだ——

「ごめんなさい、私の哀れなハンス！……こんなことあなたに思い出させるべきじゃなかったわね……」

しかし彼は平然と夫人を見つめたまま、ワインの杯をちびちび傾けた。客間のシャンデリアは、明かりがついていなかった。これもしきたりの一つで、より安らげる雰囲気にするためのエ夫なのだ。一同は食堂にいつづけたが、そこのストーブは他の部屋のよりも上等だった。戸口から客間の穏やかな薄闇が垣間見えた。

ヤーネはため息をつき、鼻をかんだ。

「あれが最後だったなんて、誰が予想しえたでしょう……たいそうお辛かったはずよね、ハンス！……」

夫がため息をついた。見たところ、愁嘆場は避けられないと思っているらしい。頭を肘掛け椅子の背に倒し、虚空を見つめたまま葉巻を吹かしていた。

「……だって、あなたたちはとても結束の強い家庭を築いていらしたから……いいえ、嘘じゃないわ！　私はいつもフランツにそう言っていたのよ、あなたの家から帰ってきたときとか、あなたたちがうちにいらっしゃったときに……唯一の不幸は、お子さんがいらっしゃなかったことぐらいよね……」

彼女をたじろがせるために、クペルスは灰を見つめたままこう言った――

「まだ間に合いますよ！」

「あぁ！　ハンス、それは……」

「ハンスが何ですって？　私が子供をつくるには年をとりすぎているとでも？」

「そんなふうにおっしゃらないで……とくにここでは！……アリスの写真がこっちを見てるわ……」

たしかにそうだった！　小さな肖像写真《ポートレート》、彼はその存在を忘れていたし、目に入ることさえとうになかったのだが、というのも、それがそこにあるという認識にすっかり慣れきっていたからだ！　他所よりもいいだろうと思って、わざわざ夫婦でパリまで撮ってもらいにいった写真――その件でも彼らは言い争いしたのだった。クペルスは原則として何かに心酔するというのを嫌っていたから、パリの評判はこけおどしにすぎないと思っていた。街並みは汚いし、道ゆく女たちは化粧が濃すぎると……。

「スネークで撮ってもらえばいいじゃないか、ここだったらずっと安上がりだし、それに仕上がりもそこまで悪くはないはずさ……」

しかし彼女はパリのほうを選んだのだ。写真じたいは平凡なものだった。額に入れられ、マホガニーの円卓の上、居並ぶ他の写真のかたわらに置かれていた。

ファン・マルデレン夫人のハンカチが、鼻から目へと移っている。

「どのようにお知りになったの、ハンス？……」

「知ったって何をです？」

彼はきつく、攻撃的な目つきで夫人を見ていた。じっさい、いまでは人々を睨みつけることに喜びを見出していたのだ。彼らを恐怖に陥れたいという欲望を自分はずっと隠しもっていたのではないかと思うほどに。

「おわかりでしょう……」

「あぁ！　そうか」彼はせせら笑った。「妻と優秀なる我らが友人シュッテルの不倫をどうやって知ったかとお尋ねなんですね！」

「ハンス！……」

「ハンスが何です？」

「彼女は亡くなったのよ！」

「だから？」

「彼女は罪を償ったのよ……私はね、アリスのことをよく知っているけど、きっと彼女にはそこまで罪がないはずよ……そうじゃなくて？　たぶん、誘惑に負けたのはあれが初めてのことだったのよ……」

「君の健康に乾杯、フランツ！……そのブルゴーニュは少しコルクの味がすると思わないか？」

しばらくの間、沈黙がつづいた。沈黙にじっと耐えることができず、ファン・マルデレン夫人はその間を利用してトーストにバターを塗り、さくっと音を立てて齧った。

突然、彼女は立ちあがった。これから何が起こるか気どられることなく、客間の隅にあった肘掛け椅子のほうへと駆け出し、水色の毛糸玉を持って戻ってきた。編み棒が何本も刺さった玉の糸先には、小さな正方形の、縦横ともに一〇センチ大の編み物がぶら下がっていた。

「前の週に私がここまで教えたのよ……」ふんわりした、ましく天使のように清らかな色合いの編み物を手でいじくりながら、ヤーネが叫んだ。「自分用に、家で着られる軽めの〈セーター〉を編んでみたらって勧めたの……ちょうど大寒波のときだったわ……彼女はあの寒波を経験しなくてすんだわけだけど……」

「しましたよ！　氷の下で……」

そう言ったのはクペルスだった。フランツは身を震わせ、見かぎるように椅子の背から頭を離した。彼が何かしら怪訝《けげん》な目つきで医師を見やる一方、ヤーネは大声をあげた——

「おぞましいことを！」

「彼らを引きあげたときはもっとおぞましかったですよ……想像してごらんなさい、淩ったときの衝撃でシュッテルの体がほぼ真っ二つに裂けてしまったところを……顔は窓みたいにぱっくり割れて……」

「やめて、お願いだから！」

「話を切り出したのは私じゃないですよ」

「私に何か言ってほしいことでもあるの、ハンス？」

「言いたければどうぞ」

「私はあなたのことをよく知っているわ……かれこれ二年のおつきあいになるし、あなたたち、つまりアリスとあなたは、私たち夫婦にとって唯一心を許せる友人だもの……あぁ、なんてこと！　あなたは自分の苦しみのなかに閉じこもりすぎているんだわ……しらを切ったってお見通しよ！　私はね、あなたが毎日うちの前を通ってゆくところを見ているんだから……」

じっさい、彼女は開廊《ロッジア》のある家に住んでおり、そこから町の動向を眺めることで一日の大半を過ごしていたのだ。

「人々があなたのほうを振り返るのは、それだけあなたの様子がおかしいからよ……悲しみを外に出したくないのはわかるけど、かえって自分のなかでつのらせてしまっているんじゃないかしら……ねぇフランツ、私、先週あんたにこのこと言ったわよね？　たしかこれにつづけて、ハンスに忠告しにいきたいってあんたに言ったのよね？」

クペルスは無反応のまま彼女を見つめ、ファン・マルデレンはさっきより居心地悪そうにしていた。

「私が真剣なのはおわかりでしょう、ハンス？　だからね、私は今日あなたにこう言いにきたの、あなた、ここから出ていくべきよ……」

彼は身震いしそうになった。表情がこわばった。歯が葉巻の端をぐっと噛みしめた。

「しばらく旅行に出るべきだわ……南仏とか、スイスにでもいらっしゃいよ……あるいはイタリアの美術館を巡ってもいいし……そうするだけのお金はあるんでしょ、私知ってるのよ……他のことを考えて気晴らししたほうがいいわ……」

彼女はためらった後、お茶をぐいっと一口飲み、テーブルクロスを見つめたままこうつづけた——

「ひょっとしたら、若い女性との出会いがあるかもしれないし、あなたと釣りあう未亡人となら、もっと可能性があるはずよ……神様もご存知のとおり、私だってこんなことあなたに言うのは辛いのよ、だって、私はアリスのことをあんなに愛していたんですもの……でもね、あなたの歳では、まだ人生は終わりじゃないのよ……」

「言いたいことはそれだけですか?」彼はそう尋ねたが、もはや冗談で訊いているのかどうか誰にも判別できなかった。

「私はこの土地に知りあいがいないの……だけど、できたらここの出じゃない女性がいいと思うし、あのことを知らない女性のほうが……」

クペルスは瞼をなかば閉じたままでいた。暑かった。ブルゴーニュワインのせいで頬が火照っていたし、「オンデル・デ・リンデン」にいるときみたいに、ストーブからごうごうと炎の唸る音が聞こえている。時おり、トラックが道を通り過ぎたり、発動機船《モーターボート》が跳ね橋を開けるよう警笛を鳴らす音もしていた。

一メートルほど目の前に、ヤーネの不細工な顔があった。首は痩せ細り、少しだけ開いた襟ぐり《デコルテ》にカメオのアクセサリーを光らせている。左手にはファン・マルデレンのいる気配が感じられ、吹かした煙がタピスリーの肘掛け椅子から立ち昇っているのが見えた。

それらすべては茫洋として、おのずとぼやけていた。家のランプは多少とも光を通しにくい布で覆われていて、そこから漏れてくる光は、客間のそれのようにピンクや青だったり、あるいは寝室のそれのように黄色だったりした。

肘掛け椅子は艶を失い、虹の色調が混じりあっていたが、それも色あせ、気まぐれに中和されていた。

すべてがこの調子だ!……しばらくの間、彼はある変化を見すごしていた。さっきからヤーネの隣にアリスの姿が、編み物を膝の上に置き、男たちの会話を邪魔しないよう小声で喋る妻の姿が浮かびあがっていたのだ。

たとえば、次のような場面を思い出していた。いつだったかフランツと話しこんでいたとき、突然、妻の密かなささやき声が聞こえてきたことを――

「表編みを三回、裏を一回、これでいいのね？」

ヤーネが妻の手から編み物を引きとり、そして……。

駄目だ、これ以上は思い出せない、ちくしょう！　どうして彼らは、つまりこの夫婦は、わざわざ茶番を演じにくる必要があったのだろう？　何が目的だったのか？　実のところ、ここに来て三十分も経たぬうちに、彼らは本心を漏らしていた――クペルスに出ていく決心をさせたかったのだ！

彼を消し去りたいのだ！　町から追い払いたいのだ、言うまでもなく！　フランツは何も言葉を発しなかったものの、皆も知ってのとおり、何か不愉快な使命を果たさなければならなくなると、妻にその役目を負わせるのがつねだった。ただ、今回は彼女のほうがやや先走ったのだ。突然、クペルスはため息とともに立ちあがり、伸びをしてから、くわえていた葉巻を石炭入れに投げ捨て、新しいのに火をつけた。

彼の態度は一変していた。きつくなっていた。ほどなく攻撃に転じることが容易に感じとれ、ヤーネは自分のカップにお茶を注いだ。

「何と噂しているんです？」彼女の前に立ちはだかりながら、彼が尋ねた。

「何ですって？　どうしてそんなことを？」

「町では私のことを何と噂しているのかと思いましてね。噂など一切ないと信じこませようとしたって駄目ですよ。スネークでかくも痛ましい事件が起きたのは、おそらく三十年ぶり（当時、幼女が二人殺された事件がありましたね！）、私に言わせれば、初めてのことでしょう。シュッテルという、町で一番金持ちの、エレガントな、感じのいい男が殺され、同時にクペルス医師の妻も殺されたわけですから！……」

「ハンス！……」

「こんなこと話題にできませんか？　失礼！　少なくとも話題にする権利のある人が一人いて、かくいう私がそれですよ。つまり、皆さん知ってのとおり、この可哀想なクペルスは浮気されていたんですからね……」

「しっ、黙って！」

「私は『浮気された』って言ったんですよ……しつこいよう

ですが、この言葉を口にする権利があるのは……さぁ、連中は何と言っているんです？」

ファン・マルデレンは椅子のなかで身じろいだ。夫人がおずおずと口火を切った――

「どうしてほしいの？　皆、あなたのことを気の毒に思って……」

「それは嘘ですね」

「何です、嘘ですって？」

「人は決して滑稽な男を憐れんだりしない……」

「苦しみは滑稽じゃないわ」

「もし私が苦しんでいないとしたら？」

「あなたは神経がまいっているのよ、ハンス！……私の言うことがもっともだとご自分でもわかるでしょう、ここを出ていくべきだし、忘れようとつとめるべきだって……」

「いいや！」

「どうして？」

「どこかへ行ってしまえばいいって皆に思われているからさ！」

「だから何なの？」

「だからこそ、私は、逆に世間の怒りを買いたいと望んでいるんですよ。彼らは何と言っているんです？　私が妻とシュッテルの不倫を知っていたと思っているんですか？」

「あぁ！」ヤーネは憤慨した。

「答えてください！」

「誰もそんなこと言わなかったわ」

彼には落としどころがわかっていたし、途中で止めることもできた。なのに、そうしたくはなかったのだ。あいかわらず立ったままだったので、吊り下がった照明が頭と同じ高さにあり、ピンクの光が食卓に敷かれた刺繍入りのランチョンマットを照らしていた。青い毛糸玉も食卓の上に置かれていて、いまにもアリスが取りあげて作業のつづきに取りかかりそうなけはいがあった。

「殺しだと疑っているのは誰です？」

「私が知っているとでもいうの？」

「ヤーネをそれ以上困らせないでくれ」肘掛け椅子からファ

ン・マルデレンが声をあげた。

「じゃあ、代わりに君が答えろよ」

「誰も何も知らないよ。僕たちに何を語らせようっていうんだ？」

「何も知らないときこそ、人はべらべら喋るものさ……何と言っているんだい？」

「ごろつきの仕業だって……」

神経が痛みだしていた。このへんで決着をつけておけばよかったのだが。とはいえ、いったい何に決着をつけるのか？——不安、いらだち、眩暈《めまい》のような、名状しがたいこの不快に、だ。

「それで、私については？」

「何？　君だって？」

「私だって彼らを殺すことができたはず……そう言っている人はいないのかい？」

「ハンス！……やめて！……もうやめてよ、じゃないと私帰るわよ！……」

ヤーネはハンカチで目を拭いていた。喉がぴくぴくと顫《ふる》えている。

「話題を変えましょう……」彼女は懇願した。「もし私が知ってたら……」

「私には、確信があるんです」クペルスは落ち着きはらってつづけた。「私を疑い、噂している人たちが必ずいるってね」

「それが何だっていうんだ？」

彼は凍りついた。夫妻は何も気づかなかったが、彼はいまの返しを石でも投げつけられたように受けとったのだ。かなりの時間、何も言葉が継げず、くわえていた葉巻を唇で支えることすらおぼつかなかった。

「何でもないことだね、たしかに」ようやく彼は言葉を発した。

しかし、今度はファン・マルデレンが攻勢に出る番だった。少しずつではあるが、今回の訪問の内幕が露わになってきた。

「これだけはわかってくれ、我々、クラブのメンバー一同は、君の陥った状況を目の当たりにして、君に友情と信頼の証を贈りたかったんだ。君を会長に選出することでね……」

するとクペルスはにべもなく――

「私が立候補したからだろ」

「君は全会一致で選ばれたんだぞ！」

「それは挙手制だったからだよ。賭けてもいいが、いまとなっちゃ選んだことを後悔している奴らがいるにきまってる……」

「君は間違っているよ……君のせいで僕らの置かれている状況は微妙なものになっているぞ……僕が君の絶望に気がついていないとでも思っているのかい？　いまに駄目になるんじゃないかって心配していないとでも？……僕は毎日、『オンデル・デ・リンデン』で、君のことを見守っているんだぞ……ヤーネも道ゆく君の様子を見ているし……二人とも友人たちの噂話を耳にしている……」

「ほらきた、やっと本題に入ったぞ！」

「耳にせざるをえないからだよ！」

今度はファン・マルデレンが立ちあがり、ジャケットの裾の下で手を組み合わせた。

「いいかげん君も気づくべきだ、患者も減ってきているんだから……」

たしかにそうだった。この一カ月の間、クペルスは患者の半数以上を失っていた。

「君は僕と同じくらいフリースラント人のことをよく知っているだろ、スネーク人だったらなおさら……ここじゃ、スキャンダルは嫌がられるのさ……いくら治療のためとはいえ、ああいうことした女の家に足を踏み入れるのは危ういと思う人たちがいるんだよ……」

「『夫を裏切った女』だろ、はっきり言っていいんだぜ」

「まぁ、そういうことだ……もし君に息子がいたら、その子のまわりから人が退いていくだろう、学校とかで……」

「私のまわりでそうなるように、って言いたいんだろ？」

「誰も君を責めてなどいないよ。ただ、気の毒に思っているだけさ……」

「私にとっちゃ、どっにしろ同じこと……そういうことさ！」そら！　彼はこうした台詞を軽快に、ほとんど陽気な調子で言ってのけた。

「私にはどうでもいいんだ、そう、世間のことも、ビリヤードクラブのことも、患者のことも、外国で出会えるかもしれない若い未亡人のことも……」

ヤーネは息を詰め、ワインのボトルを指さしながら夫に合図を送っていた。クペルスが酔っ払っているとでも思ったのだろうか？

「あなたがたには理解できないんですよ。まったく！　賭けてもいいが、ここに来る前、ヤーネは着替えに一時間は費やしたはずだし、美容院にも行ったにちがいないんだ。なんて抜け目がないんだろう！　それもこれも、彼女が何年も何年も前からそういったやり口に馴染んでいて、そのやり口が正しいもので、自分は正しくあらねばならないと思っているからなんだ……」

彼は扉を少し開け、廊下の暗闇のなかへ叫んだ――

「ネール！……ワインをもう一本持ってきてくれ、いいかい、私のかわい子ちゃん？」

部屋に戻ってくると、妻の写真を眺め、手にとった。

「彼女がいたときだったら、二本目を出すなんて非常識と思われたでしょうね。まさかのまさかだ！　呑んだくれと思われたかもしれないな……馬鹿なことばっかりして！……」

「ハンス！」

彼はファン・マルデレン夫人の甲高い声を真似て答えた。

「ハンス！……ハンス！……彼はあなたがたのことなど何とも……ハンス、聞こえてるの？　彼はスイスだろうがどこだろうが旅行に出る気などありませんよ、やっと彼のことを怖がりだしたスネーク市民をたっぷり愉しませてあげたいのでね」

彼は息を切った、いま口をついて出た自分の台詞にいささか驚いたのだ。二人を観察した。身じろぎもしていない。ネールが新しいボトルを持って入ってきた。彼女がコルクを抜いているあいだ、クペルスは親しげな手つきでその腰を撫でまわした。

彼は扉を閉め、額に手をやりながら、客たちのもとへと戻った。

「何の話でしたっけ？　もう椅子におかけにならないのですか？　しかし、まだお帰りの時間じゃないですよ！　しきたりではあなたがたのお帰りは六時半だということをお忘れなく。それも月の第二木曜でなければの話ですがね、もし今日が第二木曜だったら、お二人とも夕食に招かれる権利があるわけですが……」

ヤーネが夫のほうを振り返った。

「フランツ！……何か言って！……この人を黙らせて！……もうこれ以上飲ませないで……」

クペルスは自分の杯にワインを注いでいた。このワインは地下室《カーヴ》から直接出してきたもので、よく冷えており、一本目より酸味が強かった。

「話を聞いてくれ、ハンス、つとめて理性的になってくれ……」

「嫌だね！」

鼻をかみすぎたために、ヤーネの鼻は真っ赤になっていた。あまりに小さな鼻なので、いまや熟しきっていない桜桃《さくらんぼ》のように見えた。

「いままで、君はおおいに立派にやってきたじゃないか、そんな君に皆感謝してきたんだぞ……」

「ありがとう！」

「僕たちはもう失礼するよ……頭を冷やせ……よく考えてみてくれ、僕らが君に言ったことはすべて、愛情から出た言葉だってことを……」

「重ねてありがとう……」

「ヤーネ！」

ファン・マルデレンは探るように妻を見つめ、帰る準備ができているかどうかうかがった。「できている」と彼女は合図を送り、扉のほうへ急いだが、途中で足を止めた。

「こんなふうに置き去りにするのは、なんだか心苦しいわ……大丈夫かしら……」

「私が馬鹿なことしでかすんじゃないかって？　ご安心ください！……あなたがたが出ていかれたら、先ほどご覧いただいた、ネールを呼びつけるつもりですから……二人っきりで、おとなしく、寝る時間が来るまで語りあうことになるでしょう……おわかりですね！　あなたがたはこの件を公式に知らされた最初の人たちということになるわけですが……とはいっても、すでに巷《ちまた》では噂になっているにちがいない……数日前から、我が家では食卓に二人分の食事を用意させているんです、そのほうがずっと賑やかになりますから……あぁ！　それに私自身、こういう暮らしに慣れてきたところですし……」

「早く来て、フランツ！」

ヤーネは取り乱していた。羽織っていたコートがずれていたが、それはアリスが持っていたのと同じ型で彼女が作らせた代物だった。ただし、クペルス夫人のは葉巻に似た褐色、彼女のはブルーグレーという違いはあったが。

「また明日様子を見にこようか？」フランツが手を差し出して訊いてきた。

「明日もこれからもずっと……私はビリヤードクラブの会長じゃないのかい？……無理やり辞めさせられたりしないかぎり……」

「あぁ！」

「さぁ、子供たちよ、お行きなさい……家に帰ったらぐっすりお眠り……まぁ、きっと寝苦しい夜になるかと思いますがね……またお会いしましょう、善良なるヤーネ……何はともあれ、また明日、ロッジアから私が通るのを忘れずに見てくださいね！」

歩道、運河の欄干、船の繋柱――それらが鋸形《のこぎりがた》をした切妻屋根の家々と林のあいだから垣間見えた。扉を閉めると、彼はしばらくたたずみ、胸に手を当てた。あれほど怖がっていた胸の疼《うず》きがまた新たに襲ってきたからだ。危うく同業者の一人に電話をかけるところだった。その人は心臓の専門家で、以前診てもらったとき、たいしたことはないとお墨つきをくれたのだった。

奇妙な感じだった。色のついたステンドグラスのランタンに照らされた、人気のない廊下にひとりきりでいるというのは。突きあたりに、乳白色の、磨りガラスの張られた台所の扉が見えた。その向こうでは、人影が忙しく動きまわっている。

そして階段の上は、闇だった。そういえば傘立てをめぐっても一悶着あった。またしても言い争いだ！　アリスは夫の霊名日のお祝いにこの傘立てを贈ったのだが、個人宛の品ではなかったから、夫の怒りを買ったのだ。喧嘩の間じゅう、彼は今度の誕生日にパイプと葉巻を贈るよう妻を脅しつけたのだった。

なんて馬鹿なこと！　しかも、なんと遠い思い出！　外套掛けを買ったときもそうだった……彼女は蠟引きした樒製のを欲しがったが、彼は竹製のほうがよかった……彼女は竹製は安っぽいと言い張って……。

結局、蠟引きした樒製のを買ったものの、それにはブロンズ製の帽子掛けがついていて、おまけに面取りした鏡が真ん中に嵌めこんであった……ファースマという、広場の角の大型家具店から取り寄せた商品だった……。

クペルスにはファン・マルデレン夫妻のその後を頭のなかで追いかけることができた。二人の姿が浮かんでくる、ヤーネは夫の腕に取りすがり、息も絶え絶え、というのも夫が勇み足しすぎて、二人して例の事件についてべらべら喋ってしまったものだから……。

やがて自宅に到着、新築の、町で最も瀟洒《しょうしゃ》な家の一つ……安堵のため息とともに、ヤーネがアンクルブーツを脱ぎはじめるが、なぜそんな靴かといえば、足が冷え性だから……。

まるで悪夢のようだ……胸の疼きがおさまってきた……クペルスは台所まで行き、扉を開けた。なかでは小娘のベーチェがアイロンがけの真っ最中、かたやネールはチーズを薄くスライスしていた。

「何を召しあがりたいですか？」

「お前の好きなものでいい……早く食事の用意をしてくれ……」

彼は不意に、疲れを感じていた。クラブの会長職を取りあげられるんじゃないかと心配だった。由々しき事態だ。ビリヤードなどどうでもいいが、あのクラブじたいは町で最も風紀のちゃんとした社交場であり、あらゆる名士のつどうサークルなのだ。それと同様に、ロースのカフェもありきたりなカフェではなく、むしろ内輪の隠れ家といってもいい場所で、稀に招かれざる客が来ると驚きと非難のまなざしで迎えられたものだった。

もし辞職を求められたとしたら、それはつまり疑われているということだ。疑惑が公に認められたということでもある……。

だとすれば、誰かがファン・マルデレンに手がかりを摑んでくるよう言いつけたのだ……フランツはそれを夫人に話した……夫人は今回の訪問の手はずをととのえた……外国に旅行しろとか若い未亡人と再婚しろという話もすべて……。

ネールがテーブルクロスを持って入ってきたとき、彼は自分が妻の写真を手にしていることに気づいた。素早くマントルピースの上に戻したが、女中は主人が何をしたか見抜いた。

「写真はすべて処分しないといけないだろうな」彼は言った。

するとネールが答える――

「それはまずいでしょう！」

なぜまずいのか、彼女は何もわかっちゃいなかった。あいかわらず同じ理由なのだ。死者の写真を処分するのは〈正しい〉ことではない、なぜなら……。

彼は女中を見つめたまま肩をすくめた。ヤーネが彼女の印象が変わったと言うのもうなづけた。ネールは以前より身だしなみに気をつかい、髪もずっと丁寧に整えていたし、よくよく見れば、いつもどおり少し艶のある肌に白粉の跡が見てとれるようだった。

二人分の食事にかんして、彼は嘘をついていなかった。数日前に決めたことで、その日の晩、彼は隣に突っ立っていた彼女に席につくよう命じたのだった。

「できるわけないでしょう……」彼女はそう答えたのだ。

「どうして？」

「あってはならないことですから！」

「いいから早く座りなさい、わかったね？　座ったら私と一緒に食べるんだ……」

彼女はほんの数口、歯の先で噛むようにして呑みこむのがやっとだったが、以後、同席が原則として認められることになった。ベーチェにかんしては、気兼ねすることもなかった。むしろ逆だ！　クペルスはわざと晩になってから台所に行き、こう言ったものだ――

「寝にくるかい、ネール？……おやすみ、ベーチェ……」

ベーチェは意味がわからなかったらしい。あるいは当時の彼女にとって、そんなことはまったくどうでもよかったのかもしれない。彼女は日に十二時間から十四時間、ネールと共同戦線を張って働きつめていたから、余計な考えは何も頭をよぎらなかったのだろう。

「ワインを取っておいてくれ。また明日飲むだろうから……」

ボトルには酒が半分残っていた。心ならずも、彼は引き出しから銀製の特別な栓を取り出した。飲みかけの瓶を封するためのもので、カタログを見てハーグに注文したセットの一つだったが、二年も経つと薄い銀メッキが剝がれ、その下の銅が露わになりはじめていた。

「疲れたよ、ネール……」彼はため息をつきながら、さっきまでファン・マルデレンが占めていた肘掛け椅子にどっと身を沈めた。

葉巻とワインの匂いがまだ残っていた。

「腹が空いてないんだ……」

「少しは召しあがらないと……空きっ腹で寝るのは体に良くないですよ……」

妻が言ったというあの台詞は、ヤーネ・ファン・マルデレンの台詞だったかもしれない！

ネールがつづけて言った――

「電気の修理が来ましたので……私が払っておきましたた……」

そして物という物はうんざりするほど元の場所にあった！

第六章

ネールは寝覚めが悪く、以前のように煙草に火をつけて一服する暇もなくなり、ただコーヒーをガスコンロで温めなおすだけになっていた。クペルスは冷水で髭を剃っていたものの、夢うつつだった。下に降りていくと、今度はベーチェが台所にやってきたが、この小娘は顔すら洗っておらず、裸足にスリッパを突っかけ、寝間着の上からエプロンをつけるというありさまだった。

「ここで給仕しろ」と彼はネールに言った。

そして彼は食卓の隅に陣どり、かたや二人の娘は、つけたばかりのストーブに背を向けながら、主人をぼんやりと眺めていた。朝六時だった。暦は三月で、まだ寒かった。

「毛皮つきのコートをお召しになりますか？」ネールが訊いた。

「そうしようかな」

通りは閑散として暗かった。手提げ鞄を持って、クペルスは足早に駅へと急いだが、ついてくるのは自分の足音の反響《こだま》だけだった。やがて別の足音が他所から聞こえてきたものの、どれも目指す方向は同じだった。空が青みはじめていた。駅には明かりが灯っていた。

不意に、彼は気づいた。事件以来、列車に乗るのは初めてだと。先月は、生物学会の会合のことなど忘れていたし、そもそも駅に足を踏み入れる機会さえなかったのだ。

駅は人気がなく、がらんとしていた。彼は窓口を叩いて人を呼ばねばならず、やがて出てきた駅員はくぐもった声でこう尋ねた――

「アムステルダムの一等で？」

で、その後は？　切符を手にしたまま、別の駅員が控えている回転ドアをくぐり抜けなければならない。ところがクペルスは、そこにいる駅員が何か感づいているかもしれないと思いあたったところだった。それまで考えもしなかったのだが、ここにきて急に思い出したのだ。彼は近づいていき、金髪でかなり痩せぎすの、歯並びの悪いその男の目をじっと見つめた。

この駅員は覚えているだろうか？　あの夜、クペルスが帰りに切符を渡さず、それどころか、スネーク駅で降りさえしなかったことを。

視線を受けて、相手の青い目が少し驚きの色を見せるのがわかった。額に皺を寄せたのは、何かを思い出そうとしたからではないか？

「アムステルダムの一等……」灰色の切符を差し出しながら、クペルスは告げた。

「結構です、ドクター……」

あまりに一瞬のことで、結論は引き出せなかった。が、驚くそぶりと額の皺は否定しようのない事実だった。

クペルスはいつもの車両に席をとった。ここなら確実にひとりでいられる。発車すると、一条の陽の光がちょうど風車の羽根の後ろから射してきて、さながら絵葉書か観光ポスターにある風景のようだった。

クペルスは駅員をよく見ようと身を乗り出した。ホームに立っていた駅員もまた、こちらを見ていた。

駅員がこの後どういう行動に出るか、それだけが問題だった。あの夜、クペルスが自分の前を通らなかったことを、彼は覚えているだろうか？　もし疑っていたとしたら、どこかに保管してあるにちがいない復路の回収切符を調べることもできたはずだ。

だとしたら、判事に言いつけにいくだろうか？　スタフォーレンの駅員は、クペルスが列車に乗りこむところをしかと見ていた。ウォルクム、ヒンデローペンでは降りていないことも知られている……。

クペルスの運命は、いまや次のことにかかっていた——駅員の頭のなかに芽生えかけた漠然としたイメージに。

もし彼が証言したら、クペルスが走行中の列車から飛び降りたことがばれてしまうかもしれない。そして、もしそのことが知られたら……。

＊

カールからネールに届いた手紙はこう結ばれていた。

「旦那にカネを送るよう言ってくれ。文無しなんだ」

他に話題はない。脅しもなければ、詳細もない。カールは「文無し」で金を要求している、ただそれだけだ。クペルスは彼の住所を知っていたので、アムステルダムへ会いにいく決心をした。

朝八時に、列車がスタフォーレンに着くと、白い船が埠頭に泊まっていた。陽はすでに高く、クペルスは毛皮つきのコートを暑苦しく感じた。ゾイデル海は淡いブルー、絹のように柔らかな波を立て、三十あまりの漁船の帆を方々に散りばめていた。

万事いつもの成りゆきだった――汽笛を鳴らす列車、響き渡る船の警笛、大広間に降りてお茶を注文する乗客たち。クペルスも他の人たちにつづいて降りていったが、知りあいは誰もいなかった。給仕係が変な目つきで見てきた気がしたので、デッキに座りにいくことにした。鞄をかたわらに置き、両手をポケットに入れたまま、スタフォーレンの細い鐘楼が遠ざかっていくのをじっと眺めていたが、十五分もすると、早くもエンクホイゼンの町並みが日向に現れはじめた。

結局のところ、スネークの駅員は医師が投げつけた視線にただ驚いただけだったのではないか？　あるいは、新聞で話題の人をあまりに間近で見たので動揺しただけでは？

ともかく、クペルスがいつものように義理の姉妹の家に泊まりにいくことはないだろう。もしかしたら「リッツ」に宿をとるかもしれない。彼は数年前から、通りがけにこのホテルの回転扉を眺めては、なかに入ってみたいと思っていたのだ。察するところ、そこには別世界が広がり、荷物のタグに世界中のありとあらゆる豪華ホテルの名が刻まれているのだろう。歩道の端に航空会社のバスが停まっていることもよくあった。

いまとなっては、「リッツ」での宿泊を妨げるものは何もなかったし、パリや、ロンドンや、ベルリン行きの飛行機に乗らない理由などまったくない……。

ところが、彼はいつものしきたりにしたがい、駅の真向かいにある〈酒類販売認可店〉のカフェへジェネヴァをひっかけにいったのだ。すると、あの日のことがおのずと思い出されてきた。

「リッツ」は通りの突きあたり、拳銃を買った店の近くにあった。いま朝の雑踏にまぎれて、太陽の下、大都市の喧騒のなかを歩いていると、あの朝、あの大いなる日の朝に自分はいったい何を考えていたのだろうと疑問が湧きあがってくる。

あの日と同じく、ブリーフケースを脇に抱えて歩いていた。だが、あのとき自分は何を考えていたのだろう？　一切のことは事前に取り決めてあった。何をすればいいかもわかっていた。だが、いったいなぜあんなことを？

妙だった——当時の心境を蘇《よみがえ》らせることがどうしてもできない。

そこまで嫉妬に狂っていたわけではなかった——その証拠に、あのとき以来、妻のことを忘れていたといっても過言ではないのだ。

「リッツ」までほんの一〇〇メートルのところにさしかかっていた。そのとき一つの真実が浮かびあがってきたが、受け入れるには忍びないものだった——結局、自分が殺したのは妻ではなく、シュッテルだったのだ！

その理由は……駄目だ！　今更そんなこと考えるべきじゃない。何だっていいんだ……。

「部屋を一室、お願いします……」

「バスルームつきですか？」

「もちろん、バスルームつきで！」

「一〇フローリンになります……二四六号室です……」

手から鞄を引きとられ、これでもう二時まで何もすることがない。何人かのイギリス人がホールの肘掛け椅子に陣どり、めいめい新聞を読みふけっていた。若い女、まぎれもなく女優とわかる女が、鼻の潰れた小犬と戯れている。クペルスはカールに会いにいこうと決心した。

＊

彼は大通りに出て、赤レンガの巨大な建物にたどり着いた。建物のまわりには、あいかわらず数百人のハンチングをかぶった船乗りたちが駐留していた。そこに貨物の取引所があるからだ。

カールの住処《すみか》はすぐ裏の、狭く汚い通りにあり、そこはアムステルダムでも数少ない不潔な通りの一つだった。中国人の店や古道具屋が立ち並び、一風変わったショーウィンドウには、煙草が四、五箱黄ばんだ状態で陳列されていた。こうしたショーウィンドウは、本業をごまかすための慎ましい隠れ蓑にほかならない。じっさいクペルスは視線と手招きで誘われたので、二度ほど顔を背けなければならなかった。

カールの番地は床屋のそれと同じだった。左手に低い戸口があり、階段は薄暗く、手すりがない。二階の踊り場で子供たちが遊んでいて、上の階の扉を指し示してきた。

「どうぞ入ってください！……」

彼は鍵のかかっていないその扉を押した。部屋に入ると、テーブルに食事の残飯が散らばっており、カールはまだ寝ていた。隣の毛布から、女の髪がはみ出ていた。

「あぁ！　あなたですか……」カールはそうつぶやきながら、顔に手をやった。

あくびして起きあがり、連れあいを揺り起こすと、起こされた女は呻《うめ》いた。

「さぁ、ほら！……ちょっと外を一回りしてこいよ……」

そのとき、クペルスは男を羨ましく思い、その貧しさと無頓着さが妬ましくなった。女がベットから出てきた。痩せた黒髪の女で、胸は小さく洋梨形、乳首はヨードチンキの色だった。古靴を探しながら、怪訝なまなざしを訪問者に投げかけ、肌着に緑のコートを羽織って外に出ていった。カールはといえば、脚を剝きだしにしたまま、ベッドの端に腰かけただけだ。陽の光が顔にかかっているせいで、ひどく整った顔立ちが浮き彫りになっている。

「すみませんね、ご親切に金を持ってきてくださって……

ネールは元気ですか？」

「元気です、どうも」

「たくさんは要らないんです……五〇フローリンぐらい、数日持ちこたえるだけの金さえあれば……」

カールは頭を掻きむしり、ついで足を掻きむしって、寝覚めの悪い男のように振る舞った。窓は狭かった。女の服が床に散乱していて、なかには薄汚れた下着もあった。

クペルスは押し黙ったまま、ためらい、困惑していた。相手はそんな彼を興味深げに、皮肉っぽい小さな目で観察していた。

「あなたは変わった人ですね！」急に男が指摘してきた。

「なぜです？」

「別に何となくですよ……関係ないことには首を突っこみたくないのでね……」

つまり、感づいていたということなのか？　でなければ、どうしてこんなにも自信満々に金を要求してきたりできよう？

「あなたに一つ訊きたいことがあるんですが……」ようやくクペルスは口を開いた。「ドイツを離れなければならなかった理由というのは、いったい何だったんです？」

彼は相手の落ち着きと、陽射しのなかでにこやかに笑う目に感心していた。

「事故みたいなもんですよ……たいしたことじゃない、本当に……当時、部屋に金を隠し貯めている女中とつきあっていましてね……ある日、その金を盗みたくなったんですよ……きっと泣き寝入りするにちがいないと思って……なのに泣き寝入りどころか、その娘は泥棒にむかって大声をあげはじめたんです、こっちはやっとのことでベッドに押し倒して……」

クペルスは、息を飲みながら、話のつづきを待った。

「……枕で顔を押さえつけて……」カールはつづけた。

そして立ちあがり、ぶすっとしたまま、歯ブラシを探しはじめた。

「……ちょっとばかし締めつけたんです、抵抗を止めておとなしくなるまで……俺は出ていきました……二日経ってようやく、新聞で知ったんですよ、彼女が死んだってことを……でもいい娘だったんですよ、ちょうどネールみたいな、ほら、あなたがしてほしいことは全部やってくれそうだけど、何を考えているかはまったく読めないといったタイプの娘……」

男の表情がますます曇っていった。濡れたタオルで顔を拭き、ズボンに脚を通すと、クペルスのほうを見て屈託なくこう言った――

「で、あなたは？」

「どういう意味です？」

「あなたは何をしたんです？」

「私が？」

カールは肩をすくめ、投げやりにこう言った――

「どうぞお好きなように……やることは人それぞれ、じゃないですか？　まぁ、そんな愉快なことじゃないから、この話はまたのお楽しみにってことで……ネールは俺のことを何か言ってましたか？」

「いや何も……」

「そろそろ手紙をくれるころかな……彼女はどこにでもいる従順そうな娘に見えますがね……いやはや！　賭けてもいいですが、彼女もきっと大声を出すタイプですよ、あのときの娘みたいに……」

男は扉を開けた。緑のコートの女が階段の最後の段に腰かけていて、やがてなかに招かれた。

「来いよ！……こっちの話は終わったぜ……」

そして、クペルスに向かって――

「さぁ、これで俺の住んでいる場所もおわかりになったでしょう……月極めで部屋を借りたんです……今後もし俺に用があったら……」

最後に、女に向かって、一〇フローリン札を差し出しながら――

「煙草を買ってこいよ……」

クペルスは帰りたくなかった。何かに引き留められていた、もうしばらく目を凝らして見ていたい、自分と同じく人を殺したこの男の話に耳を傾けたいという欲求に。

「どうしたんです？」

「いや何でも……」

「俺の話にびっくりなさったんですか？　そんなに怖がらないでくださいよ！……あんなこと、誰だって二度とやりたくないですよ……」

クペルスはまだ動けなかった。

「何か俺に言いたいことでも？　え？　よく覚えておいてくださいね、俺はあなたに何も質問していないということを……ここでためらっているのは、あなたのほうなんですからね……」

「いや！　もう帰ります……」

そうすべきだった！　それも至急に！　でなければ、一分も経たずに、この男にすべてを打ち明けずにはいられなくなるだろう！

「ごきげんよう、ドクター……用ができたら、またこちらから手紙を書きますよ……お返しを期待しながらね！」

最も驚いたのは、この後、いつのまにか自分が大通りにいたことだ。往来する普通の人々、自転車、路面電車、自動車、崩れかかった菓子屋のショーウィンドウ、値札つきのマネキンを飾った服屋、それらに紛れて自分が立っているのが一番の驚きだった。

会話からはっきりわかったのは、カールが意図せず、ただ捕まって罪に問われないために、女中を殺したということだ。だが、クペルスは？　皆にとっては、事はずっと明白なのかもしれない。彼の行いは嫉妬のせいにされているのだろう。だからこそ彼はすでにして同情されているのだろうし、だからこそビリヤードクラブのメンバーたちは彼を会長に選んだのだろう！

しかし、真実は違う……嫉妬ではなかった……彼は妻を恨んではいなかった！……事はもっとひどかった――例の肖像写真を見てからというもの、彼はある種の満足感をもってその前でたたずむことがままあったし、すでに二度ほど、例のこの世のものとは思われぬ青い毛糸玉をいじくりまわしたこともあったのだ。

そうした振る舞いは喧嘩の引き金になりかねなかった。ネールはあの毛糸玉をどこかへ片づけるか、おそらく捨てたがっていたのだが、クペルスはそのことに激昂し、女中を大いに驚かせたのだ。

「そこに残しておけ！……わかったか？……ここにあるものは何であれ、触れてはいけない！」

どうしてだろう？　かたやカールはといえば、何事も意に介さず、粗末なベッドの上で暮らし、自分に仕える女をつねに見つけてきては、犠牲者について一抹の憂いとともにこう言ってのけていたのだ――

「残念ですよ！　いい娘だったんですがね……」

＊

昼食は彼に何の愉しみももたらさなかった。「リッツ」での食事は初めてだった。店内は人で溢れかえっていた。テーブル席にひとりでいたので、彼は新聞を広げたが、ほとんど文字が目に入ってこず、自分が何を食べているかもよくわからなかった。

二時に、彼は学会の会場に着いた。コリント式の高い柱が並びたつ、白と青の大ぶりなタイルの敷かれたホールに足を踏み入れると、来たことをすぐに後悔した。

単なる印象にすぎなかったものの、それでも冷静さを失わせるには充分だった――同業者たちは皆ホールを行ったり来たりしていたが、まるで偶然であるかのように、急に背後から現れたり、あるいは気をとらわれるあまり彼の姿が見えていなかった。

むろん、彼らは事件の詳細を新聞で知っていたし、新聞には彼の写真まで掲載されていた。しかしそれが理由だったのだろうか？

彼は最もよく知る者の一人、学部時代の旧友に近づき、手を差し出した。握り返した相手は、気まずそうにこう尋ねてきた――

「調子はどうだい？」

「悪くないよ……」

「疲れているみたいだな……休息が必要なんじゃないか……」

「あぁ……そもそも今日は失礼しようと思って来たんだ……一時間後に別の用事があるもんでね……」

「会議の途中で抜けてもかまわないよ……」

彼が早退するのは初めてのことだった。しかし実をいえば、他の人たちのほうが真面目すぎで、もったいぶった枠にとらわれていたのだ。それに、彼の頭のなかはいまだカールのことでいっぱいだった。

あいつはいいやり方を見つけたのではないか？　あいつはまったく世間を頼りにしていなかった！　自分の居場所を隅にかまえ、自分の考えをもって生きていた！

いつかみたいに、クペルスは午後を映画館で過ごすことにした。オペレッタの映画版が上映されていて、そこではすべての登場人物が、時代物の衣装をまといながら、歌い踊って暮らしていた。

街頭にふたたび出ると、あたりは暗く、群衆はこみあっていた。会社や店が終業する時間だったからだ。

幸福な人々、そこにいる人たちは皆、腹を空かせて家に帰り、鉛のように重い眠りにつくのだろう！

どうして、初めて持ったナイフのことが思い出されてくるのだろう？　当時、彼は十一歳だった。何カ月もの間、ナイフが欲しくてしょうがなかったのだが、買うには金が足りなかった。ある日、古本屋で手持ちの教科書を二冊売り払い、それらを失くしたと嘘までついて、ナイフを買いに走ったのだった。

しかし、公然とは持ち歩かなかった！　見せびらかしたら疑いの目で見られたことだろう！　こっそりと使い、時にはトイレに籠ってしげしげ眺めたこともあった。

そんなことを思い出すのに理由などなかった。だが、ひとりきりで、ブリーフケースを抱えたまま、アムステルダムの街をふらつくことに理由はなかっただろうか？　「リッツ」に泊まることの理由は？　翌日ふたたび列車に乗り、エンクホイゼン行きの船とスタフォーレン行きの列車に乗り継ぐことについてはどうだろう？

駅に着いたら、彼は改札係の駅員を正面から睨みつけるだろう、しかし、あいかわらず何もわからないだろう！

彼のまわりには、町があり、国があり、世界があった。そうしたすべてのなかで、彼の居場所はほんの一隅にしかなかった。暗い家、食堂のテーブルの上に浮かぶピンクの光輪、銅と陶製のストーブ、つれない女中……。

まるまる一時間、診療室で患者を待ちわびることもあり、じっさい患者は日に日に少なくなっていた。

どうして、逮捕しにこないのだろう？　なぜ、世間は思っていることを声高に言わない？

彼はブリーフケースを「リッツ」に預け、歩きだした。本当は歩きたくなかった。何もしたくなかった。大都市のなかにいれば気が紛れるだろうと思ったものの、じっさいは身の置きどころがわからなかった。

列車があったら、すぐにでも家に帰っていただろう、台所の扉を押し開け、汚れ仕事に精を出すベーチェを眺め、ネールの尻を軽く叩き、コーヒーの香りを嗅ぎにいったことだろう……。

ふたたび床屋の前に来て、彼はためらった。意を決して階段を昇り、カールの家の扉を叩いた。開いたのは向かいの扉だった。老人が声をかけてくる――

「あの男ならバーにいますよ、五軒先の小さなバーに……」

クペルスはその種のバーに入ったことがない。地下へ降りていった。カウンターにテーブルが四つしかなく、吐き気を催すようなジェネヴァの匂いがたちこめていた。隅の席に、船乗りが二人、黙りこくったまま酒を飲んでいる。カールはといえば、ひとりテーブル席について、グラス・ビールを片手にソーセージを食べていた。

「また来たんですか？　何か問題でも？」

「退屈だったもので……」

「じゃあ、ジンでもどうです？　ジンを一杯くれ、マスター……ダブルで！」

クペルスはそれを一息に飲みほし、そのあいだカールは、いたって穏やかに、食事をつづけていた。

「何が退屈なんです？」

「自分でもわからないんです……」

「遠慮せずおかわりしてください……俺がおごりますよ……」

カールは口をぬぐい、ベンチにふんぞりかえって、相手を注意深く見つめた。

「俺に何もかも喋らせたいんですか？」言葉を区切るようにして、ようやく男が言った。「そんな調子でつづけたら、しまいにはひどいことになりますよ」

「どう思っているんです？」

「どうも思っちゃいませんよ……あなたの件は俺には関係ないことだし……」

「どう思っているか言ってください……」

話したいという欲求があまりに高ぶり、クペルスはほとんど懇願せんばかりになっていた！　もう我慢できなかった！

「どうして俺に何か思わせたいんです？」

「私のいう意味がわかっているくせに！」

そこでカールは店の主人が聞き耳を立てていることを知らせた。コインで大理石のテーブルを叩いて主人を呼び、会計を済ませた。

「来てください……」

二人は千鳥足の酔っ払いにぶつかりながら、アコーディオンが鳴り響く通りを横切っていった。女たちが歩道のあちこちで待ちうけていたが、カールは避ける必要もなかった。彼女たちのほうから、すすんで道を空けてくれた。

通りの突きあたりは、運河だった。河岸は人気がなく、係留された数隻の船が明かりを放っていた。二杯のジンのせいでクペルスの胸は焼けるように熱かった、というのも、あの酒は質が悪く、おそらくアルコール度数が五〇度はあったから。

「さぁ、言いたいことを吐いてくださいよ……」

「まだ考えたりしますか？……何のことかおわかりでしょう……つまり、女中のことを……」

カールは目を凝らし、薄明かりのなか可能なかぎり相手の目を見つめた。

「それで？」

「それだけです……」

「嘘だ！……鞄の中身を空けてみろ、そこまで言うなら……あんたが来るところを俺が見ていないとでも思っているのか？」

引き下がるにはもう遅すぎた。が、突然、クペルスは恐怖を感じた。どうやってここまで来られたのか、自分でもわからなかったのだ。

彼はドイツ人の意のままになっていた。この男は、クペルスがポケットにまだ金を隠しもっていることを知っているのだから、肩でどやして、彼を運河に突き落とすこともできたはずだ。いまや、彼をゆすることができるのはこの男だけだった。クペルスは喋りすぎたのだ。

「真実を知っているんでしょう？」医師は口ごもって言った。

「あなたなんですか？」カールはぶつぶつとそう言うだけだった。

男にはすでに思いあたるふしがあった。確信なくそう言ったのだ。

「もっと早くに気づくべきでした、あなたがネールを部屋に引き留めたときに……あんなことしたらいつだってあいう結果になるんだ……」

「言っている意味が理解できない……」

「理解する必要もないでしょう……さぁ、それで俺にどうしろというんです？」

「別に何も……」

暗がりのなか、カールは肩をすくめ、煙草に火をつけた。立ち去ろうかためらっている。ようやく口を開いた――

「俺が思っていることを言ってあげますよ――あなたという人は、とんでもない変質者だ！……」

＊

変質者！……

彼は船中にいた。またしても、皆を苦境に陥れたところだった。というのも、市長会議の日だったからだ。月初めの水曜は、市長たち三人が船に乗っていて、彼らとブリッジをするのがしきたりだったのだ。

クペルスは皆が自分とゲームどころか、人前で同席すらしたくないことをわかっていた。とはいえ彼が先んじていつものテーブルに陣どり、カードと点数札を用意していたので、彼らとしては着席するほかなかった。

ボーイも気まずそうな態度を見せていた。スタフォーレンの市長は二度もカードを配りまちがえた。三人ともゲーム以外のことは何一つ口にしないよう努めていた。

本当に変質者なのか？　ゲームしながらも、彼は他のことを考えていた。カールのことを考え、ネールのことを思い、今朝ベッドまでコーヒーを運ばせたベーチェに思いを馳せていた。

すると突然、皆が自分を疑い、人殺しだと確信しているような気がした。なのに、逮捕しにこない！　尋ねてもこない！　切符の件のように、証拠の発見を待っているのだろうか？　憐れんでいるのだろうか？　あるいは、スキャンダルを避けたいのか？

強いていうなら、三つ目の理由だ！　じじつ、ファン・マルデレン夫妻は彼に外国行きを決心させようとうるさく言いつのっていたではないか。

彼はといえば、居残って、彼らに人を殺《あや》めた手を無理やり握らせていた！　恐怖を与えたかったのか？……それとも憐れみを求めたのか？

いずれにしても、彼が町を出ていくことはないだろう。今回のアムステルダム旅行の経験だけで充分だった。彼はスネークにずっといたかったし、親しみなれた河岸、家、隅の席を離れたくなかった。すぐにでもそこに戻り、勝手知ったる馴染みの品々を眺めては目を憩わせたかった。

「切り札なしのスリーカード《ノートランプ》……」

スタフォーレンの市長は到着の数分前にデッキに上がり、クペルスと一緒にならないよう、我先にと降りていった。クペルスは、あのときのように、車室でひとりになった。

これまたあのときのように、夜だった。叫び声が響いた
――

「ウォルクム……」

そして、十分後には――

「ヒンデローペン……」

突然、彼の顔がさらに青くなった。あのときのように、徐行しはじめたからだ。以前なら、こんなところで徐行しても気がつきもしなかったのに。危うく彼は降りそうになった……。

いや違う！　列車はふたたび動きだし、スネークに停まった。駅員が改札の脇にじっと立っており、クペルスと目が合うと、こう言ってきた――

「ありがとうございます、ドクター」

いつもこんなふうに礼を言っていただろうか？　思い出せない。脅しじゃないかと疑った。

町の一郭を横切り、鞄を手にしたまま、「オンデル・デ・リンデン」の窓明かりの前で二の足を踏んだ。

入るよりほかに、しようがなかった！　連中を無理やり握手させ、彼らのあいだに座り、彼らに挑みかかり、じっと彼らの目を見るほかない！

ファン・マルデレンがいたが、気まずそうだった。

「アムステルダムに行ったのかい？」

「あぁ……」

球が台の上を転がり、スポットライトが照りつけていた。四人のメンバーが隅の席でブリッジをしていた。

ファン・マルデレンが言葉をかけ、柔らかな手で握手してきた以外に、クペルスと周囲の連中とのあいだには何の交流もなかった。イェフもまたよそよそしく見え、グラスビールを給仕する手つきに警戒があるようだった。

皆をいらだたせようと、クペルスは尋ねた――

「ところで、あの魅力的なリナはどうなった？」

彼はとりわけロースとファン・マルデレンを見ていた。他の者たちは微笑んだ。

「彼女は帰ったよ……」

「おやおや！　ひとりっきりで？」

「いや、イギリス人の、チーズづくりを勉強しにきた男と……」

球突き台の一つに、親愛なる予審判事がいたので、彼は頭を下げて挨拶した。向こうは気がつかなかったらしい。

まるで彼のまわりに空虚が広がっているかのようだった。球のぶつかる音がうつろに鳴り、時おり声がわざとらしく響いた。彼は立ち去ればよかったのだ。なのにしぶとく居座って、ビールのおかわりを注文し、次にジェネヴァを頼んだ。するると前日飲んだジンのことが思い出されてきた。

その日、彼は「リッツ」に泥酔状態で帰ったのだった。どうやってベッドまでたどり着いたのか、記憶がなかった。朝になって、カールが無心か脅しに現れるんじゃないかと不安だったのだが、列車の時刻まで誰も来なかった。

「ヤーネの調子はどうだい？」彼はファン・マルデレンに尋ねた。

「とても元気だよ……」

皆から敵視されていた！　彼はいたるところで壁にぶつかった。しかも、こちらを疑うだけにとどまらず、真実を知っている奴がいた。じっさいクペルスは匿名の手紙の件を忘れていなかった！

「事故みたいなもので……」とカールは枕で女中の息の根を止めたことについて語っていた。

しかしクペルスの場合は、どうだったろう？　そしてなぜ、カールはああもはっきり言ったのだろう？――

「あなたという人は、とんでもない変質者だ！」

変質者――四十五年間、例のナイフの件をのぞいて、何の悪行も犯してこなかった男が？　妻を裏切ったこともなく、あったとしてもパリでの一回のみ。それもまた馬鹿げた浮気で、五分間の行きずりにすぎなかったのだが、病気をうつされたんじゃないかと不安で、何週間も悪夢にうなされつづけたものだった。

変質者――十五年も同じ家に暮らし、もっぱら家をより賑やかに居心地よくしようつとめてきた男が？

変質者――シュッテルの代わりにサークルの会長になることだけが望みだった男が？

変質者――月に二十日も叩き起こされて出産に立会いにいった男が？

そのことを考えると、泣きたいぐらいだった！

「ジェネヴァを一杯、イェフ……」

じろじろ見られてもしかたない、たしかにいつもより多く飲んでいたのだから！　彼にはどうしても知る必要があった。だからこそジンの力を借りて、自分自身よく考えてみることにしたのだ。

言うまでもなかった――カールは意図せずして、刑務所に行くのが嫌だから殺したのだ……。

かたやクペルスは、いまだになぜあんなことをしたのか言えずにいる……。

彼は重たい頭を起こした。

「ビリヤードで二〇〇点とったのは誰だ？」そう尋ねた。

誰も答えなかった。彼の頬は火照り、目がぎらついていた。人々を順ぐりに睨みつけた。

「誰が二〇〇点とったか訊いてんだ……」酔いのせいですでに膝が萎えているのを感じながら、そう繰り返した。

気づかれていないと自分では思っていた。しかしファン・マルデレンが、他の者たちより仲がいいことに乗じて、軽蔑を隠そうともせずこう言ってきた――

「帰って寝たほうがいいって自分でもわかってるんだろ！」

アムステルダムでどうやって服を脱いだか覚えていないように、クペルスはその夜、どうやってカフェを出たのかほとんど思い出せなかった。じっさいは扉が閉められると、長い沈黙があり、やがて生き生きと会話が巻き起こったのだった。

第七章

朝十時になって、クペルスはようやく着替え終えたのだが、ネクタイを結んでいるとき、体がすくんだ。突然、ピアノの調べが家に漏れこんできたからだ——まずいくつかの音が気怠く、不明瞭に聞こえ、やがてよりしっかりした和音が響いて、シューマンのエチュードを奏ではじめた。

一瞬、自分でも何がそんなに衝撃なのかわからなかったのだが、それは前日飲みすぎたからというわけではない。彼が感じたのは驚きではなく、不意の懐かしさだった。鏡を見ると、そこには最近とは様子の違うクペルス、感動して、ほとんど呆然となったクペルスがいた。

「ミア！……」彼は口ごもって言った。

ミアが戻ってきた！　おそらく治ったのだ！　いまや医師は動揺のあまり、予審判事のもとへ出頭せよという呼び出し状のことを忘れかけていた。

隣家は橋の近くにあり、他の家よりも小さかったが、ずっと清潔で、手入れが行き届いていた。扉と窓は毎年ペンキが塗り替えられ、カーテンには糊づけがしてあった。その家にはブラント家という、町のどの住人よりも穏やかで、折り目正しい一家が住んでおり、じっさいブラントは男子高校の教師、夫人は女子高等師範学校の教師だった。

彼らは定刻に家を出て、定刻に帰宅するのがつねだった。家政婦をのぞけば、家には娘のミアしかおらず、彼女はいま十二歳だった。

ミアは学校に行っていなかった。ピアノを勉強していたのだ。彼女はちょうどそこの、壁一つ隔てたところで曲を弾いていて、いままでクペルスはその曲を診療中に百回は聞いたものだった。

ミアは病気だった。冬をスイスで過ごすことになっていたのだが、医師はそのことをすっかり忘れていて、音楽が聞こえてこないことに気づかぬほどだったのだ。

いま彼女は帰っているのだ、リズムがふたたび家に染み渡ってきた！

「お嬢さまが戻っていらしたんですね」背後から声がした。ネールだった。山高帽にブラシをかけている。

「うん、あの娘が戻ってきた」彼はつぶやいた。

するとと廊下から直に出ていかずに、食堂と客間にわざわざ寄り道した。客間には、アップライトのピアノがあり、その上には所狭しと写真や置物が飾ってある。

回転椅子には、深紅のビロードのクッションが敷いてあり、これはミアがまだあまりに幼かったときに、彼女のために特別に作らせた代物だった。

というのも、彼女はほぼ毎日午後になると（午前中は教師の家でレッスンを受けていた）、クペルス夫人のもとへピアノを習いにきていたからだ。夫人もまたピアノを嗜んでいた。おそらく、サイドボードのなかには、ミア用のチョコレートの箱がまだ残っているのではないか？

「鞄をお忘れじゃないですか？」医師を玄関まで見送りにきたネールが尋ねた。

「必要ないよ」

実をいうと朝方、彼はほっとしていたのだ。十一時に判事の執務室へ出頭せよという公式の通知を受けとったからである。なのにあのピアノの音色に仰天させられたおかげで、客間から立ち去るのが忍びなくなり、家を出ていくときの、玄関の扉がばたんと閉まる馴染みの音を聞くのが辛くなってしまったのだ。

ピアノとチョコレートよりも特筆すべき些事がもう一つあった――晩にブラント夫妻が帰宅して、そのときまだミアがクペルス家にいると、夫妻はこんこんと壁を叩いてきたものだった。するとそれを合図に、娘は自分の家にすっ飛んでいくのだ！

外は灰色で、クペルスは肩にのしかかってくる悲しみを何とか払いのけようとした。冷ややかにロッジアを一瞥すると、いつものように、ヤーネ・ファン・マルデレンが立っていた。もう少しで、彼女にしかめ面をしてやるところだった！

アントワーヌはどう呼びかけてくるだろうか？　というのもフローフェン判事の名前はアントワーヌで、クペルスと同じ学校を出ていたからだ。彼らは親しい口をきく仲だった。あまり会うことがなかったのは、フローフェン夫人が嫌な性格で、スネークのどの女とも馬が合わなかったからだ。

匿名の手紙の差出人は、もう誰かに話しただろうか？　例の駅員は、ついに疑いを抱いて、警察に垂れこみにいっただろうか？

朝起きると、クペルスは闘志に燃え、緊張し、どんな攻撃にも反撃する構えができていたのだ。何の因果であのピアノが聞こえてきてしまったのだろう？　あの音色は世界をふたたび呼び寄せ、過去の年月をすっかり蘇らせてしまった――ミアが最初に練習に来たとき、すなわちまだ彼女にクッションが二つ必要だった頃からつづく年月を。

裁判所は町のどの風景にもまして灰色だった。クペルスは臆せず検事局へと上っていき、判事の部屋の扉をノックした。すると返事が返ってくる前に、椅子を動かす音が聞こえてきた。

ついに扉が開かれた。ノブを握っていたのは書記官で、かたやアントワーヌ・フローフェンは、執務机の後ろに立ったまま、自信なさげに身をこわばらせていた。

「お手数ですが、どうぞなかへ、おかけになってくださいさい……」

判事は手を差し出してこなかった。旧友に対して親しげな口もきかなかった。ふたたび腰かけると、小さな顎髭を指でこねくりまわしながら、書類を一枚一枚めくりはじめ、かたやクペルスはその分厚さに度肝を抜かれた。

「あなたをお呼び出しせざるをえなかったのは、予審を終える前に、いくつか質問したかったからなんです。ここに新たな報告書が上がってきているんですが、私が見るところ、これをもって今まで謎と思われてきたいくつかの点を解明しようとしないわけにはいかなくなりまして……」

まわりくどい言い草だった。寓話を暗唱する小学生を思わせた。書類から目を上げようともしなかった。

「たとえばこれを読みますと、例の一連の事件が起こった当時、あなたはご自宅に、正確にいえば使用人の部屋に、カール・フォアベルク氏というドイツ人を泊めていらっしゃった。しかも氏にかんする履歴には、好ましくないという以上のものがある。エムデンの〈警視総監〉が我々に答えてくれたところによれば、このフォアベルクという人物は殺人の嫌疑が濃厚にもかかわらず、証拠がないために、身柄引き渡しの要求ができないそうで……」

アントワーヌはようやく顔を上げたものの、おどおどして、まるで惨劇を恐れているかのようだった。

「あなたはこのフォアベルクがご自宅にいたのを知っていらしたんですか？」彼は尋ねた。

「いいえ！」

「その場合、私としてはもう一つの報告書を参照しなければなりません。これが明らかにしてくれるところによれば、昨日の日中、あなたは二度件《くだん》の人物にアムステルダムのいかがわしい通りで会っていらっしゃる。これも否定なさいますか？」

「いいえ！」

クペルスは脳裏にきれぎれ残るピアノの音を追いだそうとしていた。すると突然、次のことがわかってきた。つけまわしてこなかったとはいえ、やはり自分の身辺について厳密な捜査が行われていたのだ。尾行までつけられていたにもかかわらず、まったくそのことに気がついていなかった！

彼は書類を見つめ、ページごとに罠《わな》が仕掛けられている気がして打ち震えていた。

「私としてはあなたに誤りをおかしてもらいたくないのですが……あなたはさっきフォアベルクのことを知らないと明言なさった……そしていま、アムステルダムで同日中二度彼に会ったと告白なさっている……」

「そのとおりです」

「ご説明ください」

「私がフォアベルクを知らなかったのは、事件のときです……あのときは同じ屋根の下に男が隠れていたとは知らずにいました……」

「どうやってお知りになったんです？」

「女中の愛人になったことがきっかけで」

書記官はこの返答を書き写していいものか躊躇した。判事は探るような目でクペルスを見た。すると医師からこう明言があった——

「私は自分の供述に全責任をもちます。私は家の女中の愛人になったんです。ほどなくして彼女が屋根裏部屋に男を匿《かくま》っていることを知りました……別れさせるために、その男に金をやったんです、彼がアムステルダムに行くという条件で……」

「彼に恐喝されたんですか？」

「まぁ、何らかの埋め合わせを要求してくるのは当然でしょう。昨日は、彼に追加の援助金を持っていったんです……」

判事はふたたび書類を読みふけっていた。一瞬、書記官のほうに振り返ると、自分の言葉はメモしないよう合図を送った。

「言ってみれば、そこが最も謎めいた点でした」と彼は言葉を区切るようにして言った。「件のドイツ人があなたの家にいたことについて、警察は幾とおりかの結論を引き出そうとしていたんですよ……女中への尋問は簡単に済みそうですし、これからアムステルダムに共助を依頼するつもりです……この問題が解決したら、書類上もうたいしたことは残っていません……」

それは皮肉ととらえてよかったろう、なにしろ百ページ近いタイプや手書きの書類で、灰色の紙挟みがはちきれんばかりに膨らんでいたのだから。

「私の予想では」判事はつづけた。「法廷であなたに供述してもらう必要はないでしょう……」

彼は早口でそう言った。まるでクペルスからの発言を恐れたかのように。

「あなたの尋問には答えるつもりです」クペルスは応じた。

「あなたに尋問するのは、私としても気が引けますよ。あなたもご承知かと思いますが、現場からシュッテルの財布がなくなっていたので、我々としては欲得のからんだ犯行ではないかと睨んでいるんです。しかしながら、その他の仮説も無視できませんがね、痴情のもつれということも含めて。私の予想では、あなたは奥さまとご友人に引き金を引いたことを否定なさるでしょうが……」

クペルスは一瞬凍りつき、奇妙なためらいに襲われた。挑戦の気持ちから、危うくこう言い返しそうになった――

「否定しませんよ！」

しかし判事の態度に気圧《けお》されて、首を縦に振らざるをえなかった。

「しかも事件当夜、アムステルダムからお帰りになったあなたは、いつものように『オンデル・デ・リンデン』に立ち寄っていらっしゃる。その後、あなたがご自宅に帰るところをビリヤードの対戦相手の一人が目撃しています……」

アントワーヌ・フローフェンは深く息をつき、安堵した様子で、そっと雲を払いのけるような仕草をした。

「以下のことも付け加えておきましょう。痴情のもつれだとすると、あなたには禁固刑のリスクしかないわけですが、そのかわり、とんでもないスキャンダルを引き起こすことになる……」

クペルスはかすかに微笑みかけた。

「むろん、そうでしょうね。あなたとしては、何の疑いももっていないということですか？」

「もっていません」皮肉もこめずに判事は漏らした。

「書記官、こう書いてくれたまえ――クペルス医師には何の疑いもないと……」

すでに立ちあがっていた判事は、できるかぎりうまく片をつけようとしていたものの、事はそう簡単ではなかった。

「願わくば」彼は相手を見ようともせずに言った。「あなたが状況を正確に把握しておられるといいのですが？　今回の犯罪、つまり二重の殺人は、我々にまったく確かな情報がないところで行われたのです、いずれにせよ有力な証拠がないところでね。事件が重罪裁判所に送られるとすると、無罪判決が出る可能性も充分にあります……被告人には疑わしきは罰せずの原則がありますから……」

「被告人というのは誰です？」クペルスは尋ねた。

「まったく見当がつきません……私はただ仮定として申しあげたまでです……他方、いまの時点で、もう我々には新たな手がかりを収集できる見込みがありません……だからこそあなたに今日お越しいただいたわけですが……今晩にも、事件は処理済みにされることでしょう……まぁ、こういった事件はなるべく語られずに済むほうが望ましいのでしょうし、痛ましい出来事を思い出させる機会が絶えるのは結構なことなのかもしれません……私のいう意味がわかりますか、ドクター？」

彼は「ドクター」と言っていた！　この呼び名のほうがずっと公的だった！　むろん、「ハンス」とは口が裂けても言わない！

「偶然にも数日前、あなたもよく知る友人の一人、ファン・マルデレンと事件について話をしたんですよ。彼からあなたの意向を聞かされました。なんでも、捜査が終わったら、外国に行かれるとか……私はそれを聞いて喜ばしく思いました。あらゆる観点からみて、それ以上の打開策はありませんからね……」

ついに核心に来ていた！　判事は両手をポケットに入れたまま机の後ろをうろつき、言葉の裏の意味を強調するように音節を区切って喋った。

「あなたは私の質問に満足のいく回答をしてくれました。きっと今日の午後にも、関係者たちの口からあなたの供述の裏がとれることでしょう。あとはつまらない些事が残っているだけなんですが——もう一つここに、陪審員の目からみれば取るに足らぬものであろう手がかりがあります。駅があなたの帰りの切符を探したところ、見つからなかったというんですよ。たしかに改札係の駅員が認めるところによれば、乗客の、とくに常連のなかには、切符を持ったまま駅のレストランから出てしまう者もよくいるそうで……敏腕な弁護士がこうした二次的な証言から何を引き出すか、あなたにも察しがつくでしょう！」

いまや、判事は脅しをかけているといってよかった。無頓着を装いながら、まさに論告求刑を行なっていた。

「これまたつまらないことなんですが、今度のアムステルダム行きで、あなたは所属学会の月例会をご欠席なさった。軽挙妄動ってやつですかね？　あなたはおそらくこう言い訳なさるでしょう、体調が優れなかったので、スネークに帰ることにしたと。おまけに、あなたはいままで拳銃を所有したことがなく、事件に使われた凶器はまだ発見されていない……つまりですね、ドクター……お察しのとおり、私は手の内を明かしてあなたとゲームをしたんですよ……繰り返しになりますが、まもなく捜査は終了し、私はこの件から外れて他の事件を担当することになるでしょう……あなたのご旅行がすばらしいものになるよう願っています、そして願わくば、人心を乱すものでしかない凶悪な事件が、二度とこの町の住民の口の端にのぼらぬことを……」

彼は動きを止め、クペルスを見た。冷ややかに、しっかりと視線を定めて。

「あなたのほうから付け加えることはありませんよね？」

医師はためらった。どうしてピアノの反復旋律《リトルネッロ》がふたたび頭のなかで鳴っているんだろう？　ついに彼は、ゆっくりと、うなづいた。

「とくに何も……」彼は口ごもって言った。

「ということなら、尋問はこれにて終了です……ありがとうございました……」

判事はみずから扉を開けにいき、クペルスと握手するのを避けるために、右手でノブを握ったままにした。別れの挨拶を口にするかわりに、ただお辞儀してくる。対する医師も頭を下げて退出したが、出たとたん人にぶつかり、口ごもって謝りながら、どこを通ってきたかもわからぬうちに街頭に出た。

彼は苦しみのあまり、一軒の家の歩道のところで立ち往生し、胸に手を当てたまま、じっとせざるをえなかった。身体的な苦痛というだけではなかった。まったき全面的な苦痛、存在すべてを揺るがすような、心身の苦痛だ。

　この苦痛は彼にとって一縷《いちる》の光明となった。つい前日まで、なぜ自分が殺しをしたのか不思議がっていたではないか？　いまや、彼にはわかっていた——この苦痛のせいだったのだ！

　彼は人生で最もひどい屈辱を被ったところだった。それも中学の同級生だったあの男から、たがいに親しい口をきくなかで、彼がアントワーヌと呼んでいたあの男から、若い頃、彼が奇病を治してやったあの男から、三十分もの間、密かに彼を脅し、あれこれと命令を下してきたあの男から。

　じっさい、あれは命令だったのだ、疑いの余地なく！

　屈辱……他人を前にしたこの無力感、自分の劣位を認め、屈服しなければならないというこの切迫感……。

　同じ思いをシュッテルの前で百回は経験したのではなかったか？　そしてあの匿名の手紙を受けとったときも……。

　……自分よりずっと金持ちのシュッテル、見た目も若く、エレガントで屈託がなく、自由気ままな人生を送り、あらゆる成功が約束されていた男！……

　いま、クペルスは運河沿いを歩いていたが、そのことに自分で気づいていなかった。家に着くと、いつものように郵便受けをかちゃかちゃと手で確認し、ネールの前を素通りした。

　しばらくすると、彼は診療室に鍵をかけて閉じこもっていた。例の音楽のせいで、いつのまにか拳をぎゅっと握りしめている。もうシューマンではなく、ショパンの「子守歌」に変わっていて、その甘ったるい調子が癇に障った。もう少しで、激昂のあまり泣きわめいてしまうところだった！

　アントワーヌは検事や、ファン・マルデレンや、その他もろもろの人たちにこう言っているにちがいない——

「やれやれだ！……彼は出ていくだろう……」

　そしてファン・マルデレンは昼食をとりに家に帰り、ヤーネにこう告げることだろう——

「やれやれ……彼は出ていくだろうよ……」

何かが粛々とまるで処刑の執行のように。さらにブラント夫妻は驚いているミア嬢にこう言うだろう――

「クペルスおばちゃんが亡くなって……クペルスおじちゃんは旅に出るんだよ……」

というのもあの子は頻繁に家に来ていたから、擬似家族のような絆《きずな》が生まれていたのだ――ミアはよく「クペルスのおばちゃんとおじちゃん」と言ったものだ！

結局、勝ったのはわずかの差でシュッテルだった！　彼は最後まで医師より正しかったのだ！

クペルスはどうしていいかわからぬまま診療室をうろつき、家具にぶつかりながら、机上の品々を散らかしていた。

彼はアントワーヌの尋問に答えてさえいなかったのだ！　施しもされない哀れな貧乏人のように出ていったのだ！　そして盲人のようにふらふらと廊下を歩いていったわけだが、おそらく旧友は、遠ざかる彼の背中を見ていくらかの憐れみをおぼえたのではないか？

泣けるものなら泣きたかった。そうすれば楽になったことだろう。

音楽のせいで顔は引きつり、頬がピンク色に火照っていた。壁を叩いたが、ミアにその意味は伝わらなかった。

なぜ殺したかといえば……。

まだはっきりしなかった、というより、あれは一つの啓示みたいなもので、理路整然とした言葉や考えでは言い表すことができなかった。

要するに、こういうことだ――彼、すなわちクペルスは、十五年間、この家に妻と二人で暮らしてきた……彼はおおいに働いた……午前中、二十人あまりの患者を観るのがつねだった……患者は多少なりとも貧しかったから、待合室にはいつも悪臭が漂っていた……。

午後、彼は町じゅうを足で駆けずりまわり、それぞれの家に入り、死の準備された寝室に通され、五時にようやく「オンデル・デ・リンデン」にたどり着くものの、そこでまた患者に呼び出されることもあった。

晩になると彼は新聞を読み、かたや妻は編み物か縫い物をした。時おり、ファン・マルデレン夫妻を家に招いた。月に一度、彼はアムステルダムに行き、義理の姉妹の家に泊まった。

周遊旅行に出かけたり、フランスへ旅行に出たこともあった……。

これですべてだった！　十五年ものあいだ、こうした暮らしを望んできたのは、それが必要なことだったからだ。同じ行いが同じ時間になされ、理路整然とした生活のしきたりがことごとく守られることにこだわってきた。

妻が客間の模様替えを口にしたとき、彼は思いどおりにさせたわけだが、それはヤーネ・ファン・マルデレンが前の年に同じことをしていたからだ。妻に毛皮のコートをねだられたとき、彼は一カ月迷いに迷ったが、それも当然の正しい振る舞いで、さんざん迷った末、彼女の誕生日にそれをサプライズで贈ったのだった。

にもかかわらず、何もかもひっくり返したい、これまでバランスよく積みあげてきたものをぶち壊したいという恐ろしい衝動がよぎることがあった。退屈をもてあますことも！すべきではなかったのだ……彼は正しい道を歩いていたのだ……周りの人たちが皆、彼を手本にしていたくらいなのだから……。

ネールのそばを通るときに自分の息が荒くなると、彼は必死にそれを抑えたものだった。ほとんど自分を軽蔑したといってもいい……。

なのに妻ときたら……シュッテルときたら！……とくにシュッテル！　まさに違う道を歩み、気まぐれに満ちた人生を送っていたあの男！　しかも成功者だった！　サークルの会長だった！　やりたい放題の冒険をしていた！　クペルス夫人は手玉にされるがままだった！……

つまり、クペルスは間違っていたのだ……つまり、彼は騙されていたのだ……つまり、何年もの間、馬鹿みたいに、どこにもたどり着かないレールの上を歩いていたのだ……。

つまり、すべて偽りだった、あまりに手入れが行き届いたこの家も、新しい客間も、ピアノも、毛皮のコートも、ミアのために買った深紅のクッションも……。

だから彼は殺したのだ！　いまや彼は死ぬほど退屈をもてあまし、ファン・マルデレンを招いた日に室温にしておいたブルゴーニュのボトルのことが信じられず、ミアが弾くピアノの音すら耳に入らなくなっていたのだから！

騙されていたのだ！　生まれてこのかた、ずっと愚か者だったのだ！　こんなんじゃクラブの副会長にすら選ばれないだろう！

どうしてシュッテルを殺さないでいられよう？　ついでに妻も、じゃなぜいけない？

後のことは、しかたない！　いざとなれば、自分も殺してしまうだろう。あるいは甘んじて捕まり、同志たちに自分が彼らのことをどう思っているかぶちまけるかもしれない。

＊

現実は違っていた。どうしてか？　彼は何もわかっていなかったのだ！　彼は自殺しなかった。自首もしなかったし、ただ最初の晩、抗議の印として、ネールを自分のベッドで寝かせただけだった。

いまや、彼は自分がどこまで来てしまったのかわからなくなっていた。打ちひしがれていた。もう鏡のなかの自分を見ようともしなかった。扉を手で押さえたまま自分を送りだしたアントワーヌのことをなおも思い出していた……。

鳴りやまない音楽……ミアはその道のプロになりたかったから、日に六時間も弾きつづけていた……。

泣くことさえできたら！　だけど、できない！　嗚咽が起こるのを期待して、軽くしかめ面をしてみたが、嗚咽は喉元にとどまって出てこなかった。

彼は扉を開け、激昂しながら、叫んだ――

「ネール！……」

すると、すぐに来なかったので、自分のほうから降りていった。彼女は食堂で食膳の準備にいそしんでいた。

「ネール！……」

彼女は振り返り、つれない目で彼を見た。

「おい、ネール……行きつけの店で、何か聞いていないのか？」

「どういう意味です？」

「ここ二、三日、何か新しい噂を聞いていないのか？」

「あなたのことで？」

「もちろんそうさ、私のことでだよ！」

「もうすぐ出ていくだろうって言ってますよ……」

「理由は言っていないのか？」

ネールはため息をついた――

「おわかりのくせに……」

「お前の口から言ってほしいんだ……」

「あらまぁ！　あんなことが起きた後じゃ、あなたはもうスネークには住んでいられないだろうって言ってますよ。それに、あなたにそうさせる責任が自分たちにはあるって……」

「誰がそんなこと言っているんだ？」

「皆ですよ。近所の子供たちは私に舌を出して追いかけまわしてくるし……この話をしろって言ってきたのはあなたのほうなんですからね？」

「他に何か言っていないのか？」

「えぇまぁ……」

「教えてくれ！」

「あなたはあまりに賢いから、証拠を残したままにはしておかないだろうって。一方で、シュッテルと夫人を殺した犯人はわりと近くにいるんじゃないかとも……」

クペルスは彼女に不信のまなざしを向けた。

「で、お前は？」

「何ですって、私？」

「お前はどう思っているんだ？」

「おわかりのくせに」

「どうして私にわかる？」

「本当に、わからないんですか？　いままで思いあたるふしがなかったんですか？……」

彼女の驚きはうわべのものではなかった。

「もうこんな話やめませんか……」そうつぶやきながら、扉のほうへ向かった。

「答えろ！　お前はどう思っているんだ？」

「私はずっと知っていましたよ」彼女は肩をすくめて答えた。「あの手紙を書いたのは私なんです……」

彼女はその告白に何の重みもこめていないようだった。この会見を苦役のようにとらえて、一刻も早く片をつけたがっていた。

「どうしてあんな手紙を書いたんだ？」

「奥さまのせいですよ……」

「いったいなぜ？」

「あなたがアムステルダムにご出張中、彼女が夜のひとときを外で過ごすことは知っていました。一度、朝の九時になってようやく帰ってきたことがあるんです……」

「つづけてくれ」

「ある日、私たちは口論になって……」

「お前と家内がか？」

「そうです……家計簿をつけてたら半フローリン足りなかったんです……私が失くしたにちがいありませんでした、いくら私だってわざわざ半フローリン盗むなんてことはしなかったでしょうから……けれども、奥さまは一時間も台所に居座って私に喧嘩を吹っかけてきたんです。彼女は最後に私の給料から半フローリン引くとおっしゃいました……私が言い返したのはそのときです……」

「何て言い返したんだ？」

「そういうことなら、こっちも知っていることをばらすと……」

クペルスは身じろぎもせず、知らぬまに自分の近くをかすめていたこれらの事件を思い浮かべて、打ちひしがれていた。そんなことが間近で起こっていたにもかかわらず、自分はこのうえなく静かで、すみずみまで規則正しい生活を送っていたというのだから！　そうした修羅場のちょっと後に帰宅していたはずなのに、自分は何も気がつかなかったのだ！

「彼女は怒りのあまり、私にこう言いました――『やれるものならやってみなさい！』」

「それで手紙を書いたというのか？」

「その日のうちに……翌日、彼女は私のところへ謝りにきました。しかも五フローリン差し出して、黙っているよう懇願してきたんです……でも手遅れでした……」

「彼女に手遅れだと言ったのか？」

「いいえ！」

「それで五フローリンは受けとったんだな？」

「はい」

そのとき以来、要するに、彼女はずっと待っていたのだ！　彼が知っていると思っていたのだから！　何も言ってこないのでさぞかし驚いていたことだろう！

「その後も家内に金をせびったのか？」

「最後のころ、カールのことがあったので……」

彼女は何の恥じらいもなく、少しむっとして告白した。おそらく、こうした過去の記憶を面白おかしく混ぜっかえされるのが理解できなかったのではないか？

「じゃあ、私が帰ってきたとき、つまり最初の夜、お前にお茶を持ってこさせたときには、もう何もかも知っていたということなのか？」

「あなたに愛撫されたとき、わかりました……」

つかのまの沈黙ののち、突如かっとして彼は叫んだ。

「いますぐ出ていけ！……ここから出ろ！……」

鏡のなかに、肩をすくめながら遠ざかっていく彼女の姿が見えた。出ていった後、彼はすぐに扉を閉めにいった。そしてそっけない手つきで、テーブルクロスを引き払い、リノリウムの床にカップや皿を落として、割れるにまかせた。最後に、マントルピースに飾られていた陶器を床に放り投げた。それはかつてネールの前の女中が壊したとき、取っ手を張り合わせて修理した陶器だった。

またしても同じ痛み、同じ不安だった——彼は辱められていた。あらゆるものからの屈辱！　ファン・マルデレンから受けた屈辱！　アントワーヌ・フローフェンから受けた屈辱、いまごろ奴は、昼食をとりながら夫人に事件のことを語っているにちがいない。そして、ネールから受けた屈辱……。たしかにアリスは金を払っていたにちがいない！……そうすれば夫が何も知らずにすむだろうと当てこんでいたのだ……。

ひらめきが頭をよぎり、彼は激昂のあまり危うく叫びそうになった。財布の紐を握っていたのはアリス・クペルスではなく、夫である彼だったのだ。ならば、ネールに金をやるには、妻が家の出費をちょろまかしていたか、シュッテルにせびったかのいずれかではないか！

どちらかといえば、後者だ！　彼女は涙ながらに女中との一悶着を奴に語ったのだ！　そしてシュッテルは彼女を落ち着かせ、フローリン金貨を握らせたのだ……。

また何か壊しそうになったが、そんなことしても何にもならない。彼は痛みを感じていた。息が詰まりそうだった。どこに身を置いていいかも、何をすればいいかもわからなかった。不安がこみあげてきた。それはおぞましく、やがて痙攣《けいれん》がひどくなってきたので、扉を開け、叫んだ――

「ネール！……」

やってきた彼女は、気だるそうに、こう尋ねた――

「何です？」

すると彼は、喘ぎながら、息を切らして――

「デ・グレーフ医師に電話してくれ……すぐに来てもらえるよう……」

弱っていくのが自分でもわかった。胸をわしづかむような痙攣がつづき、まるでそこだけスポンジのように絞られていく気がしていた。

ネールが上にあがって、電話のダイヤルを回し、医師の家の女中に話しかけるのが聞こえた。ふたたび降りてくる姿が見える。

「すぐ来るそうです……他に何かご入用なものは？」

「ほっといてくれ……」

「気を鎮めたほうがいいですよ、もうあのことは考えないほうが……終わったことは終わったことなんですから……」

「黙れ！」

「どうしておとなしく旅行に出なかったんです?……」

「だから黙れと言ってるだろ!……」

もう何も聞こえず、何も見えない。

「出ていけ!……ほっといてくれ!……」

まもなく死ぬのだろう。いまになってあの音楽が、しばらくやんでいたあの調べが、ふたたび鳴りだしていた。どの音にも、どの和音にも聞き覚えがあった。それらを待ち望んでいたのだ……。

やがて彼は扉を開けにいき、デ・グレーフ医師が鳴らすベルの音が確実に聞こえるようにした。

第八章

彼は洋梨形の電気のスイッチに手を伸ばし、ふたたび明かりをつけた。腕時計は、ナイトテーブルの上にあり、十一時半を指していた。五口目かおそらく六口目になるだろう、グラスの水を飲み、雨滴が離れの屋根をぱらぱら叩く音に気まずく耳を傾けていた。

部屋のなかはとても暑く、クペルスの肌には血管が浮き出ていた。左側に体をひねると、なおも胸に不調を感じたが、いまではそれもたいしたことではないとわかっていた。

デ・グレーフにそう言われたのだ。彼はこれ以上ないほど優秀な専門家で、その名声はフローニンゲンやアムステルダムにまで聞こえていた。そのかわり、意地が悪かった。入ってきたとき、すでに、クペルスと握手しないですむやり方を探っていた。

「あなたを診ればいいんですか？」彼はそう尋ねながら鞄を置き、手袋を外した。

痩せぎすの冷淡な小男で、髪は灰色、細面の顔はやや輪郭が尖っており、肌が異常に白かった。

「脱いでください」

確実に彼は同業者の病気の可能性ではなく、他のことを考えていた。タオルを届けようと、ネールが部屋に入ってきたとき、彼はじろじろと彼女を目で追っていた。おそらく女中のことも噂に聞いていたのだろう。

「……窒息感があるというんですね？……」

「用語が正確じゃありません……痙攣です……」

「息を吸ってください……」

クペルスのほうがずっと背が高く、頑健だった。デ・グレーフの頭はせいぜい彼のはだけた胸の高さにしか届いていなかった。十五分ほど、専門家は同業者を聴診していたが、手短な質問しかせず、頭のなかを覗かせるようなことは何も漏らさなかった。

ようやく、彼はネールをふたたび呼びつけ、手を洗うための水を頼み、シャツの袖口をめくりあげた。

「それでどうなんです？」クペルスは我慢できずに尋ねた。

「あなたは何にもまして恐怖にとらわれていらっしゃる！」

デ・グレーフは軽蔑したように言ったが、その声は彼の外見と同じくらい冷ややかだった。

「あなたほど病状が重くない人でも、他にやるべきことのある専門家の手を煩わせたりしないものですよ」

「狭心症ではないんですか？」

「その気配すらない！」

「しかし、この痙攣は？」

相手は肩をすくめていた。

「よくお聞きなさい――医者としてあなたに処方すべきものは何もありません。ただ人として、一つだけご忠告申しあげておきましょう。できるかぎり早くここを出ていくことです。なんなら女中も一緒に連れていきなさい、あなたにとって彼女がなくてはならない存在だというのなら……」

扉が閉められたとたん、隣から、ピアノの音がふたたび鳴りだしていた。すると、クペルスは激昂しはじめた。ネールを呼びつけた。彼女にこう怒鳴った――

「隣に行ってあのピアノをやめさせるよう言ってこい！……病人がいるからって言い訳するんだ……わかったか？」

女中は聞いていたが、頭を振るだけだった。

「何をぐずぐずしているんだ？」

「そんなことできません」

「何だと？　拒むのか？」

「できないってことぐらいあなたもおわかりのくせに」

自制心を失っていた彼は、いまや、ますます自分から怒りに火を注いでいた。狭心症ではなく、憂慮すべき体の不調が何もないことがわかっただけになおさらだった。

身ぶり手ぶりで不平をこぼしながら、台所にたどり着くと、そこではベーチェが皿洗いにいそしんでいた。

「こっちへ来い、お前も！……手を拭いてから、隣に行ってクペルス医師は今日音楽を聞きたくないって言ってこい……」

娘はどうしたらいいかうかがうようにネールを見つめていた。ネールが否定するよう合図を送っている。

「できません……」娘は口ごもって言った。

「何だって？」

「できないって言ったんです」

忌まわしい、修羅場に突入していた。彼はまず泣きだした小娘の体を揺さぶり、黙らせるために、何度も頬を平手でぶった。そしてネールに考えつくかぎりの罵詈《ばり》雑言、あるいは滑稽な脅し文句を浴びせかけた。

ようやく、息を切らして、彼は客間に閉じこもった。ジェネヴァの瓶を戸棚に見つけ、ひとり小声でぶつぶつ喋りながら、飲みはじめた。

夕食をとっていなかった。ネールが食卓につくよう扉をノックしにきたとき、返事をしなかったのだ。診療室に行き、それから自室にこもって荷造りをはじめた。

いまや、彼は精根尽きはてていた。町の喧騒はすでに静まり、家のなかもしんとしていた。雨だけがしつこく亜鉛板と窓ガラスを叩きつづけ、ストーブは熱波のようなものを放っていた。

クペルスは部屋着を手にとり、扉を開けて廊下に乗り出すと、階上の、屋根裏部屋のある階へと昇っていった。物音はしなかった。まるで自分自身を恐れているかのようだった。

扉には鍵がかかっておらず、押し開けると、衣擦れのような音が聞こえ、誰かが目覚めるけはいがした。彼はネールの目が開いたのを見てとり、部屋いっぱいに光を溢れさせた。

彼女は驚くでも、恐怖するでもなくこちらを見返していた。落ち着きはらった声でこう尋ねた——

「どうかなさったんですか？」

彼女もまた暑さをこらえていた。家中が暖房の効きすぎだったのだ。隣のベッドは空だった。

「ベーチェはどこにいる？」

「出ていきました」

「出ていったってどういうことだ？」

「家を出て両親の家に帰ったんです」

「私がぶったからか？」

眠りから引き剝がされたネールは、つやつやした肌と、厚ぼったい瞼をさらけ出していた。

「彼女は昨日から出ていきたがっていたんです」

「どうして？」

彼女はため息をつき、まるでこう言いたげだった――

「そんなこと私と同じぐらいあなたもおわかりでしょう！」

するとクペルスはおどおどした目つきで、こう言った――

「降りてこい！」

「どうしてもですか？」

「降りてこいって言ってるんだ！」

主人が午後の騒ぎを再開しようとしているのを察して、彼女はベッドから片足を出した。そしてもう片方も出すと、スリッパを履き、ピンクのネグリジェにコートを引っ掛けた。

「いま行きます……」

彼女は足を引きずっていた。まだ寝ぼけていた。部屋に入ると、こう言った――

「暑すぎるわ、ここ！　窓を少し開けなくちゃ……」

彼女はそうした。そしてマントルピースのそばに突っ立ったまま、事を待った。クペルスはといえば、扉を閉めたはいいものの、何をすればいいかも、何を言えばいいかもわからなかった。どうして彼女を迎えにいったのかさえはっきりしなかった。

「さっき、私はお前を傷つけてしまったのか？」彼は相手を見ずに尋ねた。

「私には、別にたいしたことじゃありません」

「じゃあベーチェには？　あの娘は誰かに話すと思うかい？……」

「もちろんですよ！」

「他のことも言うのかな？」

「あなたは気狂いだって言いふらすでしょうね」

「よく聞け、ネール……」

「聞いてます!」

「いまから我々はこうしよう……今夜、二人で、トランクに荷を詰めよう、そして明日の朝、パリ行きの始発に乗ろう……」

「そうしたいならどうぞご勝手に……」

「で、お前は?」

「私ですか?　私は行きたくありません」

「私と暮らすのを拒むのか?　答えろ!　拒むのか?」

「オランダから離れるのを拒んでいるんです」

「じゃあコート・ダジュールとか、ニースで暮らそうと言ったらどうなんだ?　おい、あそこなら一日じゅう何もしなくていいんだぞ?」

「私にはどうでもいいことです」

かくも穏やかで、自信に満ちた彼女を見るのは初めてだった。こちらのプロポーズをすげなく突っぱねてきたのだ。やがて冷気が流れこんできて、彼女は窓を少し閉めにいった。

「荷造りのお手伝いならいたします……」

「私の話を聞きなさい、ネール!　私は真剣に話しているんだ!　一緒に来るなら、私はお前と結婚してやるつもりなんだぞ、わかってるのか?」

するとと彼女は、あいかわらず上の空な様子で——

「私はしたくありません」

「私の妻になるのを拒むのか?」

「はい」

「どうして?」

「理由なんかありません!　嫌だから嫌なんです」

「じゃあ私がここに残るといったら?」

「ひきつづきこの家の家事を取りしきりましょう、当初のころのように」

もはや相手を見る勇気もなく、彼は部屋のなかを行ったり来たりしていた。

「ベッドに入れ」彼は言った。

「ここのですか?」

「そうだ、ここのだ」

そして、鏡をとおして、彼女の動きをうかがっていた。コートを床にずり落とした後、シーツのなかへ滑りこんでいくさまを。

「あなたは、寝ないんですか?」

「まだだ」

「睡眠薬をお飲みになったほうがよろしいのでは」

いいや! 薬を飲むつもりはない! 彼は眠りたくなかったのだ。考えごとをしたかった。だから激昂したまま考えていた。一日の出来事すべてを思いおこしていた――アントワーヌ・フローフェンとそのよそよそしい慇懃な振る舞い、小柄な医師とその冷ややかな態度、殴られたことを吹聴するベーチェ、結婚の申し出を簡単に断るネール。

「私はどこにも行く気はない!」突然力をこめて彼は告げた。

女中からの抗議、驚いて飛び跳ねるような反応を期待していた。何も聞こえてこないので、振り返って見ると、彼女はすでにうとうととして、瞼がやっと開いているような状態だった。

「わかったのか、ネール? 私は出ていかない! 連中のことなど怖くはない。どうせ奴らは私に対して何もできっこないんだ……」

「もう寝てください」

「明日になればお前にもわかるだろう、私が奴らにどういういたずらを用意しているか……あぁ! 奴らは寄ってたかって私を苦しめたんだからな!……」

彼女はふたたび目を閉じていた。すると突然、彼女を見ながら、彼は最初の晩のことを思い出し、かっと頭に血がのぼってくるのがわかった。

「私の話を聞いていないのか、ネール?」

外はあいかわらずの雨、そして家のなかは暗く、静寂そのもの。

生き物のけはいはごく片隅にしかなかった。それはベッドの片隅、女中の体が静かに横たわっているところだった。

ふたたび眠りこむと、彼女は眠りを邪魔された子犬のように唸り声をあげた。

＊

彼らも気の毒！　皆も気の毒！　彼はかつてないほどしっかりとした筆跡で、こういう手紙を書いたのだった――

親愛なる友、

きわめて重要な用件があるので、至急拙宅にお越し願いたい。

君を待つ。

ハンス・クペルス

ファン・マルデレンのもとへ、つまり彼の弁護士事務所に手紙を届けにいったのはネールだった。ちょうど彼女は帰ってきたところだった。クペルスは廊下から彼女の様子をうかがっていた。

「奴は何て？」

「あなたが出発したかどうか訊かれました」

「それで何て答えたんだ？」

「知りませんと答えました」

「奴は来るって？」

「それについては何とも」

帰りがけに、彼女は骨つきロースとレタスを買っていた。彼女が台所に入ると、食事を用意する馴染みの音が聞こえてきた。クペルスはといえば、地下に降りてブルゴーニュのボトルを一本選びとり、室温にするためしきたりに沿った場所に置くと、お盆にグラスを載せ、つまみにビスケットを用意した。

あいかわらずピアノが奏でられていたが、その調べは医師をいらだたせるどころか、場の空気を濃密にするのに役立っていたし、じっさい、感情をより鋭敏にしてくれていた。

出ていくつもりはない、それはもう決まったことだ！　出ていかないというだけでなく、もしかしたら状況をひっくり返すような、途方もないことをしでかすかもしれない。

ファン・マルデレンが窓の前を通り過ぎるのを見て、彼は扉を開けにいくよう大声でネールに命じた。ちょうどそのとき、玄関のベルが鳴り響いた。

女中が客の帽子と外套を脱がしているあいだ、彼は客間に居座りつづけた。

「来ましたよ」入るなり、ファン・マルデレンが言った。「あなた、僕に用があるんですって？」

最初から、「君」ではなく「あなた」と言っていた。その口調は意味ありげだった。

「いかにも『君』に、というかこういう言い方がお望みなら、『あなた』に用があるんですよ。どうぞおかけください！」

そしてクペルスは二つのグラスをワインで満たし、最初の台詞を準備しながら自分のに口をつけた。

「あなたの健康に乾杯」

「ありがとう……午前中に来られなくて……」

「しかたないですな！　そもそも私が相手にしているのは弁護士としてのあなたです。実は、訴訟を起こしたいと思っていましてね」

呆気《あっけ》にとられるか、激しい反応を期待していたが、ファン・マルデレンは眉をひそめただけだった。

「人殺しのそしりを受けましたのでね。友人たちが私に外国へ行くよう勧めながらほのめかしてきたんですよ、世間はそう思っているってね。汚名をすすぐ方法は一つしかありません――名誉毀損で訴えることです」

「いったい誰を？」

「まだ何もわかりません。それは弁護士が決めることです。まず最初に、予審判事が私を辱めました。執務室に私を呼び出して、いろいろ言ってきたんです、これについては調書を見てもらえばわかることですが……」

ファン・マルデレンは肩をすくめた。

「他にもいますよ……君の奥さん……そして、つい昨日のことですが、私と同業のデ・グリーフ……」

「申し訳ないが」とファン・マルデレンがため息まじりに言った。「これ以上つづけても無駄でしょう、僕はこの件を担当できませんから」

「断るんですか？」

「断ります」

「弁護士として、依頼人の弁護を断るんですか？」

「弁護士として、そして友人として。さらにいうなら、人として！　第一に、案件として成り立たない。公然たる名誉毀損などなかったんですから。第二に、訴訟したとしても滑稽かつ無意味なものとなるでしょう。第三に……」

「第三に？」

「個人的に弁護したくない理由がいくつもあるんです。少なくとも僕には断る権利があります。さぁ、もしその気があるなら、バロー在住の弁護士に片っ端から電話をかけてごらんなさい。賭けてもいいが、引き受けてくる人など誰もいないはずだ……」


彼は扉のほうへ行きかけた。

「フランツ！」クペルスは叫んだ。

「何か？」

「それが最後の言葉なのか？」

「最後かって？　そうですよ、今後いっさい、あなたに言葉をかける機会などあってほしくないですね」

ネールを待つことなく、彼は扉を開け、外套を羽織って道へと出ていった。

あいかわらずピアノが奏でられていた。クペルスはマントルピースへ肘をつきにいき、鏡に映る自分の顔つきを観察した。首から上がかつてないほどむくんでいる。目は疲れ、唇は邪険だった。全身に倦怠感をおぼえ、同時に自分への熱い愛情も感じていた。

全員から敵視されていた！　町中から非難されていた！　是が非でも出ていかせたかったのだ。いまや彼は自分の住む通りや家、自身を取り巻くあらゆるものにしがみつき、いまなお鳴り響くあの調べさえよりどころになっていた。

肘のかたわらには、妻の写真があった。パリで撮ってもらった写真、クペルスはそれを長らく見つめ、まるで自分にダブらせるかのように彼女を憐れんだ。

「あなたのために骨つきロースを用意しましたよ」ネールが告げた。

彼は振り向いた。彼女もまた疲れていた。そのシルエットには倦怠と、陰鬱さが表れていた。

「あの方は何とおっしゃったんですか?」思い切って彼女は尋ねた。

彼は肩をすくめ、ため息まじりに言った――

「奴らは寄ってたかって私を敵視しているのさ!」

「あなただっておわかりでしょう!」

「私に何がわかっているというんだ?」

「出ていったほうがいいってことですよ……」

彼女は給仕をし、少しの間をとった。

「私、よくよく考えてみたんです。あなたがいまにも馬鹿なことしでかすような気がして。あなたがどうしてもっていうなら、たとえば、ブリュッセルまでお供しましょう。あそこなら、オランダ語が通じるみたいですし。数週間、あなたがなんとかひとりで乗り切れるようになるまでおつきあいして、その後、帰ることにします……」

それは愛ではなく、憐れみだった。諦めた様子で、彼女はこの提案をしてきたのだった。

「晩の列車で発てるでしょう……荷造りはささっと済むでしょうし……」

「いまさら行くもんか!」

「あなたは間違ってます」

「どうして?」

「どうしたって出ていかざるをえなくなるからですよ!」

彼はふたたび激昂した。

「誰も私を出ていかせることなどできないんだぞ、わかってるのか? 奴らは証拠をつかんでいない! たとえお前が匿名の手紙の件を奴らに喋ったとしても、そんなことは何でもないんだ……目撃者がいるとでもいうのか、え? 少しでも物的証拠があるなら見せてみろってんだ……」

彼は戸外を眺めにいった——見えるものといえば、埠頭の一隅、いまだに葉をつけずにいる二本の木、運河、向かいの家。誰かが手押し車を押しながら、通り過ぎていく。鐘の音がどこからか鳴り響き、あいかわらず雨が降っていた。

息が蒸気になって窓ガラスを曇らせていた。唇の下に、フックにかかったカーテンの絵柄があるのがわかる。

アリス・クペルスお手製のカーテン！　そして窓枠の上には、平打ち銅の飾り鉢、これは二人がハネムーンを過ごしたブリュージュで買い求めたものだ。

ネールは食卓に骨つきロースを残したまま、台所に帰っていた。向きなおった彼は、客間と食堂を見渡し、物という物がそのままの位置にあることを見てとった。ピアノ、回転椅子の上のクッション、レコード棚の仕切り、そして空色の毛糸玉にいたるまで……。

その色があまりに現実離れした青だったので、彼は癒される思いがして、よく玩味しようと手にとった。質感はほとんど手ごたえのないほど柔らかだった。

この世のものならぬ質感、かくも純粋な色調をどうやって創り出せたのだろう？

玉にはいまだ針が刺さっており、やりかけの編み物の一部がぶらさがっていた。

朝がた家で着るためのちょっとした上着だったにちがいない……。

彼は毛糸玉を取り落とし、また拾い、もう二度と見まいと決めてテーブルの上に置いた。もう写真もこれ以上見たくなかった。タピスリーのほどこされた肘掛け椅子に深く身を沈め、シェード越しにピンク色の光輪がほの見えるなか、毎晩そこで読むはずの新聞のことを思った。

世間は彼を出ていかせたがっていた！　他所に行ったところでいったい何をするというのだろう？　ブリュッセルかパリ、はたまたコート・ダジュールなんかに行ってどうする？　もはや何者でもなくなってしまうだろう、ただの根無し草、まるでカール・フォアベルクのような……寝るときはそばにネールすらおらず……もう何もかも失って……。

「ネール！……」彼は呼んだ。

彼は深刻な面持ちで、取り乱していた。彼女は一目でそのことを察知した。主人がいつもの席に座り、冷えきった骨つきロースを前にするのを見守った。

「私のそばに座ってくれ、嫌かい？……私の言うとおりにしてくれ、ネール！……二人っきりで、仲良く、食べようじゃないか……そんな目で見ないでくれ……」

「鍋を火から下ろしにいかないと……」

彼女はすぐに戻ってきて、席についた。

「ほら、どうだ？……二人っきり、っていうのもいいもんだろう？……奴らに何ができるっていうんだ、え？……何もできやしない！　吠えたきゃ吠えてろってんだ……こっちは金があるんだし……無病息災でやっていける……」

「召しあがらないんですか？」

「もちろん食うとも！　さぁ、食べよう……落ち着いてきたぞ、やっと……食べてないのはお前のほうじゃないか……」

「お腹が減ってないんです」

「食べなきゃ駄目だ、何としてでも……でないと、怒るぞ……お前、私のことが怖くないんだろ、違うか？」

「怖くないです」

「じゃあ、ずっとそばにいてくれ……ここで二人っきりで暮らしていこう……何でもしたいことをすればいい……ただ、一つだけ約束してもらわないと、ネール——二度と私から離れないと誓ってくれ……母親の首にかけて誓ってくれ……」

彼女は困ったように顔をそむけた。

「誓いたくないのか？……私と一緒にいたくないっていうのか？」

彼女は怖がった。彼の声の調子が変わっていた。思いがけず、まるで自分自身に挑みかかるように、いつかの計画を思い出していたのだろうか？——もしネールが離れていったら、彼女を殺してしまおうという計画を。いずれにしても奇妙な、何の考えも宿っていないようなまなざしで彼女を見つめていた。

「私がここに残るってことはあなたもよくおわかりでしょう……」

「だったら、誓え！」

彼はしつこくこだわった。是が非でもこの誓約を手に入れたかった。

「誓います……」

「母親の首にかけてだぞ……」

返事を待つあいだ、彼はぶるぶる震えていた。

「母親の……母親の首にかけて……」

クペルスの顔がぱっと明るくなり、ほとんど子供じみた喜色満面になった。

「わかってるだろ！」

「何がです？」

「万事うまくいくってことさ！　私にはちゃんとわかっていたんだ、結局最後はうまくいくって！　二人で、ここに、我らが家にいつづけるんだ。一緒にささやかな食事を楽しむ。一緒に眠る。お前にもワインを飲んでほしい」

「ワインは嫌いなんです……」

「こんなもの何てことないさ。ちょっとは飲まなきゃ……」

そして彼はグラスになみなみと注ぎ、かたや差し出された彼女のほうは、断る勇気がなかった。

「毎日一本二人で空けよう……晩には、かぎ針だか編み針だかで編み物をしにくればいい、そのかたわらで私は新聞を読むことにしよう……」

「はい……」彼女は唇の端をゆがめて答えた。ちょっと前から噛みつづけている一口分の肉を呑みこめぬまま。

彼は立ちあがり、空色の糸玉を取りにいった。

「この編み物を完成させてくれ……お前にやってほしいんだ！……今晩すぐにでも、取りかかってくれ……」

もはや彼女は何も口を挟もうとはしなかった。すでに息がきれぎれで、かたや台所からは鍋の噴きこぼれる音が聞こえていた。

「わかったかい、ネール？……ただ、奴らはミアを来させないようにするだろうな。だとしても、私たちが彼女にチョコレートを送ってやればいいのさ……まだサイドボードのなかに残りがあるはずだ、彼女のためにわざわざ買ってやったのが……家内があれをどこで買ったか知ってるかい？」

彼女は頭だけでうなづいた。

「ネール！……」

彼は鏡に映る自分を見ないように席へと戻り、無意識に自分の分のワインを注いだ。

「葉巻をくれ……」

彼女がマントルピースの角に置かれた箱を取りにいくには、主人の背後を通らなければならない。振り向くと、クペルスの猫背が見えた。テーブルの上で組みあわせた腕のなかに、頭がぐったりと垂れていた。

やがて肩が小刻みに揺れ、しわがれた、喉を引き裂かんばかりの嗚咽が響いた。

「旦那さま！……」気が動転した女中は叫んだ。「旦那さま！……落ち着いてください、旦那さま……」

しかし彼はなおも泣きつづけ、息を継ぐことも、泣きやむこともできない。

「旦那さま！……お願いですから……」

彼女はどうしていいかわからなかった。主人のまわりをうろうろするばかりだった。こうして苦しむ姿が彼女を不安にさせた、というのも、今後何をやってもこの苦しみを食い止めるすべはないように思われたから。

「お願いですから！……」

彼女もまた、わけもなく泣いていた。男の人の涙を見るのは初めてで、そのことに恥ずかしくなったのだ。

彼女は主人に近寄っていたが、逃げ出したい気持ちを必死で抑えなければならなかった。そのとき、彼が顔を上げずに、少しだけを手を動かして、嗚咽をつづけたまま彼女の手をぎゅっと握りしめてきた。

彼女には郵便受けがカタリと鳴る音が聞こえていた。手紙がなかに落ちた音だということもわかっていた。

差出人は近所の子供で、絵葉書にただ一言こう殴り書きしてあった――「人殺し」。

クペルスは、あいかわらず顔を伏せたまま、ハンカチを取り出そうとポケットを探っていた。

第九章

「気をつけろ！　人殺しが来たぞ……」

　そう叫ぶやいなや子供たちは蜘蛛の子を散らすように歩道を離れ、クペルスの影から遠ざかっていった。彼はといえば、いつもと変わらぬ歩みで、いつもと同じ方向に進み、毎日同じルートの散歩をやりとげるのだった。

　玄関の扉の横には、銅板に次のような文字がいまなお刻まれていた――

ハンス・クペルス医師
毎日七時から十一時まで診療

　しかしいまや誰も来なかった。だから時間潰しのために、両手をポケットに突っこんだまま、彼は歩くのだった。少しずつルートが決まってきて、やがて揺るぎないものになったので、人々は彼が通りすぎるたびにこう言うようになった――

「いま十時にちがいないよ……ドクターがお見えになったところだから」

　まず廃用になった運河沿いに歩き、三つ目の石橋を渡って、大運河まで足をのばすのが日課になった。そこは四方から重量貨物船が集まってくるところなのだ。

　ファン・マルデレンの家にほど近かったので、ロッジアのほうにちらっと目線を送るのを決して忘れなかった。ヤーネがそこでせっせと覗きの仕事にいそしんでいることはわかっていたから。

　十一時に大聖堂の近くを通ると、結婚式か葬式に出くわさないことは稀だった。十一時半には、学校から出てきた子供たちの一団とすれ違った。

　彼はすべてを目にし、すべてを記憶にとどめた。何曜日にどこのガス灯が塗り替えられ、どこの標石に鉛丹がかけられたか言おうと思えば言えたであろう。配達まわりの郵便局員や牛乳の行商人とすれ違い、市の立つ日には、雌牛の数をかぞえたり、農夫たちが庭について話しているのを立ち聞きしたりした。

市庁舎に組まれた足場から塗装工が落っこちたとき、彼は現場から一〇〇メートルも離れていないところにいた。そのとき彼は他の通行人たちとともに駆け寄ったのだった。そしておずおずと、前方の列に忍びこみ、落ちた男のもとにかがみこんだ。

息が詰まりながらも、彼は怪我人の手足と頭蓋を触診した。そのかたわら、近くに住む同業者の玄関のベルが鳴っているのが彼の耳にも聞こえていた。

同業者がやってきて、何も言わずに、身ぶりでクペルスをその場から遠ざけた。

その医者は慣れっこだった！　彼にとっては何でもないことだったのだ！　七月、家々の窓が開け放たれるころ、道ゆくクペルスの姿を見てミアがこう言った――

「クペルスおじちゃんだわ……」

すると父親の言葉がクペルスの耳にはっきりと聞こえてきた――

「あの人をクペルスおじちゃんと呼んじゃいけないよ……そもそも、お前のおじちゃんじゃないんだからね……」

かくして日々は過ぎていった。あいかわらず、五時になると、彼は「オンデル・デ・リンデン」の扉を押した。挨拶してくる者は誰もいない。彼の名前が委員会メンバーの名を記した黒板から消されて久しかった。誰もが彼の存在に気づかぬふりをしていた。

カウンターへと赴いたイェフは、一杯のビールと小さなグラスのジェネヴァをお盆に載せ、一言も一瞥もないまま、医師に給仕した。クペルスがテーブルに小銭を置くと、ギャルソンは彼が立ち去ってからようやくその金を取った。

しかたのないことだ！　彼は居残り、ビリヤードのゲームを眺め、旧友たちそれぞれの様子、彼らが会話に興じるさまを眺めた。彼の席は、いつもと同じところだった。あいかわらずいつもと同じ時間までいつづけた。

彼の悩みは彼にしか関わらないことだった。誰も知りえなかったし、あの晩、彼の涙を目の当たりにしたネールでさえわからなかった。

彼女はいまだアムステルダムにいるカールに、手紙を書いていた。


私が思うに、あの人は気狂いになりかけているわ。いずれにしても、長いことないはずよ。先週、あの人は公証人を呼びつけて、遺言書を書いたんだけど、それによると私が唯一の相続人になっているの。あの人が言うには、持ち家のほかに、三万フローリンの預金があるんだって……。


七時になると、鍵が錠前に差しこまれた。家のムードにふたたび包まれたが、それは古い運河の水よりも穏やかになっていた。人が通っても空気がかき乱されることがないようだった。まるで長いあいだ閉ざされたままであったかのように、扉を開けばぎしぎしと音がした。

彼は帽子を外套掛けに引っかけ、鏡を一瞥することを怠らなかった。険しい顔つきに満足したようだったが、そこには何の感情も読みとれなかった。

食卓の用意は整っていた。ネールが料理を運んできて、主人の向かいの席に座った。

「ファン・マルデレンが一四二点のセリーを決めたぞ」と、まるで本当に友人とゲームしたかのように、彼が告げた。「奴は奥さんとオステンドへ一週間羽根を伸ばしにいくそうだ」

彼女は慎ましやかに返事を返した。些細なことが逆鱗に触れるのを、彼女はわかっていた。じっさい彼は不可能に近いこと、説明すらできないことを求めていた。

晩、二人食堂でそのように過ごしているとき、ネールはもはやネールであってはならなかった。彼は妻のワンピースの丈を直させて、ネールに宛てがっていたのだ。少しずつ、髪型を変えさせることにも成功していた。

短時間のうちに、彼女は食卓を片づけ、部屋に戻ってランプの下に座り、やりかけの編み物のつづきに取りかからなければならなかった。

こうして彼女は空色のセーターを完成させたのだが、それを着ることを拒んだ日に、ぞっとするような主人の怒りを爆発させてしまった。その響きが隣家にまで届くほどだった。

クペルスはといえば、足にスリッパを履き、唇に葉巻をくわえたまま、新聞を読むのがつねだった。時々、顔の向きを変えることなく、こう呟いていた——

「台風上陸によりフィリピンで五百人の死者……」

あるいは——

「落盤事故によりアメリカで三十八人の未成年が生き埋めに……」

何が避けるべき地雷なのか、彼女にもはっきりわかりかねたにちがいない。日によってころころ変わったからだ。ある時は一片の言葉、ある時は一つの態度、ある時は一時の沈黙が地雷になることもあった。

じっさい、そのときのクペルスは、ふいに顔つきを硬くするのだった。新聞を取り落とし、虚空の一点をじっと見つめるのだが、それはまるで、常人には見えないものを見ているかのようだった。

「半フローリン！……」彼は喚いた。

彼女は逃げてはならなかった。そんなことをしたら、興奮を急きたててしまうからだ。逆らってもならず、ただ黙って頭を低くしながら、待つしかなかった。

クペルスは立ちあがり、彼女の顔を真正面から見据えにきた。最初はにやけた笑いだが、まもなく脅すような笑いに変わっていく。

「おい、ネール！……半フローリンだぞ！……すべてはそこからはじまったんだ、違うか？……お前がつけた家計簿に半フローリンの間違いがなかったら、妻はお前に何も言わなかったはずなんだ……そして、妻がお前に何も言わなかったら、お前は復讐せずともよかったし、私に匿名の手紙を送る必要もなかった……」

彼はあちこちをうろついた。いくらか異同があったものの、ほぼ同じ台詞を繰り返し、ブルゴーニュのボトルを空けた日はとくに激烈な調子になった。

「……だとしたら、妻はここに、いま、お前のいる席に座っているはずだろう！　そんでお前は、本来の場所、台所にいるはずだろう……」

ますます、目が残忍になっていった。他の人たちと同じものを見ているとは、とうてい信じられなかった。まるで透視するように、あるいは自分にとっては生きているも同然というように物を眺めていた。

妻の写真はあいかわらずそこにあった。クペルスは夜を過ごすのにそれを見ないではいられなかった。

「いまなら、お前にもわかるだろう？……すべて五〇セントのせい！……家計簿の半フローリン分のミスのせい！」

怒りを駆り立てるのに、パートナーの存在は不要だった。おのずと熱狂がこみあげてくるのだ。おそらく、あまたの思い出を燃料にしてそうした熱狂を絶えず焚きつけていたのではあるまいか？

「もうこれ以上お前の顔を見ていられない！……行け！……さっさと寝ちまえ！……」結局は大声を出すしまつとなり、怒鳴られたネールはおとなしく腰を上げるのだった。

彼女は階上へ昇り、屋根裏部屋に帰った。扉を開いたままにしておくと、主人がひとり歩きまわる足音、ぶつぶつ喋る声が聞こえてくる。彼女は服を脱ぐのだが、コートは手の届くところに残しておいた。この後どういうことが起こるか、経験で知っていたからだ。

結局、クペルスは自室に引き下がることになるだろう。ベッドにつき、十分ほど眠れぬひとときを過ごしたのち、扉を開けてこう呼ぶのだ――

「ネール！……」

彼はひとりで眠れなかった。彼女がそばに来ると、直近の怒りを忘れたふりをした。

「ここで寝なさい……まず一杯の水と薬を持ってきてくれ

……」

というのも、彼は睡眠薬を服用していたからだ。それから十五分あまり、彼女は主人のうめき声を聞きつつ、目を開けたまま物思いにふけるのだった。

買い物をするのに、彼女はよその地区へ、町のまったく外れまで出かけていかなければならなかった。店の商人たちが彼女に医師の責任の一部を負わせはじめたからだ。何年も前から彼らが愛人関係にあったとか、時機に乗じてクペルス夫人を厄介払いしたとか、あることないこと吹聴する者もいた。

巷の噂によると、あらゆる種類の伝説が生まれていたらしい。子供たちからすれば、クペルスは鬼か悪魔のような人智を超えた存在になっていた。彼が近づいてくると、子供らは小刻みに身震いしながら一目散に逃げ去ったものだ。

あのピアノ弾きの小娘はどう思っていたのだろう？　曲を奏でているあいだ、壁の向こうから「元おじちゃん」が忙しなく歩きまわる音を聞いて――

「なんとしても、絶対にあの人に話しかけちゃいけないよ！」

「話しかけたら何かされちゃうの？」

「殺しにくるぞ！」

クペルスはそれをわかっていたし、感じとってもいた。決まった足どりで「オンデル・デ・リンデン」に行くと、プレイヤーたち、とくに若者が彼を見て動揺し、セリーをしくじることもあった。

彼らにはわからなかったのだ！　誰にもわからなかった、なぜなら、クペルスは彼らの世界から逃れて、自分だけの世界に生きていたのだから。

子供の頃、彼は目覚めるといつも、タピスリーに描かれた一輪の花を眺めたものだった。その花は彼にとって――おそらく、彼一人にとって――ウェルキンゲトリクス〔紀元前一世紀にローマの侵攻に対してガリア人が反乱を起こした際の指導者〕の首とそっくりだった。とはいえ、死者の首というだけではない。日が経つにつれ、花は微笑み、微笑みながら脅しをかけてくるようにもなり、ようやく、彼はそのからくりを見抜いたのだった。じっさい、そういった変貌はこちらの見方しだいにほかならず、だからこそ自分の好きなように、ウェルキンゲトリクスの怒り狂う姿や、機嫌のよい様子を見てとることができたのだ。

何ということだ！　この世は、彼の生きている世界とあまり変わらないではないか。世間の人たちは道ゆく彼の姿を見ていた。連中の目には、彼は一人前の男、重大な秘密やさらに苦々しい呵責《かしやく》に苛《さいな》まれている男と映っていた。

ところが、じっさいは全然そうではなかったのだ！　他の連中が知っているところのスネークという町は、彼にとっては存在していないも同然だった。いわば彼はこの町を自分仕様に創りかえたのだ。母親がありきたりな花の模様としか見ていなかったものを、ウェルキンゲトリクスの首に創りかえたように。

彼は自分だけの地理をもっていたわけで、彼だけが世界じゅうを手なづけることができた。学校通りも然り！　彼は六歳の時から、あの通りの向かいに住んでいた。軽い木でできた弓矢を持っていたので、壁に的を描いて遊んだものだった。門番がレンガの角を砕いて的を消してしまっても、彼の目には穴があいかわらず見えていた……。

あの通りの片隅で過ごした時代は取るに足らぬものだったから、彼はあえて三十年分の記憶を飛ばした——いつだったか、新婚ほやほやだった彼と妻は、二人して出産したばかりの女友達に会いにいき、希望を胸いっぱい抱えて帰宅したこともあった……。

さらにさかのぼれば……。

しかしさかのぼる必要などなかった——彼の世界はいたるところで彼につきまとい、煩わしい謎とともに迫ってきたからだ。この謎のせいで、晩になると必ずといってもいいくらい、激昂することになってしまうのだった。

五〇セント、ネールが失くした半フローリンの謎！　あの半フローリンの誤差さえなければ、彼の人生は違ったものになったはずだ！　そうなっていたら、以前と変わらず患者を迎え入れているだろうし……往診にも行けることだろう……出産の立会いのために、夜中叩き起こされることも……。

「何事ですか？」立会いにいくかどうか決める前に、窓越しに大声で尋ねることだろう。

やがて、深刻な様子ではなさそうだったら、愚痴るようにこう言うだろう——

「明日の朝、行きますよ……」

あるいは——

「待っているあいだ、湿ったガーゼを当てておいてくださいよ……」

半フローリン！　しかし他にも原因はあったし、彼自身、そのことがわかっていた！　道ゆく人々、ファン・マルデレン夫妻、判事、デ・グリーフ医師、その他すべての人たちが予想だにしないあることが彼にはわかっていたのだ。

彼は人々が行き来するのを眺めていたが、その視線が皮肉っぽくなるのを禁じえなかった。というのも、彼らのうちに自分自身を認め、彼らのうちに事件が起こる前の人間の姿を見ていたからだ！

「明日、パリに行くつもりなんだ……」たとえば、ペイペカンプは「オンデル・デ・リンデン」の仲間たちにそう告げていた。

そのとき、クペルスの目がきらめいた。ペイペカンプがパリに行くということは、連中がみな自分の人生、自分の町、ビリヤード漬けの毎日に不安を覚え、うんざりしているということだから！

彼らが隣の映画館へ恋愛映画を観にいくのは、自分の妻に飽き飽きして、別のヒロインを夢見ているということなのだ……。

あらゆる人たちが、通行人であれ、自転車屋であれ、船乗りであれ、食料品屋であれ、生きている以上、別の何かを夢見て、ここから抜け出したいと熱望していた。

かつての彼のように！　抜け出したいと願うあまりに、彼は人を殺し、二人も葬り去ってしまったのだ！

それは半フローリンに端を発していた……半フローリンの一件は女中の恨みと結びついた……女中の恨みは漠とした何かを堂々巡りに疲れた男の心に結びつけた……。

それだけのことだった！　誰も知っちゃいなかった！　彼

だけがそのループを知っており、なぜ自分が毎日同じ時間に、同じ場所を通るのかわかっていた。

なぜなら逃避していたからだ！　できるかぎり早く帰宅していたのは、空虚を恐れてのことだった。壁、家、自分が作り出したあらゆる習慣、マントルピースの上の葉巻の箱、ストーブのかたわらで室温にしたワインのボトル、タピスリーのほどこされた肘掛け椅子、決まった日に催される市――それらにしがみつき、果てはビリヤード台で球がぶつかりあう馴染みの音にまでしがみついていた。

倦《あ》くことなく、気落ちすることなく、ただ堂々巡りを繰り返していた。

家に帰ってきた。同じ錠前に、同じ鍵、何年も何年も前からずっと変わらない。かちかちっという音も同じ、顔にかかってくる清潔なワックスの匂いも同じ。

食卓は整っていた。ネールが料理を運んでくる……。

もはや彼女を欲しいとも思わなかった！　触れもしなかった！　担保のように手元に置いているだけ……。


「カールから手紙が来ました。競馬ですったそうで、少しばかり金が必要だそうです……」

それが何だというのだろう？　いくらでも送ってやればいいのだ！　彼は知らなかった――というのは、この期に及んでも、知らないことがまだあったからだ！――、その日の午後、ネールが台所の奥で次のような手紙をしたためていたことを――


……あんたからもらった粉の包みはトイレに捨てたわ、だって、怖いんですもの。すぐに真相を嗅ぎつけられるんじゃないかって気がするの。もっとも、長いことないでしょうけど。あの人、毎日少しずつおかしくなっていくわ。ある晩なんか、眠りにつくまで手を握っていてくれって私に頼むのよ……。

ネールはアリス・クペルスのピンクのワンピースを着ていたが、これを着るには事前に腰回りの丈を直さなければならなかった。骨つきロースはまだ残っていた。クペルスが尋ねた――

「ブルゴーニュを持ってきてくれないか？」

「承知しました。もう十五本しか残っていませんけど」

彼はブルゴーニュを飲んだ。ということは、その夜、また騒ぎが起こるのだろう、暴力までふるわれて、半フローリンの話が始めから終わりまでひとしきり繰り返されることだろう。

彼女には平穏に食事したり、たとえ十五分かそこらでも縫い物をしたりする時間がまだあったろうか？　周到にも彼女はまた別の縫い物を自分の部屋にとっておき、呼びつけられるまでのあいだ、その縫い物に取り組むことにしていた。

「ヤーネ・ファン・マルデレンが風邪をひいたぞ……」彼が告げた。

ついさっき「オンデル・デ・リンデン」でファン・マルデレンが明言していたのだ。

そうした取るに足らない、沈黙の合間に発せられる言葉が、騒ぎの前触れとして必要だったのだ。そして新聞の擦れるかすかな音、事故を伝えるニュースも同じく必要で、とくにクペルスは後者のうちにおおいに喜びを見出すのだった――

「七人の乗客を乗せた飛行機が北極海へ墜落……」

ネールはため息をつき、辛抱強く待っていた……。

ジョルジュ・シムノン［1903–89］年譜

▼――世界史の事項　●――文化史・文学史を中心とする事項　**太字ゴチの作家『タイトル』**――〈ルリユール叢書〉の既刊・続刊予定の書籍です

一九〇三年

ベルギーのリエージュにて出生。父デジレは保険会社の会計士、母アンリエットはデパートの売り子。

▼エメリン・パンクハースト、女性社会政治同盟結成〔英〕▼ロシア社会民主労働党、ボリシェビキとメンシェビキに分裂〔露〕●スティーグリッツ、「カメラ・ワーク」誌創刊〔米〕●ノリス『取引所』、『小説家の責任』〔米〕●ロンドン『野性の呼び声』、『奈落の人々』〔米〕●H・ジェイムズ『使者たち』〔米〕●G・E・ムーア『倫理学原理』〔英〕●G・B・ショー『人と超人』〔英〕●S・バトラー『万人の道』〔英〕●ウェルズ『完成中の人類』〔英〕●ハーディ『覇王たち』（～〇八）〔英〕●ギッシング『ヘンリー・ライクロフトの私記』〔英〕●ドビュッシー交響詩《海》〔仏〕●**J＝A・ノー『敵なる力』**（第一回ゴンクール賞受賞）〔仏〕●ロマン・ロラン『ベートーヴェン』〔仏〕●プレッツォリーニ、パピーニらが「レオナルド」創刊（～〇七）〔伊〕●ダヌンツィオ『マイア』〔伊〕●A・マチャード『孤独』〔西〕●ヒメネス『哀しみのアリア』〔西〕●バリェ＝インクラン『ほの暗き庭』〔西〕●リルケ『ロダン論』（～〇七）、『ヴォルプスヴェーデ』〔墺〕●ホフマンスタール『エレクトラ』〔墺〕●T・マン『トーニオ・クレーガー』〔独〕●デーメル『二人の人間』〔独〕●クラーゲス、表現学ゼミナールを創設〔独〕●ラキッチ『詩集』〔セルビア〕●ビョ

ルンソン、ノーベル文学賞受賞［ノルウェー］●アイルランド国民劇場協会結成［愛］●永井荷風訳ゾラ『女優ナヽ』［日］

一九〇六年［三歳］

弟クリスティアンが誕生。

▼サンフランシスコ地震［米］▼一月、イギリスの労働代表委員会、労働党と改称。八月、英露協商締結（三国協商が成立）［英］●ロンドン『白い牙』［米］●ビアス『冷笑家用語集』（一一年、『悪魔の辞典』に改題）［米］●ゴールズワージー『財産家』［英］●ロマン・ロラン『ミケランジェロ』［仏］●クローデル『真昼に分かつ』［仏］●シュピッテラー『イマーゴ』［スイス］●カルドゥッチ、ノーベル文学賞受賞［伊］●ダヌンツィオ『愛にもまして』［伊］●ドールス『語録』［西］●ムージル『寄宿者テルレスの惑い』［墺］●ヘッセ『車輪の下』［独］●モルゲンシュテルン『メランコリー』［独］●H・バング『祖国のない人々』［デンマーク］●ビョルンソン『マリイ』［ノルウェー］●ルゴーネス『不思議な力』［アルゼンチン］●ターレボフ『人生の諸問題』［イラン］●島崎藤村『破戒』［日］●内田魯庵訳トルストイ『復活』［日］

一九〇八年［五歳］

神学校で初等教育。

▼ブルガリア独立宣言［ブルガリア］●フォードT型車登場［米］●ロンドン『鉄の踵』［米］●モンゴメリー『赤毛のアン』［カナダ］●F・M・フォード「イングリッシュ・レヴュー」創刊［英］●A・ベネット『老妻物語』［英］●チェスタトン『正統とは何か』、

『木曜日の男』〔英〕●フォースター『眺めのいい部屋』〔英〕●ドビュッシー《子供の領分》〔仏〕●ラヴェル《マ・メール・ロワ》（〜一〇）〔仏〕●ソレル『暴力論』〔仏〕●ガストン・ガリマール、ジッドと文学雑誌「NRF」（新フランス評論）を創刊（翌年、再出発）〔仏〕●J・ロマン『一体生活』〔仏〕●ルルー『黄色い部屋の謎』〔仏〕●M・ルブラン『ルパン対ホームズ』〔仏〕●プレッツォリーニ、文化・思想誌「ヴォーチェ」を創刊（〜一六）〔伊〕●クローチェ『実践の哲学——経済学と倫理学』〔伊〕●バリェ＝インクラン『狼の歌』〔西〕●ヒメネス『孤独の響き』〔西〕●G・ミロー『流浪の民』〔西〕●シェーンベルク《弦楽四重奏曲第二番》（ウィーン初演）〔墺〕●K・クラウス『モラルと犯罪』〔墺〕●シュニッツラー『自由への途』〔墺〕●ヴォリンガー『抽象と感情移入』〔独〕●オイケン、ノーベル文学賞受賞〔独〕●S・ジェロムスキ『罪物語』〔ポーランド〕●バルトーク・ベーラ《弦楽四重奏曲第一番》〔ハンガリー〕●レンジェル・メニヘールト《感謝せる後継者》上演（ヴォジニッツ賞受賞）〔ハンガリー〕●ヘイデンスタム『スウェーデン人とその指導者たち』（〜一〇）〔スウェーデン〕

一九一四年［十一歳］

イエズス会の中学《コレージュ》に入学。両親は彼を司祭にしようとしていた。軍人を志して別のコレージュに移るも、四年で退学。

▼サライェヴォ事件、第一次世界大戦勃発（〜一八）〔欧〕▼大戦への不参加表明〔西〕●E・R・バローズ『類猿人ターザン』〔米〕●スタイン『やさしいボタン』〔米〕●ノリス『ヴァンドーヴァーと野獣』〔米〕●ヴォーティシズム機関誌「ブラスト」創刊〔英〕●ウェルズ『解放された世界』〔英〕●**ラミュ『詩人の訪れ』**、**『存在理由』**〔スイス〕●ラヴェル《クープランの墓》〔仏〕●ジッド『法王庁の抜穴』〔仏〕●ルーセル『ロクス・ソルス』〔仏〕●サンテリーア『建築宣言』〔伊〕●オルテガ・イ・ガセー『ドン・キホー

テをめぐる省察』［西］●ヒメネス『プラテロとわたし』［西］●ゴメス・デ・ラ・セルナ『グレゲリーアス』、『あり得ない博士』［西］●ベッヒャー『滅亡と勝利』［独］●ジョイス『ダブリンの市民』［愛］●ウイドブロ『秘密の仏塔』［チリ］●ガルベス『模範的な女教師』［アルゼンチン］●夏目漱石『こころ』［日］

一九一八年［十五歳］

学業をあきらめ、パティシエの見習い、書店員を遍歴。いわゆる悪所通いをはじめる。

▼一月、米国ウィルソン大統領、十四カ条発表▼二月、英国、第四次選挙法改正（女性参政権認める）▼三月、スペインインフルエンザ（スペイン風邪）が大流行（～二〇）▼三月、ブレスト＝リトフスク条約。ドイツ、ソヴィエト＝ロシアが単独講和▼十月、「セルビア人・クロアチア人・スロヴェニア人」王国の建国宣言▼十一月、ドイツ革命。ドイツ帝政が崩壊し、ドイツ共和国成立。ヴィルヘルム二世、オランダに亡命▼十一月十一日、停戦協定成立し、第一次世界大戦終結。ポーランド、共和国として独立●キャザー『マイ・アントニーア』［米］●O・ハックスリー『青春の敗北』［英］●E・シットウェル『道化の家』［英］●W・ルイス『ター』［英］●ストレイチー『ヴィクトリア朝偉人伝』［英］●ラルボー『幼ごころ』［仏］●アポリネール『カリグラム』、『新精神と詩人たち』［仏］●コクトー『雄鶏とアルルカン』［仏］●**ルヴェルディ『屋根のスレート』**、**『眠れるギター』**［仏］●デュアメル『文明』（ゴンクール賞受賞）［仏］●サンドラール『パナマあるいは七人の伯父の冒険』、『殺しの記』［スイス］●ラミュ「兵士の物語」（ストラヴィンスキーのオペラ台本）［スイス］●文芸誌「グレシア」創刊（～二〇）［西］●ヒメネス『永遠』［西］●シェーンベルクら〈私的演奏協会〉発足［墺］●シュピッツァー『ロマンス語の統辞法と文体論』［墺］●K・クラウス『人類最後の日々』（～二二）［墺］

●シュニッツラー『カサノヴァの帰還』［墺］●**デーブリーン『ヴァツェクの蒸気タービンとの戦い』**［独］●T・マン『非政治的人間の考察』［独］●H・マン『臣下』［独］●ルカーチ・ジェルジ『バラージュと彼を必要とせぬ人々』［ハンガリー］● ツァラ『一九一八年のダダ宣言』［ルーマニア］●**アンドリッチ**、「南方文芸」誌を創刊（～一九）、**『エクスポント（黒海より）』**［セルビア］●ジョイス『亡命者たち』［愛］●M・アスエラ『蝿』［メキシコ］●キローガ『セルバの物語集』［アルゼンチン］●魯迅『狂人日記』［中］●岡本綺堂『修禅寺物語』［日］

一九一九年［十六歳］

カトリック保守系の新聞「ガジェット・ド・リエージュ」に雇われる。三面記事担当記者として辛辣なコラムを量産。

▼パリ講和会議［欧］▼合衆国憲法修正第十八条（禁酒法）制定、憲法修正第十九条（女性参政権）可決［米］▼アメリカ鉄鋼労働者ストライキ［米］▼ストライキが頻発、マドリードでメトロ開通［西］▼ワイマール憲法発布［独］▼第三インターナショナル（コミンテルン）成立［露］▼ギリシア・トルコ戦争［希・土］▼三・一独立運動［朝鮮］▼五・四運動［中国］●パルプ雑誌「ブラック・マスク」創刊（～五一）［米］●S・アンダーソン『ワインズバーグ・オハイオ』［米］●ケインズ『平和の経済的帰結』［英］●**コンラッド『黄金の矢』**［英］●V・ウルフ『夜と昼』、『現代小説論』［英］●T・S・エリオット『詩集――一九一九年』［英］●モーム『月と六ペンス』［英］●シュピッテラー、ノーベル文学賞受賞［スイス］●ガリマール社設立［仏］●ブルトン、アラゴン、スーポーとダダの機関誌「文学」を創刊［仏］●ベルクソン『精神のエネルギー』［仏］●ジッド『田園交響楽』［仏］●コクトー『ポトマック』［仏］●デュアメル『世界の占有』［仏］●ローマにて文芸誌「ロンダ」創刊（～二三）［伊］●バッケッリ『ハムレッ

ト』〔伊〕●ヒメネス『石と空』〔西〕●ホフマンスタール『影のない女』〔墺〕●ホイジンガ『中世の秋』〔蘭〕●グロピウス、ワイマールにバウハウスを設立（～三三）〔独〕●カフカ『流刑地にて』、『田舎医者』〔独〕●ヘッセ『デーミアン』〔独〕●クルツィウス『現代フランスの文学開拓者たち』〔独〕●ツルニャンスキー『イタカの抒情』〔セルビア〕●シェルシェネーヴィチ、エセーニンらと〈イマジニズム〉を結成（～二七）〔露〕●M・アスエラ『上品な一家の苦難』〔メキシコ〕●有島武郎『或る女』〔日〕

一九二〇年［十七歳］

処女作『アルシュ橋にて *Au pont des Arches*』を執筆（翌年ジョルジュ・シム名義で出版）。二十歳の美術学生レジーヌ・ランション（通称ティジー）と出会い、懇意の仲に。

▼国際連盟発足（米は不参加）〔欧〕●ピッツバーグで民営のKDKA局がラジオ放送開始〔米〕●フィッツジェラルド『楽園のこちら側』〔米〕●ウォートン『エイジ・オブ・イノセンス』（ピュリッツァー賞受賞）〔米〕●ドライサー『ヘイ、ラバダブダブ！』〔米〕●ドス・パソス『ある男の入門――一九一七年』〔米〕●S・ルイス『本町通り』〔米〕●パウンド『ヒュー・セルウィン・モーバリー』〔米〕●E・オニール《皇帝ジョーンズ》初演〔米〕●D・H・ロレンス『恋する女たち』、『迷える乙女』〔英〕●ウェルズ『世界文化史大系』〔英〕●O・ハックスリー『レダ』、『リンボ』〔英〕●E・シットウェル『木製の天馬』〔英〕●クリスティ『スタイルズ荘の怪事件』〔英〕●クロフツ『樽』〔英〕●H・R・ハガード『古代のアラン』〔英〕●マティス〈オダリスク〉シリーズ〔仏〕●コレット『シェリ』〔仏〕●チェッキ『金魚』〔伊〕●文芸誌「レフレクトル」創刊〔西〕●バリェ＝インクラン『ボヘミアの光』、『聖き言葉』〔西〕●R・ヴィーネ『カリガリ博士』〔独〕●デーブリーン『ヴァレンシュタイン』〔独〕●S・ツヴァイク『三人の巨匠』〔墺〕

●**アンドリッチ『アリヤ・ジェルゼレズの旅』、『不安』**〔セルビア〕●ハムスン、ノーベル文学賞受賞〔ノルウェー〕●アレクセイ・N・トルストイ『ニキータの少年時代』(～二二)、『苦悩の中を行く』(～四一)〔露〕●グスマン『ハドソン川の畔で』〔メキシコ〕

一九二一年〔十八歳〕

父が狭心症で死去。

▼英ソ通商協定〔英・露〕▼新経済政策(ネップ)開始〔露〕▼ロンドン会議にて、対独賠償総額(一三二〇億金マルク)決まる〔欧・米〕▼ファシスト党成立〔伊〕▼モロッコで、部族反乱に対しスペイン軍敗北〔西〕▼中国共産党結成〔中国〕▼ワシントン会議開催▼四カ国条約調印〔米・英・仏・日〕●ヴァレーズら、ニューヨークにて〈国際作曲家組合〉を設立〔米〕●チャップリン《キッド》〔米〕●S・アンダーソン『卵の勝利』〔米〕●ドス・パソス『三人の兵隊』〔米〕●オニール『皇帝ジョーンズ』〔米〕●O・ハックスリー『クローム・イエロー』〔英〕●V・ウルフ『月曜日か火曜日』〔英〕●ウェルズ『世界史概観』〔英〕●A・フランス、ノーベル文学賞受賞〔仏〕●アラゴン『アニセまたはパノラマ』〔仏〕●ピランデッロ《作者を探す六人の登場人物》初演〔伊〕●文芸誌「ウルトラ」創刊(～二二)〔西〕●オルテガ・イ・ガセー『無脊椎のスペイン』〔西〕●J・ミロ《農園》〔西〕●バリェ＝インクラン『ドン・フリオレラの角』〔西〕●G・ミロー『われらの神父聖ダニエル』〔西〕●S・ツヴァイク『ロマン・ロラン』〔墺〕●アインシュタイン、ノーベル物理学賞受賞〔独〕●ドナウエッシンゲン音楽祭が開幕〔独〕●クラーゲス『意識の本質』〔独〕●ハシェク『兵士シュヴェイクの冒険』(～二三)〔チェコ〕●ツルニャンスキー『チャルノイェヴィチに関する日記』〔セルビア〕●ボルヘス、雑誌「ノソトロス」にウルトライスモ宣言を発表〔アルゼンチン〕

一九二二年〔十九歳〕

兵役をつとめたのち、単身パリへ。極右作家ジャン・ビネ＝ヴァルメールに秘書として雇われる。

▼ワシントン会議にて、海軍軍備制限条約、九カ国条約調印▼ジェノヴァ会議▼KKK団の再興〔米〕▼ムッソリーニ、ローマ進軍。首相就任〔伊〕▼ドイツとソヴィエト、ラパロ条約調印〔独・露〕▼アイルランド自由国正式に成立〔愛〕▼スターリンが書記長に就任、ソヴィエト連邦成立〔露〕●キャロル・ジョン・デイリーによる最初のハードボイルド短編、「ブラック・マスク」掲載に〔米〕●スタイン『地理と戯曲』〔米〕●キャザー『同志クロード』(ピューリッツァー賞受賞)〔米〕●ドライサー『私自身に関する本』〔米〕●フィッツジェラルド『美しき呪われし者』、『ジャズ・エイジの物語』〔米〕●S・ルイス『バビット』〔米〕●イギリス放送会社BBC設立〔英〕●D・H・ロレンス『アロンの杖』、『無意識の幻想』〔英〕●E・シットウェル『ファサード』〔英〕●T・S・エリオット『荒地』(米国)〔英〕●マンスフィールド『園遊会、その他』〔英〕●ロマン・ロラン『魅せられたる魂』(〜三三)〔仏〕●マルタン・デュ・ガール『チボー家の人々』(〜四〇)〔仏〕●モラン『夜ひらく』〔仏〕●コレット『クローディーヌの家』〔仏〕●アソリン『ドン・フアン』〔西〕●ザルツブルクにて〈国際作曲家協会〉発足〔墺〕●S・ツヴァイク『アモク』〔墺〕●ヒンデミット、〈音楽のための共同体〉開催(〜二三)〔独〕●ラング『ドクトル・マブゼ』〔独〕●ムルナウ『吸血鬼ノスフェラトゥ』〔独〕●クラーゲス『宇宙創造的エロス』〔独〕●T・マン『ドイツ共和国について』〔独〕●ヘッセ『シッダールタ』〔独〕●カロッサ『幼年時代』〔独〕●ブレヒト《夜打つ太鼓》初演〔独〕●コストラーニ・デジェー『血の詩人』〔ハンガリー〕●レンジェル・メニヘールト『アメリカ日記』〔ハンガリー〕●ジョイス『ユリシーズ』〔愛〕●アレクセイ・N・トルストイ『アエリータ』(〜二三)〔露〕

一九二三年〔二十歳〕

レジーヌと結婚。ビネ＝ヴァルメールの盟友であったトラシー侯爵の私設秘書となる。同郷の作家の紹介により、きわどい内容のコントを軽雑誌に寄稿。一方で日刊紙「ル・マタン」によりシリアスな掌編を発表しはじめ、文芸欄の編集者だったコレットの薫陶を受ける。

▼仏・白軍、ルール占領〔欧〕▼ハーディングの死後、クーリッジが大統領に〔米〕▼プリモ・デ・リベーラ将軍のクーデタ、独裁開始（～三〇）〔西〕▼ミュンヘン一揆〔独〕▼ローザンヌ条約締結、トルコ共和国成立▼関東大震災〔日〕●ウォルト・ディズニー・カンパニー創立〔米〕●「タイム」誌創刊〔米〕●S・アンダーソン『馬と人間』、『多くの結婚』〔米〕●キャザー『迷える夫人』〔米〕●ハーディ『コーンウォール女王の悲劇』〔英〕●D・H・ロレンス『アメリカ古典文学研究』、『カンガルー』〔英〕●**コンラッド『放浪者 あるいは海賊ペロル』**〔英〕●T・S・エリオット『荒地』（ホガース・プレス刊）〔英〕●ラディゲ『肉体の悪魔』〔仏〕●ジッド『ドストエフスキー』〔仏〕●ラルボー『恋人よ、幸せな恋人よ……』〔仏〕●コクトー『山師トマ』、『大胯びらき』〔仏〕●コレット『青い麦』〔仏〕●サンドラール『黒色のヴィーナス』〔スイス〕●バッケッリ『まぐろは知っている』〔伊〕●ズヴェーヴォ『ゼーノの苦悶』〔伊〕●オルテガ・イ・ガセー、「レビスタ・デ・オクシデンテ」誌を創刊〔西〕●ドールス『プラド美術館の三時間』〔西〕●ゴメス・デ・ラ・セルナ『小説家』〔西〕●リルケ『ドゥイーノの悲歌』、『オルフォイスに寄せるソネット』〔墺〕●カッシーラー『象徴形式の哲学』（～二九）〔独〕●ルカーチ『歴史と階級意識』〔ハンガリー〕●ロスラヴェッツら〈現代音楽協会〉設立〔露〕●M・アスエラ『マローラ』〔メキシコ〕●グイラルデス『ハイマカ』〔アルゼンチン〕●ボルヘス『ブエ

ノスアイレスの熱狂』［アルゼンチン］●バーラティ『郭公の歌』［インド］●菊池寛、「文芸春秋」を創刊［日］

一九二四年［二十一歳］

侯爵の秘書を辞め、夫婦でパリに居住。生活のために通俗小説を濫作し、一九三一年までにさまざまな筆名で百九十ほどの長・中編をものする。モンパルナス界隈によく通い、常連の画家やジャーナリストたちと交遊。

▼ロサンゼルスへの水利権紛争で水路爆破（カリフォルニア水戦争）。ロサンゼルス不動産バブルがはじける。ロサンゼルスの人口が百万人を突破［米］▼中国、第一次国共合作［中］●ガーシュイン《ラプソディ・イン・ブルー》［米］●セシル・B・デミル『十戒』［米］●ヘミングウェイ『われらの時代に』［米］●スタイン『アメリカ人の創生』［米］●オニール『楡の木陰の欲望』［米］●E・M・フォースター『インドへの道』［英］●T・S・エリオット『うつろな人々』［英］●I・A・リチャーズ『文芸批評の原理』［英］●F・M・フォード『ジョウゼフ・コンラッド――個人的回想』、『パレーズ・エンド』（～二八、五〇刊）［英］●サンドラール『コダック』［スイス］●ルネ・クレール『幕間』［仏］●ブルトン『シュルレアリスム宣言』、雑誌「シュルレアリスム革命」創刊（～二九）［仏］●P・ヴァレリー、V・ラルボー、L＝P・ファルグ、文芸誌「コメルス」を創刊（～三二）［仏］●**ルヴェルディ『空の漂流物』**［仏］●ラディゲ『ドルジェル伯の舞踏会』［仏］●M・ルブラン『カリオストロ伯爵夫人』［仏］●ダヌンツィオ『鎚の火花』（～二八）［伊］●A・マチャード『新しい詩』［西］●ムージル『三人の女』［墺］●シュニッツラー『令嬢エルゼ』［墺］●デーブリーン『山・海・巨人』［独］●T・マン『魔の山』［独］●カロッサ『ルーマニア日記』［独］●ベンヤミン『ゲーテの親和力』（～二五）［独］●ネズヴァル『パントマイム』［チェコ］●バラージュ『視覚的人間』［ハンガリー］●ヌーシッチ

『自叙伝』〔セルビア〕●**アンドリッチ『短編小説集』**〔セルビア〕●アレクセイ・N・トルストイ『イビクス、あるいはネヴゾーロフの冒険』〔露〕●トゥイニャーノフ『詩の言葉の問題』〔露〕●ショーン・オケーシー《ジュノーと孔雀》初演〔愛〕●A・レイェス『残忍なイピゲネイア』〔メキシコ〕●文芸雑誌「マルティン・フィエロ」創刊（〜二七）〔アルゼンチン〕●ネルーダ『二十の愛の詩と一つの絶望の歌』〔チリ〕●宮沢賢治『春の修羅』〔日〕●築地小劇場創設〔日〕●大佛次郎〈鞍馬天狗〉シリーズ（〜六五）〔日〕

一九二五年〔三十二歳〕

アンリエット・リベルジュ（通称「鞠《ブール》」）という家政婦を雇い入れ、愛人関係に。この頃、アメリカ出身の歌手ジョセフィン・ベイカーとも懇意の仲に。

▼ロカルノ条約調印〔欧〕●チャップリン『黄金狂時代』〔米〕●S・アンダーソン『黒い笑い』〔米〕●キャザー『教授の家』〔米〕●ドライサー『アメリカの悲劇』〔米〕●ドス・パソス『マンハッタン乗換駅』〔米〕●フィッツジェラルド『偉大なギャツビー』〔米〕●ルース『殿方は金髪がお好き』〔米〕●ホワイトヘッド『科学と近代世界』〔英〕●**コンラッド『サスペンス』**〔英〕●V・ウルフ『ダロウェイ夫人』〔英〕●O・ハックスリー『くだらぬ本』〔英〕●クロフツ『フレンチ警部最大の事件』〔英〕●R・ノックス『陸橋殺人事件』〔英〕●H・リード『退却』〔英〕●サンドラール『黄金』〔スイス〕●M・モース『贈与論』〔仏〕●ジッド、コンゴ旅行へ出る。『贋金づくり』〔仏〕●ラルボー『罰せられざる悪徳・読書——英語の領域』〔仏〕●F・モーリヤック『愛の砂漠』〔仏〕●**ルヴェルディ『海の泡』**、『大自然』〔仏〕●モンターレ『烏賊の骨』〔伊〕●ピカソ《三人の踊り子》〔西〕●アソリン『ドニャ・イネス』〔西〕●オルテガ・イ・ガセー『芸術の非人間化』〔西〕●カフカ『審判』〔独〕●ツックマイアー『楽しきぶどう山』〔独〕●クルツィウス

『現代ヨーロッパにおけるフランス精神』［独］●フォスラー『言語における精神と文化』［独］●フロンスキー『故郷』、『クレムニツァ物語』［スロヴァキア］●エイゼンシュテイン《戦艦ポチョムキン》［露］●アレクセイ・N・トルストイ『五人同盟』［露］●シクロフスキー『散文の理論』［露］●M・アスエラ『償い』［メキシコ］●ボルヘス『異端審問』［アルゼンチン］●梶井基次郎『檸檬』［日］

一九二八年［二十五歳］

モーターボート（「ジネット号」）でフランスの運河を旅行。

▼第一次五カ年計画を開始［露］▼大統領選に勝ったオブレゴンが暗殺［メキシコ］●CIAM（近代建築国際会議）開催（〜五九）［欧］●ガーシュイン《パリのアメリカ人》［米］●オニール《奇妙な幕間狂言》初演［米］●D・H・ロレンス『チャタレイ夫人の恋人』［英］●ヴァン・ダイン『探偵小説二十則』、『グリーン家殺人事件』［米］●ナボコフ『キング、クィーンそしてジャック』［米］●V・ウルフ『オーランドー』［英］●O・ハックスリー『対位法』［英］●ウォー『大転落』［英］●R・ノックス『ノックスの十戒』［英］●リース『ポーズ』［英］●ラヴェル《ボレロ》［仏］●ブニュエル／ダリ『アンダルシアの犬』［仏］●ブルトン『ナジャ』、『シュルレアリスムと絵画』［仏］●ルヴェルディ『跳ねるボール』［仏］●J・ロマン『肉体の神』［仏］●マルロー『征服者』［仏］●クローデル『繻子の靴』（〜二九）［仏］●サン＝テグジュペリ『南方郵便機』［仏］●バタイユ『眼球譚』［仏］●**P＝J・ジューヴ『カトリーヌ・クラシャの冒険』**（〜三二）［仏］●マンツィーニ『魅せられた時代』［伊］●バリェ＝インクラン『御主人、万歳』［西］●G・ミロー『歳月と地の隔たり』［西］●シュピッツァー『文体研究』［墺］●シュニッツラー『テレーゼ』［墺］●フッサール『内的時間意識の現象学』［独］●ベンヤミン『ドイツ悲劇の根源』［独］●S・ゲオルゲ『新しい国』［独］●E・ケストナー

『エーミルと探偵団』〔独〕●ブレヒト《三文オペラ》初演〔独〕●ウンセット、ノーベル文学賞受賞〔ノルウェー〕●アレクセイ・N・トルストイ『まむし』〔露〕●イェイツ『塔』〔愛〕●ショーロホフ『静かなドン』(〜四〇)〔露〕●グスマン『鷲と蛇』〔メキシコ〕●ガルベス『パラグアイ戦争の情景』(〜二九)〔アルゼンチン〕

一九二九年〔三十六歳〕

短編推理シリーズの第一作『十三の秘密 *Les Treize Mystères*』を週刊紙「探偵《デテクティヴ》」に連載。一本マストの帆船《カッター》(「オストロゴート号」)でベルギー、オランダ、ドイツを旅行。メグレ警視を脇役ながら初めて登場させた『マルセイユ特急 *Le Train de nuit*』を執筆(翌年クリスティアン・ブリュル名義でファイヤール社より刊行)。

▼十月二十四日ウォール街株価大暴落、世界大恐慌に●ニューヨーク近代美術館開館〔米〕●ヘミングウェイ『武器よさらば』〔米〕●フォークナー『響きと怒り』、『サートリス』〔米〕●ヴァン・ダイン『僧正殺人事件』〔米〕●ナボコフ『チョールブの帰還』〔米〕●クイーン『ローマ帽子の秘密』〔米〕●D・H・ロレンス『死んだ男』〔英〕●E・シットウェル『黄金海岸の習わし』〔英〕●H・グリーン『生きる』〔英〕●学術誌「ドキュマン」創刊(編集長バタイユ、〜三〇)〔仏〕●ジッド『女の学校』(〜三六)〔仏〕●コクトー『恐るべき子供たち』〔仏〕●**ルヴェルディ『風の泉、一九一五—一九二九』**、**『ガラスの水たまり』**〔仏〕●ダビ『北ホテル』〔仏〕●ユルスナール『アレクシあるいは空しい戦いについて』〔仏〕●J・ケッセル『昼顔』〔仏〕●モラーヴィア『無関心な人々』〔伊〕●ゴメス・デ・ラ・セルナ『人間もどき』〔西〕●リルケ『若き詩人への手紙』〔墺〕●**S・ツヴァイク**『ジョゼフ・フーシェ』、**『過去への旅』**〔墺〕●ミース・ファン・デル・ローエ《バルセロナ万国博覧会のドイツ館》〔独〕●デーブリーン『ベルリン・アレクサンダー広場』〔独〕

●レマルク『西部戦線異状なし』〔独〕●アウエルバッハ『世俗詩人ダンテ』〔独〕●クラーゲス『心情の敵対者としての精神』（〜三三）〔独〕●アンドリッチ『ゴヤ』〔セルビア〕●ツルニャンスキー『流浪』〔セルビア〕●フロンスキー『蜜の心』〔スロヴァキア〕●アレクセイ・N・トルストイ『ピョートル一世』（〜四五）〔露〕●ヤシェンスキ『パリを焼く』〔露〕●**グスマン『ボスの影』**〔メキシコ〕●ガジェゴス『ドニャ・バルバラ』〔ベネズエラ〕●ボルヘス『サン・マルティンの手帖』〔アルゼンチン〕●小林多喜二『蟹工船』〔日〕

一九三〇年〔二十七歳〕

北極旅行。メグレが初めて本格的な捜査を行う『不安の家 *La Maison de l'inquiétude*』をジョルジュ・シム名義で日刊紙「ルーヴル」に連載。ファイヤール社とメグレシリーズの出版契約。『怪盗レトン *Pietr-le-letton*』を本名で週刊紙「リックとラック」に連載（実質的なシムノンのメグレもの第一作）。

▼ロンドン海軍軍縮会議〔英・米・仏・伊・日〕▼国内失業者が千三百万人に〔米〕▼プリモ・デ・リベーラ辞任。ベレンゲール将軍の「やわらかい独裁」開始〔西〕●S・ルイス、ノーベル文学賞受賞〔米〕●フォークナー『死の床に横たわりて』〔米〕●ドス・パソス『北緯四十二度線』〔米〕●マクリーシュ『新天地』〔米〕●ハメット『マルタの鷹』〔米〕●ナボコフ『ルージンの防御』〔米〕●H・クレイン『橋』〔米〕●J・M・ケイン『われらの政府』〔米〕●J・D・カー『夜歩く』〔米〕●A・C・ドイル卿殁〔英〕●D・H・ロレンス『黙示録論』〔英〕●**セイヤーズ『ストロング・ポイズン』**〔英〕●E・シットウェル『アレグザンダー・ポープ』〔英〕●W・エンプソン『曖昧の七つの型』〔英〕●カワード『私生活』〔英〕●リース『マッケンジー氏と別れてから』〔英〕●ブニュエル／ダリ『黄金時代』〔仏〕●ルネ・クレール『パリの屋根の下』〔仏〕●**ルヴェルディ『白い石』**、『危険と

災難』〔仏〕●コクトー『阿片』〔仏〕●マルロー『王道』〔仏〕●コレット『シド』〔仏〕●アルヴァーロ『アスプロモンテの人々』〔伊〕●シローネ『フォンタマーラ』〔伊〕●プラーツ『肉体と死と悪魔』〔伊〕●オルテガ・イ・ガセー『大衆の反逆』〔西〕●A・マチャード、M・マチャード『ラ・ロラは港へ』〔西〕●フロイト『文化への不満』〔墺〕●ムージル『特性のない男』(〜四三、五二)〔墺〕●ヘッセ『ナルチスとゴルトムント』〔独〕●T・マン『マーリオと魔術師』〔独〕●ブレヒト《マハゴニー市の興亡》初演〔独〕●クルツィウス『フランス文化論』〔独〕●**アイスネル『恋人たち』**〔チェコ〕●エリアーデ『イサベルと悪魔の水』〔ルーマニア〕●マクシモヴィッチ『緑の騎士』〔セルビア〕●フロンスキー『勇敢な子ウサギ』〔スロヴァキア〕●T・クリステンセン『打っ壊し』〔デンマーク〕●ブーニン『アルセーニエフの生涯』〔露〕●アストゥリアス『グアテマラ伝説集』〔グアテマラ〕●ボルヘス『エバリスト・カリエゴ』〔アルゼンチン〕●大佛次郎『ドレフュス事件』〔日〕

一九三一年〔二十八歳〕

メグレシリーズの宣伝のために、モンパルナスのナイトクラブで大々的なダンスパーティーを開催。『死んだギャレ氏 *Monsieur Gallet, décédé*』、『サン＝フォリヤン寺院の首吊り人 *Le Pendu de Saint-Pholien*』をファイヤール社より同時刊行。「シムノン現象」を巻き起こし、一躍その名を轟かせる。『メグレと運河の殺人 *La Charretier de la « Providence »*』、『黄色い犬 *Le Chien jaune*』、『男の首 *La Tête d'un homme*』(ファイヤール社)。

▼アル・カポネ、脱税で収監〔米〕▼金本位制停止。ウェストミンスター憲章を可決、イギリス連邦成立〔英〕▼スペイン革命、共和政成立〔西〕●キャザー『岩の上の影』〔米〕●フォークナー『サンクチュアリ』〔米〕●ドライサー『悲劇のアメリカ』〔米〕

●オニール《喪服の似合うエレクトラ》初演［米］●フィッツジェラルド『バビロン再訪』［米］●ハメット『ガラスの鍵』［米］●E・ウィルソン『アクセルの城』［米］●V・ウルフ『波』［英］●H・リード『芸術の意味』［英］●デュジャルダン『内的独白』［仏］●ニザン『アデン・アラビア』［仏］●ギユー『仲間たち』［仏］●サン＝テグジュペリ『夜間飛行』（フェミナ賞受賞）［仏］●**G・ルブラン『回想』**［仏］●パオロ・ヴィタ＝フィンツィ『偽書撰』［伊］●ケストナー『ファビアン』、『点子ちゃんとアントン』、『五月三十五日』［独］●H・ブロッホ『夢遊の人々』（〜三二）［独］●ツックマイアー『ケーペニックの大尉』［独］●ヌーシッチ『大臣夫人』［セルビア］●**アンドリッチ『短編小説集二』**［セルビア］●フロンスキー『パン』［スロヴァキア］●カールフェルト、ノーベル文学賞受賞［スウェーデン］●ボウエン『友人と親戚』［愛］●バーベリ『オデッサ物語』［露］●グスマン『民主主義の冒険』［メキシコ］●V・オカンポ、「スール」を創刊［アルゼンチン］●アグノン『嫁入り』［イスラエル］●ヘジャーズィー『ズィーバー』［イラン］●野村胡堂〈銭形平次捕物控〉シリーズ（〜五七）［日］

一九三二年［二十九歳］

ジャン・ルノワールが『十字路の夜 *La Nuit du carrefour*』（『メグレと深夜の十字路』）を映画化。アフリカを旅行し、ルポルタージュを雑誌「ヴォワラ」に発表。『サン＝フィアクル殺人事件 *L'Affaire Saint-Fiacre*』、『紺碧海岸のメグレ *Liberty Bar*』（ファイヤール社）。

▼ジュネーブ軍縮会議［米・英・日］▼イエズス会に解散命令、離婚法・カタルーニャ自治憲章・農地改革法成立［西］▼総選挙でナチス第一党に［独］●ヘミングウェイ『午後の死』［米］●マクリーシュ『征服者』（ピュリッツァー賞受賞）［米］●ドス・パソス

『一九一九年』〔米〕●**キャザー『名もなき人びと』**〔米〕●フォークナー『八月の光』〔米〕●コールドウェル『タバコ・ロード』〔米〕●フィッツジェラルド『ワルツは私と』〔米〕●E・S・ガードナー『ビロードの爪』（ペリー・メイスン第一作）〔米〕●O・ハックスリー『すばらしい新世界』〔英〕●H・リード『現代詩の形式』〔英〕●J・ロマン『善意の人びと』（～四七）〔仏〕●F・モーリヤック『蝮のからみあい』〔仏〕●セリーヌ『夜の果てへの旅』〔仏〕●ベルクソン『道徳と宗教の二源泉』〔仏〕●S・ツヴァイク『マリー・アントワネット』〔墺〕●ホフマンスタール『アンドレアス』〔墺〕●ロート『ラデツキー行進曲』〔墺〕●クルツィウス『危機に立つドイツ精神』〔独〕●クルレジャ『フィリップ・ラティノヴィチの帰還』〔クロアチア〕●ドゥーチッチ『都市とキマイラ』〔セルビア〕●ボウエン『北方へ』〔愛〕●ヤシェンスキ『人間は皮膚を変える』（～三三）〔露〕●M・アスエラ『蛍』〔メキシコ〕●グスマン『青年ミナ――ナバラの英雄』〔メキシコ〕●グイラルデス『小径』〔アルゼンチン〕●ボルヘス『論議』〔アルゼンチン〕

一九三三年〔三十歳〕

ジョルジュ・ディヴィヴィエが『男の首』を映画化（邦題は『モンパルナスの夜』）。東欧、ソヴィエト方面を旅行。亡命中の革命家レフ・トロツキーと面会し、インタビュー記事を日刊紙「パリ・ソワール」に発表。ガリマール社と出版契約。『仕立て屋の恋 *Les Fiançailles de M. Hire*』、『赤道 *Le Coup de lune*』、**『運河の家** *La Maison du canal*』、『倫敦から来た男 *L'Homme de Londres*』などノンシリーズの傑作をファイヤール社からつぎつぎ刊行。

▼ニューディール諸法成立〔米〕▼スタヴィスキー事件〔仏〕▼ドイツ、ヒトラー内閣成立〔独〕●S・アンダーソン『森の中の死』〔米〕●N・ウェスト『孤独な娘』〔米〕●ヘミングウェイ『勝者には何もやるな』〔米〕●スタイン『アリス・B. トクラス自伝』〔米〕●オニール

『ああ、荒野！』〔米〕●**V・ウルフ『フラッシュ　ある犬の伝記』**〔英〕●オーウェル『パリ・ロンドン放浪記』〔英〕●E・シットウェル『イギリス畸人伝』〔英〕●H・リード『現代の芸術』〔英〕●ルネ・クレール『巴里祭』〔仏〕●シュルレアリスムの芸術誌「ミノトール」創刊（〜三九）〔仏〕●コレット『牝猫』〔仏〕●マルロー『人間の条件』（ゴンクール賞受賞）〔仏〕●デュアメル『パスキエ家年代記』（〜四五）〔仏〕●クノー『はまむぎ』〔仏〕●〈プレイヤッド〉叢書創刊（ガリマール社）〔仏〕●J・グルニエ『孤島』〔仏〕●ブニュエル『糧なき土地』〔西〕●ロルカ『血の婚礼』〔西〕●T・マン『ヨーゼフとその兄弟たち』（〜四三）〔独〕●ケストナー『飛ぶ教室』〔独〕●ゴンブローヴィチ『成長期の手記』（五七年『バカカイ』と改題）〔ポーランド〕●エリアーデ『マイトレイ』〔ルーマニア〕●フロンスキー『ヨゼフ・マック』〔スロヴァキア〕●オフェイロン『素朴な人々の住処』〔愛〕●ブーニン、ノーベル文学賞受賞〔露〕●西脇順三郎訳『ヂオイス詩集』〔日〕

一九三四年〔三十一歳〕

スタヴィスキー事件勃発に際し、出版社の求めにより記者として事件を調査。『メグレ再出馬 *Maigret*』をファイヤール社から出版し、一旦シリーズを締めくくる。

▼アストゥリアス地方でコミューン形成、政府軍による弾圧。カタルーニャの自治停止〔西〕▼ヒンデンブルク歿、ヒトラー総統兼首相就任〔独〕▼キーロフ暗殺事件、大粛清始まる〔露〕●フィッツジェラルド『夜はやさし』〔米〕●H・ミラー『北回帰線』〔米〕●ハメット『影なき男』〔米〕●J・M・ケイン『郵便配達は二度ベルを鳴らす』〔米〕●クリスティ『オリエント急行の殺人』〔英〕●ウォー『一握の塵』〔英〕●セイヤーズ『ナイン・テイラーズ』〔英〕●**H・リード『ユニット・ワン』**〔英〕●M・アリンガム『幽霊の死』〔英〕●リース『闇の中の航海』〔英〕●J・ケッセル『私の知っていた男スタビスキー』〔仏〕

●モンテルラン『独身者たち』（アカデミー文学大賞）［仏］●H・フォション『形の生命』［仏］●ベルクソン『思想と動くもの』［仏］●レリス『幻のアフリカ』［仏］●ピランデッロ、ノーベル文学賞受賞［伊］●アウブ『ルイス・アルバレス・ペトレニャ』［西］●ペソア『歴史は告げる』［ポルトガル］●S・ツヴァイク『エラスムス・ロッテルダムの勝利と悲劇』［墺］●クラーゲス『リズムの本質』［独］●デーブリーン『バビロン放浪』［独］●エリアーデ『天国からの帰還』［ルーマニア］●ヌーシッチ『義賊たち』［セルビア］●ブリクセン『七つのゴシック物語』［デンマーク］●A・レイェス『タラウマラの草』［メキシコ］●谷崎潤一郎『文章読本』［日］

一九三五年［三十二歳］

世界一周旅行。ガリマール社のカクテルパーティーでアンドレ・ジッドと邂逅し、以後、親交を深める。

▼ブリュッセル万国博覧会［白］▼三月、ハーレム人種暴動。五月、公共事業促進局（WPA）設立［米］▼フランス人民戦線成立［仏］▼アビシニア侵攻（〜三六）［伊］▼フランコ、陸軍参謀長に就任。右派政権、農地改革改正法（反農地改革法）を制定［西］▼ユダヤ人の公民権剥奪［独］▼コミンテルン世界大会開催［露］●ガーシュウィン《ポーギーとベス》［米］●ヘミングウェイ『アフリカの緑の丘』［米］●フィッツジェラルド『起床ラッパが消灯ラッパ』［米］●マクリーシュ『恐慌』［米］●キャザー『ルーシー・ゲイハート』［米］●フォークナー『標識塔』［米］●アレン・レーン、〈ペンギン・ブックス〉発刊［英］●セイヤーズ『学寮祭の夜』［英］●H・リード『緑の子供』［英］●N・マーシュ『殺人者登場』［英］●ル・コルビュジエ『輝く都市』［スイス］●サンドラール『ヤバイ世界の展望』［スイス］●ラミュ『問い』［スイス］●**ギユー『黒い血』**［仏］●F・モーリヤック『夜の終り』［仏］●ジロドゥー《トロイ戦争は起こらない》初演［仏］●A・マチャード『ファン・デ・マイレナ』（〜三九）［西］●オルテガ・

イ・ガセー『体系としての歴史』〔西〕●アレイクサンドレ『破壊すなわち愛』〔西〕●アロンソ『ゴンゴラの詩的言語』〔西〕●ホイジンガ『朝の影のなかに』〔蘭〕●デーブリーン『情け容赦なし』〔独〕●カネッティ『眩暈』〔独〕●H・マン『アンリ四世の青春』、『アンリ四世の完成』（〜三八）〔独〕●ベンヤミン『複製技術時代の芸術作品』〔独〕●カネッティ『眩暈』〔独〕●ヴィトリン『地の塩』（文学アカデミー金桂冠賞受賞）〔ポーランド〕●ストヤノフ『コレラ』〔ブルガリア〕●アンドリッチ『ゴヤ』〔セルビア〕●パルダン『ヨーアン・スタイン』〔デンマーク〕●ボイエ『木のために』〔スウェーデン〕●マッティンソン『イラクサの花咲く』〔スウェーデン〕●グリーグ『われらの栄光とわれらの力』〔ノルウェー〕●ボウエン『パリの家』〔愛〕●アフマートワ『レクイエム』（〜四〇）〔露〕●ボンバル『最後の霧』〔チリ〕●ボルヘス『汚辱の世界史』〔アルゼンチン〕●川端康成『雪国』（〜三七）〔日〕●久生十蘭「ノンシャラン道中記」〔日〕

一九三六年［三十三歳］

パリ郊外ヌイイのアパルトマンを本宅とする。「日曜版パリ・ソワール」紙上において中・短編の形でメグレシリーズを再開。

▼合衆国大統領選挙でフランクリン・ローズヴェルトが再選〔米〕▼スペイン内戦勃発（〜三九）〔西〕▼スターリンによる粛清（〜三八）〔露〕▼二・二六事件〔日〕●チャップリン『モダン・タイムス』〔米〕●オニール、ノーベル文学賞受賞〔米〕●ミッチェル『風と共に去りぬ』〔米〕●H・ミラー『暗い春』〔米〕●ドス・パソス『ビッグ・マネー』〔米〕●キャザー『現実逃避』、『四十歳以下でなく』〔米〕●フォークナー『アブサロム、アブサロム！』〔米〕●J・M・ケイン『倍額保険』〔米〕●クリスティ『ABC殺人事件』〔英〕

●O・ハックスリー『ガザに盲いて』〔英〕●M・アリンガム『判事への花束』〔英〕●C・S・ルイス『愛のアレゴリー』〔英〕●出版社兼ブッククラブ、ギルド・デュ・リーヴル社設立（～七八）〔スイス〕●サンドラール『ハリウッド』〔スイス〕●ラミュ『サヴォワの少年』〔スイス〕●ジッド、ラスト、ギユー、エルバール、シフラン、ダビとソヴィエトを訪問〔仏〕●J・ディヴィヴィエ『望郷』〔仏〕●セリーヌ『なしくずしの死』〔仏〕●ベルナノス『田舎司祭の日記』〔仏〕●ダヌンツィオ『死を試みたガブリエーレ・ダンヌンツィオの秘密の書、一〇〇、一〇〇、一〇〇、一〇〇のページ』（アンジェロ・コクレス名義）〔伊〕●シローネ『パンとぶどう酒』〔伊〕●A・マチャード『ファン・デ・マイレーナ』〔西〕●ドールス『バロック論』〔西〕●S・ツヴァイク『カステリョ対カルヴァン』〔墺〕●レルネト＝ホレーニア『バッゲ男爵』〔墺〕●フッサール『ヨーロッパ諸科学の危機と超越論的現象学』（未完）〔独〕●K・チャペック『山椒魚戦争』〔チェコ〕●ネーメト・ラースロー『罪』〔ハンガリー〕●エリアーデ『クリスティナお嬢さん』〔ルーマニア〕●アンドリッチ『短篇小説集三』〔セルビア〕●ラキッチ『詩集』〔セルビア〕●クルレジャ『ペトリツァ・ケレンプーフのバラード』〔クロアチア〕●ボルヘス『永遠の歴史』〔アルゼンチン〕

一九三七年〔三十四歳〕

「初の本格的な小説」と銘打つ『ドナデューの遺書 *Le Testament Donadieu*』をガリマール社から上梓するが、期待したような評価は得られず、ゴンクール賞も落選。『**人殺し** *L'Assassin*』（ガリマール社）。

▼ヒンデンブルグ号爆発事故〔米〕▼イタリア、国際連盟を脱退〔伊〕▼フランコ、総統に就任〔西〕●カロザース、ナイロン・ストッキングを発明〔米〕●スタインベック『二十日鼠と人間』〔米〕●W・スティーヴンズ『青いギターの男』〔米〕●ヘミングウェイ『持つと持たぬと』〔米〕●J・M・ケイン『セレナーデ』〔米〕●ナボコフ『賜物』（～三八）〔米〕●ホイットル、ターボジェット（ジェットエンジン）を完成〔英〕

●**V・ウルフ『歳月』**〔英〕●セイヤーズ『忙しい蜜月旅行』〔英〕●E・シットウェル『黒い太陽の下に生く』〔英〕●フォックス『小説と民衆』〔英〕●コードウェル『幻影と現実』〔英〕●ル・コルビュジエ『伽藍が白かったとき』〔スイス〕●ルノワール『大いなる幻影』〔仏〕●ブルトン『狂気の愛』〔仏〕●マルロー『希望』〔仏〕●**ルヴェルディ『屑鉄』**〔仏〕●ピカソ《ゲルニカ》〔西〕●デーブリーン『死のない国』〔独〕●ゴンブローヴィチ『フェルディドゥルケ』〔ポーランド〕●エリアーデ『蛇』〔ルーマニア〕●ブリクセン『アフリカ農場』〔デンマーク〕●メアリー・コラム『伝統と始祖たち』〔愛〕●A・レイェス『ゲーテの政治思想』〔メキシコ〕●パス『お前の明るき影の下で』、『人間の根』〔メキシコ〕●春秋社から〈シメノン選集〉の翻訳刊行が始まる〔日〕●この年まで岡本綺堂が〈半七捕物帳〉シリーズを執筆（一七〜）〔日〕

一九三八年〔三十五歳〕

フランス南西部のニウル＝シュル＝メールに家を購入。自伝的長編『わが友人たちの三つの犯罪 *Les Trois crimes de mes amis*』をガリマール社より刊行。

▼ブルム内閣総辞職、人民戦線崩壊〔仏〕▼ミュンヘン会談〔英・仏・伊・独〕▼ドイツ、ズデーテンに進駐〔東欧〕●ヘミングウェイ『第五列と最初の四十九短編』〔米〕●E・ウィルソン『三重の思考者たち』〔米〕●ヒッチコック『バルカン超特急』〔英〕●V・ウルフ『三ギニー』〔英〕●G・グリーン『ブライトン・ロック』〔英〕●コナリー『嘱望の敵』〔英〕●オーウェル『カタロニア賛歌』〔英〕●カルネ『霧の波止場』〔仏〕●サルトル『嘔吐』〔仏〕●ラルボー『ローマの色』〔仏〕●ユルスナール『東方綺譚』〔仏〕●バシュラール『科学的精神の形成』、『火の精神分析』〔仏〕●ラミュ『もし太陽が戻らなかったら』〔スイス〕●バッケッリ『ポー川の水車小屋』（〜四〇）〔伊〕●ホイジンガ『ホモ・ルーデンス』〔蘭〕●デーブリーン『青い虎』〔独〕●エリアーデ『天国における結婚』〔ルーマニア〕●**ヌーシッチ『故人』**

〔セルビア〕●クルレジャ『理性の敷居にて』、『ブリトヴァの宴会』（〜六三）〔クロアチア〕●ベケット『マーフィ』〔愛〕●ボウエン『心情の死滅』〔愛〕●グスマン『パンチョ・ビジャの思い出』（〜四〇）〔メキシコ〕●ロサダ出版創設〔アルゼンチン〕

一九三九年〔三十六歳〕

長男マルクが誕生。

▼第二次世界大戦勃発〔欧〕●スタインベック『怒りのぶどう』〔米〕●ドス・パソス『ある青年の冒険』〔米〕●オニール『氷屋来たる』〔米〕●チャンドラー『大いなる眠り』〔米〕●W・C・ウィリアムズ『全詩集　一九〇六－一九三八』〔米〕●クリスティ『そして誰もいなくなった』〔英〕●リース『真夜中よ、こんにちは』〔英〕●アンブラー『ディミトリオスの棺』〔英〕●G・グリーン『密使』〔英〕●エドモン＝アンリ・クリジネル『眠らぬ人』〔スイス〕●カルネ『陽は昇る』〔仏〕●P・シュナル『最後の曲がり角』〔仏〕●ジロドゥー『オンディーヌ』〔仏〕●ジッド『日記』（〜五〇）〔仏〕●サン＝テグジュペリ『人間の大地』（アカデミー小説大賞）〔仏〕●ユルスナール『とどめの一撃』〔仏〕●サロート『トロピスム』〔仏〕●ホセ・オルテガ・イ・ガセー、ブエノスアイレスに亡命〔西〕●パノフスキー『イコノロジー研究』〔独〕●デーブリーン『一九一八年十一月。あるドイツの革命』（〜五〇）〔独〕●T・マン『ヴァイマルのロッテ』〔独〕●ジョイス『フィネガンズ・ウェイク』〔愛〕●F・オブライエン『スイム・トゥー・バーズにて』〔愛〕●セゼール『帰郷ノート』〔中南米〕●スダメリカナ出版創設。エメセー出版社創設〔アルゼンチン〕●江戸川乱歩が『聖フォリアン寺院の首吊人』の翻案作『幽鬼の塔』を発表〔日〕

一九四〇年［三十七歳］

ドイツ軍の侵攻に際して動員され、難民高等弁務官としてベルギーの避難民救助に尽力。ヴァンデ地方のフォントネー＝ル＝コントに移住。重度の心臓病と診断され、ショックを受ける（後に誤診と判明）。『家の中の見知らぬ者たち　*Les Inconnus dans la maison*』（ガリマール社）。

▼ドイツ軍、パリ占領。ヴィシー政府成立［仏・独］▼トロツキー、メキシコで暗殺される［露］▼日独伊三国軍事同盟［伊・独・日］●チャップリン『独裁者』［米］●ヘミングウェイ『誰がために鐘は鳴る』、《第五列》初演［米］●キャザー『サファイラと奴隷娘』［米］●J・M・ケイン『横領者』［米］●マッカラーズ『心は孤独な狩人』［米］●チャンドラー『さらば愛しき人よ』［米］●e・e・カミングズ『五十詩集』［米］●E・ウィルソン『フィンランド駅へ』［米］●クライン『ユダヤ人も持たざるや』［カナダ］●プラット『ブレブーフとその兄弟たち』［カナダ］●フローリーとチェイン、ペニシリンの単離に成功［英・豪］●G・グリーン『権力と栄光』［英］●ケストラー『真昼の暗黒』［英］●H・リード『アナキズムの哲学』、『無垢と経験の記録』［英］●A・リヴァ『雲をつかむ』［スイス］●サルトル『想像力の問題』［仏］●エリアーデ『ホーニヒベルガー博士の秘密』、『セランポーレの夜』［ルーマニア］●フロンスキー『グラーチ書記』、『在米スロヴァキア移民を訪ねて』［スロヴァキア］●エリティス『定位』［ギリシア］●ビオイ・カサーレス『モレルの発明』［アルゼンチン］●織田作之助『夫婦善哉』［日］●太宰治『走れメロス』［日］

一九四一年〔三十八歳〕

ジッドとガストン・ガリマールの協力を仰ぎながら、自伝的大作『血統書 *Pedigree*』の執筆をすすめる。

▼六月二十二日、独ソ戦開始〔独・露〕▼十二月八日、日本真珠湾攻撃、米国参戦〔日・米〕●シーボーグ、マクミランら、プルトニウム238を合成〔米〕●白黒テレビ放送開始〔米〕●O・ウェルズ『市民ケーン』〔米〕●I・バーリン《ホワイト・クリスマス》〔米〕●フィッツジェラルド『ラスト・タイクーン』(未完)〔米〕●**J・M・ケイン『ミルドレッド・ピアース 未必の故意』**〔米〕●ナボコフ『セバスチャン・ナイトの真実の生涯』〔米〕●V・ウルフ『幕間』〔英〕●ケアリー『馬の口から』(～四四)〔英〕●ラルボー『罰せられざる悪徳・読書――フランス語の領域』〔仏〕●ヴィットリーニ『シチリアでの会話』〔伊〕●パヴェーゼ『故郷』〔伊〕●レルネト＝ホレーニア『白羊宮の火星』〔墺〕●ブレヒト《肝っ玉おっ母とその子供たち》チューリヒにて初演〔独〕●M・アスエラ『新たなブルジョワ』〔メキシコ〕●パス『石と花の間で』〔メキシコ〕●ボルヘス『八岐の園』〔アルゼンチン〕

一九四二年〔三十九歳〕

ドイツの映画制作会社コンチネンタルにメグレものの独占上映権を譲渡。ユダヤ人の疑いをかけられ、ヴィシー政権下の警察に捜査される。

▼エル・アラメインの戦い〔欧・北アフリカ〕▼ミッドウェイ海戦〔日・米〕▼スターリングラードの戦い(～四三)〔独・ソ〕●E・フェルミら、シカゴ大学構内に世界最初の原子炉を建設〔米〕●チャンドラー『高い窓』〔米〕●ベロー『朝のモノローグ二題』〔米〕●J・

M・ケイン『美しき故意のからくり』〔米〕●S・ランガー『シンボルの哲学』〔米〕●V・ウルフ『蛾の死』〔英〕●T・S・エリオット『四つの四重奏』〔英〕●E・シットウェル『街の歌』〔英〕●ギユー『夢のパン』（ポピュリスト賞受賞）〔仏〕●サン＝テグジュペリ『戦う操縦士』〔仏〕●カミュ『異邦人』、『シーシュポスの神話』〔仏〕●ポンジュ『物の見方』〔仏〕●バシュラール『水と夢』〔仏〕●サルトル『存在と無』〔仏〕●ウンガレッティ『喜び』〔伊〕●**S・ツヴァイク**『昨日の世界』、**『チェス奇譚』**〔墺〕●ゼーガース『第七の十字架』、『トランジット』（〜四四）〔独〕●ブリクセン『冬の物語』〔デンマーク〕●A・レイエス『文学的経験について』〔メキシコ〕●パス『世界の岸辺で』、『孤独の詩、感応の詩』〔メキシコ〕●ボルヘス＝ビオイ・カサーレス『ドン・イシドロ・パロディ　六つの難事件』〔アルゼンチン〕●郭沫若『屈原』〔中〕

一九四四年〔四十一歳〕

レジスタンス組織に脅迫され、さらに対独協力の疑いをかけられて、当局から行政拘束処分を受ける。『メグレと謎のピクピュス *Signé Picpus*』、『メグレの新たな事件簿 *Les Nouvelles Enquêtes de Maigret*』（ガリマール社）。

▼六月六日、連合軍、ノルマンディー上陸作戦決行〔欧・米〕▼八月二十五日、パリ解放。ドゴールが共和国臨時政府首席就任〔仏〕●ベロー『宙ぶらりんの男』〔米〕●V・ウルフ『幽霊屋敷』〔英〕●**コナリー『不安な墓場』**〔英〕●オーデン『しばしの間は』〔英〕●ユング『心理学と錬金術』〔スイス〕●サルトル《出口なし》初演〔仏〕●カミュ《誤解》初演〔仏〕●バタイユ『有罪者』〔仏〕●ボーヴォワール『他人の血』〔仏〕●ジュネ『花のノートルダム』〔仏〕●ベールフィット『特別な友情』〔仏〕●マンツィーニ『獅子のごとく強く』〔伊〕●アウブ『見て見ぬふりが招いた死』〔西〕●イェンセン、ノーベル文学賞受賞〔デンマーク〕●ジョイス『スティーヴン・ヒアロー』〔愛〕●ボルヘス『工匠集』、『伝奇集』〔アルゼンチン〕

一九四五年〔四十二歳〕

一家でアメリカへ渡る。対独協力者の粛清により一時発禁処分を受け、ガリマール社との関係も悪化したため、ベルギーのプレス・ド・ラ・シテ社と新たに出版契約。一家でカナダのケベックに移住。通訳兼秘書としてドゥニーズ・ウィメを紹介され、愛人関係に。『モンド氏の失踪 *La Fuite de M. Monde*』（ラ・ジュンヌ・パルク社）。

▼二月、ヤルタ会談〔米・英・ソ〕▼五月八日、ドイツ降伏、停戦〔独〕▼七月十七日、ポツダム会談（～八月二日）〔米・英・ソ〕▼米軍、広島（八月六日）、長崎（八月九日）に原子爆弾を投下。日本、ポツダム宣言受諾、八月十五日、無条件降伏〔日〕●T・ウィリアムズ《ガラスの動物園》初演〔米〕●サーバー『サーバー・カーニヴァル』〔米〕●フィッツジェラルド『崩壊』〔米〕●K・バーク『動機の文法』〔米〕●マクレナン『二つの孤独』〔カナダ〕●ゲヴルモン『突然の来訪者』〔カナダ〕●ロワ『はかなき幸福』〔カナダ〕●コナリー『呪われた遊戯場』〔英〕●ウォー『ブライズヘッドふたたび』〔英〕●サンドラール『雷に打たれた男』〔スイス〕●〈セリ・ノワール〉叢書創刊（ガリマール社）〔仏〕●カミュ《カリギュラ》初演〔仏〕●シモン『ペテン師』〔仏〕●ルヴェルディ『ほとんどの時間』〔仏〕●メルロ＝ポンティ『知覚の現象学』〔仏〕●モラーヴィア『アゴスティーノ』〔伊〕●ヴィットリーニ『人間と否と』〔伊〕●C・レーヴィ『キリストはエボリにとどまりぬ』〔伊〕●ウンガレッティ『散逸詩編』〔伊〕●マンツィーニ『出版人への手紙』〔伊〕●アウブ『血の戦場』〔西〕●セフェリス『航海日誌II』〔希〕●**S・ツヴァイク『聖伝』**〔墺〕●H・ブロッホ『ヴェルギリウスの死』〔独〕●アンドリッチ『ドリナの橋』、『トラーヴニク年代記』、『お嬢さん』〔セルビア〕●リンドグレン『長くつ下のピッピ』〔スウェーデン〕●ワルタリ『エジプト人シヌヘ』〔フィンランド〕●A・レイエス『ロマンセ集』〔メキシコ〕●G・ミストラル、ノーベル文学賞受賞〔チリ〕●ビオイ・カサーレス『脱獄計画』〔アルゼンチン〕

一九四六年〔四十三歳〕

家族と愛人を引き連れてアメリカ縦断の旅。『マンハッタンの哀愁 *Trois chambres à Manhattan*』（プレス・ド・ラ・シテ社）。

▼国際連合第一回総会開会、安全保障理事会成立▼チャーチル、「鉄のカーテン」演説、冷戦時代へ〔英〕▼フランス、第四共和政〔仏〕▼共和国宣言〔伊〕▼第一次インドシナ戦争（～五四）〔仏・インドシナ〕●H・ホークス『大いなる眠り』（H・ボガート、L・バコール主演）〔米〕●ドライサー『とりで』〔米〕●W・C・ウィリアムズ『パターソン』（～五八）〔米〕●J・M・ケイン『すべての不名誉を越えて』〔米〕●D・トマス『死と入口』〔英〕●サンドラール『切られた手』〔スイス〕●フリッシュ『万里の長城』〔スイス〕●**ラルボー『聖ヒエロニュムスの加護のもとに』**〔仏〕●パヴェーゼ『青春の絆』〔伊〕●ヒメネス『すべての季節』〔西〕●S・ツヴァイク『バルザック』〔墺〕●ヘッセ、ノーベル文学賞受賞〔独〕●レマルク『凱旋門』〔独〕●ツックマイアー『悪魔の将軍』〔独〕●アウエルバッハ『ミメーシス――ヨーロッパ文学における現実描写』〔独〕●マクシモヴィッチ『血まみれの童話』〔セルビア〕●アストゥリアス『大統領閣下』〔グアテマラ〕●ボルヘス『二つの記憶すべき幻想』〔アルゼンチン〕●メグレものから多大な影響を受けて角田喜久雄が『高木家の惨劇』など加賀美捜査一課長シリーズを執筆（～四八）〔日〕

一九四七年〔四十四歳〕

アリゾナ州のツーソンに移住。弟クリスティアンがインドシナ戦争で戦死。彼は戦前からファシズム運動にかかわり、戦後は兄の勧めで外人部隊に参加していた。『メグレ激怒する *Maigret se fâche*』、『メグレ、ニューヨークへ行く

Maigret à New York』(プレス・ド・ラ・シテ社)。

▼マーシャル・プラン(ヨーロッパ復興計画)を立案〔米〕▼コミンフォルム結成〔東欧〕▼インド、パキスタン独立〔アジア〕●J・M・ケイン『蝶』、『罪深い女』〔米〕●ベロー『犠牲者』〔米〕●E・ウィルソン『ベデカーなしのヨーロッパ』〔米〕●T・ウィリアムズ《欲望という名の電車》初演(ニューヨーク劇評家協会賞、ピュリッツァー賞他受賞)〔米〕●V・ウルフ『瞬間』〔英〕●E・シットウェル『カインの影』〔英〕●ハートリー『ユースタスとヒルダ』〔英〕●ラウリー『活火山の下』〔英〕●ジッド、ノーベル文学賞受賞〔仏〕●マルロー『芸術の心理学』(〜四九)〔仏〕●カミュ『ペスト』〔仏〕●**G・ルブラン『勇気の装置』**〔仏〕●ジュネ『女中たち』〔仏〕●ヴィアン『日々の泡』〔仏〕●アンテルム『人類』〔仏〕●ヴェイユ『重力と恩寵』〔仏〕●**A・リヴァ『みつばちの平和』**〔スイス〕●ウンガレッティ『悲しみ』〔伊〕●パヴェーゼ『異神との対話』〔伊〕●カルヴィーノ『蜘蛛の巣の小径』〔伊〕●ドールス『ドン・ファン——その伝説の起源について』、『哲学の秘密』〔西〕●T・マン『ファウスト博士』〔独〕●H・H・ヤーン『岸辺なき流れ』(〜六一)〔独〕●ボルヒェルト『戸口の外で』〔独〕●ゴンブローヴィチ『結婚』(西語版、六四パリ初演)〔ポーランド〕●メアリー・コラム『人生と夢と』〔愛〕●M・アスエラ『メキシコ小説の百年』〔メキシコ〕●A・ヤニェス『嵐がやってくる』〔メキシコ〕●ボルヘス『時間についての新しい反問』〔アルゼンチン〕●横溝正史『獄門島』(〜四八)〔日〕

一九四八年〔四十五歳〕

「幸福なるかな、柔和なる者 *Blessed are the Meek*」(*Beni soient les humbles*)が「エラリー・クイーンズ・ミステリ・マガジン」の短編推理部門で第一席を獲得し、アメリカでの人気が高まる。『雪は汚れていた *La neige était sale*』、『血統書』(プレス・ド・ラ・シテ社)。

▼ブリュッセル条約調印、西ヨーロッパ連合成立〔西欧〕▼ソ連、ベルリン封鎖〔東欧〕▼イタリア共和国発足〔伊〕▼イスラエル独立宣言〔パレスチナ〕▼ガンジー暗殺〔印〕▼アパルトヘイト開始〔南アフリカ〕●キャザー『年老いた美女 その他』〔米〕●J・M・ケイン『蛾』〔米〕●T・S・エリオット、ノーベル文学賞受賞〔英〕●リーヴィス『偉大なる伝統』〔英〕●グレイヴズ『白い女神』〔英〕●サロート『見知らぬ男の肖像』〔仏〕●シャール『激情と神秘』〔仏〕●バッケッリ『イエスの一瞥』〔伊〕●オルテガ・イ・ガセー、弟子のマリアスとともに、人文科学研究所を設立〔西〕●デーブリーン『新しい原始林』〔独〕●ノサック『死神とのインタヴュー』〔独〕●クルツィウス『ヨーロッパ文学とラテン中世』〔独〕●**アイスネル『フランツ・カフカとプラハ』**〔チェコ〕●アンドリッチ『宰相の象』〔セルビア〕●フロンスキー『アンドレアス・ブール師匠』〔スロヴァキア〕

一九四九年〔四十六歳〕

ドゥニーズとのあいだに長男ジャンが誕生。

▼北大西洋条約機構成立〔欧・米〕▼ドイツ連邦共和国、ドイツ民主共和国成立〔独〕▼アイルランド共和国、完全成立〔愛〕▼中華人民共和国成立〔中〕●フォークナー、ノーベル文学賞受賞〔米〕●A・ミラー《セールスマンの死》初演〔米〕●チャンドラー『リトル・シスター』〔米〕●スタイン『Q.E.D.』〔米〕●ドス・パソス『偉大なる計画』〔米〕●キャザー『創作論』〔米〕●C・リード『第三の男』（G・グリーン脚本、オーソン・ウェルズ主演）〔英〕●T・S・エリオット《カクテル・パーティー》上演〔英〕●オーウェル『一九八四年』〔英〕●ミュア『迷宮』〔英〕●サンドラール『空の分譲地』、『パリ郊外』〔スイス〕●ギユー『我慢くらべ』（ルノドー賞受賞）〔仏〕●カミュ《正義の人々》初演〔仏〕●サルトル『自由への道』（〜四九）、月刊誌「レ・タン・モデルヌ」を創刊〔仏〕●**ルヴェルディ『手仕事』**〔仏〕

●ボーヴォワール『第二の性』〔仏〕●サン・アントニオ（フレデリック・ダール）が〈サン・アントニオ警視〉シリーズを開始、全一七五冊刊行（〜二〇〇一）〔仏〕●レヴィ＝ストロース『親族の基本構造』〔仏〕●P・レーヴィ『これが人間か』〔伊〕●バッケッリ『最後の夜明け』〔伊〕●パヴェーゼ『美しい夏』、『丘の上の悪魔』〔伊〕●ヒメネス『望まれ、望む神』〔西〕●H・ベル『列車は定時に発着した』〔独〕●ゼーガース『死者はいつまでも若い』〔独〕●A・シュミット『リヴァイアサン』〔独〕●ボウエン『日ざかり』〔愛〕●パス『言葉のかげの自由』〔メキシコ〕●カルペンティエール『この世の王国』〔キューバ〕●ボルヘス『続審問』、『エル・アレフ』〔アルゼンチン〕●三島由紀夫『仮面の告白』〔日〕

一九五〇年〔四十七歳〕

レジーヌと離婚し、ドゥニーズと正式に結婚。コネチカット州レイクヴィルに移住。『ブーヴェ氏の埋葬 *L'Enterrement de M. Bouvet*』（プレス・ド・ラ・シテ社）。

▼マッカーシズムが発生〔米〕▼朝鮮戦争（〜五三）〔朝鮮〕●プーレ『人間的時間の研究』（〜七一）〔白〕●リースマン『孤独な群衆』〔米〕●ヘミングウェイ『川を渡って木立の中へ』〔米〕●ブラッドベリ『火星年代記』〔米〕●J・M・ケイン『嫉妬深い女』〔米〕●ラッセル、ノーベル文学賞受賞〔英〕●ピーク『ゴーメンガースト』〔英〕●C・S・ルイス『ライオンと魔女』〔英〕●D・レッシング『草は歌っている』〔英〕●「カイエ・デュ・シネマ」誌創刊〔仏〕●イヨネスコ《禿の女歌手》初演〔仏〕●J・グリーン『モイラ』〔仏〕●ニミエ『青い軽騎兵』〔仏〕●デュラス『太平洋の防波堤』〔仏〕●ピアジェ『発生的認識論序説』〔スイス〕●パヴェーゼ『月とかがり火』〔伊〕●ゴンブリッチ『美術の歩み』〔墺〕●クルツィウス『ヨーロッパ文芸批評』〔独〕●ズーアカンプ書店創業〔独〕●H・ブロッホ『罪なき人々』〔独〕●ハンセン『偽る者』〔デンマーク〕●ラーゲルクヴィスト『バラバ』〔スウェーデン〕●シンガー『モ

スカト家の人々』〔イディッシュ〕●パス『孤独の迷宮』〔メキシコ〕●ネルーダ『大いなる歌』〔チリ〕●コルタサル『試験』〔アルゼンチン〕

一九五一年〔四十八歳〕

友人でありよき理解者であったジッドの死。晩年まで書簡のやりとりがあった。『モンマルトルのメグレ *Maigret au Picratt's*』（プラス・ド・ラ・シテ社）。

▼サンフランシスコ講和条約、日米安全保障条約調印〔米・日〕●サリンジャー『ライ麦畑でつかまえて』〔米〕●スタイロン『闇の中に横たわりて』〔米〕●J・ジョーンズ『地上より永遠に』〔米〕●J・M・ケイン『罪の根源』〔米〕●ポーエル『時の音楽』（〜七五）〔英〕●G・グリーン『情事の終わり』〔英〕●カミュ『反抗的人間』〔仏〕●サルトル《悪魔と神》初演〔仏〕●ユルスナール『ハドリアヌス帝の回想』〔仏〕●グラック『シルトの岸辺』〔仏〕●アウブ『開かれた戦場』〔西〕●セラ『蜂の巣』〔西〕●T・マン『選ばれし人』〔独〕●N・ザックス『エリ——イスラエルの受難の神秘劇』〔独〕●ケッペン『草むらの鳩たち』〔独〕●ラーゲルクヴィスト、ノーベル文学賞受賞〔スウェーデン〕●ベケット『モロイ』、『マロウンは死ぬ』〔愛〕●A・レイエス『ギリシアの宗教研究について』〔メキシコ〕●パス『鷲か太陽か？』〔メキシコ〕●コルタサル『動物寓話集』〔アルゼンチン〕●大岡昇平『野火』〔日〕

一九五二年〔四十九歳〕

ベルギー王立フランス語フランス文学アカデミー会員、アメリカ探偵作家クラブ会長にそれぞれ選出。妻が神経症とアルコール依存に陥り、時にシムノン自身も酒浸りとなって、夫婦生活が破綻しはじめる。『リコ兄弟 *Les Frères*

Rico』（プラス・ド・ラ・シテ社）。

▼アイゼンハワー、大統領選勝利〔米〕▼ジョージ六世歿、エリザベス二世即位〔英〕●プーレ『内的距離』〔白〕●F・ジンネマン『真昼の決闘』（ゲイリー・クーパー、グレイス・ケリー主演）〔米〕●フラネリ・オコナー『賢い血』〔米〕●スタインベック『エデンの東』〔米〕●ヘミングウェイ『老人と海』〔米〕●R・エリソン『見えない人間』〔米〕●H・リード『現代芸術の哲学』〔英〕●デュレンマット『判事と死刑執行人』〔スイス〕●ルネ・クレマン『禁じられた遊び』〔仏〕●F・モーリャック、ノーベル文学賞受賞〔仏〕●プルースト『ジャン・サントゥイユ』〔仏〕●サルトル『聖ジュネ』〔仏〕●ボワロー＝ナルスジャック『悪魔のような女』〔仏〕●マルロー『想像の美術館』（〜五四）〔仏〕●ゴルドマン『人間の科学と哲学』〔仏〕●レヴィ＝ストロース『人種と歴史』〔仏〕●ファノン『黒い皮膚、白い仮面』〔仏〕●カルヴィーノ『まっぷたつの子爵』〔伊〕●ツェラーン『罌粟と記憶』〔独〕●カラスラヴォフ『普通の人々』（〜七五）〔ブルガリア〕●タレフ『鉄の灯台』〔ブルガリア〕●オヴェーチキン『地区の日常』（〜五六）〔露〕●久生十蘭『十字街』〔日〕

一九五三年〔五十歳〕

長女マリー＝ジョルジュ（通称マリー＝ジョー）誕生。

▼スターリン歿〔露〕●A・ミラー《るつぼ》初演〔米〕●バロウズ『ジャンキー』〔米〕●チャンドラー『長いお別れ』〔米〕●ベロー『オーギー・マーチの冒険』〔米〕●ボールドウィン『山にのぼりて告げよ』〔米〕●ブラッドベリ『華氏４５１度』〔米〕●J・M・ケイン『ガラテア』〔米〕●S・ランガー『感情と形式』〔米〕●チャーチル、ノーベル文学賞受賞〔英〕●フレミング『カジノ・ロワイヤル』〔英〕●ウェイン『急いで下りろ』〔英〕●クロソフスキー『歓待の掟』（〜六〇）〔仏〕●サロート『マルトロー』〔仏〕●ロブ＝グリエ『消しゴム』〔仏〕●ボヌフォワ

『ドゥーヴの動と不動について』［仏］●バルト『エクリチュールの零度』［仏］●ヴィトゲンシュタイン『哲学探究』［墺］●バッハマン『猶予の時』［墺］●クルツィウス『二十世紀のフランス精神』［独］●ゴンブローヴィチ『トランス＝アトランティック／結婚』［ポーランド］●ミウォシュ『囚われの魂』［ポーランド］●カリネスク『哀れなヨアニデ』［ルーマニア］●ベケット《ゴドーを待ちながら》初演、『ワット』、『名づけえぬもの』［愛］●トワルドフスキー『遠い彼方』［露］●ルルフォ『燃える平原』［メキシコ］●カルペンティエール『失われた足跡』［キューバ］●ラミング『私の肌の砦のなかで』［バルバドス］

一九五四年［五十一歳］

『メグレと若い女の死 *Maigret et la jeune morte*』（プラス・ド・ラ・シテ社）。

▼ブラウン対教育委員会裁判［米］▼ディエンビエンフーの戦い［インドシナ］▼アルジェリア戦争（〜六二）［アルジェリア］●ヘミングウェイ、ノーベル文学賞受賞［米］●カザン『波止場』（マーロン・ブランド主演、アカデミー賞受賞）［米］●ヒッチコック『ダイヤルMを廻せ！』、『裏窓』［米］●ドス・パソス『前途有望』［米］●K・エイミス『ラッキー・ジム』［英］●ゴールディング『蝿の王』［英］●フレミング『死ぬのは奴らだ』［英］●フリッシュ『シュティラー』［スイス］●J・ルノワール『フレンチ・カンカン』［仏］●サガン『悲しみよこんにちは』［仏］●ビュトール『ミラノ通り』［仏］●アルレー『わらの女』［仏］●ボワロー＝ナルスジャック『めまい』［仏］●バルト『彼自身によるミシュレ』［仏］●リシャール『文学と感覚』［仏］●モラーヴィア『軽蔑』、『ローマの物語』［伊］●ウンガレッティ『約束の地』［伊］●アウブ『善意』［西］●T・マン『詐欺師フェーリクス・クルルの告白』［独］●E・ブロッホ『希望の原理』（〜五九）［独］●シンボルスカ『自問』［ポーランド］●サドヴャヌ『ニコアラ・ポトコアヴァ』［ルーマニア］●アンドリッチ『呪われた中庭』［セルビア］●エレンブルグ『雪どけ』（〜五六）［露］

●フエンテス『仮面の日々』〔メキシコ〕●クリシュナムルティ『自我の終焉』〔印〕●アストゥリアス『緑の法王』〔グアテマラ〕●中野重治『むらぎも』〔日〕●庄野潤三『プールサイド小景』〔日〕

一九五五年〔五十二歳〕

フランス政府からレジオン・ドヌール勲章（シュヴァリエ）。ヨーロッパに帰還し、カンヌにヴィラを借りて翌々年まで住む。『証人たち *Les Témoins*』、『メグレ罠を張る *Maigret tend un piège*』（プレス・ド・ラ・シテ社）。

▼ローザ・パークス逮捕、モンゴメリー・バス・ボイコット事件に（〜五六）〔露〕▼ワルシャワ条約機構結成〔露〕●ナボコフ『ロリータ』〔米〕●ハイスミス『太陽がいっぱい』（フランス推理小説大賞受賞）〔米〕●T・ウィリアムズ『熱いトタン屋根の猫』〔米〕●E・ウィルソン『死海文書』〔米〕●W・サイファー『ルネサンス様式の四段階』〔米〕●H・リード『イコンとイデア』〔英〕●ロブ＝グリエ『覗くひと』〔仏〕●ブランショ『文学空間』〔仏〕●レヴィ＝ストロース『悲しき熱帯』〔仏〕●リシャール『詩と深さ』〔仏〕●ルヴェルディ『天井の太陽に』〔仏〕●パゾリーニ『生命ある若者』、レオネッティらと「オッフィチーナ」誌創刊（〜五九）〔伊〕●プラトリーニ『メテッロ』〔伊〕●ノサック『おそくとも十一月には』〔独〕●ツェラーン『閾から閾へ』〔独〕●エリアーデ『禁断の森』（仏語版、原題『聖ヨハネ祭の前夜』七一年）〔ルーマニア〕●プレダ『モロメテ一家』（〜六七）〔ルーマニア〕●マクシモヴィッチ『土の匂い』〔セルビア〕●ラックスネス、ノーベル文学賞受賞〔愛〕●ボウエン『愛の世界』〔愛〕●ルルフォ『ペドロ・パラモ』〔愛〕●パステルナーク『ドクトル・ジバゴ』（五七刊）〔露〕●石原慎太郎『太陽の季節』〔日〕●檀一雄『火宅の人』〔日〕

一九五七年［五十四歳］

この頃から、メニエル病に悩まされる。スイス西部のエシャンダンに移住。

▼EEC発足［欧］▼一九五七年公民権法［米］▼人工衛星スプートニク1号打ち上げ成功［露］●ケルアック『路上』［米］●チョムスキー『文法の構造』［米］●フライ『批評の解剖』［米］●H・リード『インダストリアル・デザイン』［英］●ダレル『ジュスティーヌ』［英］●スタロバンスキー『ルソー　透明と障害』［スイス］●カミュ『追放と王国』、ノーベル文学賞受賞［仏］●ビュトール『心変わり』（ルノード賞受賞）［仏］●ロブ＝グリエ『嫉妬』［仏］●シモン『風』［仏］●バタイユ『空の青』、『文学と悪』、『エロティシズム』［仏］●バルト『神話作用』［仏］●バシュラール『空間の詩学』［仏］●バッケッリ『ノストス』［伊］●カルヴィーノ『木のぼり男爵』［伊］●パゾリーニ『グラムシの遺骨』［伊］●ガッダ『メルラーナ街の混沌たる殺人事件』［伊］●ヴィットリーニ『公開日記』［伊］●オルテガ・イ・ガセー『個人と社会』［西］●ドールス『エル・グレコとトレド』［西］●アンデルシュ『ザンジバル』［独］●ショーレム『ユダヤ神秘主義』［独］●G・R・ホッケ『迷宮としての世界』［独］●E・グラッシ『芸術と神話』［独］●ゴンブローヴィチ『トランス・アトランティック』、『日記』（～六六）［ポーランド］●ブリクセン『最後の物語』［デンマーク］●ベケット『勝負の終わり』［愛］●パス『太陽の石』［メキシコ］●ドノーソ『戴冠式』［チリ］●遠藤周作『海と毒薬』［日］

一九五九年［五十六歳］

四人目の子供ピエールが誕生。夫婦仲がさらに悪化し、シムノン自身にも鬱症状。

▼キューバ革命、カストロ政権成立〔キューバ〕●スナイダー『割り石』〔米〕●バロウズ『裸のランチ』〔米〕●ロス『さよならコロンバス』〔米〕●ベロー『雨の王ヘンダソン』〔米〕●パーディ『マルカムの遍歴』〔米〕●シリトー『長距離走者の孤独』〔英〕●G・スタイナー『トルストイかドストエフスキーか』〔英〕●イヨネスコ《犀》初演〔仏〕●クノー『地下鉄のザジ』〔仏〕●サロート『プラネタリウム』〔仏〕●ロブ＝グリエ『迷路のなかで』〔仏〕●トロワイヤ『正しき人々の光』(〜六三)〔仏〕●ボヌフォワ『昨日は荒涼として支配して』〔仏〕●クァジーモド、ノーベル文学賞受賞〔伊〕●カルヴィーノ『不在の騎士』〔伊〕●パゾリーニ『暴力的な生』〔伊〕●ヴィットリーニとカルヴィーノ、「メナボ」誌創刊(〜六七)〔伊〕●ツェラーン『言語の格子』〔独〕●ヨーンゾン『ヤーコプについての推測』〔独〕●ベル『九時半のビリヤード』〔独〕●グラス『ブリキの太鼓』、『猫と鼠』(〜六一)〔独〕●G・R・ホッケ『文学におけるマニエリスム』〔独〕●クルレジャ『アレタエウス』〔クロアチア〕●ヴィリ・セーアンセン『詩人と悪魔』〔デンマーク〕●ムーベリ『スウェーデンへの最後の手紙』〔スウェーデン〕●リンナ『ここ北極星の下で』(〜六二)〔フィンランド〕●グスマン『マリアス諸島――小説とドラマ』、『アカデミア』〔メキシコ〕●コルタサル『秘密の武器』〔アルゼンチン〕●**S・オカンポ『復讐の女』**〔アルゼンチン〕●安岡章太郎『海辺の光景』〔日〕●シムノンの小説『男の首』に影響を受けた、須川栄三監督・仲代達矢主演の大藪春彦原作映画『野獣死すべし』公開〔日〕

一九六〇年〔五十七歳〕

カンヌ国際映画祭で審査委員長。日記を書きはじめる(一九七〇年に『私が年老いたとき *Quand j'étais vieux*』と題してプレス・ド・ラ・シテ社から刊行)。『闇のオディッセー *L'Ours en peluche*』(プレス・ド・ラ・シテ社)。

▼EECに対抗し、EFTAを結成〔英〕▼アルジェリア蜂起〔アルジェリア〕●アプダイク『走れウサギ』〔米〕●バース『酔いどれ草の

仲買人』［米］●ピンチョン『エントロピー』［米］●オコナー『烈しく攻むる者はこれを奪う』［米］●W・サイファー『ロココからキュビスムへ』［米］●ダレル『クレア』［英］●サン＝ジョン・ペルス、ノーベル文学賞受賞［仏］●ソレルスら、前衛的文学雑誌「テル・ケル」を創刊（〜八二）［仏］●ギユー『敗れた戦い』［仏］●ルヴェルディ『海の自由』［仏］●**ビュトール**『段階』、『**レペルトワール I**』［仏］●シモン『フランドルへの道』［仏］●デュラス『ヒロシマ・モナムール』［仏］●ジュネ『バルコン』［仏］●セリーヌ『北』［仏］●バシュラール『夢想の詩学』［仏］●フェリーニ『甘い生活』［伊］●ウンガレッティ『老人の手帳』［伊］●モラーヴィア『倦怠』（ヴィアレッジョ賞受賞）［伊］●マトゥーテ『最初の記憶』［西］●『フェルナンド・ペソア詩集』［ポルトガル］●ゴンブリッチ『芸術と幻影』［墺］●ガーダマー『真理と方法』［独］●M・ヴァルザー『ハーフタイム』［独］●G・R・ホッケ『マグナ・グラエキア』［独］●ゴンブローヴィチ『ポルノグラフィア』［ポーランド］●カネッティ『群衆と権力』［ブルガリア］●フロンスキー『トラソヴィスコ村の世界』［スロヴァキア］●ブリクセン『草に落ちる影』［デンマーク］●ヴォズネセンスキー『放物線』［露］●A・レイェス『言語学への新たな道』［メキシコ］●カブレラ＝インファンテ『平和のときも戦いのときも』［キューバ］●リスペクトール『家族の絆』［ブラジル］●ボルヘス『創造者』［アルゼンチン］●コルタサル『懸賞』［アルゼンチン］●倉橋由美子『パルタイ』［日］

一九六一年［五十八歳］

テレサ・スビュルランというイタリア人女性を妻の部屋付き女中として雇う。『離愁 *Le Train*』（プラス・ド・ラ・シテ社）。

▼ベルリンの壁建設［欧］▼ガガーリンが乗った人間衛星ヴォストーク第一号打ち上げ成功［露］●バロウズ『ソフト・マシーン』［米］●ギンズバーグ『カディッシュ』［米］●ハインライン『異星の客』［米］●ヘラー『キャッチ＝22』［米］●マッカラーズ『針のない時計』［米］●カーソン『沈黙の春』［米］●ヘミングウェイ自殺［米］●ナイポール『ビスワス氏の家』［英］●G・スタイナー『悲劇の死』［英］●ラウ

リー『天なる主よ、聞きたまえ』〔英〕●フリッシュ『アンドラ』、『我が名はガンテンバイン』（〜六四）〔スイス〕●スタロバンスキー『活きた眼』（〜七〇）〔スイス〕●プーレ『円環の変貌』〔白〕●「カイエ・ド・レルヌ」誌創刊〔仏〕●「コミュニカシオン」誌創刊〔仏〕●ロブ＝グリエ『去年マリエンバートで』〔仏〕●フーコー『狂気の歴史』〔仏〕●バシュラール『蠟燭の焔』〔仏〕●リシャール『マラルメの想像的宇宙』〔仏〕●パオロ・ヴィタ＝フィンツィ『偽書撰』〔伊〕●アウブ『バルベルデ通り』〔西〕●シュピッツァー『フランス抒情詩史の解釈』〔墺〕●バッハマン『三十歳』〔墺〕●ヨーンゾン『三冊目のアヒム伝』〔独〕●レム『ソラリス』〔ポーランド〕●アンドリッチ、ノーベル文学賞受賞〔セルビア〕●クルレジャ『旗』（〜六七）〔クロアチア〕●アクショーノフ『星の切符』〔露〕●ベケット『事の次第』〔愛〕●アマード『老練なる船乗りたち』〔ブラジル〕●ガルシア＝マルケス『大佐に手紙は来ない』〔コロンビア〕●**S・オカンポ『招かれた女たち』**〔アルゼンチン〕●オネッティ『造船所』〔ウルグアイ〕●松本清張『砂の器』〔日〕●吉本隆明『言語にとって美とは何か』〔日〕

一九六二年〔五十九歳〕

エシャンダンを離れ、ローザンヌ郊外のエパランジュに新居を建てる。マルクの長男で自身にとって初孫となるセルジュが誕生。

▼キューバ危機〔キューバ〕●スタインベック、ノーベル文学賞受賞〔米〕●J・M・ケイン『ミニヨン』〔米〕●ナボコフ『青白い炎』〔米〕●ボールドウィン『もう一つの国』〔米〕●キージー『カッコーの巣の上で』〔米〕●W・サイファー『現代文学と美術における自我の喪失』〔米〕●バラード『狂風世界』、『沈んだ世界』〔英〕●バージェス『見込みのない種子』、『時計仕掛けのオレンジ』〔英〕●オールディス『地球の長い午後』（ヒューゴー賞受賞）〔英〕●D・レッシング『黄金のノート』〔英〕●デュレンマット《物理学者》上演〔スイス〕●ビュトール『モビール

——アメリカ合衆国表象のための習作』、『航空網』〔仏〕●ジャプリゾ『シンデレラの罠』〔仏〕●シモン『ル・パラス』〔仏〕●レヴィ＝ストロース『野生の思考』〔仏〕●エーコ『開かれた作品』〔伊〕●C・ヴォルフ『引き裂かれた空』〔独〕●ツルニャンスキー『流浪』（第二巻）〔セルビア〕●クルレジャ『旗』（〜六七）〔クロアチア〕●ソルジェニーツィン『イワン・デニーソヴィチの一日』〔露〕●パス『火とかげ』〔メキシコ〕●フエンテス『アウラ』、『アルテミオ・クルスの死』〔メキシコ〕●A・ヤニェス『痩せた土地』〔メキシコ〕●カルペンティエール『光の世紀』〔キューバ〕●ガルシア＝マルケス『ママ・グランデの葬儀』、『悪い時』〔コロンビア〕●安部公房『砂の女』〔日〕●高橋和巳『悲の器』〔日〕

一九六三年〔六十歳〕

『ビセートルの環 *Les Anneaux de Bicêtre*』（プレス・ド・ラ・シテ社）。

▼ケネディ大統領、暗殺される〔米〕●ピンチョン『V.』〔米〕●アプダイク『ケンタウロス』〔米〕●ファウルズ『コレクター』〔米〕●マードック『ユニコーン』〔米〕●コナリー『性急な確信』〔英〕●ビュトール『サン・マルコ寺院の記述』〔仏〕●サロート『黄金の果実』（国際出版社賞受賞）〔仏〕●ロブ＝グリエ『新しい小説のために』、『不滅の女』〔仏〕●ジャベス『問いの書』（〜七三）〔仏〕●マンディアルグ『オートバイ』〔仏〕●ル・クレジオ『調書』〔仏〕●フーコー『臨床医学の誕生』〔仏〕●バルト『ラシーヌについて』〔仏〕●プーレ『プルースト的空間』〔仏〕●ガッダ『苦悩の認識』〔伊〕●サングィネーティ『イタリア綺想曲』〔伊〕●カルヴィーノ『マルコヴァルド』〔伊〕●アウブ『モロ人の戦場』〔西〕●セフェリス、ノーベル文学賞受賞〔希〕●ツェラーン『だれでもない者の薔薇』〔独〕●グラス『犬の年』、『ひらめ』（〜七七）〔独〕●ハヴェル『ガーデン・パーティー』〔チェコ〕●クンデラ『微笑を誘う愛の物語』（六五、六八）〔チェコ〕●カダレ『死者の軍隊の将軍』〔アルバニア〕●アンドリッチ『イボ・アンドリッチ全集』〔セルビア〕●シンガー『ばかものギンペル』〔イディッシュ〕●B・グロスマン

『万物は流転する』（七〇刊）〔露〕●バフチン『ドストエフスキー詩学の諸問題』〔露〕●グスマン『レフォルマ法を守る必要』、『一九一三年二月』〔メキシコ〕●E・ガーロ『未来の記憶』〔メキシコ〕●アレオラ『市』〔メキシコ〕●バルガス＝リョサ『都会と犬ども』〔ペルー〕●コルタサル『石蹴り遊び』〔アルゼンチン〕●カナファーニー『太陽の男たち』〔パレスチナ〕

一九六四年〔六十一歳〕

ドゥニーズと離婚。『青い部屋 *La Chambre bleue*』、『小犬を連れた男 *L'Homme au petit chien*』（プレス・ド・ラ・シテ社）。

▼一九六四年公民権法〔米〕▼フルシチョフ解任。首相にコスイギン、第一書記にブレジネフ就任〔露〕●ヘミングウェイ『移動祝祭日』〔米〕●ベロー『ハーツォグ』〔米〕●バーセルミ『帰れ、カリガリ博士』〔米〕●キューブリック『博士の異常な愛情』〔米〕●バラード『燃える世界』〔英〕●ナイポール『暗黒の領域――一つのインド体験』〔英〕●フリッシュ『わが名はガンテンバイン』〔スイス〕●サルトル、ノーベル文学賞辞退〔仏〕●**ビュトール『レペルトワールII』**〔仏〕●デュラス『ロル・V・シュタインの歓喜』〔仏〕●バルト『エッセ・クリティック』〔仏〕●ゴルドマン『小説社会学』〔仏〕●パゾリーニ『ばら形の詩』〔伊〕●モラーヴィア『目的としての人間』〔伊〕●レム『無敵』〔ポーランド〕●マクシモヴィッチ『われを許したまえ』〔セルビア〕●ブラトヴィチ『ろばに乗った英雄』〔モンテネグロ〕●ボウエン『小さな乙女たち』〔愛〕●F・オブライエン『ドーキー古文書』〔愛〕●グスマン『追放の記録』〔メキシコ〕●レニェロ『左官屋』〔メキシコ〕●リスペクトール『G.H.の受難』〔ブラジル〕●フエンテス『盲人たちの歌』〔メキシコ〕●柴田翔『されどわれらが日々――』〔日〕●大佛次郎『パリ燃ゆ』〔日〕

一九六五年［六十二歳］

テレサと結婚。『ちびの聖者 *Le Petit Saint*』（プレス・ド・ラ・シテ社）。

▼米軍、北ヴェトナム爆撃を開始〔米〕●メイラー『アメリカの夢』〔米〕●T・ディッシュ『人類皆殺し』〔米〕●チョムスキー『文法理論の諸相』〔米〕●ザデー、ファジー理論を提唱〔米〕●ファウルズ『魔術師』〔英〕●H・リード『ヘンリー・ムア』〔英〕●ムシュク『兎の夏』〔スイス〕●ゴダール『気狂いピエロ』〔仏〕●ソレルス『ドラマ』〔仏〕●ロブ＝グリエ『快楽の館』〔仏〕●ビュトール『毎秒水量六八一万リットル』〔仏〕●デュラス『ラホールの副領事』〔仏〕●**パンジェ『だれかしら』**〔仏〕●ペレック『物の時代』（ルノード賞受賞）〔仏〕●クロソフスキー『バフォメット』（批評家賞受賞）〔仏〕●リカルドゥ『コンスタンチノープルの占領』〔仏〕●アルチュセール『マルクスのために』〔仏〕●カルヴィーノ『レ・コスミコミケ』〔伊〕●モラーヴィア『関心』〔伊〕●サングィネーティ『思想と言語』〔伊〕●アーゾル・ローザ『作家と民衆』〔伊〕●フォルティーニ『権限の検証』〔伊〕●アウブ『フランスの戦場』〔西〕●クーネルト『招かれざる客』〔独〕●フラバル『ひどく監視された列車』〔チェコ〕●ゴンブローヴィチ『コスモス』（六七、国際出版社賞受賞）〔ポーランド〕●ショーロホフ、ノーベル文学賞受賞〔露〕●ブロツキー『短詩と長詩』〔露〕●バフチン『フランソワ・ラブレーの作品と中世・ルネサンスの民衆文化』〔露〕●パス『四学』〔メキシコ〕●エリソンド『ファラベウフ』〔メキシコ〕●サインス『ガサポ』〔メキシコ〕●イバルグエンゴイティア『八月の閃光』〔メキシコ〕●ボルヘス『六つの絃のために』〔アルゼンチン〕●井伏鱒二『黒い雨』〔日〕●小島信夫『抱擁家族』〔日〕●三島由紀夫『豊饒の海』（〜七〇）〔日〕

一九六七年〔六十四歳〕

ローザンヌのランコントル社から全集刊行開始（一九七三年までに七十二巻）。フランスでジャン・リシャールをメグレ役に据えたTVシリーズ放映開始。『猫 *Le Chat*』（プレス・ド・ラ・シテ社）。

▼EC発足〔欧〕●ブローティガン『アメリカの鱒釣り』〔米〕●マラマッド『修理屋』〔米〕●スタイロン『ナット・ターナーの告白』〔米〕●G・スタイナー『言語と沈黙』〔英〕●メルカントン『シビュラ（巫女）』〔スイス〕●G・ルー『レクイエム』〔スイス〕●マルロー『反回想録』〔仏〕●ビュトール『仔猿のような芸術家の肖像』〔仏〕●シモン『歴史』（メディシス賞受賞）〔仏〕●サロート『沈黙』、『嘘』〔仏〕●ペレック『眠る男』〔仏〕●リカルドゥ『ヌーヴォー・ロマンの諸問題』〔仏〕●トドロフ『小説の記号学』〔仏〕●バルト『モードの体系』〔仏〕●リシャール『シャトーブリアンの風景』〔仏〕●デリダ『エクリチュールと差異』、『グラマトロジーについて』〔仏〕●バッケッリ『アフロディテ・愛の小説』〔伊〕●カルヴィーノ『ゼロ時間』〔伊〕●ヴィットリーニ『二つの緊張』〔伊〕●ツェラーン『息の転換』〔独〕●クンデラ『冗談』〔チェコ〕●ライノフ『無名氏』〔ブルガリア〕●ハイトフ『あらくれ物語』〔ブルガリア〕●カルチェフ『ソフィア物語』〔ブルガリア〕●ラディチコフ『山羊のひげ』〔ブルガリア〕●ブルガーゴフ『巨匠とマルガリータ』〔露〕●パス『白』、『クロード・レヴィ＝ストロース、もしくはアイソポスの新たなる饗宴』〔メキシコ〕●フエンテス『聖域』、『脱皮』〔メキシコ〕●カブレラ＝インファンテ『TTT』〔キューバ〕●サルドゥイ『歌手たちはどこから』〔キューバ〕●アストゥリアス、ノーベル文学賞受賞〔グァテマラ〕●パチェーコ『君は遠く死ぬ』〔メキシコ〕●バルガス＝リョサ『小犬たち』〔ペルー〕●ネルーダ『船歌』〔チリ〕●ガルシア＝マルケス『百年の孤独』がスダメリカナ社から刊行され、ベストセラーに〔アルゼンチン〕●ボルヘス－ビオイ・カサーレス『ブストス＝ドメックのクロニクル』〔アルゼンチン〕●大佛次郎『天皇の

世紀』〔日〕●大岡昇平『レイテ戦記』（〜六九）〔日〕●池波正太郎〈鬼平犯科帳〉シリーズ（〜九〇）〔日〕

一九六八年［六十五歳］

マルクが女優ミレーヌ・ドモンジョと再婚。

▼キング牧師、暗殺される〔米〕▼ニクソン、大統領選勝利〔米〕▼五月革命〔仏〕▼プラハの春、チェコ知識人らの「二千語宣言」〔チェコ・スロヴァキア〕●バース『びっくりハウスの迷子』〔米〕●クーヴァー『ユニヴァーサル野球協会』〔米〕●アプダイク『カップルズ』〔米〕●W・サイファー『文学とテクノロジー』〔米〕●キューブリック『2001年宇宙の旅』〔米〕●オールディス『世界Aの報告書』〔英〕●A・コーエン『主の伴侶』（フランスアカデミー小説大賞受賞）〔スイス〕●ギユー『対決』〔仏〕●**ビュトール『レペルトワール III』**〔仏〕●ユルスナール『黒の過程』（フェミナ賞受賞）〔仏〕●サロート『生と死のあいだ』〔仏〕●モディアノ『エトワール広場』〔仏〕●J・レダ『アーメン』〔仏〕●フェリーニ『サテリコン』〔伊〕●モランテ『少年らに救済される世界』〔伊〕●**アウブ『アーモンドの野』**〔西〕●ツェラーン『糸の太陽たち』〔独〕●C・ヴォルフ『クリスタ・Tの追想』〔独〕●S・レンツ『国語の時間』〔独〕●ディガット『カーニバル』〔ポーランド〕●エリアーデ『ムントゥリャサ通りで』〔ルーマニア〕●カネッティ『マラケシュの声』〔ブルガリア〕●ディトレウセン『顔』〔デンマーク〕●ジョイス『ジアコモ・ジョイス』〔愛〕●ソルジェニーツィン『鹿とラーゲリの女』、『煉獄のなかで』、『ガン病棟』〔露〕●ベローフ『大工物語』〔露〕●パス『可視的円盤』、『マルセル・デュシャン、もしくは純粋の城』〔メキシコ〕●A・ヤニェス『偽の夢』〔メキシコ〕●エリソンド『地下礼拝堂』〔メキシコ〕●コルタサル『62、組み立てモデル』〔アルゼンチン〕●プイグ『リタ・ヘイワースの背信』〔アルゼンチン〕●川端康成、ノーベル文学賞受賞〔日〕

一九七〇年〔六十七歳〕

母アンリエットが九十歳で永眠。

▼アジェンデ、大統領就任〔チリ〕●バラード『残虐行為博覧会』〔英〕●オールディス『手で育てられた少年』〔英〕●ビュトール『羅針盤』〔仏〕●サロート『イスマ』〔仏〕●シモン『盲いたるオリオン』〔仏〕●ロブ＝グリエ『ニューヨーク革命計画』〔仏〕●デュラス『ユダヤ人の家』〔仏〕●トゥルニエ『魔王』〔仏〕●シクスー『第三の肉体』〔仏〕●J・レダ『レシタチフ』〔仏〕●バルト『S／Z』〔仏〕●ボードリヤール『消費社会の神話と構造』〔仏〕●トドロフ『幻想文学』〔仏〕●バシュラール『夢みる権利』〔仏〕●ハントケ『ペナルティーキックを受けるゴールキーパーの不安』〔墺〕●ツェラーン『光の強迫』〔独〕●ヨーンゾン『記念の日々』（〜八三）〔独〕●アドルノ『美の理論』〔独〕●ヤウス『挑発としての文学史』〔独〕●E・グラッシ『形象の力　合理的言語の無力』〔独〕●マクシモヴィッチ『永遠の少女』〔セルビア〕●パヴィチ『十七・十八世紀のセルビア・バロック文学史』〔セルビア〕●ソルジェニーツィン、ノーベル文学賞受賞〔露〕●パス『追記』〔メキシコ〕●フエンテス『ドアのふたつある家』、『片目は王様』、『すべての猫は褐色』〔メキシコ〕●ガルシア＝マルケス『ある遭難者の物語』〔コロンビア〕●ドノソ『夜のみだらな鳥』〔チリ〕●ボルヘス『ブロディーの報告書』〔アルゼンチン〕●大阪万博開催〔日〕●「すばる」創刊〔日〕●三島由紀夫、割腹自殺〔日〕

一九七一年〔六十八歳〕

前妻ドゥニーズと離婚の条件をめぐって泥仕合。マリー＝ジョルジュがパリへ遁走。両親の不和によって深刻なトラウマを抱えていた彼女は、その後も入院、自殺未遂、神経症の悪化といった悲惨な道をたどる。
▼中華人民共和国が国連加盟、台湾は脱退〔中・台湾〕●アプダイク『帰ってきたウサギ』〔米〕●ロス『われらの仲間』〔米〕●コジンスキ『あるがまま』〔米〕●キューブリック『時計じかけのオレンジ』〔米〕●G・スタイナー『脱領域の知性』〔英〕●C・ウィルソン『オカルト』〔英〕●カミュ『幸福な死』〔仏〕●サルトル『家の馬鹿息子』（〜七二）〔仏〕●シモン『導体』〔仏〕●P・レネ『非革命』〔仏〕●リカルドゥー『ヌーヴォー・ロマンの理論のために』〔仏〕●マンツィーニ『立てる像』（カンピエッロ賞）〔伊〕●モンターレ『サートゥラ』〔伊〕●デベネデッティ『二十世紀の小説』〔伊〕●バッハマン『マリーナ』〔墺〕●ツェラーン『雪のパート』〔独〕●フラバル『私は英国王に給仕した』（八九刊）〔チェコ〕●レム『完全な真空』〔ポーランド〕●ツルニャンスキー『ロンドン物語』〔セルビア〕●ビートフ『プーシキン館』（七八刊）〔露〕●オクジャワ『シーポフの冒険、あるいは今は昔のヴォードヴィル』〔露〕●ソルジェニーツィン『一九一四年八月』〔露〕●マクシーモフ『創造の七日間』〔露〕●パス、国際的雑誌「プルラル」を創刊〔メキシコ〕●フエンテス『メヒコの時間』〔メキシコ〕●ネルーダ、ノーベル文学賞受賞〔ペルー〕

一九七二年〔六十九歳〕

断筆を決意。この年書きあげた『メグレとシャルル氏 *Maigret et M. Charles*』が最後の小説。
▼ウォーターゲート事件〔米〕●沖縄、本土復帰〔日〕●アトウッド『浮上』〔カナダ〕●アプダイク『美術館と女たち』〔米〕●ロス『乳房になった男』〔米〕●バース『キマイラ』〔米〕●カスタネダ『イクストランへの旅』〔米〕●トリリング『〈誠実〉と〈ほんもの〉』〔米〕●ウェスカー『老人たち』〔英〕●アヌイ『オペラ支配人』〔仏〕●マンシェット『愚者が出てくる、城寨が見える』、『地下組織ナーダ』〔仏〕●サロート

『あの彼らの声が……』〔仏〕●ドゥルーズ＝ガタリ『アンチ＝オイディプス』〔仏〕●デリダ『ポジシオン』、『哲学の余白』〔仏〕●オッティエーリ『強制収容所』〔伊〕●カルヴィーノ『見えない都市』〔伊〕●パゾリーニ『異端的経験論』〔伊〕●トレンテ＝パリェステル『J. B.のサガ／フーガ』〔西〕●アグスティ『スペイン内戦』〔西〕●H・ベル、ノーベル文学賞受賞〔独〕●プレンツドルフ『若きWの新たな悩み』〔独〕●B・シュトラウス『ヒポコンデリーの人たち』〔独〕●ハヴェル『陰謀者たち』〔チェコ〕●レフチェフ『燃焼の日記』〔ブルガリア〕●アナセン『スヴァンテの歌』〔デンマーク〕●アスペンストレム『その間に』〔スウェーデン〕●ベローフ『前夜』（～八七）〔露〕●アスターフィエフ『魚の王様』（～七五）〔露〕●シンガー『敵たち』（英語版）〔イディッシュ〕●パス『連歌』（共同詩）〔メキシコ〕●サルドゥイ『コブラ』〔キューバ〕●カルペンティエール『庇護権』〔キューバ〕●アストゥリアス『ドロレスの金曜日』〔グァテマラ〕●ガルシア＝マルケス『無垢なエレンディラと無情な祖母の信じがたい悲惨の物語』〔コロンビア〕●バルガス＝リョサ『ある小説の秘められた歴史』、『ガルシア＝マルケス――ある神殺しの歴史』〔ペルー〕●ボルヘス『群虎黄金』〔アルゼンチン〕●アスリー『侍者』〔オーストラリア〕●アチェベ『戦場の女たち』〔ナイジェリア〕●川端康成、ガス自殺〔日〕●池波正太郎〈仕掛人・藤枝梅安〉シリーズ（～九〇）〔日〕

一九七三年〔七十歳〕

リエージュ大学から名誉博士号。

▼第四次中東戦争〔中東〕●ピンチョン『重力の虹』〔米〕●ロス『偉大なるアメリカ小説』〔米〕●ブルーム『影響の不安』〔米〕●コナリー『夕暮の柱廊』〔英〕●バラード『クラッシュ』〔英〕●オールディス『十億年の宴』〔英〕●シェセ『人食い鬼』〔スイス〕●ビュトール『合い間』〔仏〕●デュラス『インディア・ソング』〔仏〕●シモン『三枚つづきの絵』〔仏〕●フーコー『これはパイプではない』〔仏〕●バルト『サド、フー

リエ、ロヨラ』、『テクストの快楽』［仏］●カルヴィーノ『宿命の交わる城』［伊］●ローレンツ『鏡の背面』［墺］●エンデ『モモ』、『はてしない物語』（～七九）［独］●ヒルデスハイマー『マザンテ』［独］●シオラン『生誕の災厄』［ルーマニア］●カネッティ『人間の地方』［ブルガリア］●マクシモヴィッチ『もう時間がないのです』［セルビア］●ソルジェニーツィン『収容所群島』（～七六）［露］●パス『翻訳と愉楽』［メキシコ］●ドノソ『ブルジョワ小説三編』［チリ］●バルガス＝リョサ『パンタレオン大尉と女たち』［ペルー］●ビオイ・カサーレス『日向で眠れ』［アルゼンチン］●コルタサル『マヌエルの書』［アルゼンチン］●プイグ『ブエノスアイレス事件』［アルゼンチン］●ホワイト『台風の目』、ノーベル文学賞受賞［オーストラリア］●小松左京『日本沈没』［日］●西村京太郎、〈十津川警部〉シリーズ第一作『消えたタンカー』［日］

一九七四年［七十一歳］

妻とローザンヌの小さな家に引っ越し、終の住処とする。大腿骨骨折により入院。

▼ニクソン大統領辞任、フォード大統領に［米］●T・オブライエン『北極光』［米］●**ビュトール『レペルトワールⅣ』**［仏］●ロブ＝グリエ『快楽の漸進的横滑り』［仏］●フェルナンデス『ポルポリーノ』［仏］●ユルスナール『世界の迷宮』（～八八未完）［仏］●P・レネ『レースを編む女』、『呪い師』［仏］●リシャール『プルーストと感覚世界』［仏］●クリステヴァ『詩的言語の革命』［仏］●モランテ『歴史』［伊］●ベルンハルト《習慣の力》初演［墺］●H・ベル『カタリーナ・ブルームの失われた名誉』［独］●G・R・ホッケ『絶望と確信』［独］●カネッティ『耳証人』［ブルガリア］●ディロフ『イカロスの道』［ブルガリア］●ユーンソン、H・マッティンソン、ノーベル文学賞受賞［スウェーデン］●パス『大いなる文法学者の猿』、『泥の子供たち』［メキシコ］●カルペンティエール『方法異説』、『バロック協奏曲』［キューバ］●コルタサル『八面体』［アルゼンチン］

一九七八年〔七十五歳〕

マリー＝ジョルジュが二十五歳の若さで自殺。

▼キャンプ・デービッド合意〔中東〕▼世界初の試験管ベビー第1号が誕生〔英〕●サイード『オリエンタリズム』〔米〕●ソンタグ『隠喩としての病』〔米〕●ジョン・アーヴィング『ガープの世界』〔米〕●S・キング『シャイニング』〔米〕●ジラール『世の初めから隠されていること』〔仏〕●モディアノ『暗いブティック通り』〔仏〕●マルティン＝ガイテ『奥の部屋』〔西〕●コールハース『錯乱のニューヨーク』〔蘭〕●B・シュトラウス『老若男女』〔独〕●栗本薫『ぼくらの時代』〔日〕●橋本治『桃尻娘』〔日〕●柄谷行人『マルクスその可能性の中心』〔日〕

一九八一年〔七十八歳〕

前年から書きためていた『私的な回想 *Mémoires intimes*』を出版（プレス・ド・ラ・シテ社）。

▼皇太子チャールズとダイアナ結婚〔英〕▼フランス国民議会が死刑廃止を可決〔仏〕▼「四人組」裁判で江青らに有罪判決〔中〕●アトウッド『肉体的な危害』〔カナダ〕●クローネンバーグ『スキャナーズ』〔カナダ〕●カーヴァー『愛について語るときぼくらが語ること』〔米〕●T・モリソン『タール・ベイビー』〔米〕●A・ウォーカー『いい女を抑えつけることはできない』〔米〕●J・アーヴィング『ホテル・ニューハンプシャー』〔米〕●ディック『ヴァリス』、『聖なる侵入』〔米〕●オーツ『対立物』〔米〕●T・モリソン『タール・ベイビー』〔米〕●ロス『束縛を解かれたズッカーマン』〔米〕●アシュベリー『影の列車』〔米〕●ナボコフ『ロシア

文学講義』［米］●サイード『イスラーム報道』［米］●ジェイムソン『政治的無意識』［米］●マキューアン『異邦人たちの慰め』［英］●ラシュディ『真夜中の子供たち』（ブッカー賞受賞）［英］●レッシング『シリウスの実験』［英］●シリトー『第二のチャンス』［英］●ジャーハーディ『神の第五列』［英］●〈ウリポ〉『ポテンシャル文学図鑑』［仏］●シモン『農耕詩』［仏］●ロブ＝グリエ『ジン』［仏］●デュラス『アガタ』［仏］●グラック『読みつつ、書きつつ』［仏］●ソレルス『楽園』［仏］●ユルスナール『三島あるいは空虚のヴィジョン』［仏］●サガン『厚化粧の女』［仏］●レリス『オランピアの頸のリボン』［仏］●タブッキ『逆さまゲーム』［伊］●ガッダ『退役大尉の憤激』［伊］●グエッラ『月を見る人たち』［伊］●マンガネッリ『愛』［伊］●ゲルベンス『月の川』［西］●アントゥーネス『小鳥たちの説明』［ポルトガル］●ウォルケルス『燃える愛』［蘭］●ハントケ『村々を越えて』［墺］●シュヌレ『事故』［独］●クローロ『歩行中』［独］●B・シュトラウス『カップルズ、行きずりの人たち』［独］●ファスビンダー『ヴェロニカ・フォスの憧れ』、『ローラ』［独］●B・シュトラウス『カップルズ、行きずりの人たち』［独］●フラバル『ハーレクィンの何百万』［チェコ］●アンジェイエフスキ『どろどろ』［ポーランド］●カネッティ、ノーベル文学賞受賞［ルーマニア］●エミネスク『書簡一～五』［ルーマニア］●チュルカ『旅人』［ハンガリー］●ウグレシッチ『人生の題で』［クロアチア］●シェノア『ブランカ』［クロアチア］●カダレ『夢宮殿』［アルバニア］●エンクヴィスト『雨蛇の生活から』［スウェーデン］●アデーリウス『行商人』［スウェーデン］●ベケット『見ちがい言いちがい』［愛］●アクショーノフ『クリミア島』［露］●アルブーゾフ『残酷な遊び』、『想い出』［露］●デルブラング『サミュエルの書』［露］●フエンテス『焼けた水』［メキシコ］●パチェーコ『砂漠の戦い』［メキシコ］●イバルグエンゴイティア『ロペスの足跡』［メキシコ］●カブレラ＝インファンテ『ヒゲのはえた鰐に噛まれて』［キューバ］●ガルシア＝マルケス『予告された殺人の記録』［コロンビア］●ドノソ『隣の庭』［チリ］●バルガス＝リョサ『世界終末戦争』［ペルー］●コルタサル『愛しのグレンダ』［アルゼンチン］●グリッサン『アンティル論』〔中南米〕●グギ『拘禁　一作家の獄中記』〔ケニア〕●チュツオーラ『薬草まじない』〔ナイジェリア〕●ゴーディマ『ジュライの一族たち』〔南アフリカ〕●P・ケアリー『至福』〔オーストラリア〕

一九八九年〔八十六歳〕

老衰のため八十六歳で死去。

▼天皇崩御、平成に改元〔日〕▼東京・埼玉幼女連続殺人事件、宮崎勤容疑者逮捕〔日〕▼天安門事件〔中〕▼ベルリンの壁撤廃〔欧〕▼チャウシェスク政権崩壊、チャウシェスク処刑に〔ルーマニア〕▼マルタ会談、東西冷戦終結へ〔米・ソ〕▼ダライ・ラマ十四世、ノーベル平和賞受賞〔チベット〕●S・J・グールド『ワンダフル・ライフ』〔米〕●カズオ・イシグロ『日の名残り』（ブッカー賞受賞）〔英〕●ニコリス、プリゴジーヌ『複雑性の探究』〔白〕●キニャール『シャンポールの階段』〔仏〕●C・オステール『バレーボール』〔仏〕●カミーロ・ホセ・セラ、ノーベル文学賞受賞〔西〕●宮崎駿『魔女の宅急便』〔日〕●長野まゆみ『少年アリス』〔日〕

〔書名は邦訳のあるものは基本的にそれにしたがったが、固有名詞の表記を原語に合わせて若干修正した場合があることをお断りしておく――訳者〕

訳者あとがき

本書は二十世紀フランス語圏で活躍した作家ジョルジュ・シムノンの『運河の家 *La Maison du canal*』と『人殺し *L'Assassin*』の全訳である。底本は『運河の家』をアシェット社のリーヴル・ド・ポッシュ版、『人殺し』をガリマール社のフォリオ版に依り、前者にかんしてはガリマール社のプレイヤッド版（『小説集 *Romans*』第一巻）も適宜参考にした。

シムノンといえば、フレンチ・ミステリの代表格としてその名が挙がる存在であろう。言わずと知れた、メグレ警視の生みの親（とはいえ、最近では青山剛昌の人気漫画『名探偵コナン』に登場する目暮警部の元ネタと言わないと不通かもしれない）。探偵＝ダンディという定型を打ち壊す人間臭いこの名刑事を主人公に、幻想趣味を排したリアリズムの推理小説を量産し、フランス語圏にとどまらない国際的ベストセラー作家になったのが他ならぬシムノンである。

が、こうしたエンタメ／ミステリの巨匠の横顔《プロフィール》は彼の作家としての業績の一側面を表しているにすぎない。たしかに大衆小説家として出発し、その後も推理ものを濫作と言えるほど旺盛に書き連ねたシムノンだが、他方でそうしたジャンル小説の枠を超えた「純文学」への志向、余計な冠のつかない「小説家」としての切実な承認欲求を抱きつづけていた。じっさい彼は一九三三年から、つまり大衆／推理小説家として地歩を固めたのち、それまでとは趣向の異なるシリアスな小説を発表しはじめる。メグレの作者が書いたノンシリーズものというよりむしろ、新たな人間の心象風景を開拓する本格的な文学作品であり、彼自身はそれらを「硬い小説《ロマン・デュール》」と分類し、自らが純然たる文学者として公認されるための足がかりとしたのだった。

　そうした純文学の書き手としてのシムノンの一面は、彼の生前にも一部で認知されていたものの――後述するように、シムノン再発見の立役者は『狭き門』や『贋金づくり』などの小説で知られる同時代の作家アンドレ・ジッドにほかならない――、特にその評価が公式なものとなったのはおよそ死後のことであろう。近年でいえば、二〇〇〇年代、フランスの大手出版社ガリマール社が発行するプレイヤッド叢書にシムノンが収録された事実が挙げられる（プレイヤッド収録はフランス文学の世界において一種の殿堂入り、古典《キャノン》として公認されたことと同じい）。編纂者のジャック・デュボワが序文で宣言しているように、プレイヤッド版の眼目はそれまで曖昧な存在としてキャノンの手前に留まっていたシムノンを、同時代の文学者たちに伍《ご》する大家として再評価し、あらためて文学の世界での位置づけを問うというものであり、じじつシムノンの膨大な小説作品から二十一篇を厳選した二巻本の『小説集 *Romans*』には、メグレもの五篇に対し、ロマン・デュールが十六篇も収録されている。今回本邦初訳となった二作もまた、純文学の資格を要求する、ロマン・デュールに分類されている作品だ。その意味で本書も上述したシムノン復権の機運に与《あずか》ることになろうか。シムノンの経歴の詳細と収録作の位置づけについては瀬名秀明氏の解説に譲ることにして、以下、訳者の立場から作品の所感、シムノンの文体、師匠筋のジッドとの関係のことを述べさせてもらおう。

＊

収録した二篇は一九三〇年代に書かれた、ロマン・デュールの初期作である。いずれも灰色のフランドル地方（オランダ、ベルギー、フランスにまたがる地域）を舞台に、犯罪と謎を基調としつつ、凡庸な人間の凡庸ならざる心のうちに迫った問題作だ。互いに独立した作品でありながら、モティーフや表現のレベルでも相似した点が多く、さながら二面で同じ一幅の「単色画《グリザイユ》」をなしている観すらある。

『運河の家』（一九三三）は、シムノンの出身地であるベルギーを舞台に、両親に死なれた都会育ちの少女エドメが、田舎のまだ見ぬおじの家に赴くところからはじまる。おじとおばの他に、六人のいとこを擁するヴァン・エルスト家は、運河に囲まれた広大な〈灌漑地〉を所有する豪農だった。

が、エドメが家に到着したとたん、大黒柱のおじが急死。その後、遺されたおばといとこたちの狼狽をよそに、運命が数々の不幸を一家に課してくる。「雄の匂い」を盛んに放つもつねに空回りがちな跡継ぎのフレッド、巨頭を揺らしつつ黙々と仕事に打ちこむ「村一番の馬鹿者」ジェフ、陽気で屈託のないたちながら「女」としてどこか未成熟なミア、彼らの母親にして「牝猫」さながら部外者に警戒の目を光らせる不気味なおば、そして一家を絶えず監視しにくる「話を聞かれることに慣れた男」ルイおじ——こうした異形の家族との暮らしに息を詰めていたエドメだったが、やがて寡黙なジェフを手なずけ、強引なフレッドを逆に籠絡するにいたる。いったい何が彼女をそうさせたのか？　生来の魔性か、身裡の熱の導きか？　人間の根源に迫るような謎を宙吊りにしたまま、ついには未曾有の犯罪が出来《しゅったい》してしまう。

つづく『人殺し』(一九三七）のほうが少しく喜劇的かもしれない。舞台はオランダ、運河も凍るフリースラント地方。自分だけの「しきたり」にしたがい、折り目正しい「日常」を送ってきた中年医師ハンス・クペルスは、雪積もる冬のある日、前代未聞の「冒険」に打って出る。皆勤賞の学会を欠席し、馴染みの親戚の家にも寄らず、挙げ句の果てに武器屋で一丁のピストルを購入——それもこれも、不倫中の妻と友人のシュッテルをこの世から抹殺するためだった。彼らの密会場所で無事計画を遂げたクペルスだが、予定どおりの後始末ができず、ひきつづき「日常」と「冒険」の奇妙な混淆に身を委ねていくことに。殺しから帰るその足で行きつけのカフェに立ち寄り、ビリヤードクラブの同志たちと球突きに興じ、家に帰ると若い女中のネールを思い切ってベッドに誘い——道を踏み外した新しい自分の人生に酔いしれる一方、なぜか胸の痛みは晴れず、気がかりの種もいっこうに減らない。世間の人々はいったい何を考えて生きているのだろう？　クラブの男たちは？　愛する女中は？　匿名の手紙の差出人は？　他人どころか自分の「頭のなか」さえ摑めぬ医師はやがて、どこか懐かしい、自分だけの狂気の世界へ深く沈んでいく。

以上、つらつら要約を試みてみたものの、要約だけでも陰々滅々たるものだ。シムノンは自らの全集に『人々のさまざまな病い *Maladies des gens*』という総題をつけたかったそうだが、『運河の家』と『人殺し』もまたそのコンセプトから外れてはいない。エドメの夢遊病、ジェフの水頭症、ミアの湿疹、クペルスの狭心症といった落とし所のある「病い」から、火への執心、些事に対するこだわり、名づけられぬ欲望、幻視といった灰色の領域《グレー・ゾーン》まで——そして当然ながら、それらの延長上に犯罪ないし殺人という行為が控えていることになろう。作者はそうした「病い」を特殊な症例として囲いこむのでは決してなく、あくまで人間に普遍的な問題として外にひらき、よき社会に属する正しい人々、あるいはそう自分を呑気に見積もっている我々のもとに鋭く突きつけてくる。人間であることじたいが「病い」なら、誰しもそこから免れることはできない。そのことは、エドメ殺しの犯人が最後に放つ「あなたならどうしてました？　あなたなら」という台詞、進退きわまったクペルスが群衆のうちに「自分自身」すなわち「事件が起こる前の人間の姿」を見てしまう場面に端的に表されているだろう。「病い」の普遍化は、言うまでもなく、「正しい《コンヴナーブル》」という価値観に対する異議申し立てでもある（「常軌にかなう」「きちんとした」「然るべき」などの訳語も当てられるconvenableという語は、シムノン作品に頻出するキータームである）。

もう一つ、今回訳していてアクチュアルに思ったのは、シムノンにおけるジェンダー／セクシュアリティの主題である。『運河の家』であれ『人殺し』であれ、フェミニスト小説とまでは言わないが、少なくとも当時の「男らしさ」の規範、男根主義的な価値観へのアイロニーが多分に含まれているだろう。じっさいフレッド、ジェフ、ルイおじ、クペルス、ビリヤードクラブの殿方連といった男性の登場人物たちは、「男性＝主人＝英雄＝所有者」のいわば典型であり、典型であろうとするあまりに「ずれ」や「弛み」を露呈し、その間隙から今度は「女性＝家内＝淑女＝所有物」の典型を装う女たちの突き上げをくらって、見事な戯画になりおおせている。むろん、女たちはそういった男たちと「男らしさ」の批判者であると同時に共犯者でもあるわけだが――「何か危ないこと、なかなかやれないことをやってほしい」と男に頼むエドメ、「男の人の涙を見るのは初めてで、そのことに恥ずかしくなった」ネール、「編み物を膝の上に置き、男たちの会話を邪魔しないよう小声で喋る」アリス――、他方で「男らしさ」の反転である「女らしさ」から逸脱した「はしたない《パ・コンヴナーブル》」女とされていることを思えば、彼女らそれぞれの復讐にも義があると言わねばならない。

また男どうしの絆、いわゆるホモソーシャルな集団のさても戯画的な描き方がおもしろい。「ホモソーシャル」とは、アメリカの文学研究者イヴ・K・セジウィックが提唱したジェンダー論の概念だが、同性どうしの排他的な交際、単性だけで構成される同質的な社会を形容する言葉だ。とくにジェンダー論やフェミニズムの文脈では、異性愛者の男性のホモーシャルが問題にされ、この場合否定的に言われることが多い。ヘテロ男性のホモソは男性性の誇示＝女性性の否定を結合原理とし、それゆえミソジニーとゲイフォビアが症候的に現れるとされるが、シムノンの描く男たちの社会＝交際《ソサイエティ》はまさしくその例示であり、とりわけ『人殺し』に登場する「一部の男たち、正確にいうならスネーク在住の真のブルジョワ男性のためだけに作られたこのカフェ」は格好のトポスと言っていいだろう。

たとえば、同じく男どうしのホモソーシャルな絆を描いた作家にパトリシア・ハイスミスがいるが——ヨーロッパとアメリカの往還、純文学とミステリのハイブリッド、また当人は前者への志向が強かったという点で、シムノンと立ち位置が近い作家かもしれない——、『見知らぬ乗客』（一九五〇）や『太陽がいっぱい』（一九五五）といった作品において、ホモソーシャルがホモセクシュアルにぎらっと翻る瞬間、あるいはそのあわいの艶っぽい危うさまで活写する彼女に対し、シムノンの小説はホモソの沼底をどこまでも這いまわる執拗さが持ち味だ。それは自身も女たらしで男色への偏狭な軽蔑を隠さなかったという彼の限界かもしれないが、それでも自己を投影しながら女を愛する男たちの在りようをごまかしなく暴露し、そこに何重ものアイロニーを綾なして批評的な距離をとるところに、純文学の資格を要求する作家の面目があるにちがいない。

次に、シムノンの文体についても一言。とりわけ目につく特徴として言えるのは、直説法半過去と句読法《パンクチユエーション》であろう。直説法半過去はフランス語の過去時制の一つで、主に継続的な過去（「～していた」）と過去の習慣（「～したものだった」）を表し、物語においては状況・背景の説明を担って、「描写の過去」とも称される。半過去の文をたたみかけ、その場の情景や心象風景をムーヴィーのように撮影しているところに、突如として瞬間の絵を切り取るようなカメラのシャッターが下される──後者がまさに複合過去や単純過去といった点で捉えられるような過去の事件・行為を表す時制の役割なのだが、こうした一連の半過去から点的過去への流れ、何かが起こりそうな気配を醸成したところにぱちんと突発的な変事を生じさせるという叙述の呼吸を学ぶのに、シムノンのテクストは最適かもしれない。じっさい筆者も学生時代にフランス語の半過去と複合過去の違いを理解するのに、シムノンの推理小説を原文で読んだものだった。今回翻訳にあたってそのことを思い出し、二つの時制の使い分け、ムーヴィーとカメラを巧みに切り替えるサスペンスの語りを日本語に再現しようと試みたつもりである。

二つ目の特徴の句読法については、文節をぷつぷつと切り、短い一文をたたみかけることをいう。とくに日本語の読点にあたるヴィルギュールが頻繁に打たれ、ある種独特のリズムをなしているのだが、そこに規則性がないところを見ると、どうやら無作為に打たれているものらしい。既訳では再現されてこなかったシムノンの文体的個性であるし、今回訳出するのが芸術的野心の強い作品ということもあって、当初この句読法を訳文に反映しようと考えていた。が、いざやってみるといたずらにリーダビリティを損ねるだけで、かえってロマン・デュールの内容・主題上の斬新さを伝える妨げになる気がしたため、最低限の反映に留めたことをお断りしておく。ちなみにシムノンの短くスピード感のある文体にかんしては、時に指摘されるところのもので、たとえば作家の丸谷才一がこのことに言及して、原因を作家の病弱さに帰したりしている（「ああいう持たなくなる感じは作者にもあるんじゃないのかしら。だから、シムノンの小説はみんな短いんです。〔…〕シムノンは、血圧が上がって一週間とか十日しか持たない。ドクターストップがかかるんだそうですね」、『座談会・昭和文学史』第四巻、集英社、二〇〇三）。たしかに体質の問題もあるのだろうが、言い換えるなら、そうした体質に応じて彼自身が築きあげた量産型・早書きの執筆スタイルの結果ということでもある。物語・作中人物に没入し、自己を一種の「トランス状態」に追いこんだのち、直接タイプライターで、余計な推敲をすることなく、一気呵成《かせい》に書いていく――プレイヤッド版の注釈によれば、シムノンはこうしたシステムに則って作品の量産を可能にしたとのことだが、文体への影響も多分にあるにちがいない。それは頻繁な句読法だけでなく、同語反復を厭《いと》わず、中断符を多用し、口語的表現を地の語りに混ぜこむという点にも現れているように思う（フランス文学研究者のブノワ・ドニのように、こうした文体的特徴と「庶民」の凡庸な人生をありのままに描く作風から、シムノンを同時代の異端作家ルイ＝フェルディナン・セリーヌに比する論者もいる）。

最後に、シムノンとその理解者で友人であったジッドとの関係について少し触れておこう。ジッドがシムノンを「このうえなく強い関心をもって」読み出したのは、一九三四年五月のことだった。ジッドの親友で、彼の言行をひそかに記録していたマリア・ヴァン・リセルベルグ（ベルギー新印象派の画家テオ・ヴァン・リセルベルグの妻）は次のように証言している——「彼はこの作家〔シムノン〕によって引き起こされた賞賛の入り混じった驚きをふたたび私に伝えてきた。この作家は、文学的な配慮とはまったく関係のないところで、ありきたりの、まったく知られていないものを量産したのち、信じられぬほど心理学的な高尚さと価値をもった作品群をものしはじめているというのだ」（『プチット・ダームの手帳 *Les Cahiers de la Petite Dame*』第二巻、ガリマール社、一九七五）。

三面記事《フェ・ディヴェール》事件に絶えず関心を寄せ、人間心理の未解明の部分を注視しつづけてきた文学者が、そうした領域を密かに開拓していた生成中の小説家に惹かれたのは故なきことではあるまい。翌年、ジッドが創立に関わったガリマール社のカクテル・パーティで二人は邂逅、やがて書簡のやりとりがはじまり、「彼を最初に称賛した者の一人」を自認する文壇の大御所はこう宣言するにいたる——「私はシムノンを偉大な小説家と見なしている——おそらく今日我々がフランス文学のなかで持ちえた最大の、最も真に小説家らしい小説家である」（『北方手帳 *Cahiers du Nord*』第二・三号〔ジョルジュ・シムノン特集号〕、シャルルロワ社、一九三九）。

二人の往復書簡はブノワ・ドニの監修によって一冊の本にまとめられているが（『……遠慮しすぎることなく——書簡集一九三八年〜一九五〇年 *...sans trop de pudeur : Correspondance 1938-1950*』、オムニビュス社、一九九九）、当初のころ、ジッドは称賛と励ましを惜しまず、シムノン論を書く意志を本人に伝え、そのための質問を矢継ぎ早に投げかけている。かたや三十四歳年下の小説家は、自分を認証してくれたことへの礼を繰り返し、大言壮語を交えながら創作の舞台裏を明かす。ジッドはシムノンの作品だけでなく、そのエクリチュールや人物にもおおいに魅せられていたようだ。憑依《ひょうい》と確かな技術に裏打ちされた筆法、スピーディーでこだわりのない文体、ゆるぎのない自信家で、自分自身についてうぬぼれも遠慮もなく語れる率直な人柄——「そう、ジッドはこの潤沢な、涸《か》れることを知らぬ泉に少しばかり目が眩んでいるらしい〔…〕。シムノンは彼にとって研究テーマの一つになったのだ」とはこれまた親友マリアの証言（前掲書第三巻、ガリマール社、一九七六）。

その後、二人は「胸襟をひらいて、遠慮しすぎることなく」語り合うようになり、そのタイミングで、ジッドはここぞとばかりに苦言や忠告を伝えはじめる。改善すべき点として、文体の無意識の癖（中断符の濫用）、登場人物の造形の単調さ（凡庸な人物ばかりで意志的・英雄的人物が出てこない）などを指摘し、やがてシムノンが自伝的作品の執筆に傾くと、それでは彼の「他者に生成することを可能にする驚異的な共感能力」を活かせなくなるとして、一人称から三人称への変更、すなわち自伝ではなく小説《ロマン》を書くようしつこく勧めている。こうした先達のアドバイスは「小説家」をもう一段上の「芸術家」にするための再教育だったわけだが、対する後輩はといえば、耳を傾けこそすれ、心に留めていたかどうかは微妙なところだ。そもそも両者の師弟関係は形式的なものにすぎず、作品間の影響はないにひとしい。じじつシムノンはジッドの作品が趣味に合わず、読もうと試みるも読めず、そのことを本人の前でついぞ言えなかった。また、次の述懐が暗に示しているとおり、作品のことに留まらない種々の口出しを煩わしく感じてもいたようだ――「ジッドは私に小説家は自由自在でいなければならないとよく言っていた。自分の芸術だけに専心するためには、人を愛するな（深みにはまるまで）、子供をもつな。金のことを気にかけるな――言おうと思えばそう言い添えもしたろう――彼はといえば、気にかけたためしがないのだから。そうしたことが基本的な本能から逃れる（逃れようとする）ことに繋がるという。あとには何が残っているだろう？ 言葉、フレーズ、精神のはたらき、つまり、私に言わせれば、取るに足らぬものばかりだ」（『私が年老いたとき *Quand j'étais vieux*』、プレス・ド・ラ・シテ社、一九七〇）。

人としても作風においても対照的な二人であれば、当然の仕儀かもしれない。かたや戦闘的な同性愛者、計算と内省を尽くして、洗練された作品をものする芸術至上主義の文士。他方は大食漢の艶福家で、本能と自発性のままに、なかば自動筆記のようなペンを走らせる多産な小説家。ジッドがシムノンに惹かれた要因の一つは、自分と正反対の個性、より正確に言うなら、自分のうちにある脱自的・反理性的傾向を極端に体現していたからであろう（ジッドは自己と自己ならざるものの内的葛藤に生涯悩まされ、そうした分裂症的な自我の状況を創作原理に転化していったところが大きい）。また、ジッドがそうしたシムノンの復権と教育に熱をあげたのは、大衆／推理小説家だからといって彼を正当に評価しない人々への抗議の気持ちと、じつは「慧眼《けいがん》な読者」に宛てられている高度なシムノン文学の間違った受容を正したいという思いからであった。

ところで、ジッドのシムノン評は『日記』、『書簡集』、マリアの『手帳』から主にうかがえるのだが、その他にシムノン論執筆のためのメモ書きも残されている（上掲の『書簡集』に収録）。これは準備稿というより読書録に近いもので、書簡の内容と重複するところが多いものの、各作品の批評と本人にも言えなかったらしい率直な感想が漏れていて興味深い。たとえば、カミュの『異邦人』との親縁性の指摘（いわゆる「動機なき殺人」のことだが、この概念はジッドが『法王庁の抜け穴』で「無償の行為」の一つとして創出したもの）、文体の分析（「Yはそこで思い出した……」と叙述せずに「どうしてYは、そのとき、……のことを思い出したのだろう？」と口語的に処理してしまう）、シムノン再発見の先駆者になれなかったことへの不満と嫉妬（作家で文芸批評家のアンドレ・テリーヴのほうが早かった）。ちなみに『運河の家』と『人殺し』についての記述もある。前者については、「無為というよりむしろ凡庸な人間たち」という見出しのもと、冒頭の列車の車中の描写を「モーパッサンやチェーホフのすべての作品に値するほどすばらしい」と讃え、後者にかんしては、「最高傑作の一つとは言えないが、少なくとも最も意義深い作品の一つ」と位置づけたうえで、「そして物という物はうんざりするほど元の場所にあった」という作中の一文を抜き出し、「現実から抜け出たいという欲求」と惹句《じやつく》のように書き留めている。少々仰々しいところはあるも、簡潔にして的確なコメントと言わざるをえまい。

第二次大戦後、シムノンがアメリカに渡ってからは交信も間遠になり、年老いたジッドの熱も否応なく冷めていく。最後の言及は一九四八年一月の『日記』の一節。結局まとまったシムノン論は書かれなかったにせよ、ここには当初から変わらない評価の要諦と熱意の一端、そしてシムノンという作家の本質が鋭く伝えられている。全掲してこの拙いあとがきの締めに代えよう。

> シムノンの諸々の主題には時に深い心理的で倫理的な興味が盛られている。が、十分に示されてはいない、まるで彼自身がそれらの重要性に気づいていないかのように、あるいは言葉半ばで理解されるのを期待しているかのように。彼が私を引きつけて離さないのは、まさにこうした点からだ。彼が「大衆」のために書いていることは、言うまでもない。しかし繊細で洗練された読者は、彼の作品を真剣に受け止めることに同意したとたん、そこに自分のためになるものを見出す。彼は読者を考えさせる。あともう少しで、芸術の極致に到達できるかもしれないのだが。とはいえ次の点からすれば、我々に何もかも注釈させようとするあの鬱陶しい小説家たちに比べて、どんなに優れていることだろう。シムノンは一つの特殊な、おそらく普遍的な興味をたたえた事例を提示する。しかし普遍化するのは控える——それは読者がすべき仕事

なのだ。

（『日記 *Journal*』第二巻、ガリマール社、プレイヤッド叢書、一九九七）

＊

謝辞とともに、今回の翻訳の経緯についても一言申し添えておきたい。事情通の読者ならお察しのことと思うが、何を隠そう、本企画は作家でシムノンに造詣の深い瀬名秀明氏のご発案にほかならない。シムノンにかんしてずぶの素人に近い私は――一応、専門のジッドとシムノンの関係については知っていたものの――、たまたま通りがかりに訳者として関わらせていただいたというしだいなのだが、それでも〈翻訳ミステリ大賞シンジケート〉(honyakumystery.jp) に毎月掲載されている瀬名氏の「シムノンを読む」というコラムはひそかに愛読していた。それ以前も同サイトをちょちょく覗いてはいたのだが、「シムノンを読む」の企画がはじまったとき、あまりのインパクトに度肝を抜かれたのを覚えている。じっさいコラムから多くを教えられ、否応なくシムノンに対する興味を掻き立てられていたところへ今回のお話があったので、因縁を感じもし、また光栄であった。瀬名氏には訳文のチェックばかりか、年譜作成に際しても貴重なアドバイスをいただき、ただただ感謝申し上げるばかりである。

たしかにシムノンは万人受けする作家ではないし、とりわけロマン・デュールは「嫌《イヤ》ミス」というカテゴリーで片づけるにはあまりにバロックで、苦み走っている。しかしそれだけに、市場に出まわる甘ったるい酒の味を飛ばすための「苦味酒《ビター》」として重宝されるはずだし、ジッドが言うように、めいめいの読者からの補完を待つ、読み《レクチュール》の可能性をおおいに秘めた鉱脈でもあるだろう。本書が日本におけるシムノン復権の一助となれば、訳者として幸いである。

本書は企画から完成にいたるまで、幻戯書房編集部の中村健太郎氏に大変お世話になった。この場をお借りして、心より御礼申し上げます。

森井　良

令和四年一月

解説

瀬名秀明

本書はベルギー、リエージュ出身のフランス語圏作家、ジョルジュ・シムノン（一九〇三－八九）が遺した数多くの小説作品のなかから、とりわけキャリア初期の傑作で、しかしこれまで邦訳紹介がなかった二長編を厳選し、気鋭のフランス文学者・森井良氏の完全訳し下ろしでお届けするものだ。ぜひ「シムノンは共感の作家」「メグレは〈運命の修繕者〉」などいままで耳にしてきたシムノン評価の先入観をまずはいっさい忘れて、まっさらな気持ちで読み進めていただきたい。今日まで日本で語られてこなかった作家シムノンの新たな輪郭が鮮烈に浮かび上がってくるはずだ。

〝伝説〟の作家シムノン

ジョルジュ・シムノンという作家は、日本で多くの〝伝説〟をまといつつ緩やかに受容されてきた。日本で突出したベストセラーがあったわけではないし、邦訳紹介が途切れた時期も少なくない。

しかし黎明期の日本のミステリー作家はシムノンから多大な影響を受け、決してその存在を無視することはできなかったし、また彼が〈メグレ警視〉シリーズだけでなく、狭義のミステリーの範疇に収まらない多くの単発長編作品――現在は一般に〈硬い小説《ロマン・デュール》〉と呼ばれる――も並行して発表し続けたことによって中央文壇からも一目置かれ、グレアム・グリーンやアルベール・カミュらと比肩されて、日本でも世界文学全集の類いに収録されてきたのは事実である。こうした経緯は彼の名を高めたが、しかし同時に評価が定まらず、いささか曖昧な立ち位置の作家として持て余されてきたようにも見受けられる。

一方、シムノンという作家には、定番のキャッチフレーズが与えられてきた。曰く、「共感の物語」「シムノンといえばパリ」「江戸情緒を描いた捕物帳小説に似ている」「彼の小説はトリック重視ではなく心理的ミステリーで、ドストエフスキー的」「大人にならないとシムノンはわからない」「三十歳を過ぎたらシムノンだ！」――これらはいずれも読者をわかったような気にさせてしまう便利な言葉であり、シムノンの一部分を捉えているが、実は決して正しいとはいえない。そして作家シムノンに関しては誤った情報がこれまで日本では流布し、プロの評論家たちでさえ惑わされてきた。

いくつかの理由が考えられる。まずシムノン自身、特徴的な記憶能力の持ち主で、少年時代のとても古い出来事をまるで写真撮影したかのように鮮明に憶えているかと思えば、つい数年前のことでも記憶が曖昧になり、何度もインタビューを受けているうちに誤った記憶が自分のなかに固定され、それを信じ込んでしまうといった悪癖もあった。シムノンは晩年に多くの口述回顧録を遺したが、こうした傾向があったために、研究者の間でもシムノン自身が語ったからといってそれが事実だったとは限らない、必ず裏取りが必要だ、という慎重なスタンスが求められている。

いちばん混乱したのは「いつどこでシムノンは最初のメグレ作品を書いたのか」という謎で、メグレシリーズの刊行が始まって数年経つと、すでにシムノンの記憶は曖昧になっていた。おそらく多くの取材で何度も同じことを訊かれ、いちばん説明しやすい偽の記憶が彼のなかで形成されていってしまったのだろう。意図的に人を騙そうとしていたとか、自分をよく見せようと虚言癖に陥っていたわけではなく、ごく単純にシムノンの記憶違いが世間で独り歩きし、言及に言及が重ねられて誇張や誤解が起こり、〝伝説〟が生まれていったということなのだろう。シムノン自身もそうしたおのれの〝伝説〟を積極的に否定することはなかった。たぶん関心がなかったのである。

そして日本では加えて江戸川乱歩によるごく初期のシムノン評価と、シムノン作品の翻訳紹介に情熱を傾けた長島良三（別名 北村良三など）の言説が大きな影響を及ぼした。現在も語られがちなシムノンの〝伝説〟には次のようなものがある。

［伝説］ペンネーム時代、シムノンは新聞社の宣伝企画でガラスの部屋に入り、衆人環視のもとでたちまち一冊の本を書き上げた。

［実際］一九二七年、そのような企画が編集者ウージェーヌ・メルルによって発案され、広告として出回ったことは本当だが、事前に中止された。

［伝説］シムノンはオランダのフローニンゲン州デルフゼイルに滞在中、自船《オストロゴート号》の修理が必要になったので、近くの打ち棄てられた平底船の船室にタイプライターを持ち込み、足下が水に濡れるなか、木箱に置いたタイプライターでメグレものの第一作『怪盗レトン』を書き上げた。そのため後年デルフゼイルには、生誕の地を記念したメグレの像が設置された。

［実際］これはシムノンの記憶違いで、後の研究者らの調査により、デルフゼイルで書かれたのはペンネーム時代のメグレ前史第一作『マルセイユ特急』（抄訳あり、一九三〇）であったと考えられている。『怪盗レトン』（一九三一）の執筆期は定かではなく、オムニビュス社『メグレ全集 *Tout Maigret*』第一巻（二〇〇七版）での紹介は次の通り。「執筆された場所と時期の特定は困難。シムノン自身が築いた伝説に拠《よ》れば一九二九年九月、デルフゼイル（オランダ）だが、あるいは一九二九－一九三〇年冬、デルフゼイルかスタフォーレン寄港中の《オストロゴート号》にて。あるいはより可能性が高いのは、一九三〇年春、四月か五月、モルサン＝シュル＝セーヌ（エソンヌ県）ないしシタンゲット水門近くのセーヌ川に係留した《オストロゴート号》にて」（瀬名訳。以下、特記なき場合は同様）――いずれにせよ『マルセイユ特急』の存在があり、デルフゼイルでメグレのキャ

ラクターが初めて書かれたことに間違いはなさそうなので、像を撤去する必要はない。

［**伝説**］テレビドラマや映画でメグレ夫人を演じた俳優のうち、シムノンは日本のテレビ朝日で放送された愛川欽也版〈東京メグレ警視シリーズ〉（一九七八）の市原悦子がもっともイメージに近くてベストだと語った。

［**実際**］〈東京メグレ警視シリーズ〉で目暮林太郎警視夫人、目暮信子を演じたのは、確かに市原悦子である。だがシムノンは実際のドラマを視聴しておらず、広報用写真を見た印象だけで日本のメグレ夫人役を称賛していたようだ——と、ここまでは、日本でも囁かれていた噂話。

　ただしこのドラマでは、シムノンの原作には存在しないが、目暮警視行きつけのカフェレストラン《マーゴ》のママでピアノの弾き語りもする岸田理沙という女性がレギュラーで登場する。演じたのは佐《さ》藤友美《とうともみ》。目暮は信子と結婚する前、理沙と愛し合っていたという設定である。

　シムノンが実際に日本のメグレ夫人役に言及した文章としては、「ローザンヌ画報 L'Illustré de Lausanne」に寄稿した短文「メグレへの手紙 彼の生誕五十年を記念して Lettre à Maigret: pour son cinquantième anniversaire」（未訳、一九七九）が見つかるが、該当部分に市原悦子の名は出て来ない。

「〔…〕あなたとメグレ夫人に心を込めてキスを贈ります。あなたは多くの女性が夫人に嫉妬していることに気づいていないでしょう。どれほどたくさんの男が彼女のような女性と結婚したいと思っているか。そしてテレビで彼女を演じるなかでもとりわけチャーミングなあの日本の女性は、あなたを自分だと思っている日本人男性の妻なのですよ」

では、このチャーミングな女性とは誰のことなのか。後にシムノンはフェントン・ブレスラーの取材に応えて、テレビのメグレ作品の感想を語っている。ブレスラーの評論書『ジョルジュ・シムノンの謎 *The Mystery of Georges Simenon*』(未訳、一九八三)に収録されたそれらの談話は、さらに後年、「シネマ評論 La Revue du Cinéma」一九八九年十一月号(通巻四五四号)の記事「シムノンによるシムノン Simenon par Simenon」で次のように引用紹介された。

「私見では、ベストの〝メグレ夫人〟は、フランス国内の作品を含めても、日本のテレビの〝メグレ夫人〟だ。彼女はまったく素晴らしい!」

ところがこの記事に掲載されている〈東京メグレ警視シリーズ〉の写真は愛川と佐藤のツーショットで、キャプションには佐藤がメグレ夫人役だと紹介されており、放送期間の記述も間違っている。すなわちシムノンは「シネマ評論」にも引用された愛川と佐藤のツーショット写真だけを見て、佐藤をメグレ夫人役の俳優だと勘違いしていた可能性が極めて高い。

——この他、青年時代にシムノンはパリのモンマルトルで多くの画家の卵と交遊し、そのなかにはパブロ・ピカソや藤田嗣治もいたとする文章もよく見るが、ピカソや藤田側の資料でシムノンと交遊した事実の記載は（少なくとも私の調査では）発見できず、真偽のほどは定かではない。また、アメリカからやって来てパリに旋風を巻き起こした歌手・ダンサーのジョセフィン・ベイカー（フランス読みではジョゼフィーヌ・バカール）と深い仲になったとの紹介もあるが、やはりベイカー側の伝記等にシムノンの名は出てこない。

確かに当時シムノンは、多くのパリジャンを虜《とりこ》にしたベイカーに入れ上げ、劇場や彼女が歌うナイトクラブに通い詰めていたらしい。シムノンがベイカーの宣伝応援紙をつくって自主発行していたことも事実だが、深い恋愛関係までには至らなかっただろうと思われる。おそらくは勝手にシムノンが押しかけて熱烈なファン活動をおこない、付き人のように振る舞っていたということなのだろう。ベイカーの有名なバナナ・スカートを考案したのはシムノンだと唱える記事さえあるが、憶測の域を出ていない。これらの件について詳細をご存じの方があればぜひご教授いただきたい。

だが、それでもなお、巷に流布する定型のシムノン評が、作家シムノンの一面をいい当てていることもまた確かなのである。いまも多くの人が、フランス語圏の読者でさえ、シムノンといえばパリを描いた作家だと感じており、そしてそれは後期のメグレものから受ける印象としては決して間違ってはいない。フランスではシムノンのメグレ作品群からパリの描写を抜粋紹介してパリの風景画と組み合わせた画集が発売されたこともあるし、メグレ作品に登場するパリ二十区内の街路名や地名を完全リスト化して好事家に提供した研究書さえ出ている。メグレはビールをよく飲み、そして夫人のアルザス料理を愛しており、地方に出向いた際にはその土地の名物を食し、地酒を楽しんだ。著名な料理研究家ロベール・J・クールティーヌは『メグレ警視は何を食べるか？　フランスの家庭の味100の作り方』(一九七五）というレシピ集も出している。メグレは決して美食家、グルメではなかったが、どこかの土地に行ったらそこの郷土料理を味わうことに素朴な幸福を感じる男だった。よってメグレを読むとフランス各地方の家庭料理がわかる。その意味においてシムノンからフランス料理への連想も、まったくの的外れではないのである。

だから次のようなシムノン評が書かれるのもよくわかるし、「共感」できることなのだ。フランスミステリー勃興期の事情にも詳しいフランス文学者・小倉孝誠が、シムノンの先達であるフランス作家ウージェーヌ・シューの新聞小説について論じた書籍『『パリの秘密』の社会史』(二〇〇四）からの一節を示そう。

〔…〕コナン・ドイルのホームズ物が、霧に霞むロンドンという都市空間なしには語りえないように、フランスの推理小説はパリという空間なしには構築されなかっただろう。それは二十世紀に入って、ジョルジュ・シムノンの作品がしばしばパリの下町の哀愁をただよわせていることにも、よく示されている。近代作家たちは、パリで展開する激しい野心と苦い挫折を、波乱に富んだ愛と友情を、社会を揺るがす革命と反動を、闇の中で行われる犯罪とその捜査を語ってやまなかった。シューの『パリの秘密』〔*Les mystères de Paris*（一八四二－四三）〕は、こうした大衆文学におけるパリの表象の起源に位置づけられる重要な作品であり、その後の大衆小説は『パリの秘密』が創始した物語の構図を変奏させていくことになる。

そしてまたシムノンの〝伝説〟は、他の作家によってもつくられていった。アメリカの作家アーネスト・ヘミングウェイは、若いころパリで過ごした日々のことを、フィクションも交えながら『移動祝祭日』（一九六四）として書き遺したが、そのなかにこんな記述がある。パリで暮らす若手芸術家らを互いに繋ぐ役目を果たしたミス・スタインに小説本を貸してもらった、という話題からの連想部分である。

〔…〕昼か夜の、ぼうっとしている時間に読むのに相応しい本として、それら二冊に匹敵するものは、シムノンの最初の秀作が出現するまでは見当たらなかったと言っていい。

シムノンの出来の良い作品なら、ミス・スタインも気に入っただろうと思う――私が最初に読んだのは『第一号水門』か、『運河の家』だった――けれども、知り合った頃のミス・スタインはフランス語をしゃべるのは好きでも、フランス語で書かれたものは読むのは嫌いだったから、断言はできない。私が読んだ最初の二冊のシムノンは、ジャネット・フラナー〔パリに長く暮らしたアメリカの作家・ジャーナリスト）からもらったものだった。フラナーはフランス語を読むのが好きで、シムノンがまだ警察まわりの記者だったころから彼の書くものを読んでいたのだ。

（高見浩訳）

ヘミングウェイが実際にパリで暮らしたのは一九二一年から一九二七年なので、この時期シムノンはまだペンネーム作家であり、メグレ第一八作『第1号水門』（一九三三）や本書収録の『運河の家』（一九三三）は書かれていない。だが人生のどこかの時点でヘミングウェイがファイヤール社のシムノン作品を原書で楽しく読んでいたことが窺える。

〝世界小説〟作家としてのシムノン

今回ここに本邦初訳で紹介する二長編『運河の家』（一九三三）と『人殺し』（一九三七）は、まさにシムノンがヘミングウェイのいう〝最初の秀作〟を発表し始めたころ――すなわち一九三一年二月二十日に本名のシムノン名義で初めてメグレものの小説『死んだギャレ氏』と『サン・フォリアン寺院の首吊人』をファイヤール社から二冊同時刊行し、その後もメグレもの第一七作『紺碧海岸のメグレ』（一九三二）を経てミステリー短編集『十三人の被告』『十三の謎』『13の秘密』（いずれも一九三二）まで怒濤の如き毎月連続刊行を成し遂げ、一躍名声を勝ち得た後、五カ月の沈黙を経てから緊密な単発長編小説を再び続けざまに発表し始め、そして版元をガリマール社へと変えてさらに躍進していった時期の作品である。

どちらもこれまで翻訳紹介されなかったことがふしぎなくらいの作品だが、ひょっとすると私たち日本人のなかに「シムノンはパリを描く作家だ」というイメージがあまりに強く刻まれてきたため、パリが舞台ではないシムノン作品――〝世界小説 Romans du monde〟作家としてのシムノンの側面が読者側に浸透しておらず、売上の予測が立たないので訳者や出版社が敬遠してきた、といった理由もあったかもしれない。本書収録の二長編はいずれもフランス、パリの物語ではなく、隣国ベルギーやオランダが舞台となっている。

実はこのように、フランス以外の国を主要舞台としたシムノンの小説は少なくない。それはシムノン自身がベルギーのリエージュ出身であったからだけでなく、彼が部類の船好きで、若いころから船でフランス国内の川や運河を回り、さらには自船を建造して隣国を巡り、船上生活を続けながら執筆に邁進し、作家として名が売れてからもアフリカや東欧、地中海や黒海、さらにはアメリカやタヒチを含む世界旅行へと積極的に出かけていった、すなわち旅行作家としての側面を多分に備えていたためでもある。そうした旅での鮮烈な体験を、シムノンは多くの作品へと結実させていった。旅先で撮影した貴重なライカの写真もアルバム六冊分が遺っており、海外ではその写真展も開かれるほどだ。彼がこのように世界観を急速に広げていったのが一九二八年から一九三五年までであり、本書収録作『運河の家』『人殺し』はまさに旅に明け暮れたこの時期を含む「初期後半」の時代に書かれた二作で、シムノンのキャリアを俯瞰する上で絶対に見逃すことのできない重大な転換期にあたっている。

シムノンは後年、「裸の人間」という表現を用いて、いかに人間の真実性を捉え、描いてゆくかを語ることになるが、こうした人間観は初期後半の世界旅行体験を通じて形成されたと見てよいだろう。またシムノンは「人間を嗅ぐ」という独特の表現も使った。一九三九年、作家アンドレ・ジッドへ宛てた手紙（未訳）のなかで、彼は次のように自身の小説作法を記した。フランス語のsentirは「嗅ぐ」「感じる」の意味である。

〔…〕私はなにがなんでも、あらゆる人生を可能なかぎり生きようとしてきました。〔…〕なので、とりわけ彼ら〔登場人物たち〕を観察した les avoir *observés* ということがないのです。観察は嫌いです。やってみる *essayer* ことが必要です。感じる *Sentir* のです。ボクシングをしたり、嘘をついたりした後、急いで作品を書きにいったものです。あらゆることをしたわけですが、ただし徹底的にではなく、理解するのに充分な程度。だからこそ私は何においても平凡で、庭仕事も乗馬もそう、ラテン語の作文にいたってはからっきし。

人が何を考えているかよりも、むしろ何を感じているか ce que *sent* l'homme が気になってしょうがない。その者の言葉や、ちょっとした行動も。畑を見るときは必ずそこの収穫高を調べ、さらには農夫がどんな食事をし、妻とどのように愛を交わしているかを知らずにはいられない。

（森井良訳）

「**わが訓練時代**」

一九二一年秋、シムノンは故郷リエージュを発ち、フランスのパリで生活を始めた。友人の伝手を辿って作家の秘書の仕事に就くが、最初の幸運は一九二三年、一流紙「ル・マタン Le Matin」に連載されていた連作ショートコント〈千一朝物語〉の執筆陣のひとりに抜擢《ばつてき》され、主筆アンリ・ド・ジュヴネルならびに当時その妻だった作家コレットと知己を得たことである。コレットから小説執筆に際しての心構えを教わり、一九二六年まで同紙で腕を磨いた。

シムノンは大いに遊び、そして大いに書いた。いくつもの城を持つ侯爵の秘書役も務めた。後にメグレの故郷として設定される「サン・フィアクル」のモデルといわれるフランス中部の町、パライユ＝ル＝フレジルに侯爵の城のひとつがあり、一時期は妻のレジーヌ・ランション（通称ティジー）とともにそこへ代理管理人として滞在し、時間があるのをいいことに一日数篇のペースで通俗誌向けのショートコントを書きまくったりもした。

シムノンが雑誌に書いた大量のショートコント（通俗誌向けの艶笑譚も含む）は、いささかオチが唐突に提示される傾向があるものの、意外と面白くて、まず彼の腕はコントで鍛えられたのだと考えることができる。一方で女性向けの中編メロドラマや少年向けの通俗冒険長編小説は当初、コント作品における書き癖、すなわちオチが唐突であるというマイナス面が如実に出ていかにも安っぽく、まだまだよい出来映えとはいえなかった。シムノンのペンネーム作品はフランス語圏の熱心な研究家らによって丹念な発掘がなされ、いまでは新聞や雑誌に寄せたショートコントだけで千百五十篇以上、小冊子や読み捨て雑誌形式やペーパーバックといった本のかたちで出版されたものでも百九十冊ほどが確認されている。興味深いのはシムノンが一九三一年に本名名義の出版を始めた後もだらだらといくらかのペンネーム作品が継続して出ていたことで、たぶんこれらはメグレものを本格的に始める前に書き終えていたストック作品だったのだろう。

とにかくシムノンはその筆の速さから、大量に書き、大量の本を出すことで、それなりに原稿料を儲けた。金が入れば、旅へ出たくなる。それが若き日のシムノンだった。まず一九二五年夏、友人たちとノルマンディー地方のエトルタやベヌヴィルへバカンスに出かけた。このときアンリエット・リベルジュ、通称「鞠《ブール》」という若娘と知り合い、後にパリの自宅へ呼び寄せて愛人にしている。妻ティジーも含めて三人で暮らしたわけで、青年期のシムノンにはどこか壊れたようなところがある。少年のころから多動的で、じっとしていられない性格だったそうだが、そうしたシムノンの心理的特徴は、後の〝世界小説〟作家への必然的道筋を示しているようでもある。

一九二六年夏に初めて南仏ポルクロール島へ赴き、シムノンはこのエキゾチックな島がいっぺんで気に入った。その後何度も出向いて長期滞在し、島の自然を満喫しながら、バンガローで多くの作品を生み出してゆくことになる。一方で一九二八年、シムノンは初めて船を持った。その小型船《ジネット号》で、妻ティジーや愛人ブール、愛犬オラフとともに、半年かけてフランス国内の川や運河を巡った。これがシムノンの旅の始まりである。

翌一九二九年には港町フェカンでより大きな自船《オストロゴート号》を建造。タイプライターと大量の紙を積み込んでついにフランスの国境を越え、ドイツやオランダといった近隣国の諸港を航《わた》りながら執筆するという、長い船上生活の旅に出た。一九二九年二月から一九三一年終盤まで三年弱の間、この《オストロゴート号》が彼と妻と愛人の住処となった。

旅の行く先々で原稿を書いて送る生活だが、この初期、シムノンはガストン・ガリマール社の編集者ジョルジュ（ジョージ、通称ジェフ）・ケッセルならびにその弟の作家ジョゼフ・ケッセルから執筆の誘いを受け、彼らが発行する週刊読みもの誌「探偵 Détective」にショートミステリーを連載している。コントや艶笑譚で磨かれた切れ味のいい筆致がミステリーに発揮され始めた。これらは後にシムノンの本名名義で『十三人の被告』『十三の謎』『13の秘密』としてまとまる。長編でもミステリーを書くことが多くなり、シムノンはいくつかのキャラクターを生み出しては、次の作品で彼らをさらに変奏させるといった方法で、次第に人間味のある探偵役を描けるようになっていった。

そうして生まれたのがリュカ刑事（警視）やコメリオ予審判事であり、やがてメグレの前身というべきキャラクター、ソンセット刑事が読者の前に姿を現す。

最初のころ、シムノンは探偵役を、「L・53（エル・サンカントトロワ）」「G・7（ジェ・セット）」や「N・49（エヌ・カロントヌフ）」のように、アルファベ一文字と数字を組み合わせた匿名にすることが多かった。怪盗紳士アルセーヌ・ルパンの流れを汲んだ、何者とも正体のわからない謎のヒーローこそ、大衆ミステリー小説には相応しいと類型的に考えていたのだろう。だがその流れからソンセットという、個性ある氏名を持つキャラクターが偶然にも誕生する。偶然と書いたのは、そもそも「ソンセット Sancette」とはフランス語の「ソン・セット cent sept」、すなわち彼の職場の電話番号一〇七から採られた渾名だったからである。それがいつしか彼の本名となり、登場作が増えるにつれて、彼はどっしりとしたメグレの風貌に近くなっていった。そして（おそらくは）一九二九年、シムノンはついに船の生活の途上で、ソンセット刑事に替わる新たなキャラクター、ジュール・メグレ警視を生み出す。メグレの個性は作品が書かれるごとにくっきりとして、作者であるシムノン自身にも彼の姿がありありと見て取れるようになっていった。四つの習作（ペンネームで発表されたメグレ前史）を経て、出版社の要請もあり、シムノンはペンネームを棄ててメグレものに極力集中することを決意する。『怪盗レトン』という連載タイトルを掲げ、初めて本名のジョルジュ・シムノン名義によってメグレ警視が読者に提供されたのは、二匹の仔犬が活躍する人気漫画をタイトルにした「リックとラック Ric et Rac」誌上、一九三〇年七月十九日号のことであった。

・**一九二八年四－九月**　《ジネット号》でフランス国内の川と運河を旅する。パリから南下して地中海に到達した後は運河を辿って西部へ赴き、パリへ戻った。

・**一九二九年春－一九三一年終盤**　《オストロゴート号》で北海沿岸の欧州を巡りつつ生活。オランダのスタフォーレンやデルフゼイル、ドイツのエムデン、ウィルヘルムスハーフェン、ハンブルクなどに停泊、執筆を続ける。筆致が急速に上達し、メグレ警視のキャラクターが生まれる。

・**一九三〇年初頭のころ**　貨物船に同乗し、北海とスカンジナヴィア半島を旅する。デンマーク、ノルウェーのスタヴァンゲル、ベルゲン、トロンハイム、スヴォルヴェル、トロムセー。最終地はノルウェー最北端に近いラップランド地方のホニングスヴォーグ。さらに橇でロシア国境近くのチルケネスという町まで出向き、フィヨルドも見学。

・**一九三〇年春以降**　《オストロゴート号》でフランスに戻り、セーヌ川を遡ってパリ郊外南部のモルサン＝シュル＝セーヌに停泊しつつ、メグレものを書き続ける。

・**一九三一年初頭の冬**　ブルターニュ地方のコンカルノーを訪れる。

・**一九三一年二月二十日**　本名名義でメグレシリーズ『死んだギャレ氏』『サン・フォリアン寺院の首吊人』の二冊をファイヤール社から同時出版。パリで派手な出版パーティを企画開催し、宣伝材料とした。以後、毎月一冊のペースで刊行が続く。

・**一九三一年七‐八月**　グラフ誌「見た Vu」に一九二八年の船旅の回想記を書くため、写真家ハンス・オプラトカ（現在は経歴詳細不明）と改めて運河を撮影。

・**一九三一年八月四日**　ヴィジュアルをふんだんに組み込んだ中編小説冊子「イトヴィル村の狂女」の共著者である写真家ジェルメーヌ・クリュル（クルル）らと、パリのサン＝ルイ島に着けた《オストロゴート号》船上で出版パーティ。

・**一九三一年十一月三日**　仏北西部のカーンで《オストロゴート号》を売却。

・**一九三二年二月十五日**　リゾート地として有名な仏西岸ラ・ロシェル近郊のマルシリーに城を借りて住む（一九三五年二月十五日まで）。

・**一九三二年八‐九月**　グラフ誌「ヴォワラ Voila」にルポルタージュを寄稿するためアフリカ旅行。欧州からさらに遠方へと向かった初めての旅行となった。イタリア経由でエジプトのカイロに入り、飛行機でナイル沿いに内陸部へと飛び、英国領スーダンのハルツーム、ケニアのヴィクトリア湖近く、ベルギー領コンゴの東部や中心部、キンシャサへと入り、大西洋が見渡せるフランス領赤道アフリカ・ガボンのポール・ジャンティルやリーブルヴィル（西アフリカの赤道直下の場所）まで足を伸ばす。そこから西アフリカをぐるりと回る大西洋航路で帰還。

・**一九三三年冬‐春**　欧州・中欧旅行。何度かに分けて巡る。ベルギーのシャルルロワ、ブリュクセル、アルデンヌ、フランドル地方。ルーマニア、リトアニア、ポーランド、オーストリア、チェコ。冬のベルリン、バトゥミ、ワルシャワ、オデッサ海岸など。

・**一九三四年四月－夏**　黒海旅行。南仏マルセイユから地中海経由でボスポラス海峡を越えてトルコへ。途中、六月七日、トルコ北西部のプリンフィズ諸島で革命指導者レフ・トロツキーを取材（抜粋邦訳あり）。黒海を時計回りに一周する。

・**一九三四年五－八月**　右記と同時期だが、南仏ポルクロール島から出発して、二本マストのスクーナー船《アラルド号》で地中海も旅する。船長は別に雇った。イタリアのサンレモ、ジェノバ、エルバ島、ナポリ、シチリア島のシラクーザ、マルタ島、西のチュニスとビゼルト、そしてサルデーニャ島のカリアリと、地中海を時計回りに巡る。

・**一九三四年十二月十二日－一九三五年五月十五日**　ルポルタージュ執筆のため客船を乗り継いで〝一五五日間世界一周〟旅行。仏北西部のル・アーヴルから大西洋を横断してニューヨークへ。パナマ運河を抜け、コロンビアのブエナヴェントゥラ、赤道直下エクアドルのグアヤキル。ガラパゴス諸島に立ち寄った後、太平洋のタヒチへ。シムノンはココナツ椰子と海と砂礁《さしょう》に満ちたこの島が大いに気に入り、二カ月滞在した。ニュージーランドのオークランド、オーストラリアのシドニー、ニューカレドニア島とニューヘブリデス諸島（バヌアツ）に停泊し、ティモール海とインド洋を抜けてボンベイ（現ムンバイ）へ。紅海を北上しスエズ運河から地中海へと抜け、南仏マルセイユに戻った。

ひとつ旅をするごとに作家シムノンは大きく育ち、その成果は作品へと反映されていった。まずモーターボート《ジネット号》でフランスを巡った一九二八年は、シムノンが中編小冊子や長編ペーパーバックなど合わせて生涯最多の四十冊（!）を刊行した年であるが、この初めての船旅はシムノンにとって極めて思い出深い体験となったらしく、後の小説作品で何度も参照された。『13の秘密』所収の「14号水門」（一九三二）、『メグレと運河の殺人』（一九三一）、『第1号水門』（一九三三）、『片道切符（帰らざる夜明け）』（一九四二）、『アナイスのために（娼婦の時、過去の女）』（一九五一）、短編「水門の男爵 *Le Baron de l'écluse ou la croisière du Potam*」（未訳、一九五四）などである。

一九二九年、《オストロゴート号》で本格的な船上生活を始めたころから、ミステリー作品の発表が多くなる。パリに戻った後もシムノンはしばらく《オストロゴート号》をセーヌ河岸に停めて執筆を続けた。シムノンが大きく羽ばたいた時期である。北海への旅は冒険ミステリー小説『北氷洋逃避行（北海の惨劇）』（一九三二）へと結実した。コンカルノーへの小旅行は『黄色い犬』（一九三一）や『コンカルノーの女たち *Les demoiselles de Concarneau*』（未訳、一九三六）となった。

そして時代は変わってゆく。シムノンが最初にパリへ上京してきたのは〝狂乱の時代〟であった。パリのモンマルトルには黒人のミュージシャンやダンサーが集まり、夜ごとアメリカのジャズが演奏されていた。パリジャンにとってアメリカは新しい文化の地、憧れの国であったろう。だが同時に禁酒法の時代でもあり、アメリカのマフィアが世界的に暗躍していたときでもある。そのアメリカが一九二九年に金融破綻し、たちまちのうちに世界は大恐慌に陥った。パリにも隣国からの難民が溢れただろう。一九三三年にはロシアで大飢饉が発生し、欧州ではナチスが台頭し始めていた。

そうしたなか、シムノンにとって刺激となったのは、とりわけ一九三二年のアフリカ旅行であった。ジョセフィン・ベイカーに惚れ、モンマルトルで遊び回っていたシムノンにとって、黒人は憧れの対象であったはずだ。もちろん当時のフランスに残っていた植民的思想が影響していたことは否定できない。ベイカーはアメリカ出身であったにもかかわらず、パリの劇場では野生を連想させるバナナの腰巻きをつけて半裸で躍ったのである。だがその踊りはエキゾチックで、黒い肌はつやつやと光って美しかった。都会文明に塗《まみ》れて意味を見失った自分たちフランス人に対し、彼らは自由で、人間の本性を忘れずに生きているように見えただろう。その姿はシムノンにとって人間の理想像であったに違いない。その彼らの故郷である黒檀の地へ行けるのだ。メグレものの連続刊行をストップさせてまで、シムノンはこのアフリカ旅行に入れ込んだのである。そしてアフリカから帰ってきた彼の筆致は、見違えるほど上達していた。帰国後、満を持して発表された新作第一弾が、後に二度映画化されることになる傑作『仕立て屋の恋』（一九三三）だ。この後もシムノンはロマン・デュールの傑作を立て続けに発表していった。シムノンの真の作家的評価はこの時期に決定的なものとなったのだと見なすことができる。試しにアフリカ旅行前のメグレ第一七作『紺碧海岸のメグレ』(一九三二)と、帰国後に書かれた第一八作『第1号水門』(一九三三)を読み比べていただきたい。小説のレベルが明らかに一段階上がったことがわかる。

アフリカ旅行の成果は『赤道 *Le coup de lune*』(未訳、一九三三)、『摂氏四五度の日陰 *45° à l'ombre*』(未訳、一九三六)、『眼鏡の白人 *Le Blanc à lunettes*』(未訳、一九三七)へと活かされた。これらシムノンのアフリカ小説は、ルイ=フェルディナン・セリーヌ『夜の果てへの旅』(一九三二)、グレアム・グリーン『事件の核心』(一九四八)、ジョウゼフ・コンラッド『闇の奥』(一八九九)、フランス領アルジェリアを舞台とするアルベール・カミュ『異邦人』(一九四二)と比較して論じられることもある。アンドレ・ジッドのルポルタージュ『コンゴ旅行』『続コンゴ旅行』(一九二七、一九二八)も忘れることはできない。

冬の寒々しい時期を含めておこなわれた一九三三年の欧州・中欧旅行と、その年末から翌年にかけフランス政権を揺るがした大疑獄事件「スタヴィスキー事件」への疲弊的関与を経て、眩しい夏の太陽の下でおこなわれた黒海・地中海旅行のふたつからは、『下宿人』(一九三四)、『向かいの人々 *Les gens d'en face*』(未訳、一九三三)、『袋小路 *Chemin sans issue*』(未訳、一九三八)などが生まれている。

そして世界一周旅行である。この豊かな体験は、ガラパゴス諸島で起こった実際の事件を基にした異色作『渇いている者たち *Ceux de la soif*』(未訳、一九三八)、パナマが舞台の『黒人街 *Quartier nègre*』(未訳、一九三五)、南米エクアドルやコロンビア、タヒチの首都パペーテを巡る『遠洋航海

Long cours』（未訳、一九三六）、タヒチへの旅から始まる『バナナの旅行者 *Touriste de bananes*』（未訳、一九三八）、『フェルショー家の兄』（一九四五）などの長編や、いくつかの異郷情緒溢れる短編へと結実していった。とりわけタヒチはシムノンにとって大切な場所となった。

集英社版『世界文学全集』第四二巻（一九七五）の巻末解説で、収録作『ドナデュの遺書』の翻訳を手がけた手塚伸一が次のようにシムノンの経歴を振り返って述べている。

〔…〕純粋小説〈ロマン・デュール〉作品のこと〉とは芸術作品であり、彼の言葉をかりれば、「通念《コード》に譲歩しない」作品である。このころの作品が、フランスでもっとも権威あるガリマール書店から出版されていることは、シムノンの第二の転機をいちはやく見ぬいた具眼の士がいたということであろう。この旅行ずき、転居ずきの作家が足をおいた世界の各地を舞台として、さりげない描写のつみ重ねのなかから浮かびあがるその地方独特の雰囲気のなかで、その風土が生みだし、その風土にふさわしい登場人物の心の奥底にひそむものがあばかれる、それらの物語の緊迫感のために、メグレものの読者もなんの抵抗感もなくそれらの作品の愛読者となったのである。

いくらか持ち上げすぎではあるが、シムノンに「旅行ずき、転居ずき」な〝世界小説〟作家としての側面があったこと、その性癖がとりわけファイヤール社からガリマール社への版元変更前後の時期（すなわち一九三三－一九三四年ころ）に顕在化し、それらの旅によって生まれた小説群もまた当時の読者に受け入れられていったことが指摘されている。

南仏ポルクロール島で一九三六年に書かれた大作『ドナデュの遺書』の完成と刊行をもって、シムノンの青春時代、初期の時代（第一期）は終わったと見てよいだろう。執筆中にシムノンはラジオでスペイン内戦勃発を知る。

『ドナデュの遺書』終了後、シムノンはすぐに続編『バナナの旅行者』を書き始めるがうまく筆が進まず、いったん措いて再びメグレの世界に遊び始める。今度は長編ではなく短編から始まった。第一九作『メグレ再出馬』（一九三四、ファイヤール社最後の作品）で引退したはずのメグレは、時間を遡って短編の姿で現役時代の警視に戻り、そして作品を重ねつつ人生をやり直して再び引退し、ムン＝シュル＝ロワールにまたしても隠居する。そして庭仕事をしたり近所のカフェでカードゲームに興じたりしながら、夫人と余生を過ごすのである。ここで人生が巻き戻ったことによって、メグレは小説の〝キャラクター〟として蘇った。だからこそ戦争終結前後の作家活動後期（第三期）に入ったとき、シムノンは自然にもう一度メグレを呼び戻すことができたのだろう。

シムノンの「初期」「中期」「後期」

作家としてのシムノンは、第二次大戦以前までの「初期」（第一期）、大戦直前から戦時中にかけての「中期」(第二期)、そして戦後の「後期」(第三期)と、三期にわたって生活環境や作風が変わっていったと見なすのが一般的だ。戦後まるまる一冊かけて評論書『シムノンの場合 *Le cas Simenon*』(部分訳あり、一九五〇)を書いた作家トマ・ナルスジャックの指摘を受けて広まった区分法であろう。ここにペンネーム時代の「黎明期」と、断筆宣言後も「わが口述録 *Mes dictées*」と呼ばれる回想録を大量に出版した「晩年期」を加えて、全五期としてもよい。ただし厳密にどこからどこまでを初期、中期とするのかは論者によって微妙な相違があり、実はここが意外と重要なポイントである。

ファイヤール社から出版していた初期、ガリマール社と契約していた中期、プレス・ド・ラ・シテ社から出していた後期と、出版社で区別する論者は多い。ナルスジャックの前掲評論書でも出版社別が採用されており、おおむね先に述べた戦前、戦争直前から戦時中、戦後に相当するのでわかりやすい方法ではある。だがいま振り返って考えると、作家シムノンの転換期としてはそこまで単純には区別できない。

まず注目すべき点は、これまでも述べてきた通り〝旅〟の影響だ。本名を使うようになってからのシムノンは、基本的に自分で見聞きしたことだけしか書かない作家で、未来の空想なども書かなかった。創作物ではあったにせよ、ほとんどは彼自身の体験と旅先で聞いた話でもって物語はつくられていたと考えてよいだろう。これがシムノンにとって「人間を嗅ぐ」行為であり、「裸の人間」を見る行為であった。

とくに「裸の人間」としての人のあり方を重視するようになったのは、一九三二年のアフリカ旅行後のことだ。頻繁に旅行していた一九三〇年代半ば、シムノンはライカを携帯し、旅先で写真を撮っていた。その土地の生活を自然に切り取った味のあるものが多く、異郷に住む人々の表情もよく捉えており興味深い。アフリカ旅行から帰った後、シムノンがグラフ誌に寄せた記事には、彼自身の撮った写真もふんだんに使われている。別途カメラマンも同行したので、シムノン自身が写真に入り込んでいるものもあるのだが、なかでもアフリカ中央部で現地の子どもたちと笑顔で挨拶を交わしている一枚には、シムノンの生涯最高の笑顔が写っている。子どもたちの背丈に合わせていくらか腰を屈め、探検服に身を包んで探検帽を被り、子どものひとりと握手し、レンズに顔を向けている。シムノンはこの地に楽園を見たのだろう。以後シムノンにとって人間の基準は、虚栄に塗れたり未来への儚い夢に溺れたりしているプチブルジョワやブルジョワの文明人ではなく、南国や太平洋諸島でその瞬間を生きる人々となった。

写真展の図録として刊行された『シムノンの眼 *L'œil de Simenon*』(未訳、二〇〇四)は充実の資料集でもあるが、その解説記事のひとつ「ジョルジュ・シムノン、写真家——通りすがりの証人 Georges Simenon photographe: le témoin de passage」(未訳)でパトリック・ロジェという人物が次のように書いている。

〔…〕フランスの運河であれ、赤道地帯であれ、世界のどこであっても、シムノンは小説家というよりはジャーナリストとして、旅行者というよりは探訪記者として、愛好家というよりは観光客として、プロフェッショナルな鉛筆と万年筆とインク壺の書き手というよりは見知らぬ通りすがりとしてものを見ていた。

その通りだと私も思う。その基本スタンスがシムノンの小説作品に取り入れられたとき、他のどの作家にも書けない独特の〝他者性〟が生まれた。シムノンは旅行先で出会った人々の心に安易に入り込んだり「共感」を示したりすることは決してない。自分が通りすがりの一介の写真記者であることを自覚できている。それがシムノンの作家的特徴なのである。

えっ、シムノンは「共感の作家」ではないのか、多くの日本の評論にはそのように書かれているはずだ、と思われることだろう。だが少なくとも初期時代のシムノンは、そうではなかった。これはもともとシムノンの持っていた精神的特質に拠るところが大きかったと思われる。シムノンは、後述するように、あまりにも他者の心が〝見えすぎる〟人間だった。とくに青春時代の彼は、他者の心が〝見えすぎる〟がゆえに、その相手の限界性をも即座に見切ってしまう残酷ささえ湛えていた。実際、シムノンは世界一周旅行の途中で、何度も「人生に破れて世界の辺境に辿り着きながら、それでも死ねずに生き続けている人たち」を見てきた。そうした彼らと酒場で話を交わし、それなりに相槌を打ちはしながらも、その相手と作家である自分とは違うという醒めた感覚も、つねに胸中に持ち合わせていた。なぜなら彼らは自分の運命を儚みつつも、実際は文明社会のなかで成功できずはぐれものになったに過ぎないと、シムノンは見抜いていたからである。たいてい彼らは男性であり、シムノンはそうした彼らに安易な「同情」をいっさい傾けなかった。アフリカに生きる「裸の人間」と違って、観光旅行気分や失敗の果てに異郷へ流れ着いた人々は、外見はどうであれ、心のなかはなんと文明に縛られていることか。人間に対するこうした独特の感覚が形成されていったのが、一九三二年のアフリカ旅行以後のことであったろう。

そのためこのアフリカ旅行の前後でシムノンの人間に対する眼は大きく変わる。他者の心理へと分け入ってゆくその深度が明らかに変化する。よって「初期」のシムノンは、アフリカ旅行以前と以降で前半と後半に分けることができる。初期後半の第一作が一九三三年の『仕立て屋の恋』だ。一九三四年に版元はファイヤール社からガリマール社へと移ったものの、ここで作風がより文学的になったというような際立った変化は見られない。中欧旅行や黒海・地中海旅行を経て、欧州から少し遠くの異郷、トルコのスタンブールやポーランドのワルシャワといった土地も描くようになっていった。一方でシムノンは船の生活を手放し、港町ラ・ロシェル近郊に居を構え、この地を愛したので、地元ラ・ロシェルを舞台とした作品も書いた。

シムノンの履歴を俯瞰すると、作家的転機は〝旅〟によって生じているが、その後どこかでシムノンは必ずそれまでの人生を総括する大作に取り組み、それが終わると火照った肩を慣らすかのようにメグレの世界へ戻ってゆく傾向が認められる。実際、『ドナデュの遺書』を終えた後、シムノンは久しぶりにメグレへと還り、一九三六年十月のたった一カ月間で（おそらくは一日一篇のペースで！）九篇ものメグレの短編を書き下ろした。後に『メグレの新たな事件簿 *Les nouvelles enquêtes de Maigret*』（一九四四）としてまとめられる作品群の一部だ。これがシムノン「中期」の始まりだと私は考えている。青春時代を終え、プロフェッショナルな作家として成熟し、読みやすく娯楽性に富んだ作品を量産していった時期である。

世界は第二次大戦へと突入してゆき、共和国フランスは歴史上極めて異質な時代を迎えた。一九四〇年六月、ドイツ軍がパリに入城。以後フランスはかなりの部分がドイツに占領されることとなり、議会に全権を委ねられたペタン元帥は政権本拠地を自由地帯のヴィシー県に移した。こうして一九四〇年七月から一九四四年八月まで「ヴィシー政権」が続いたのだが、このとき「国民革命」の名のもとに、フランス国内では「自由、平等、友愛」が「勤労、家族、祖国」へと置き換わり、フランス革命以来の精神性が否定された。そのためレジスタンス運動も起こったのである。ラ・ロシェルもヴィシー県内ではあるが、港町なので航空爆撃を受ける危険性が高い。そこでシムノン一家はヴィシー県内の田舎町に疎開して暮らした。この前後、シムノンの人生にとって重大なイベントがふたつ起きる。ひとつは一九三九年四月、長男マルクの誕生である。シムノンはわが子をとても可愛がった。しかし一九四〇年晩夏、庭でいっしょに遊んでいるとき、誤って息子に枝で胸を突かれてしまった。痛みが残ったので町の放射線科医に診てもらったところ、心臓肥大症であと二年の命だと告げられる。後にこれはパリの医師からセカンドオピニオンをもらって誤診と判明したのだが、おそらくこの余命宣言を受けたのをきっかけに、シムノンは通常運転の執筆を続ける傍ら、おのれの人生と家族の血統を書き残しておくべきだと考えたのだろう、ふたつの自伝的作品に取り組んでいった。

それが戦争末期の一九四五年一月までに書かれた、一人称日記形式の『私は思い出す… *Je me souviens...*』(未訳、一九四五、一九六一) と、三人称形式に整え直した大長編『血統書 *Pedigree*』(未訳、一九四八) の二作である。このあたりまでがシムノン中期 (第二期) と考えてよいだろう。戦争が終わる直前の一九四五年六月、シムノンはゆったりとした雰囲気の中編「メグレのパイプ」を書いてメグレの世界に還り、さらに八月初旬には長編『メグレ激怒する』を書く。シムノン後期 (第三期) の始まりと考えることができそうだ。両者は新たに契約したプレス・ド・ラ・シテ社から合本 (一九四七) として発売され、メグレ後期時代が幕を開ける。

戦後シムノンは、若いころからの憧れであったアメリカへと渡った。ここで二番目の妻となる女性、ドゥニーズ・ウィメと出会うことになる。一九四五年から一九五五年まで、シムノンは車で大陸縦断旅行をしたりしながら、北米内で何度も住処を変えつつ暮らした。カナダのケベック、アメリカのマンハッタン、フロリダ、アリゾナ、カリフォルニア、レイクヴィル――「シムノンといえばパリ」の印象が強い私たち日本人読者にとってはシムノンがアメリカにそんなにも長く住んでいた事実に驚きを感じてしまうが、このアメリカ在住時の十一年間こそ作家シムノンにとってもっとも稔り多く、傑作の数々が生み出された時期だとされている。実際、アメリカを舞台としたロマン・デュール作品も『マンハッタンの哀愁』（一九四六）、『瓶の底 *Le fond de la bouteille*』（未訳、一九四九）、『リコ兄弟』（一九五二）といくつかあり、またメグレものでもアメリカを扱ったものが書かれるようになる。

フランスの大衆文学評論家フランシス・ラカサンによる次の指摘は極めて重要だ。

> 距離を置くことで――「去る者日々に疎し」という諺《ことわざ》があるにもかかわらず――著者〔シムノン〕は距離を置いていたキャラクターへ近づきやすくなる。自分からもパリからも隔てられた著者は、パリへの郷愁を昇華させ、その感性を借りた〔メグレ〕警視を通してパリを味わうことができる。シムノンが最高のメグレを書くのはアメリカにおいてである。

ペンネーム時代に書かれたメグレ前史四作と関連一作をまとめた合本『シムノン以前のシムノン――メグレ舞台に立つ *Simenon avant Simenon: Maigret entre en scène*』（未訳、一九九九、二〇〇九）刊行の際に編纂者ラカサンが巻末に寄せた力作評論、「メグレの変容 Métamorphoses de Maigret」からの引用である。ここでラカサンは、後期メグレものの傑作でフランスのパリを主要舞台に据えた『メグレと殺人者たち』（一九四八）、『モンマルトルのメグレ』（一九五一）、『メグレと若い女の死』（一九五四）などが、いずれもアメリカ滞在時に書かれたことを念頭に置いている。すなわちシムノンはパリを直接観察してこれらを書いたのではなく、思い出のなかから掬い上げてきたパリを想像して書いたのである。そうした作品がいかにもパリらしい雰囲気を醸し出せているのは、あえて異国に居を構えてパリへの郷愁を昇華させたからこその成果であったのだ、とラカサンは鋭く衝《つ》いた。

私たち日本人がシムノンを読んで「シムノンといえばパリ」と憧れを掻き立てるパリの街並みは、リアルな光景ではなく作家個人の郷愁が生み出したものだった――このことはまさに「江戸情緒を正確に書いている」としばしば絶賛され読み継がれてきた岡本綺堂の〈半七捕物帳〉シリーズ（一九一七－三七）と共鳴、呼応する。綺堂は一八七二年（明治五年）生まれの作家であり、その目で実際に江戸時代を見たわけではない。だが明治から大正時代にかけて、東京にはまだ江戸の風景が残っていた。綺堂はそれを見て育ち、老人の昔語りのかたちを借りて〈半七捕物帳〉を書いた。そしていったん中断していた一九二三年に関東大震災が起こり、それまで市井に見られた江戸の面影も消え去ってしまう。そこで綺堂はいっそう昔を懐かしんで、後期の〈半七捕物帳〉に取り組むようになったという。時代小説評論家の縄田一男は著書『捕物帳の系譜』（一九九五、二〇〇四）のなかでこの経緯を重視し、日本における捕物帳は追憶によって形式が整えられたこと、そして講談調を取り入れた佐々木味津三〈右門捕物帖〉(一九二八－三三)を経て、野村胡堂の〈銭形平次捕物控〉(一九三一－五七)ではすでに、一介の町人である岡っ引が十手を持って駆け回り、サムライ相手に偉そうな口を利く、作者・胡堂のつくり出した幻想の江戸――「法の無可有郷《ユートピア》」になっていたことを説いている。日本で「メグレものは捕物帳に似ている」と評されるとき、人々のなかには一度も実際には見たことのない幻想のパリ、追憶のパリが蘇っているのである。

シムノンは一九五七年二月にスイス、ローザンヌの城に移り住んだ。一九六〇年にはカンヌ映画祭に招かれ、映画監督フェデリコ・フェリーニと親交を結んだ。ジッドとフェリーニのふたりとは長年にわたって手紙をやりとりし、どちらの往復書簡も現在は書籍として刊行されている。

私たち日本人がジョルジュ・シムノンという名を聞いて思い浮かべるのは、年齢を重ねていくらか人間の丸くなった、この後期シムノンであろう。後年のシムノンの人生は、泥沼の離婚劇や愛娘の自殺などに見舞われ、決して幸せなものとはいえなかった。本書にはそうした固定観念化されたシムノン像に至る前の作品を収めている。

本書の二篇『運河の家』『人殺し』は、どちらもシムノン初期後半の時代に書かれた。触れればこちらの指が切れそうなほどの鋭さを湛えた小説である。「初期」時代のシムノン作品は、あまりにも人の心が〝見えすぎる〟青年によって書かれた、他のどんな作家にも真似することのできない孤高の青春小説であった。

“よそもの”たちの物語

ベルギーとオランダは、シムノンがしばしば小説の舞台に据えてきた国だ。シムノンはベルギー東部ワロン地域のリエージュで生まれ育った。大学生の多い町で、中心部をマース川（フランス語ではムーズ川）が流れている。シムノンは自分のルーツ、すなわち父と母の両先祖の出身を、ベルギー領リンブルフ地方とオランダだと考えていた。平地が広がり、「玩具のような小さな家の赤や白の点が、あそこに一つ、こちらに一つというふうに散らばって見える」（最晩年の自伝『私的な回想』（一九八一）長島良三訳）地域で、本書収載『運河の家』の舞台でもある。シムノンの父方の祖父クレティアンはリエージュで帽子屋を営んでいた。メグレの風貌は父系血族からの影響が強い。母アンリエット・ブリュルの一族はもともと中欧出身の家系ともいわれ、先祖はオランダから移住してきた。彼女はフランス語があまり上手ではなく、家族内ではフラマン語も使われたらしい。

小説仕立ての自伝的長編『血統書』では、主人公ロジェ（シムノン自身の投影）はデジレ・マムランとエリズ・ペテルの子で、父デジレはワロン人（ベルギー南部の人々で、フランス語やワロン語を話す）、母エリズはフラマン人（ベルギー北部の人々で、フラマン語を話す）となっている。彼女はペテル家の十三番目の末娘で、ベルギー北部リンブルフ州ネールーテレンの運河沿いに実家があり、その近くに親戚のヴァン・ド・ウェール一家も住んでいて、ロジェは幼いころそこへ遊びに行っていた、という設定になっている。

ナルスジャックは評論書『シムノンの場合』のなかで、ロジェの母であるエリズはシムノン作品のいくつか、たとえば『ピタール家の人々 *Les Pitard*』(未訳、一九三五)や『コンカルノーの女たち』(未訳、一九三六)に登場する、非道で臆病な女性像の典型だと述べた。『血統書』は第一部が息子ロジェの生まれる前までの物語で、中心人物はエリズなのだ。第二部以降、ようやく物語がシムノンの分身ロジェに移ってゆくのであって、つまり最初のうち『血統書』は女性が主人公なのである。ナルスジャックはこの『血統書』に出てくるヴァン・ド・ウェール家が、『運河の家』のヴァン・エルスト家にそっくりだと指摘した。ジェフという男は大きな頭を持つ粗暴な怪物で、ロジェを小屋に連れて行き、栗鼠を捕らえて石で叩いて殺す。馬鈴薯の皮を剝き、血の滴る死んだ豚を火で炙って調理する。だが父親がいないとき、一家の主人は兄のガストンである。長女の名はミア。ロジェにとってフラマン語を話すヴァン・ド・ウェール一家の行動は理解できない。『運河の家』はロジェの身に起こった〝かもしれない〟出来事を書いているのだとナルスジャックは捉え、そして物語を構築するために、ロジェとエリズに似た架空のヒロイン、エドメを据えたのだと考察した。

実際にシムノンは幼少期から少年期にかけてときおりリエージュから離れ、ムーズ川や運河沿いに住む人々、フランス語ではなくフラマン語を日常語とする人々の生活に触れたであろう。言葉の異なる土地はシムノンにとって初めて接する〝異郷〟であり、その土地でシムノンは〝よそもの〟であった。ちょうどベルギーの都会ブリュッセルから黒衣をまとって汽車に揺られてネールルーテレンへと長旅をしてきたエドメのように。

『十三人の被告』収載の短編「フランドル人」(一九三二)、『オランダの犯罪』(一九三一)、『メグレ警部と国境の町』(一九三二)など、黎明期から初期にかけてフラマン語を話す人が登場するシムノン作品は多い。『オランダの犯罪』ではパリ司法警察局に勤務するメグレが特務を受けてオランダの港町デルフゼイルに赴く。フランス出身のメグレにとってそこは異国であり、彼は〝よそもの〟なのだ。新参者であるがゆえの社会的疎外、田舎に特有の空気を感じるが、しかし一方では新鮮な自然や、素朴な牛飼い娘との交流もある。『運河の家』ではエドメが目にするネールーテレンの四季折々の描写が素晴らしい。運河沿いのポプラ並木、荒れる夜の河岸と沈没しかかる平底船、だが運河は凍れば一転して子どもの遊び場ともなる。農民生活を多く描いた十六世紀ブラバント公国(オランダ)の画家、ピーテル・ブリューゲルの「鳥の罠のある冬の風景」が想起されるとの意見もある。

そこに入り込んだ『運河の家』の主人公エドメは〝よそもの〟である。シムノンの小説はいつも冒頭部とラストが素晴らしいが、これほど陰鬱でかつ鮮烈な冒頭部はそれまでのシムノンになかったものだ。本書はシムノンが本名名義になって初めて女性を主人公に据えた長編だが、このエドメ十六歳の行動はかなり不可解に見えることだろう。彼女は大都市ブリュッセルで育ち、フランス語を話し、医学を目指そうと考えてもいる。彼女はヴァン・エルスト家の人々に生理的な嫌悪感を抱き、見下している。田舎者なのにプレイボーイを気取る長男フレッドにモーションをかけられると、栗鼠の皮を剝ぐ血生臭い小屋で当てつけのように次男ジェフへ「あなたは人を殺せるの?」と挑発し、誘惑する。兄弟それぞれが狼狽し、彼女をわがものにしようと無茶し始めるのを、彼女はまるで女王のように見ている。彼女が何を考えているのかわからない。読者は彼女の心に〝寄り添う〟ことができない。張り詰めた緊張感が物語に満ちている。

しかし中盤に入ってエドメと私たち〝読者〟の関係性は変化する。エドメは病気を患い、鬱々とし始め、自分でも自分のことがよくわからなくなってゆくのだが、ここへきて初めて私たち読者はエドメの内面に入り込めるようになる。

そして衝撃の最終章がやって来る。読者は一瞬、まったく別の物語に迷い込んでしまったか、落丁があったのかとびっくりする。シムノンがここまで鮮烈なラストを突きつけたのは、キャリアのなかで初めてのことであった。読み終えて全体を俯瞰すれば、私たちの「共感」「感情移入」の深度とその揺れ具合が、まるでカメラのレンズフォーカス動作を操られていたかのように、精密なメカニズムで踊らされていたことがわかる。

もうひとつの『人殺し』もまた〝よそもの〟の物語だ。しかしこちらの主人公クペルス四十五歳は、町の新参者ではない。彼はもとからオランダのフリースラント州スネークに暮らす医師だが、この物語では完全犯罪を成し遂げるにもかかわらず、彼自身の心の弱さによって追い詰められ、町の人々から疎外されていると自分自身で思い込み、自ら破滅してゆくのである。

オランダ北部は古くから砂丘列《ホンツルフ》の上に築かれた独特の風景を持つところで、やはりシムノンはこの地域を描いてきた。たとえばスネークに近いフローニンゲンは、ペンネームで出版されたソンセットものの佳作『赤い砂の城 *Le château des sables rouges*』(未訳、一九三三)や中期の傑作『汽車を見送る男』(一九三八)の舞台だ。冬のゾイデル海は凍りついていかにも寒々しく、シムノンが《オストロゴート号》でオランダに停泊していた一九二九年から一九三〇年の冬は船が動かせないほどの記録的な寒さだったそうだから、そのときの光景がシムノンの脳裏に刻まれたのだろう。

この『人殺し』も冒頭部とラストが素晴らしい。最初のアムステルダムで彼が見る薄氷の張った運河や凍てついた船体、彼の履く雪用靴、認可酒店のディテールは、作者自身が認めるように些事ではあるが鮮やかで、一気に読者を物語のなかへ惹き込んでゆく。

アリバイづくりのためクペルスがビリヤードクラブへ顔を出し、帰宅して衝動的に女中を抱いて寝てしまう第一章の終盤から、もう読者の心は主人公クペルスと一体になっているだろう。その後、大きな事件は起きないのに、私たち読者は終始クペルスと同化し、まさにわが事のようにひとつひとつの出来事に怯え、驚き、迷いながら、息を詰めつつ刻々と過ぎる時をともに生きてゆくことになる。『運河の家』との違いがわかるはずだ。この『人殺し』では、私たち読者はつねにクペルスの心に〝入り込んで〟いる。彼が殺人を犯したという証拠は何もない。だから彼は本来なら逃げ切れるはずであり、堂々とスネークの往来を歩けるはずだ。それなのに彼は目に見えない町の空気に気圧されて家に閉じこもらざるを得ない。抱いた女中はまだ自宅にいるが、もはや彼女すら自分の〝仲間〟や〝身内〟ではない。ラストが近づくにつれて私たち読者は掌に汗が滲み、心臓の鼓動が早くなっていることにさえ気づくであろう。私たちはクペルスとひとつになっているのだ。そしてラスト一章で、作者シムノンは完全に主人公を突き放して物語を終える。クペルスにとって、また私たち読者にとって、いま自分が座っているこの居間以外はすべて〝他人事〟であり、全世界と絆はなくなる。なぜそうなるのか？　それはクペルスがラストに考える通り、私たち人間はいつも逃避したいと願いながら、しかしルーティンの生活を過ごすことで生き長らえているからだ！　空虚を恐れる人間の本性があるからこそ、クペルスはラスト一行で底なしの空虚へと突き落とされる。同時に私たち読者にも完全な虚無が訪れる。この『人殺し』はシムノンが〝一五五日間世界一周〟から帰って書いた最初の小説であり、旅行を経て形成されたいっそう深い〝世界作家〟としての視座が早くも表現されている。

『運河の家』と『人殺し』で、私たちの「共感」「感情移入」のあり方が異なることがおわかりいただけるだろう。これがシムノンの成し遂げたことである。本書の二作を読んだ後、あなたはたとえば手塚伸一が書いた、次のようなシムノン評に心から納得できるだろうか。「いたわり」「やさしさ」で本当に適切だろうか。シムノンが描いていたのはもっと鋭く、もっと恐ろしい、私たち人間の情動の本質を衝くものだったのではないか。

こうして、人間の本性を的確にえぐりだすシムノンだが、彼のように人間をいたわりとやさしさをこめて眺めている作家は少ないだろう。作中人物に同化するとは、作中人物とともに苦しくことを意味する。同じ弱さに身をおくこと、人間同士の連帯の不可能性をくり返し描く彼ではあるが、そのとき、作者と作中人物のあいだにひそかな連帯感情が生まれてくるのである。人間は自分の弱さや本能になかなか立ちむかえない。彼はそのことをだれよりも知っている。ましてや、世間の常識では律しきれない人々、世間から不当にあつかわれている人々はどうか？　彼はそういう人々の心理に身をおいて、彼らの代弁をする。〔…〕

シンパシーとエンパシー――作家シムノンの本質

連帯、という言葉が出てきたことは重要なので、心に留めておいていただきたい。また私はこれまで「共感」「同情」「感情移入」といった言葉を括弧つきで記してきた。私自身は『コウビルド英英辞典 改訂第5版』(二〇〇六) を基に、このように違いを考えている。

・シンパシー　sympathy　他人の気持ちといつの間にか同調している、受動的な心の状態 (state)。

・エンパシー　empathy　自分とは違う他人の気持ちを推し量る、能動的な心のパワー (ability, power)。

私たち日本人は翻訳書を読むときほとんど気にしていないが、シンパシーやエンパシーという言葉をどのように訳すかは翻訳家によって異なる。英語のシンパシーを「共感」、エンパシーを「感情移入」とする翻訳家もいれば、前者を「同情」、後者を「共感」とする人もいる。シンパシーとエンパシーの違いは哲学や認知心理学といった学問領域でも昔から重要視され、多くの議論の対象となってきたが、言語によっても微妙にニュアンスが異なり、ドイツ哲学のそれと日本の一般市民の用法には〝ずれ〟がある。「学者の数だけ定義がある」と答える著名な発達心理学者もいる。

私の理解ではシンパシーは〝状態〟であり、母親が笑えば腕に抱かれた幼児も同じく笑うように、私たち人間は誰もが幼いころからこの情動を備えている。一方、エンパシーは〝能力〟であり、比較的年齢を重ねて獲得できるものと考えられる。繊細すぎて相手の気持ちがわかりすぎてしまうと精神に負担がかかって疲弊するので、それは「エンパス empath」体質と呼ばれてケアが必要とされる。しかし一方で、サイコパス（ソシオパス）と呼ばれる人たちについてこれまで「他者の心がわからないから相手に残酷な行為ができるのだ」というのが定説だったのだが、いや必ずしもそうではない、実は相手の痛みがわが事のようにわかりすぎるのに自分の肉体は傷つかない、どうすれば相手を精神的に追い詰められるか手に取るようにわかるのに自分の心は破壊されない、そのギャップが強烈な快感をもたらすのだ、サイコパスとは実はエンパシー能力が極めて強い人たちなのだ、という興味深い説が、認知神経科学者らの著書『サイコパス 冷淡な脳』（二〇〇五）では提示されている。私自身は、シンパシーは「寄り添う」、エンパシーは「思いやり」が日本語としていちばんしっくりくるのではないかと思っている。

つまり私がここで強調したいのは、シムノンに対して安易に「共感」の作家だといってしまうのは危険ではないか、ということなのだ。その「共感」は後期メグレものの場合、なるほど多分にシンパシー的ではある。しかしシムノンという作家はもともとエンパシーから出発した作家なのではないか。その証拠に本書収録の二作では、作者シムノンはまったく主人公に寄り添おうとしない。彼らの痛みが淡々と描写されるだけだ。だがこの二作では私たち読者の〝入り込み〟具合が明らかに違う。認知神経科学的に見てもおそらくこの二作は脳に作用する情動メカニズムが異なるだろう。シムノンの文章はまるで感情のないカメラアイのようだとしばしば指摘されるが、ここにその理由がある。シムノンは他者の心が見えすぎて、『運河の家』のようにそこに巻き込まれないよう一定の距離感を置いて書く。そしてラスト一章で恐ろしいほど冷淡に突き放す。ラストで主人公の人生が終わったとき、シムノン自身のなかで彼や彼女らへの関心もまた消えて失せる。しかし同時にシムノンは、読者を主人公に否応なく同化させる稀有な能力の持ち主でもあった。それはすなわち作者である彼自身が主人公と同化して書いていたということであろう。『人殺し』では完全に作者シムノンと主人公は一体化しており、私たち読者も抗うことさえ不可能なほどその一部となって、あたかも「エンパス」のように痛みを覚える。だが冷静に自己を取り戻して物語全体を見渡せば、滑稽でさえあるだろう。初期作品にはとりわけそうしたシムノンの特質が剝き出しのまま表れた。

フランス語圏でシンパシー sympathie とエンパシー empathie がどのように使われてきた（いる）のか、残念ながら私には勉強不足でわからない。ナルスジャックは『シムノンの場合』で「シンパシー La sympathie」という一章を立て、シムノン作品の特徴を解き明かそうとした。すでに一九五〇年の時点で「シムノンは共感の作家だ」という共通見解が読者や文壇にはあったのだろう。日本のシムノン評価もこれを受け継いでいる。だが私の読む限り、ジョルジュ・シムノンという作家は他に類を見ないほどエンパシー能力の強い人物だった。そしてナルスジャックが本当にシムノンの特徴として指摘したかったのは、シンパシーというより今日でいうところのエンパシー能力だったのではないか。実際、ナルスジャックはシムノンの「シンパシー」を次のように定義づけている。「〔…〕『血統書』はわれわれに決定的な証拠を与えてくれる。シンパシーなるものを複雑に、しかもぼやけたかたちで理解しようとしてもほとんど意味はない。一方、シンパシーを哲学的に分析するのは、一般読者に向けた本書としては重荷となろう。よって、私が考えるに、いくつか具体的な引用要約をすれば充分である。〝別の皮膚に替わる〟という、このシムノン心理学のすべてを明白に特徴づける、多義的な性質に光を当てるためには」

訳者あとがきで森井氏が言及しているジッドの手紙にも「共感」という言葉が登場する。一九四八年二月十二‐十六日付の手紙でジッドは、アメリカに渡って新たな愛人を得たシムノンに対し、あなたの年齢なら愛を見出すのはとても愉しいことだが、しかしあなたの「その驚異的な共感

sympathieの才能は、あなたが他者のなかで生きることを可能にした」のだから、愛の個人的経験も（一人称形式の告白調ではなく）あくまで小説《ロマン》のかたちで発表してほしいと進言した。〝他者のなかで生きる〟――やはりここで使われているシンパシーは、意味的には今日のエンパシーなのである。

別の方向からこの問題を考えよう。フランス文学者の野崎歓は、カミュの『異邦人』をあえて『よそもの』と呼び換え、読書指南書『カミュ『よそもの』きみの友だち』（二〇〇六）を上梓した。『*L'Étranger*』を『よそもの』とするだけで印象はがらりと変わる。

しばしばシムノンはカミュと並べて論じられてきた。それはカミュの『異邦人』が「太陽が眩しかったから」という理由で人を銃で撃って殺した若者ムルソーの〝不条理〟と、そうした主人公の〝社会的疎外〟の立場がシムノン作品と似ているからだが、実はどちらも〝よそもの〟の物語なのだと捉えるとわかりやすい。

カミュは戦後の『ペスト』（一九四七）で突如として疫病に冒された封鎖都市オランの〝不条理〟を描いた。不条理に直面したとき、人は裸の状態になる、とカミュは述べており、言葉としてはシムノンの「裸の人間」と近いのだが、その実態はかなり異なると私は思っている。その決定的な証拠が『ペスト』に描かれている。主要な登場人物はもともとオランに住んでいた医師リュー（リウー）と、外からやって来て足止めを食らい手記を書く男タルーのふたりだが、物語が進むにつれ、リューは人々を救う無私の聖人のようになってゆく。終盤でタルーもついに罹患し、死亡するのだが、その発病前にタルーが夜のテラスでリューに長い所感を語る有名なくだりがある。曰く、誰もが自分のなかにペストを持っているのだと。この世界の誰ひとりとして、ペストから逃れられるものはいないのだと。自分はきみのように医師にはなれない、「だから僕は、被害を減らすために、あらゆる場合に犠牲者の立場に立つと決心したんだ」（中条省平訳、以下同）と。「犠牲者のなかにいれば、すくなくとも、どうやって第三の立場に到達するか、つまり、どうやって心の平和に到達するか、そのやり方を探しもとめることはできるからね」

話を終えると、タルーは片脚を揺らしながら、足でテラスの床を静かに叩いていた。わずかな沈黙ののち、リューはすこし身を起こして、平和に到達するためにとるべき未知について、タルーには何か考えがあるか、と尋ねた。
「あるよ。共感ということだ Oui, la sympathie」〔…〕
「要するに〔…〕僕に興味があるのは、どうすれば聖者になれるかということだ」

しかし医師リューはそれを受けて、「だが、ともかくぼくは聖者より敗北者のほうに連帯solidaritéを感じるんだ。ヒロイズムや聖者の美徳を求めるつもりはないみたいだ。人間であることなんだよ」と答える。彼自身が他者から見れば充分に聖者であるのに、リューは自ら否定するかのようだ。タルーはこう返す。「そう、僕たちは同じものを求めているんだ。僕のほうが野心は小さいけどね」――その後リューは「友情のしるし pour l'amitié に何かしようか？」とタルーに問いかけ、ふたりは夜の海へと向かい、飛び込んでゆく。

天災そのものにも、人を治す第三の立場である真の医師にもなれない〝よそもの〟タルーは、心の平和に到達するため第二の立場、すなわち大多数の人が含まれる犠牲者の立場に立つと意思表明し、そして隣にいるリューこそ第三の立場である真の医師、すなわち聖者であることを暗に告げた。だがこのときに限ってリューは、自分はそんな聖者ではなく、ヒーローになるつもりもないという。そして自分もまた連帯の一員であることを強調し、きみと同じ人間なのだと返答する。なぜだろうか。それはタルーが「シンパシー sympathie」という言葉を出したからなのだと私は考えている。犠牲者の側に立ち、「シンパシー」を忘れないこと、それこそが個人の心の平和と同時に世界の平和をもたらすのだ、自分は聖者にはなれないが、シンパシーなら忘れずにいられる、といおうとしたのではないか。すると相手のリューが「連帯」という言葉を出したので、僕たちは同じものを求めているんだ、と、まさにタルーは相手と共感してみせる。それを感じ取ったリューはその瞬間だけ医師であることを捨ててひとりの「人間」となり、「友情のしるし」を確かめようとする。犠牲者と医師＝聖者の境界を超えた心の連帯が生まれる。

フランス人は「連帯」という言葉を好む。もともと連帯主義とは作家アンドレ・ジッドの伯父で経済学者であったシャルル・ジッド（一八四七－一九三二）の唱道で広まった運動であった。また連帯は革命の標語のひとつ「友愛 amitié」の代替語であったようだとの指摘もある。カミュはここで連帯は「シンパシー」によってなされるのだと書いているが、実際は他者の立場を思いやる気持ち、犠牲者同士で慰め合うというより犠牲者でありながら聖者とは何かと考え続けられる靭《つよ》い能動的な気持ち、つまり現代の「エンパシー」に近い意味合いも多分に含まれているのがわかる。そしてふたりは「友情のしるし」を交わすことで「共感」し合う。タルーの語る「共感」はふだんの人間にはなかなか辿り着けない理想だが、夜の海で遊ぶふたりは友だちとして素朴に「共感」を共有する。日本語ではどちらも同じ「共感」になってしまうが、このふたつは別のものだ。私たちは誰もがシンパシーとエンパシーの間をつねに揺れ動く存在であり、そのバランスのなかで真の「人間」として生きるのである。フランスの思想家ジャック・アタリは著書『危機とサバイバル』（二〇一〇、二〇一四）で二十一世紀を生き抜くための〈七つの原則〉のひとつに「エンパシー empathie」を挙げた。

経済学の父の思想を解読した堂目《どうめ》卓生《たくお》『アダム・スミス』（二〇〇八）は私たちにより深い洞察をもたらしてくれる。「スミスは、人間本性の中に同感〔sympathy〕――他人の感情を自分の心の中に写しとり、それと同じ感情を自分の中に起こそうとする能力――があることを示し、その能力によって社会の秩序と繁栄が導かれることを示した」。『道徳感情論』（一七五九－九〇）でアダム・スミス（一七二三－九〇）が論じたシンパシーは「同感」「同情」「共感」などと訳されてきた。彼の論の肝は、成熟した私たち大人は胸中に「公平な観察者」〔impartial spectator〕を是認し、その内部の他者的視点を通して称賛や非難などの道徳感情を判断していると見抜いた点にある。公平な観察者を自覚できている限り、私たちはエンパシー能力の発揮を伴って、利己的な自愛心と他者への思いやりの心を両立できる。だが往々にして私たちはおのれの胸中にあるはずの「公平な観察者」を見失い、そうなったときの無防備なシンパシーは、正義感の暴走なる陥穽にさえ嵌まるだろう。

カミュとシムノンで決定的に違う点がある。それは社会への関与のあり方だ。「連帯」に対する価値観がまったく異なる。シムノンにとって人々の連帯とは、むしろ地方の因習や世間のしがらみといった、むしろ「裸の人間」であることを妨げ、〝よそもの〟を〝よそもの〟として追放してしまう社会の宿痾《しゅくあ》なのである。

私たち人間は他者への思いやりの心を持って社会のなかで互いに役割分担し、いくらか立場が異なろうとも目指すものは同じだと信頼し合って連帯し、仲間となれる。だが私たちは同じく生物進化上の限界も抱えており、その社会性は容易に他者排除や同調圧力を生み出し共感できる者同士で「道徳部族《モラル・トライブズ》」を形成し、人々はそこへ転がり落ちて安住してしまう。

私たちは本来ならしがらみを越えて個人として共感し相手と友だちとなれる。その友情が人を変え、ひいては社会のなかの個人としてエンパシー能力を導いて仲間の連帯を築き上げることもできるはずだ。しかしそれは恐ろしいほど遠い「理想」でもある。シムノンは「理想」は書かない。

——現代日本は〝超共感〟社会だといわれる。過剰に共感が求められる社会ということだ。その「共感」にエンパシーは入っているだろうか。もっぱら私たちはシンパシーの意味だけで共感という言葉を捉えているのではないか。主人公に「共感」できることは、イコールその小説作品が面白いという評価になる。逆に主人公に共感できないと、少なからぬ現代読者がそれを理由に低評価を下す。自分とは立場が異なる人間、自分たちの共感の輪に入らない人間は、見えない、存在しないのと同じである。こうした価値観や道徳観が、急速に広まりつつあるように思える。

シムノンは世界中でとても読まれているのに、なぜ日本では売れないのか、という疑問がしばしばミステリー関係者の間で交わされる。「シムノンは大人の物語だからだ」と読者の成熟度に答を求める向きもあるだろうが、実際は「シムノンは共感の物語だ」という誤解が日本の読者に先入観を与え、それゆえ無心の読書体験を阻んできたからではないか。

シムノンは安易に「シンパシー」などという言葉を小説のなかで使ってくれない。だから読者の方で読み解く必要がある。読者自身のなかでシンパシーとエンパシーの両方が発揮されていなければ、シムノンの小説をうまく感じ取ることはできない。人間のエンパシー能力はある程度の年齢を重ねないとうまく発揮されないものであるし、人によってその度合いも違う。だからシムノンは「大人の小説」なのだが、ここで明記しておきたい。私たちは個人差こそあるかもしれないが、みなそうした人間らしい情動を発揮できる能力を持っている。ただそのことを忘れてしまっているだけだ。

カミュは積極的に社会を変えようと運動した作家だった。しかしシムノンはそうした運動をしなかった。彼の描くメグレは被害者や犯人の皮膚のなかに入り込み、相手の心を探ろうとする。相手とひとつになったとき、同時に事件は解決し、すでに物語は終わっている。秀作『メグレと若い女の死』(一九五四)がその代表例だ。またロマン・デュール作品は教えてくれる。私たちは誰もが世界のなかで〝よそもの〟だが、それを自覚しているかどうかで人生は変わる。文明に塗れた私たちはいつも現実から逃避したいと夢想しているが、ただ逃避するだけではどこまで行ってもその者は〝よそもの〟に過ぎない。「裸の人間」になり切れない宿命ならば、自分が〝よそもの〟であることを受け入れて初めて、人は人として生きてゆくことができる。そして人は作家となれる。

小説は人間を描くものだといわれるが、実際のところ人間を描くとはいかなることか。文学は「人間」とは何かを問うが、人工知能(AI)/ロボット学(ロボティクス)は「人間らしさ」とは何かを問う学問なのだと私は考えている。私はAIやロボット関連の学会で招聘講演の機会をいただくことがあるが、ここ数年はシンパシーとエンパシーについて語るときシムノンの話をするようになった。AI/ロボット学の最前線で研究する人たちにこそシムノンを読んでもらいたい。「人間らしさ」を研究し実現するにあたって、きっとシムノン作品は参考になると思うからだ。二十世紀の作家シムノンが、人文・社会・自然科学の枠を超える総合知と、普遍のテーマによってつながるのである。下町の哀愁を漂わせるなどといわれたシムノンには、いま私たちが自覚的に取り戻さなければならない人間らしさと人間の本質が、そして読書という行為の本質が詰まっている。

最後に、ふだんは書かないことなのだが、今回は出版に際して関係者の皆様に御礼の言葉を記しておきたい。シムノンの未訳長編をなんとか日本に紹介できないかという想いを七年前から持ち続けていたが、本書出版の機会を与えてくださった幻戯書房の中村健太郎様と、翻訳をお引き受けいただいたフランス文学者・作家の森井良様に心から感謝したい。森井氏はフランスの作家アンドレ・ジッドの研究者であり、ジッドが同性愛者であったことから「フランスBL小説セレクション」と銘打ったアンソロジー『特別な友情』（新潮文庫、二〇二〇）を編纂し、ご自身もジッドの生前未発表作「ラミエ」などを翻訳されている。ジッドとシムノンは書簡を交わした仲であり、今回の出版にあたり最適の訳者として中村氏が森井氏に声をかけてくださった。またウェブサイト〈翻訳ミステリー大賞シンジケート〉で連載「シムノンを読む」の持ち込み企画を受け入れてくださったシンジケート事務局の皆様、毎回アップロードをご担当いただいている翻訳家の白石朗様、そしてなによりも、出版元を探していた私に、幻戯書房へ仲介の労を取ってくださった藤原編集室様には、心からの御礼を申し上げたい。皆様、本当にありがとうございました。本書が読者諸氏からの好評を得て、さらなるシムノンの傑作を翻訳紹介できる時代がいつか来ることを願ってやまない。

〔著者略歴〕

ジョルジュ・シムノン〔Georges Simenon 1903–89〕

ベルギーのリエージュ生まれ、フランス語圏の作家。十代半ばから地元紙の記者として旺盛な執筆意欲を発揮し、一九二二年にパリへ出て作家活動を始める。複数のペンネームでコント、恋愛小説、冒険小説を量産、また船でフランス国内や近隣国を巡り見聞を広める。一九三一年より初めて本名名義による〈メグレ警視〉シリーズを刊行、大好評をもって迎えられた。以後、〈メグレ警視〉ものと並行して、『雪は汚れていた』（一九四八）など緊張感に満ちた長編群〈硬い小説（ロマン・デュール）〉も多数執筆。一九五五年にはアメリカ探偵作家クラブ（ＭＷＡ）会長を務め、後に巨匠賞も受賞（一九六六）した。

〔訳者略歴〕

森井良〔もりい・りょう〕

一九八四年、千葉県生まれ。パリ第七大学博士課程修了（博士）。獨協大学フランス語学科専任講師。訳書にエリック・マルティ『サドと二十世紀』（水声社）、ロジェ・ペールフィット他『特別な友情——フランスＢＬ小説セレクション』（編纂・共訳、新潮社）、小説に「ミックスルーム」（第一一九回文學界新人賞佳作）がある。

〔解説者略歴〕

瀬名秀明〔せな・ひであき〕

一九六八年、静岡県生まれ。東北大学大学院薬学研究科（博士課程）修了、薬学博士。作家。一九九五年、『パラサイト・イヴ』で第二回日本ホラー小説大賞を受賞しデビュー。一九九八年に『ＢＲＡＩＮ ＶＡＬＬＥＹ』で第一九回日本ＳＦ大賞、二〇二一年に『ＮＨＫ １００分de名著 アーサー・Ｃ・クラークスペシャル これは「空想」ではない』で第五二回星雲賞ノンフィクション部門を受賞。他の著書に『パンデミックとたたかう（共著）』などがある。

〈ルリユール叢書〉

運《うん》河《が》の家《いえ》　人《ひと》殺《ごろ》し

二〇二二年五月一〇日　第一刷発行

著　者　ジョルジュ・シムノン
訳　者　森井　良
解説者　瀬名秀明
発行者　田尻　勉
発行所　幻戯書房
郵便番号一〇一－〇〇五二
東京都千代田区神田小川町三－十二　岩崎ビル二階
電　話　〇三（五二八三）三九三四
FAX　〇三（五二八三）三九三五
URL　http://www.genki-shobou.co.jp/
印刷・製本　中央精版印刷

ISBN978-4-86488-246-0　C0397

〈ルリユール叢書〉刊行ラインナップ

［以下、続刊予定］

魔法の指輪 ある騎士物語［上・下］	ド・ラ・モット・フケー［池中愛海・鈴木優・和泉雅人＝訳］
三つの物語	スタール夫人［石井啓子＝訳］
詩人の訪れ 他三篇	シャルル・フェルディナン・ラミュ［笠間直穂子＝訳］
残された日々を指折り数えよ 他一篇	アリス・リヴァ［正田靖子＝訳］
恋の霊	トマス・ハーディ［南協子＝訳］
聖ヒエロニュムスの加護のもとに	ヴァレリー・ラルボー［西村靖敬＝訳］
不安な墓場	シリル・コナリー［南佳介＝訳］
ストロング・ポイズン	ドロシー・L・セイヤーズ［大西寿明＝訳］
シラー戯曲傑作選 メアリー・ステュアート	フリードリヒ・シラー［津﨑正之＝訳］
乾杯、神さま	エレナ・ポニアトウスカ［鋤柄史子＝訳］
ピェール［上・下］	ハーマン・メルヴィル［牧野有通＝訳］
昼と夜　絶対の愛	アルフレッド・ジャリ［佐原怜＝訳］
モン＝オリオル	ギ・ド・モーパッサン［渡辺響子＝訳］
遠き日々	パオロ・ヴィタ＝フィンツィ［土肥秀行＝訳］
歳月	ヴァージニア・ウルフ［大石健太郎＝訳］
撮影技師セラフィーノ・グッビオの手記	ルイジ・ピランデッロ［菊池正和＝訳］
ミヒャエル・コールハース 他二篇	ハインリヒ・フォン・クライスト［西尾宇広＝訳］
化粧漆喰《ストゥク》	ヘアマン・バング［奥山裕介＝訳］
ダゲレオタイプ 講演・エッセイ集	K・ブリクセン／I・ディーネセン［奥山裕介＝訳］
黒い血［上・下］	ルイ・ギユー［三ツ堀広一郎＝訳］
梨の木の下に	テオドーア・フォンターネ［三ッ石祐子＝訳］
ユードルフォの謎	アン・ラドクリフ［田中千惠子＝訳］

＊順不同、タイトルは仮題、巻数は暫定です。＊この他多数の続刊を予定しています。